The Sacred Wood

Essays on Poetry and Criticism

by T. S. Eliot

Translated by Gyung-ryul Jang

성스러운 숲

시와 비평에 관한 논고

T. S. 엘리엇 저

장경렬 역

저자 T[homas] S[tearns] Eliot, 1888-1965
미국에서 태어나 영국으로 귀화한 시인이자 문학비평가

역자 장경렬 張敬烈
인천 출신, 서울대학교 인문대학 영어영문학과 명예교수

성스러운 숲
시와 비평에 관한 논고

초판 발행 2022년 10월 24일

저자 T. S. 엘리엇
역자 장경렬
발행인 송호성

펴낸곳 (주) 화인코리아 출판사업부 화인북스
주소 인천시 남동구 남동동로 77번길 32
전화 032-819-2747
팩스 032-819-2748
전자우편 finebooks97@naver.com

신고번호 제 353-2019-000021호
신고년월일 2019년 10월 11일
제작 제일프린테크

ISBN 979-11-969168-3-1

성스러운 숲

시와 비평에 관한 논고

T. S. 엘리엇 저
장경렬 역

화인북스

목차

성스러운 숲

시와 비평에 관한 논고

백발의 노인이 회랑으로 들어섰다. 그의 얼굴 표정은 심란했으나, 그에게는 무언가 엄청난 것을 드러내 보일 듯한 구석이 있어 보였다. 비록 그의 외모는 추췌해 보이긴 했지만, 그런 특질로 보아 그는 부유층 사람들이 증오하는 문필가임이 불 보듯 빤해 보였다. . . . "나는 시인이오." 그가 말했다. "바라건대, 그다지 천박하지 않은 상상력을 소유한 시인이기를! 은총을 입어 가치 없는 사람의 머리 위까지 장식할 수 있게 된 영광의 월계관, 시인이라는 영광의 월계관에 의해 누구든 나를 평가할 수 있다면 말이오."

—페트로니우스*

---

* 고대 로마 시대의 궁신宮臣인 페트로니우스(Petronius, 27-66)가 창작한 『사티리콘』(*Satyricon*), 제83장 제13절에 나오는 구절. 『성스러운 숲』(*The Sacred Wood*)의 저자인 T. S. 엘리엇(T[homas] S[tearns] Eliot)은 이를 라틴어로 인용하고 있다. 희랍 신화에 등장하는 숲의 신 사티로스의 풍風으로 쓴 이야기라는 뜻을 제목에 담고 있는 『사티리콘』은 이야기의 화자話者인 엔콜피우스(Encolpius)의 모험담으로 이루어져 있으며, 위의 인용에 등장하는 노인은 시인인 유몰포스(Eumolpus). 엘리엇은 이상과 같은 라틴어 구절을 현재의 평론서인 『성스러운 숲』의 제사題辭로 사용함으로써 적어도 두 가지 암시를 하고 있는 것으로 판단된다. 우선 자신은 비평서의 저자이지만 원래 시인임을 암시하고자 한 것으로 보인다. 아울러, 라틴어 텍스트를 제시함으로써 그와 같은 암시를 숨길 듯 드러내고 드러낼 듯 숨기고 있는 것으로 볼 수도 있다.

나는 또한 베카피카스 요리로 저녁식사를 하고 싶소.*

* 영국의 낭만주의 시대를 대표하는 시인 가운데 한 사람인 조지 고든 바이런(George Gordon Byron, 1788-1824)의 시 『베포』(*Beppo*, 1818), 제43연 제1행에 나오는 구절로, 엘리엇이 인용한 원문은 다음과 같다. "I also like to dine on becaficas." 엘리엇이 『성스러운 숲』에 부치는 또 하나의 제사로 사용하는 이 구절에서 문제가 되는 것은 "becaficas"가 무엇을 뜻하는가에 있다. 바이런의 시에 등장하는 'becafica'(다른 철자로는, beccafico 또는 beccafica)는 어원적으로 '능금을 쪼는 새'(beccare [to peck] + figo [fig]) 라는 뜻을 가진 자그마한 철새를 지시하는 말로, 이 새는 우는 소리가 특히 아름다운 것으로 유명하다. 이탈리아와 프랑스에서 이 새를 요리한 것이 별미로 알려져 있기도 하다. 이를 감안할 때, 엘리엇은 시인들—즉, 아름다운 노래를 하는 새들—을 먹잇감으로 삼아 비평 작업을 수행하겠다는 뜻을 예고하는 것으로 이해될 수 있다.

H. W. E.를

위하여*

"TACUIT ET FECIT"†

---

* 위의 헌사獻辭에 등장하는 'H. W. E.'는 시인의 아버지 헨리 웨어 엘리엇(Henry Ware Eliot, 1843-1919). 전해 오는 이야기에 따르면, 엘리엇은 문필가로서의 자신의 역할에 대한 아버지의 인정을 목말라 했다고 한다. 그의 아버지는 건강이 좋지 않았는데, 1919년 1월 7일에 심장마비로 세상을 떴다. 이로써 영국에서는 1920년 11월에, 미국에서는 1921년 2월에 출간된 엘리엇의 『성스러운 숲』은 돌아가신 아버지에게 바치는 책이 되었다.

† 하단에 놓인 라틴어 표현은 엘리엇 가문의 좌우명으로, 이 말을 우리말로 옮기면 "그는 말이 없었고, 그는 수행(또는 성취)했다" 또는 "그는 말없이 수행(또는 성취)했다" 정도가 될 것이다.

이 책에 수록된 글들은 현재와 동일한 형태로 또는 덜 다듬어진 형태로 『타임스 문예 부록』,* 『애서니엄』,† 『예술과 문학』,‡ 『에고이스트』§에 발표된 것들이다. 저자는 이들 정기 간행물의 편집자들에게 감사의 뜻을 전하고 싶다.

* 『타임스 문예 부록』(*The Times Literary Supplement*): 『타임스』의 부록으로 1902년부터 발행되다가, 1914년에 독립된 발행 체계를 갖추게 된 문예 주간지. 참고로, 『타임스』(*The Times*)는 1785년에 *The Daily Universal Register*로 창간되었다가, 1788년에 현재의 이름으로 바뀐 영국의 일간지.

† 『애서니엄』(*Athenaeum*): 1828년에 창간되어 오랜 역사와 전통을 누렸지만, 1921년에 다른 문예지와 합병됨으로써 실질적인 폐간의 길을 걷게 된 영국의 주간 문예 평론지.

‡ 『예술과 문학』(*Art & Letters*): 1917년에 창간되었다가 전쟁으로 인해 1918년에 1년 동안 휴간된 후 다시 복간되었으나, 1920년에 폐간의 길을 걷게 된 영국의 계간 시각 예술 및 언어 예술 전문지.

§ 『에고이스트』(*The Egoist*): 1914년에 창간되고 1919년에 폐간된 영국의 월간 문예지. 원래는 2주에 1회 발간되는 격주간지였으나, 후에 월간지로 바뀜. 『에고이스트』는 『예술과 문학』과 함께 모더니즘 운동에 한 획을 그은 문예지로 널리 알려져 있음.

서문

정의가 실현되는 즐거움을 조금이라도 체험할 수 있는 사람이라면 그가 누구든, 그에게 오랜 세월 막연하게나마 평가 절하했던 작가에게 변상할 수 있는 기회를 갖는 것은 유쾌한 일이 아닐 수 없다. 처음에는 매슈 아놀드*를 향해 찬탄의 마음을 가졌지만, 그 뒤에 감지하게 된 그의 결함과 약점은 12년 전이나 지금에나 마찬가지로 여전히 나에게 명백해 보인다. 하지만 나는 그의 산문 가운데 몇몇 편을 다시 찾아 한층 더 주의를 기울여 세심하게 읽었으며, 이에 따라 이제 나는 그의 입장을 좀 더 올바르게 평가할 수 있는 위치에 있기를 희망한다. 아무튼, 아놀드에게는 자신을 한층 더 비범한 작가로 만드는 무언가가 있으니, 그가 만일 우리와 정확하게 동시대 사람이었다면, 그는 아마도 자신의 수행했던 노역을 지금 다시 되풀이하지 않을 수 없음을 확인하게 될 것이다. 바로 여기에 그의 비범함이 놓인다. 적지 않은 수의 사람들이 이른바 "비평적" 글쓰기로 불리는 일에 종사하고 있지만, 그 누구도 1865년에 매슈 아놀드가 확립했던 것보다 더 확고하고 견실한 결론을 제시한 사람은 없다. 그의 첫 비평서인 『비평 논고』†에 수록된 첫 글에서 우리는

---

* Matthew Arnold (1822-1888): 빅토리아 시대를 대표하는 영국의 비평가이자 시인.

† *Essays in Criticism*: 1865년에 발간된 매슈 아놀드의 첫 비평집.

다음과 같은 대목을 읽을 수 있다.

> 금세기의 첫 사반세기 동안 우리 문학에서 창조 활동이 폭발적으로 이루어졌는데, 여기에는 사실상 무언가 미성숙한 것이 있었다는 느낌에서 나는 오랜 세월에 거쳐 벗어날 수 없다. 아울러, 이런 이유로 인해, 그 시대의 창조 행위가 낳은 산물들은, 대부분, 그들과 함께했고 여전히 지금도 그들과 함께하고 있는 낙관적인 희망에도 불구하고, 한층 덜 찬란했던 시대들의 산물들보다 거의 더 지속적인 생명력을 유지하기 어렵다는 것이 판명될 어두운 운명에 처해 있다는 느낌에서도 나는 오랜 세월 벗어나지 못하고 있다. 그리고 여기서 내가 말하는 미성숙함은 폭발적인 창조 행위가 이어지되, 이에 상응하는 적절한 정보가 부재한 상태에서, 또는 작업에 동원될 자료가 충분하지 못한 상태에서 이루어진 데 따른 것이다. 다시 말해, 금세기 첫 사반세기 동안의 영시는 넘쳐흐르는 활기에도 불구하고, 또한 넘쳐흐르는 창조력에도 불구하고, 지적 능력을 충분히 갖추고 있지 못했다. 이로 인해 바이런*은 내용이 없는 지나치게 공허한 시인이 되었고, 셸리†는 앞뒤가 일관되지 못한 지나치게 산만한 시인이 되었으며, 워즈워스‡는 비록 심오하기는 하나 그럼에도 여전히 완결성과 다양성을 지나치게 결여한 시인이 되고 말았다.§

내가 아는 한, 낭만주의 세대에 대한 이 같은 아놀드의 판단을 문제

---

* George Gordon Byron (1788-1824): 『성스러운 숲』의 제사에 첨가한 역주에서 밝혔듯, 영국의 낭만주의 시대를 대표하는 시인 가운데 한 사람.

† Percy Bysshe Shelley (1792-1822): 영국의 낭만주의 시대를 대표하는 또 한 사람의 시인.

‡ William Wordsworth (1770-1850): 새뮤얼 테일러 코울리지(Samuel Taylor Coleridge, 1772-1834)와 함께 1798년에 공동 시집 『서정 담시집』(*Lyrical Ballads*)을 출간함으로써, 영국에서 낭만주의 시대의 문을 연 것으로 일컬어지는 시인.

§ 엘리엇이 말하는 아놀드의 『비평 논고』에 수록된 "첫 글"은 「우리 시대에 비평의 기능」("The Function of Criticism at the Present Time")으로, 현재의 인용은 Arnold, *Essays in Criticism* (1865; Oxford: Clarendon Press, 1918), 13쪽에서 확인할 수 있다.

삼아 벌인 논박 가운데 성공한 것은 아무것도 없다. 그리고 또한, 내가 아는 한, 아놀드의 이 같은 판단은 일반 사람들의 정서에 그다지 깊은 인상을 남기지도 못했다. 일단 어느 한 시인이 받아들여지면, 그의 명성은 좋은 쪽으로든 나쁜 쪽으로든 거의 흔들리지 않는 법이다. 아무튼, 아놀드의 의견이 그다지 깊은 인상을 남기지 못했지만, 그의 진술은 아마도 19세기 첫 사반기에 적용되는 것과 마찬가지로 20세기 첫 사반기에도 그대로 적용될 수 있을 것이다. 몇 문단의 진술을 이어간 뒤에 아놀드는 당시의 병폐가 어떤 성격의 것인가에 대해 다음과 같이 명시하고 있다.

> 핀다로스와 소포클레스*가 활동하던 시기의 희랍에서, 또한 셰익스피어가 활동하던 시기의 영국에서, 시인은 최고도로 창조력에 활기를 불어넣어 주고 자양분이 되어 주는 이념들의 물결 속에서 삶을 살았다. 당시의 사회는 최상의 수준으로 신선한 사유—즉, 지적이고도 살아 숨 쉬는 신선한 사유—로 충만해 있었던 것이다. 시인이 창조력을 발휘하는 데 진정한 토대가 되는 것은 바로 이 같은 상황이며, 이 같은 상황에서 창조력은 어느 때든 취할 수 있도록 진정으로 준비가 되어 있는 정보와 자료를 찾는다. 이 세상의 모든 책과 읽을거리는 다만 이 같은 상황에 도움이 되기에 가치가 있는 것이다.†

바로 이 지점에서 아놀드는 비평적 지성의 관심사와 활동의 핵심을 이루는 것이 무엇인지를 암시한다. 그런데 바로 이 인식의 지점에서 아놀드의 비평 행위는 멈췄다고 우리가 아마도 말할 수 있을 것이다. 각종 예술이 진지한 연구 대상이 되어 있는 사회에서, 글쓰기라는 예술이 존중의 대상이 되어 있는 사회에서, 아놀드는 아마도 비

* Pindar (기원전 518년경-438년경), Sophocles (기원전 497/496년경-406/405년경): 전자는 고대 희랍의 시인, 후자는 고대 희랍의 극작가.

† Arnold, *Essays in Criticism*, 14쪽.

평가의 길을 걸었을 수도 있을 것이다. 만일 아놀드와 같은 사람이 소설이라는 예술 장르에 관심을 가졌더라면, 그리하여 새커리와 플로베르*를 비교했더라면, 또한 디킨스†의 작품을 분석했더라면, 그리고 『아모스 바튼』의 작가‡가 정확하게 어떤 이유에서 디킨스보다 더 진지한§ 작가인가를 동시대의 사람들에게 보여 주었더라면, 또한 어떤 이유에서 『파르므의 승원』¶이 앞서 언급한 두 작가의 작품보다 더 진지한 작품인가를 보여 주었더라면, 얼마나 놀라운 일이 되었겠는가. 아놀드는 『교양과 무질서』에서, 『문학과 도그마』에서** 비평을 확립하는 데 진력했다기보다는 비非비평적인 것을 공격하는 데 힘을 쏟았다. 이로 인한 차이를 적시하자면, 건설적인 작업을 통해 무언가를 일구는 대신, 파괴적인 작업을 끊임없이 되풀이할 수밖에 없었다는 점이다. 게다가, 아놀드는 파괴적인 작업을 이어가는 과정에 문학 보존 구역에서 완전히 벗어나 사냥감을 찾아 다녔고, 이는 상당 부분 이념들이 손을 댄 적도 없고 건드릴 수도 없는 정

---

* William Makepeace Thackeray (1811-1863), Gustave Flaubert (1821-1880): 전자는 영국의 소설가이며, 후자는 프랑스의 소설가. 전자의 대표작으로는 『허영의 장터』(*Vanity Fair*, 1848)가 있으며, 후자의 대표작으로는 『감정 교육』(*Education Sentimentale*, 1869)이 있음.

† Charles Dickens (1812-1870): 영국의 소설가.

‡ *Amos Barton*: 영국의 소설가 조지 엘리엇(George Eliot, 1819-1880)의 데뷔 작품으로, 1857년에 잡지에 발표되고 1858년에 책으로 출간됨.

§ 아놀드는 자신의 비평문—예컨대, 「시에 관한 연구」("The Study of Poetry")—에서 문학 고유의 "고도의 진지성"(high seriousness)을 강조하기도 했는데, 엘리엇은 이를 염두에 두고 있는 것처럼 보인다.

¶ *La Chartreuse de Parme*: 프랑스의 작가 스텐달(Stendhal, 1783-1842)이 1839년에 출간한 소설. 스텐달은 필명으로, 이 작가의 원래 이름은 마리-앙리 벨(Marie-Henri Beyle).

** *Culture and Anarchy* (1869), *Literature and Dogma* (1873): 아놀드의 대표적인 저작물들.

치적 사냥감이었다. 이러한 아놀드의 작업에 대해 우리는 유감스러워 해야 한다. 아마도 이런 종류의 작업은 신문 편집자 위치에 있는 누구든 (만일 존재한다면) 아놀드를 따르는 그의 사도使徒에 의해, 비록 그처럼 아주 깔끔하게는 아니더라도, 마찬가지로 효과적으로 수행될 수도 있었을 것이다. 그렇다고 해서, 아놀드가 비난의 대상이 될 수는 없다. 그는 누구든 수행해야 할 일이지만 누구도 수행하려 하지 않는다는 사실을 감지했기 때문에, 탁월한 능력을 지닌 사람들이 때때로 그러하듯 자신의 능력을 낭비했던 것이다. 이념들에 흥미를 갖고 있고 본질적으로 문학에 흥미를 갖고 있는 사람이라면 누구에게든, 우선 온 나라를 깨끗이 청소할 때까지 문학을 따로 한 구석에 보관해 두고자 하는 유혹은 거의 억누를 수 없는 것이다. 웰스씨나 체스터턴 씨*와 같은 몇몇 사람들은 집안 정돈이라는 이 둘째 직분에 아주 멋지게 성공한 이들이며, 아놀드에 비해 한층 더 많은 관심과 주목을 끌었던 이들이기도 하다. 따라서 그런 일을 하는 것이 진정으로 그들에게 적절한 역할이라는 결론을, 또한 문학을 옆자리에 밀어 놓는 일을 스스로, 그것도 대단히 효과적으로 수행한 이들이라는 결론에 이르지 않을 수 없다.

비평의 바깥쪽에 머물고자 하는 유혹, 그런 유형의 유혹에 이끌리는 것은 비평가만이 아니다. 통상의 정규적인 비평은 이념들의 빈곤과 감수성의 쇠퇴를 무심결에 드러내기도 하는데, 이로 인해 자기들 나름의 창조적 작업을 좀 더 나은 것으로 개선하기 위해 자신들의 비평 능력을 보존해야 할 필요가 있는 사람들은 비평의 안

---

* H[erbert] G[eorge] Wells (1866-1946), G[ilbert] K[eith] Chesterton (1874-1936): 전자는 영국의 작가이자 사회 평론가로, 프랑스의 작가 쥘 베른(Jules Verne, 1828-1905)과 함께 공상 과학 소설의 선구자로 불림. 후자는 영국의 작가이자 비평가이며, 철학자이며 신학자.

쪽으로 뛰어들고자 하는 유혹에 이끌리기도 한다. 이런 논리에 근거하여 "창조적" 재능은 비평적 재능에 비해 "더 뛰어난" 것이라는 투의 통상적으로 떠도는 멍청한 추론에 이르고자 하는 것이 나의 의도는 아니다. 어느 하나의 창조적 정신이 다른 창조적 정신보다 나은 것일 때, 그 이유는 때때로 나은 쪽이 더 비평적이기 때문이다. 하지만 엄청난 양의 비평 작업은 제2층위의 정신을 소유한 사람들에 의해 수행될 수 있는데, 찾아보기 어려운 것이 바로 이 같은 제2층위의 정신을 소유한 사람들이다. 그들은 이념들의 신속한 확산을 위해 필요한 존재들이다. 정기 간행물—문학 분야의 이상적인 정기 간행물—은 이념들을 전파하는 도구다. 그리고 문학 분야 정기 간행물이 얼마나 효과적으로 그 역할을 수행하는가는 그 간행물에 자료를 공급하는 제2층위의 정신을 소유한 사람들의 수가 얼마나 충분한가에 달려 있다. (나는 여기서 "이급/이류"라는 표현을 사용하지 않고자 하는데, 이는 지나치게 경멸적인 것이다.*) 이 같은 정신의 소유자들은 아놀드가 말한 바 있는 바로 그 "이념들의 물결"을 조성하는 데, "신선한 사유"로 "충만해" 있는 바로 그 "사회"를 조성하는 데 필요한 존재들이다.

제1층위의 정신을 소유한 사람만이, 천재만이, 위대한 인간만이 중요하다고 믿는 것은, 그리고 그런 사람들은 고독한 존재이고, 전혀 우호적이지 않은 환경—어쩌면 공립학교와 같은 환경†—에서 최

---

* 엘리엇은 '이급/이류'의 뜻을 갖는 'second-rate'라는 표현이 함의하는 가치 평가에 묶이지 않기 위해 'second-order'라는 표현을 동원하고 있다. 이에 상응하는 번역어를 찾고자 고심한 끝에 '제2층위'라는 표현을 사용하기로 한다.

† 영국의 "공립학교"(Public School)는 원래 대영제국이 요구하는 공직을 수행하기 위해 임지로 떠나 있는 부친들을 대신하여 8/9세에서 18세의 나이에 이르는 아이들의 교육을 책임졌던 귀족 및 부호 계층의 학교로, 학비와 기숙사비 전부를 국가가 책임진다. 이 학교의 졸업생은 영국의 주요 관직을 독점하

상의 업적을 이룩했다고 믿는 것은 영국 문화를 줄기차게 지배해 온 그릇된 편견이다. 또한 프랑스의 파리가 제2층위의 정신을 소유한 사람들을 그처럼 수도 없이 배출할 수 있는 것은 십중팔구 열등함의 징표라고 믿는 것 역시 영국 문화가 헤어나지 못하는 고질적인 편견이다. 비록 지나칠 정도로 많은 양의 형편없는 운문이 런던에서 출판되고 있다고 해도, 영국인들의 머리에는 우리의 기준을 높여야 한다는 식의 생각도, 엉터리 시인들을 교육하기 위해 무언가 조처를 취해야 한다는 식의 생각도 떠오르지 않는다. 대응 조처는 그런 작자들은 죽여 없애는 것이다. 이 자리에서 나는 에드먼드 고스* 씨의 다음 발언을 인용하고자 한다.

> 이처럼 홍수와도 같이 엉터리 시인들의 작품이 쏟아져 나오는 것을 막지 않는다면, 운문 예술은 쓸데없는 것이 될 뿐만 아니라 조롱거리가 될 것이다. 시란 수천의 말괄량이 여자아이들과 멍청한 남자아이들이 아무런 훈련을 받지 않은 상태에서 일주일 내에 당연히 터득할 수 있는 그런 공식公式에 불과한 것이 아니다. 아울러, 시 창작 작업이 오늘날 그처럼 누구에게든 수월하게 수행 가능한 과제가 되어 있는 것처럼 보인다는 사실만으로도 우리의 기준이 어딘가 잘못된 것이 되어 가고 있다는 점을 증명하는 데 충분한 자료가 될 것이다. . . . 이는 완전히 그릇된 것으로, 우리가 이에 저항하지 않는다면 우리는 가다라의 수많은 돼지 떼†처럼 심연 속으로 인도될

다시피 했으며, 대표적인 공립학교로는 이튼(Eton), 해로우(Harrow), 윈체스터(Winchester), 럭비(Rugby), 웨스트민스터(Westerminster) 등이 있다.

* Edmund Gosse (1849-1928): 영국의 시인이자 비평가. 엘리엇이 인용한 그의 글이 예가 되고 있듯, 『선데이 타임스』(*The Sunday Times*)의 주요 기고가. 『선데이 타임스』는 1821년에 *The New Observer*라는 이름으로 창간되었다가 1822년에 현재의 명칭으로 바뀐 주간지.

† 이 인용문에 나오는 "가다라의 수많은 돼지 떼"에 관한 이야기는 기독교 성서의 마가복음 제5장 제1-20절, 마태복음 제8장 제28-34절, 누가복음 제8장 제26-39절에 나온다. 이에 따르면, 예수는 가다라 또는 거라사 지방에서 귀신 들린 자(마가복음과 누가복음에는 한 사람, 마태복음에는 두 사람)를 치유한

것이다.*†

시는 공식이 아니라는 데 우리는 전적으로 동의한다. 하지만 이에 대해 고스 씨가 제안하는 바의 해결책은 무엇인가? 만일 고스 씨가 엘리자베스 여왕이 통치하던 시기에 홍수처럼 엄청나게 범람하는 엉터리 시인들 사이에 처해 있는 자신을 발견했다면, 이런 사태에 직면하여 그는 과연 어떤 조처를 취했을까? 그는 엉터리 시인들의 홍수를 막을 수 있었을까? 그리고 그가 말하는 심연이라는 것은 정확하게 무엇을 말하는 것인가? 그리고 만일 "우리의 기준이 어딘가 잘못된 것이 되고 있다"면, 이는 전적으로 젊은 세대의 구성원들, 존중해야 할 권위가 있음을 의식하지 못하는 젊은이들의 잘못일까? 비평가에게 주어진 직분의 일부는 전통을 수호하는 일, 그것도 훌륭한 전통이 존재하는 곳에서 이를 수호하는 일이다. 또한 그에게 주어진 직분의 일부는 문학을 꾸준하게 응시하고 또한 이를 총체적으로 응시하는 일이다. 그리고 이는 무엇에 앞서 문학을 시대에 의해 신성시된 것으로서가 *아니라* 시대를 뛰어넘어 존재하는 것으로서 응시하는 일이다. 즉, 우리 시대가 낳은 최상의 문학 작품과 2,500년 전에 창작된 최상의 문학 작품을 동일한 안목으로 응시하는 일이다.‡ 비평가에게 주어진 직분 가운데 일부는 엉터리 시인에

다. 예수의 명에 귀신 들린 자를 지배하고 있던 수많은 귀신들이 사람의 몸에서 빠져나와 돼지의 몸에 들어가고, 그런 돼지들은 몽땅 물에 빠져 죽는다.

* 『선데이 타임스』, 1920년도 5월 30일자. (엘리엇의 원주)

† 이는 『성스러운 숲』의 「완벽한 비평가」에서도 인용한 바 있는 에드먼드 윌리엄 고스의 1920년 5월 30일자 『선데이 타임스』에 기고했던 글 「책 세상: 새로운 시」("World of Books: The New Poetry")에서 가져온 인용.

‡ 우리는 다음 사실을 인정해야 하는데, 아놀드는 대가들의 글을 인용할 때 대가들의 글을 대가들의 글로 보기보다는 정전正典으로 인정된 문학으로 보고 있다는 인상을 자주 우리에게 심어 준다. (엘리엇의 원주)

게 자기 자신의 한계를 깨닫도록 도움을 주는 일이다. 자기 자신의 한계를 깨닫는 엉터리 시인은 우리에게 유용한 가치를 갖는 제2층위의 정신을 소유한 사람들 가운데 하나가 될 것이다. 즉, 그는 (대단히 희귀한 존재인) 훌륭한 군소 시인이 되거나, 또 한 사람의 훌륭한 비평가가 될 수 있다. 제1층위의 정신을 소유한 사람들의 경우, 어쩌다 그런 사람들이 존재하게 되었을 때, 그들은 "이념들의 흐름"이 어떠하든 있는 그대로 변함없이 제 할 일을 잘해 나아갈 것이다. 그들을 어느 때든 어느 곳에서든 감싸게 될 고독은 고립과는 전혀 다른 무엇, 또는 죽음의 왕국과는 전혀 다른 그 무엇이다.

논의에 덧붙여: 현대의 변덕스러운 시적 기행들 가운데 몇몇을 바로잡기를 염원하는 비평가들에게 비평의 본보기로서 나는 어느 한 작가가 남긴 다음 구절을 추천할 수도 있겠다. 즉, 무기력한 관용을 베푼 사람이라는 비난과는 결단코 무관한 작가가 남긴 다음 구절을, 비평을 당하는 유파의 시인들을 향해 강력한 편애의 감정을 갖고 있는 사람들조차도 그의 비평이 지니는 공정성을 인정할 수밖에 없는 그런 비평 활동을 했던 작가가 남긴 다음 구절을 추천하고자 한다.

> 하지만 위대한 능력의 인도 아래 이루어진 위대한 업적은 결코 완전히 상실되지 않는다. 만일 그들[위대한 작가들]이 자주 그릇된 기발한 착상에 자신들의 지력을 낭비했다고 해도, 그들은 그와 동시에 때때로 예상치 않은 진실을 돌연히 드러내 보였다. 만일 그들의 기발한 착상이 지나치게 허황된 것이었다고 해도, 그런 착상은 종종 전달할 만한 가치를 갖는 것이었다. 나름의 기획에 의거하여 글을 쓰는 일, 이는 그들에게 최소한 글을 읽고 사유하는 일에 필요한 것이었다. 누구도 형이상학적 시인으로 태어날

수는 없을 것이다. 또한 기술記述된 것을 그대로 베껴 놓은 기술記述에 의해, 모방품에서 빌려 온 모방품에 의해, 전통적인 이미지들에 의해, 세습적으로 내려오는 직유법에 의해, 손쉬운 운율에 의해, 또한 수다스러운 음절 구사에 의해, 작가라는 위엄 있는 지위를 유지할 수는 없을 것이다.

이러한 유형의 작가들의 작품들을 꼼꼼히 읽는 가운데, 정신은 회상이나 탐구를 통해 단련 과정을 이어간다. 그리고 무언가 이미 배운 것이 회수되기도 할 것이고, 또는 무언가 새로운 것이 검토되기도 할 것이다. 또한, 비록 그것들의 위대함이 좀처럼 우리의 정신을 고양시키지 않더라도, 그것들의 예리함은 종종 우리를 놀라게 한다. 아울러, 비록 상상력이 항상 충족되지는 않는다고 해도, 적어도 반성적 사유 능력과 비교 능력이 일깨워진다. 그리고 부조리한 것들을 기발하게 함께 뒤섞어 놓은 자료들의 모음에서 우리는 때때로 어설픈 표현 속에 어쩌면 묻혀 있을지도 모르는 진정한 예지와 유용한 지식을 찾아 확인하게 될 것이고, 그것들의 가치를 아는 사람들에게 유용한 것이 되는 무언가를 확인하게 될 것이다. 아울러, 명쾌한 진술로 확장이 되고 우아한 글로 다듬어지는 경우, 그것들은 비록 감성적으로는 덜 풍요로운 것이라고 해도 한층 단정한 면모의 작품들에게 광채를 더해 주어 환하게 빛을 발하게 할 것이다.

—존슨, 『카울리의 생애』*에서

---

* Samuel Johnson (1709-84): 영국의 작가이자 시인이며 극작가인 동시에, 비평가이자 사전편찬자. 존슨의 저서 가운데는 『최상의 탁월한 영국 시인들의 생애』(*Lives of the Most Eminent English Poets*, 1779-1781)가 있는데, 여기서 그는 52명의 위대한 영국 시인들 가운데 한 사람으로 에이브러햄 카울리(Abraham Cowley, 1618-1667)를 선정하여, 그의 생애를 다루고 있다. 해당 인용문의 출처를 확인해 보면, Samuel Johnson, "[Life of] Cowley," *Lives of the Most Eminent English Poets*, 제1권 (Charlestown: Samuel Etheridge, 1810), 15-16쪽. 이 같은 출처의 해당 부분 텍스트와 엘리엇의 인용 텍스트를 대조하면, 둘째 문단 첫 문장 중간 부분의 세미콜론(;)이 콜론(:)으로 바뀌어 있고, 바로 그 다음에 나오는 단어인 "either"가 생략되어 있다. 엘리엇이 참조한 텍스트가 어떤 것인지는 확인할 수 없으나, 다른 여러 텍스트를 참조해 보면 엘리엇이 인용한 원문 텍스트는 예외적인 것으로 추정된다.

재판 서문

이 책의 재판을 준비할 때가 되었을 때 나는 수록된 글 가운데 몇 편에 대한 개정 작업을 하려 했다. 하지만 그와 같은 과제를 수행하는 일이 불가능할 뿐만 아니라 어쩌면 바람직하지도 않은 것임을 확인하게 되었다. 이 책이 출간되고 나서 8년의 세월이 흐르는 동안, 내 자신의 마음에서 일어난 일은 견해에 대한 변화나 반전反轉보다는 관심사의 확장이나 발전임을 깨달았기 때문이다. 내 자신이 아쉬워하고 유감으로 생각하는 문체의 결함이 있는 것도 사실이다. 그리고 무엇보다 나는 빈번하게 글에서 딱딱함을 감지하고 내 자신이 로마의 교황을 연상시킬 법한 권위주의적 엄숙성을 가장하고 있음을 감지한다. 이로써 아마도 수많은 독자를 따분하고 피로하게 했을 것이다. 하지만 이 책에 담긴 다른 결함과 마찬가지로 이 같은 결함들은 책 전체에 구석구석 자리하고 있어서 수정이 불가능해 보인다. 결국 나는 또 한 권의 책을 써야만 할 것이다.

진정으로 지난 8년 동안 수많은 일이 일어났고, 비평 이론과 실제의 측면에서 중요한 책이 수도 없이 출간되었다. 이로 인해, 이 책에 남아 있는 주된 존재 가치가 무엇일까를 가늠하자면, 혹시 남아 있다고 해도 이는 당대의 기록 자료로서의 가치일 것이다. 별도의 수정 작업을 거치지 않은 또 하나의 이유는 여기에 있다. 이 책에 수록된 글들은 1917년에서 1920년 사이에 작성된 것이다. 따라서 전쟁이 시작되기 바로 직전의 시기에서 시작하여 전쟁 이후의 시기까지 과도기를 대변하는 글들인 셈이다. 대부분의 글은 미들턴 머리* 씨가 편집을 맡아 했던 『애서니엄』의 짧지만 찬란했던 시기에 작성된 것이고, 이 가운데 몇몇은 직접 머리 씨의 제안에 따라 착수된 것들이다. 그 당시는 우리가 옛날의 의사소통 방식을 되살리는 동시에 새로운 의사소통 방식을 창조하기 위해 고군분투하던 시절이었다. 아울러, 내가 믿기에, 머리 씨와 나 자신 양자 모두 우리가 모색하는 방향에 대해 당시에 가졌던 것보다 현재 좀 더 확신을 갖게 되었다.

우리가 시를 대상으로 하여 사유思惟를 이어갈 때 우리는 무엇보다 시를 시로서, 시를 다른 어떤 것도 아닌 시로서 사유해야 한다는 주장을 되풀이하면서, 내가 이 책에 수록된 모든 글에서 제기하고 있는 문제—그리하여, 모든 글에 나름의 일관성을 부여하는 문제—는 시의 자족적 완결성(integrity)이라는 문제다. 나의 이 같은 입장은 인위적인 단순화에 해당하는 것이고, 다만 조심스럽게 수용되어야 할 것이기도 하다. 아무튼, 그 당시 나는 레미 드 구르몽†의 비평문에 많은 자극을 받았고, 또한 많은 도움을 받았다. 나는 그의 글이 나의 생각에 영향을 미쳤음을 인정하며, 이에 대해 감사하게 생각하고 있다. 그리고 이 책에서는 다루지 않은 또 하나의 문제—즉,

* Middleton Murry (1889-1957): 영국의 작가로, 1919년에서 1921년까지 『애서니엄』의 편집자. 앞서 글의 출처에 대한 엘리엇의 '감사의 말'에 대한 역주에서 밝힌 바 있듯, 『애서니엄』은 영국 런던에서 발간되던 주간 문예평론지로, 1828년에 창간되어 1921년에 다른 문예지와 합병됨으로써 실질적인 폐간의 길을 걷게 되었다.

† Rémy de Gourmont (1858-1915): 프랑스의 시인, 소설가이자 평론가.

시와 당대 및 다른 시대의 영적 삶과 사회적 삶 사이의 관계라는 문제—로 옮겨가게 되었다는 이유로 그의 영향력을 더 이상 인정하지 않을 생각은 나에게 추호도 없다. 이 책은 연대기적으로뿐만 아니라 논리적으로도 시작 또는 출발에 해당하는 것이다. 전체적으로 보아, 나는 이 점을 부정하지 않고자 한다. 따라서 자비의 마음을 지닌 독자에게 간곡히 당부하건대, 이 책을 단순히 평문과 서평을 모아 놓은 것 이상의 그 무엇으로 읽어 주기를, 또한 이 책을 좀 더 거대하고 또한 좀 더 어려운 주제에 대한 서론에 해당하는 것으로 간주하는 인내심을 발휘해 주기를 희망한다.

시란 최상급의 오락에 해당하는 것이다. 이렇게 말한다고 해서 최상급의 사람들을 위한 오락이라는 뜻은 아니다. 나는 시를 오락으로, 그것도 *정직하고 선량한 사람들에게 즐거움을 주기 위한** 오락으로 명명命名하고자 한다. 내가 이렇게 명명하고자 하는 것은 이것이 진정한 정의定義에 해당하는 것이기 때문이 아니라, 다른 어떤 것으로 명명하는 경우 당신은 그보다도 한층 더 옳지 않은 무언가로 명명할 가능성이 높기 때문이다. 우리가 오락의 본질이 무엇인가를 놓고 생각해 보면, 시란 오락적인 것이 아니다. 하지만, 시에 대한 정의가 될 수도 있을 법한 다른 무언가의 개념을 놓고 생각을 이어가게 되면, 우리는 한층 더 심각한 어려움 속으로 빠져들게 된다. 우리가 어느 한 종류의 시가 지닐 법한 용도에 맞춰 정의를 시도하는

* 엘리엇은 이 자리에서 프랑스어 구절인 "pour distraire les honnêtes gens"를 인용하고 있는데, 이는 프랑스의 작가이자 비평가인 자크 리비에르(Jacques Riviere, 1886-1925)가 출간한 『문학 개념의 위기』(*La Crise du concept de la litterature*, 1924)에 나오는 구절. 리비에르는 만일 프랑스의 작가 몰리에르(Molière, 1622-1673)나 라신느(Racine, 1639-1699)에게 무엇 때문에 글을 쓰는가를 물었을 때 그들이 했을 법한 답변은 아마도 그와 같은 것이었으리라고 추정한다.

경우, 우리는 아마도 그 용도를 철저하게 다 파헤칠 수 없을 것이며, 이 같은 정의는 아마도 다른 종류의 시에 적용될 수 없을지도 모른다. 또는 우리의 정의가 모든 시에 적용되는 것이 되도록 할 수도 있겠지만, 이 경우 정의는 지나치게 일반적인 것이 되어 아무런 의미도 갖지 못하는 것이 될 것이다. 시란 "고요한 순간에 회상되는 감정"*이라고 말하는 것도 도움이 되지 않을 것인데, 이는 단지 어느 한 시인이 자신의 시 창작 방법과 관련하여 자신이 회상한 바를 진술한 것에 불과한 것일 뿐이기 때문이다. 또는 시를 "삶에 대한 비평"†으로 명명할 수도 있겠지만, 시에 대한 새로운 체험에서 충만한 놀라움과 숭고함을 느낀 적이 있는 사람이라면 누구에게든 이보다 더 딱딱하고 무감각하게 들리는 표현은 따로 없을 것이다. 그리고 명백히 시란 도덕적 가르침이나 정치적 방향 제시도 아니고, 말이 기괴하게 오용되는 몇몇 경우를 제외하면 종교도 아니며 종교에 상응하는 그 무엇도 아니다. 그리고 시란 명백히 시인의 정신에 관한 또는 한 시대의 역사에 관한 심리학적 자료들의 집합체 그 너머에 그리고 그 위에 존재하는 그 무엇, 그런 자료들의 집합체와는 완전히 다른 그 무엇이다. 만일 우리가 어쩌다 별 생각 없이 시라는 가치를 이미 부여한 경우야 어쩔 수 없다 해도, 그런 것들은 결코 시로 받아들일 수 없기 때문이다.

사정이 그러하므로, 시를 비평할 때 우리가 만일 여타의 시에 대해 우리 자신이 소유하고 있는 감수성과 지성이 어떤 것이든 바로

---

* 「서문」에서 밝혔듯, 윌리엄 워즈워스와 새뮤얼 테일러 코울리지의 공동 시집 『서정 담시집』(*Lyrical Ballads*)은 1798년에 출간되었다. 해당 구절은 이 시집의 재판(1800년 발간)에 수록된 워즈워스의 서문("Preface")에 나오는 표현.

† 매슈 아놀드가 1888년에 발표한 「시에 대한 연구」("The Study of Poetry")라는 글에서 밝힌 시에 대한 정의.

그 감수성과 지성과 함께 시작한다면, 또한 탁월한 짜임새와 탁월한 운율로 이루어진 탁월한 말로서의 시와 함께 시작한다면, 우리는 올바른 길을 걷는 셈이 된다. 탁월한 짜임새와 탁월한 운율로 이루어진 탁월한 말, 그것은 운문의 기법이라고 불리는 것이다. 하지만 우리는 운문의 기법조차 무엇인지를 정의할 수 없음에 직면한다. 우리는 어떤 지점에서 "기법"이 시작되고 어떤 지점에서 그것이 끝나는지 말할 수 없기 때문이다. 그리고 우리가 여기에다가 "느낌의 기법"을 첨가한다고 해도, 이 멋들어진 구절이 우리에게 추가로 밝혀 주는 영역은 그리 넓지 않을 것이다. 우리는 다만 한 편의 시란 어떤 의미에서 보면 자체의 생명을 지닌 것이라고 말할 수 있을 뿐이다. 또한 부분들이 모여 무언가를 형성하되, 깔끔하게 정돈된 전기적傳記的 자료의 집합체와는 아주 다른 무언가를 형성한다고 말할 수 있을 뿐이다. 나아가, 한 편의 시가 결과적으로 일깨우는 느낌이나 감정 또는 시적 비전은 시인의 정신 속에 존재하는 느낌이나 감정 또는 시적 비전과는 다른 무엇이라고 말할 수 있을 뿐이다.

관점에서 달리해서 보면, 마찬가지로 확실하게 시는 도덕, 종교, 심지어 어쩌면 정치와 관련이 있는 무언가를 소유하고 있다. 비록 그것이 어떤 것인지를 우리가 말할 수 없더라도, 우리는 이를 부인할 수 없다. 만일 내가 내 자신에게 (한층 더 높은 차원에서 비교를 시도하자면) 단테의 시를 셰익스피어*의 시보다 선호하는 이유가 무엇인가를 묻는다면, 나는 단테†의 시가 삶의 신비에 대해 좀 더 분별력 있는 자세를 환하게 드러내 보여 주는 것으로 생각되기 때문이

* William Shakespeare (1564-1616): 『맥베스』(*Macbeth*), 『오셀로』(*Othello*), 『햄릿』(*Hamlet*), 『리어 왕』(*King Lear*)과 같은 작품을 남긴 영국의 극작가.

† Dante Alighieri (1265-1321): 『신곡』(*La Divina Commedia*), 『신생』(*La Vita Nuova*), 『향연』(*Convivio*)과 같은 작품을 남긴 이탈리아의 시인.

라고 말하지 않을 수 없다. 그리고 이런 질문들에서, 그리고 우리가 피할 수 없는 여타의 질문들에서, 우리는 이미 "시"에 대한 비평의 영역에서 벗어나고 있는 것처럼 보인다. 이처럼 우리는 어떤 지점에서든 비평의 영역에서 벗어나는 일을 멈출 수 없다. 우리가 희망할 수 있는 최선책은 어느 지점에서 시작할 것인가를 놓고 의견을 모으는 일이다. 그리고 부분적으로 이 책의 주제는 바로 그것이다.

1928년 3월

T. S. 엘리엇

완벽한 비평가

1

"사적인 인상들을 법칙으로 확립하는 것,
성실한 인간이라면 그가 진력해야 할 과제는 바로 그것이다."
—레미 드 구르몽, 『아마존의 여전사에게 보내는 서한문』[*]

코울리지[†]는 아마도 비평가로서는 영국에서 가장 위대한 인물일 것이다. 그리고 어떤 의미에서 보면 이름에 값하는 마지막 비평가일 것이다. 코울리지 이후에 우리에게는 매슈 아놀드가 있긴 하다. 하지만 내 생각으로 그는 비평가라기보다 비평의 전도사임을 시인해야 할 것이다. 즉, 그는 이념들의 창시자라기보다 이를 대중화하는 역할을 한 사람이다. 영국이라는 나라가 섬으로 남아 있는 한, (그리고 아놀드 시대의 사람들보다 우리가 유럽 대륙에 더 가까이

---

* Remy de Gourmont, *Lettres à l'Amazone* (Paris: Mercure de France, 1919), 32쪽. 본 번역에서 운문이 아닌 산문의 경우에는 인용문의 원문을 밝히지 않을 것이지만, 글머리에 '표어標語'의 형태로 인용한 구절의 경우에는 원문을 밝히기로한다. 엘리엇이 이 자리에 인용한 부분의 원문은 다음과 같다. "Ériger en lois ses impressions personnelles, c'est le grand effort d'un homme s'il est sincère."

† Samuel Taylor Coleridge (1772-1834): 「서문」 및 「재판 서문」에 첨가한 역주에서 밝혔듯, 워즈워스와 공동으로 『서정 담시집』을 출간한 영국의 시인. 『서정 담시집』에 수록된 그의 작품 가운데 특히 유명한 것은 「늙은 뱃사람의 노래」("The Rime of the Ancient Mariner"). 그는 시인으로서뿐만 아니라, 엘리엇의 언급대로 비평가로서도 높은 명성을 누리고 있다.

다가가 있지 않는 한,) 아놀드의 작업은 소중한 것이 될 것이다. 그의 작업은 여전히 영국과 유럽 대륙 사이의 해협을 가로지르는 가교架橋에 해당하는 것이고, 이는 항상 분별력을 발휘할 것이기 때문이다. 자기 나라 사람들의 의식을 바로잡기 위한 아놀드의 시도 이후, 영국의 비평은 두 방향으로 전개되어 왔다. 어느 한 저명한 비평가가 최근 신문지상에서 "시란 그 어느 것보다 더 고도의 수준으로 조직화된 형태의 지적 활동"*임을 설파했을 때, 여기서 우리가 감지할 수 있는 것은 코울리지의 생각도 아니고 아놀드의 생각도 아니다. 이 문구에 함께 등장하는 "조직화된"과 "활동"과 같은 말들에는 과학적 용어를 사용하고 있다는 막연한 암시, 오늘날 우리 시대의 모든 글의 특징을 이루고 있기에 친숙해진 이 용어 사용의 관행에 대한 막연한 암시가 담겨 있다. 뿐만 아니라, 코울리지나 아놀드라면 아예 제기하는 것조차 허락하지 않았을 종류의 질문을 우리에게 던지게 했다. 예컨대, 어떻게 해서 시가 천문학이나 물리학 또는 순수 수학보다도 더 "고도의 수준으로 조직화된" 것일 수 있는가. 우리의 상상에 따르면, 이들 천문학, 물리학, 또는 순수 수학은 이들 학문을 수행하는 과학자들과 관련지어 볼 때 상당히 높은 수준으로 조직화된 형태의 "지적 활동"인데, 시가 어떻게 이보다 더 "고도로 조직화된" 것일 수 있겠는가. 이 같은 진술에 이어, 우리의 비평가는 다음과 같은 지당하고도 빤한 말씀을 덧붙인다. "빈 화폭 위에 물감을 마구 발라놓은 것처럼 무작위로 내뱉은 단순한 일련의 말들은 놀라움을 자아낼 수 있겠지만 . . . 문학사에서 그 어떤

* 「서문」에 첨가한 역주에서 밝힌 바와 같이, 에드먼드 윌리엄 고스는 1920년 5월 30일자 『선데이 타임스』(*Sunday Times*)에 「책 세상: 새로운 시」("World of Books: The New Poetry")라는 글을 기고한 바 있다. 엘리엇이 전거典據를 밝히지 않은 채 인용한 해당 구절의 출처는 이 글이다.

의미도 갖지 못한다." 아놀드의 말 가운데 가장 널리 알려진 것들에는 적절치 못한 것들도 있고, 의문을 불식시키기보다 한결 더 심각하게 의문을 제기케 하는 것들도 있긴 하나, 일반적으로 그런 말들에는 무언가의 의미가 담겨 있다. 하지만 만일 "그 어느 것보다 더 고도의 수준으로 조직화된 형태의 지적 활동"이라는 언사가 오늘날의 비평—그것도 오늘날의 비평을 대표하는 탁월한 비평—이 감당할 수 있는 그 어느 것보다 더 고도의 수준으로 조직화된 사유라면, 우리는 오늘날의 비평이 퇴락의 상태에 처해 있다는 결론에 이르지 않을 수 없다.

위에서 주목한 언어적 질환에 대한 진단은 잠시 유보하기로 하자. 아무튼, 이는 아서 사이먼스[*] 씨가 특히 심각하게 시달려야 했던 질병과는 다른 것이다. (위의 인용도 물론 사이먼스 씨의 글에서 인용한 것이 아니다.) 사이먼스 씨는 이와 반대 경향을 대표한다. 그는 이른바 "탐미주의 비평" 또는 "인상주의 비평"으로 여일하게 불리는 비평을 대표하는 사람이다. 그리고 이것이 바로 지금 이 자리에서 내가 곧바로 검토하고자 하는 유형의 비평이다. 페이터[†]의 비평적 후계자이자 부분적으로는 스윈번[‡]의 비평적 후계자이기도 한 사이먼스 씨는 "인상주의 비평가"*다*. (나에게는 "병적이거나 딱한"[§] 이라는 표현이 이들 세 비평가의 공통적인 특성이라는 생각이 들기

---

* Arthur Symons (1865-1945): 영국의 비평가이자 시인.

† Walter Pater (1839-1894): 탐미주의를 대표하는 영국의 문예 비평가.

‡ Algernon Charles Swinburne (1837-1909): 영국의 시인이자 극작가이며 비평가.

§ 매슈 아놀드가 「다신교도와 중세의 종교적 정서」("Pagan and Medieval Religious Sentiment," 1864)라는 글에서 고대 희랍의 종교와 중세 기독교의 상황을 비교하면서 후자의 특징으로 이 표현("sick and sorry")을 동원하고 있다.

도 한다.) 그는 어느 쪽인가 하면 하나의 "대상"과 마주하여 예민하고도 교양 있는 정신을 드러내 보이는 비평가라고 할 수 있을 것이다. 이때의 '교양 있다'는 말은 모든 유형의 예술 및 여러 언어들과 접하면서 상당히 다양한 종류의 인상들을 축적했음을 뜻하기 위해 동원된 표현이다. 그리고 그의 비평은 어느 경향인가 하면, 우리 자신의 것보다 한층 더 예민한 마음에 남긴 인상들에 대한 성실한 기록, 마치 사진의 감광판 역할을 하듯 인상들 하나하나에 대한 성실한 기록을 우리에게 드러내 보이는 경향을 띠고 있다고 말할 수 있으며, 그가 기록한 인상들은 우리 자신의 것보다 한층 더 수적으로 우세할 뿐만 아니라 한층 더 세련된 것이라고도 할 수 있다. 우리의 관찰에 따르면, 그의 기록은 일종의 해설, 일종의 번역이기도 한데, 그의 기록은 그 자체가 우리에게 인상들을 강요하는 것임에 틀림없고, 또한 이 같은 인상들은 비평을 통해 우리에게 전달되는 것 못지않게 창조되는 것이기도 하다는 점에서 그러하다. 이것이 바로 사이먼스 씨라는 단정을 내가 이 자리에서 곧바로 내리고자 하는 것은 아니다. 하지만 이것이 곧 "인상주의적" 비평가이고, 추정컨대 인상주의적 비평가가 곧 사이먼스 씨인 것이다.

당장 손에 잡히는 책을 우리는 검증 대상으로 삼을 수 있겠다.* 이 책에 수록된 열세 편의 글 가운데 열 편의 글에서 그는 셰익스피어의 작품을 개별적으로 다루고 있다. 이에 따라 이 가운데 한 편을 이 책에 담긴 논의의 표본으로 취한다 해도 무리는 아닐 것이다.

내가 생각하기에, 『안토니와 클레오파트라』†는 셰익스피어의 모든 작품 가

* 아서 사이먼스, 『엘리자베스 시대의 연극에 관한 연구』(*Studies in the Elizabethan Drama*). (엘리엇의 원주)

† *Antony and Cleopatra*: 셰익스피어의 희곡 작품으로, 1607년경에 초연.

운데 가장 멋진 작품이다. . . .

이렇게 말하면서 사이먼스 씨는 클레오파트라가 세상에서 그 누구와도 견줄 수 없는 가장 멋진 여성이라는 생각에 잠긴다.

> 프톨레마이오스 왕조의 마지막을 장식하는 여왕은 시인들의 별, 호라시우스와 프로페르티우스에서 시작하여 빅토르 위고에 이르기까지 모든 시인들에게 불길한 빛을 발하는 사악한 별이었으며, 이는 단순히 시인들에게만 그런 것이 아니었다. . . .*

사이먼스 씨의 클레오파트라에 관한 논의가, 그리고 셰익스피어의 소네트에 등장하는 어두운 피부의 여인의 가능한 전거를 어디서 찾을 수 있는가에 대한 그의 논의가 지면 위에서 이어지는 동안, 이를 읽으면서 우리는 묻지 않을 수 없다. 도대체 이상과 같은 진술은 무엇을 위한 것인가? 곧이어 우리는 점차적으로 사이먼스 씨의 글이 예술 작품 또는 지성의 산물을 대상으로 하여 이어가는 논의가 아님을 감지하게 된다. 그와는 달리, 극장에서 이 극작품을 몸과 마음을 다 동원하여 직접 체험하듯, 사이먼스 씨가 이 극작품을 몸과 마음을 다 동원하여 직접 체험하고 있다는 사실을 깨닫게 된다. 그것도 작품에 대한 상세한 설명과 논평을 이어가면서.

> 생애의 마지막 순간에 클레오파트라는 모종의 숭고한 경지에 이른다. . . . 그녀는 남성들의 입을 통해 놀림감이 되고 비웃음의 대상이 되어 살기보다는 천 번이라도 더 죽음을 맞이하고자 한다. . . . 그녀는 마지막 순간까지 여인이었다. . . . 그래서 그녀는 죽는다. . . . 극은 엄숙한 연민의 분위기 속에서 끝을 맺는다. . . .†

---

* Symons, *Studies in the Elizabethan Drama*, 1쪽.

† Symons, *Studies in the Elizabethan Drama*, 18-20쪽.

이처럼 다소 불공정한 방식으로 제시되고 있는 가운데, 아티초크*의 잎사귀처럼 하나하나 뜯겨져 분리되는 가운데, 사이먼스 씨의 인상들은 통상적인 형태의 대중 문학 강연과 유사한 것이 되고 있다. 대중 문학 강연에서는 극작품이나 소설의 이야기 내용이 되풀이되고 극중 또는 작중 인물의 동기가 제시되는 등, 이에 따라 예술 작품은 초보자에게 이해하기 쉬운 것으로 각색된다. 하지만 이것이 사이먼스 씨가 글을 쓰려 했던 이유는 아닐 것이다. 우리가 그의 글과 이런 형태의 문학 교육 사이의 유사성을 감지하는 이유는 『안토니와 클레오파트라』가 우리에게 상당히 친숙한 작품이고, 따라서 우리에게는 이 작품에 대한 우리 나름의 인상들이 있기 때문이다. 우리는 극중 인물들과 그들의 감정에 대해 우리 나름의 인상들에 만족감을 느낄 수 있고, 다른 사람의 인상들이 아무리 예민한 것이라고 해도 별 의미가 없는 것임을 확인하기도 한다. 하지만, 우리가 프랑스의 상징주의자들에 대해 무지한 상태에서 『문학에서의 상징주의 운동』†과 마주했던 바로 그때를 상기할 수 있다면, 우리는 그 책이 전혀 새로운 느낌에 대한 소개서였던 것을, 우리에게 일종의 계시와도 같은 것이었던 것을 기억할 것이다. 우리는 베르렌느와 라포르그와 랭보‡의 작품을 찾아 읽고 뒤에 사이먼스 씨의 책으로 되돌아왔을 때 우리는 어쩌면 우리 자신의 인상들과 그의 인상들 사이에 차이가 있음을 확인할 수도 있겠다. 그 책이 어느 한 독자에

---

* Artichoke: 엉겅퀴과의 다년초 식물로, 꽃이 피기 전의 꽃봉오리가 서양에서 식용으로 애용된다. 아티초크의 꽃봉오리는 꽃받침으로 겹겹이 둘러싸여 있는데, 엘리엇이 말하는 것은 바로 이런 형태의 아티초크 꽃봉오리.

† *The Symbolist Movement in Literature*: 당대 영미의 시인들에게 지대한 영향을 미쳤던 아서 사이몬스의 대표적 저서로, 1899년에 출간.

‡ Paul Verlaine (1844-1896), Jules Laforgue (1860-1887), Arthur Rimbaud (1854-1891): 프랑스의 상징주의 시 운동을 대표하는 시인들.

게 어쩌면 영구적으로 가치를 지닌 것이 되지는 않은 것도 사실이지만, 그를 영구적으로 중요성을 갖는 결정적인 변화로 이끌었던 것도 사실이다.*

문제는 사이먼스 씨의 인상들이 "진실한 것"인가 또는 "거짓된 것"인가에 있지 않다. 당신이 "인상"이라는 순수한 느낌을 따로 분리해 낼 수 있는 한, 이는 물론 진실한 것도 아니고 거짓된 것도 아니다. 문제의 핵심이 어디에 있는가 하면, 당신은 순수한 느낌을 갖는 것에서만 머물 수 없다는 데 있다. 당신은 두 가지 방식 가운데 어느 한쪽으로 반응하거나, 또는 내가 믿기로는 사이먼스 씨가 그렇게 했듯 두 가지 방식을 혼합한 쪽으로 반응하게 될 것이다. 우선 당신이 인상들을 언어로 표현하려 시도하는 바로 그 순간, 당신은 분석하고 구성하는 일을 시작할 것이다. 즉, "인상을 법칙으로 확립"하고자 할 것이다. 아니면, 당신은 무언가 다른 것을 창조하기 시작할 수도 있겠다. 한때 시 창작의 면에서 사이먼스 씨에게 영향을 미쳤을 수도 있는 스윈번의 경우, 시를 창작하는 스윈번과 비평을 하는 스윈번은 전혀 다른 사람으로, 이 사실이 시사示唆하는 바는 크다. 비평의 차원에 국한하여, 또한 이 측면에 한정하여 논의하자면, 그는 창조적 충동과는 다른 차원의 충동을 만족시키고 있다. 그는 비평 및 해설 및 정리 작업을 수행한다. 스윈번의 비평은 비평가의 비평이 아님을 당신은 지적할 수도 있겠다. 비록 이에 대해 서로 다른 두 의견이 있긴 하지만, 이는 감정적인 것이지 지적인 것이 아니기 때문이다. 하지만 이는 분석과 구성의 방향으로 나아가는 것,

* 여기서 "어느 한 독자"는 엘리엇 자신. 엘리엇이 사이먼스의 저서 『문학에서의 상징주의 운동』과 처음 만난 것은 하버드 대학을 다니던 때(1908년)였으며, 이를 통해 알게 된 프랑스의 상징주의 시는 엘리엇 자신이 인정했듯 그의 시 창작에 강한 영향을 주었다.

"법칙으로 확립"하기 시작하는 쪽으로 나아가는 것이지, 창조의 방향으로 나아가는 것이 아니다. 따라서 나는 스윈번이 창조적 충동에 대한 적절한 출구는 자신의 시 창작에서 찾았던 것으로 추론한다. 또한 창조적 충동 가운데 어떤 것도 일부 억제되었다가 비평적 산문을 통해 분출되지는 않았던 것으로 추론하기도 한다. 스윈번의 비평 문체는 본질적으로 산문적이다. 그런데 사이먼스 씨의 산문은 스윈번의 산문 쪽보다는 그의 시 쪽에 한결 더 가깝다. 비록 나의 생각은 거의 완벽한 어둠 속에서 헤매는 것이나 다름없지만, 나의 상상으로 사이먼스 씨는 스윈번보다 남의 글을 읽고 한층 더 심하게 심적 동요를 느끼는 사람, 한층 더 깊이 감화를 받는 사람인 것 같다. 스윈번은 다소 격렬하고 즉각적이며 포괄적으로 찬사의 마음을 표출하는 식의 반응을 보이곤 했는데, 이로써 그는 내적으로 변화를 겪지 않는 채 평정 상태를 유지했는지도 모른다. 사이먼스 씨의 내부에서 일어나는 심적 동요는 그를 부추겨 거의 무언가를 새롭게 창조하는 지점으로, 딱히 창조라 할 수 없지만 이에 준하는 것으로 이끈다. 독서 행위는 때때로 그의 감정을 풍요롭게 하여 비평이라고 할 수 없는 무언가 새로운 것을 생산케 하지만, 그것이 곧 창조성의 분출, 배출, 탄생에 해당하는 것은 아니다.

그런 유형의 사람이 드문 것은 아니다. 하지만 사이먼스 씨는 그런 유형에 속하는 거의 모든 사람보다 한층 탁월한 사람이다. 몇몇 작가들은 본질적으로 자극에 지나치게 민감하게 반응하는 유형에 속하는 사람들로, 인상들에서 새로운 무언가를 만들어 내곤 하지만, 생명력의 결여 때문에 또는 일이 자연스럽게 풀리는 것을 방해하는 무언가 막연한 장애물 때문에 고통을 받곤 한다. 그네들의 감수성은 대상을 일부 변조하는 데 한 몫을 하나, 대상 자체의 변신을 이끌지는 못한다. 그네들의 반응은 예민한 감성의 평범한 일반인들, 그러니까 예외적인 수준으로 발달된 감성을 지닌 평범한 일반인들이 보이는 것과 다른 것이 아니다. 바로 이 예민한 감성의 평범한 일반인은 예술 작품을 체험하는 경우 비판적 반응과 창조적 반응을 혼합된 형태로 드러낸다는 점에서 그러하다. 그의 반응은 논평과 견해로 이루어져 있으며, 자기 자신의 삶에 막연하게나마 적용이 가능한 새로운 감정을 포함하기도 한다. 감상적感傷的인 사람은 불완전한 예술가다. 감상적인 사람의 경우, 하나의 예술 작품은 온갖 종류의 감정을, 그것도 예술 작품 자체와 도대체 아무런 관련도 없는 감정을, 다만 사적私的인 연상 작용의 우연한 산물일 뿐인 감정을 그의 내부에서 일깨우는데, 그는 다만 불완전한 예술가일 따름이다. 진정한 예술가의 내부에서는 어떤 일이 일어나는가 하면, 하나의 예술 작품이 만들어 낸 이러한 암시들은 순전히 사적인 것이긴 하나, 여전히 각양각색의 체험에서 비롯된 헤아릴 수 없이 많은 다른 암시들과의 융합이 이루어지고, 결과적으로 하나의 새로운 대상의 창작이, 예술 작품 그 자체이기에 더 이상 순전히 사적인 것이 아닌 새로운 대상의 창작이 이루어진다.

사이먼스 씨의 매력적인 운문—넘쳐흘러 비평적 산문 속으로 유입되기까지 하는 그의 매력적인 운문—에서 성취되지 못한 것이 무엇인가를 놓고 추측을 일삼는 것은 무모한 일일 것이며, 아마도 이를 판단하고 결정하기란 불가능할 수도 있겠다. 하지만 우리는 확신을 갖고 말할 수 있거니와, 스윈번의 운문에서는 인상(impression)과 표현(expression)의 연쇄적 순환 과정이 완결된 형태로 이루어지고 있다. 따라서 스윈번은 자신의 비평문에서 사이먼스 씨보다 한층 더 비평가다울 수 있었다고 말할 수 있다. 이 점은 무엇 때문에 스윈번이 자신의 한계 내에서는 아주 빈번하게 비평가로서 신뢰 대상이 되어야 하는가에 대한 믿을 만한 암시를 우리에게 제공한다. 그의 비평은 비평으로서의 역할을 할 뿐, 억압된 창조적 열망—대부분의 다른 사람들의 경우, 치명적인 간섭을 일삼는 경향을 보이는 이 억압된 창조적 열망—을 만족시키는 것이 되지 않을 것이다.

예술적 감수성이 보일 법한 적절한 비평적 반응이란 어떤 것인가, 어느 정도까지 비평은 "느낌"이고 어느 정도까지 "사유"인가, 그리고 어떤 종류의 "사유"가 허용될 수 있는가 등의 문제를 검토하기 전에, 사이몬스 씨의 것과는 아주 판이한 기질—그러니까 이 글의 시작 부분 가까운 곳에서 인용한 바 있는 것과 같은 일반화에서 감지되는 아주 판이한 종류의 바로 그 기질—에 대해 약간이나마 천착해 보는 것이 유익할 수도 있겠다.

2

"추상적인 문체의 작가는 거의 누구나 다 감상주의자이고,
최소한 예민한 사람이다. 예술가적 작가는 거의 누구도
감상주의자가 아니고, 예민한 사람이 있다 해도 아주 드물다."
*—레미 드 구르몽, 『문체의 문제』**

이미 앞서 인용한 바 있는 "시란 최고도의 수준으로 조직화된 형태의 지적 행위"라는 진술은 비평의 영역에서 추상적인 문체의 표본 가운데 하나로 간주될 수도 있을 것이다. 대부분 사람들의 머릿속에 "추상적"이라는 말과 "구체적"이라는 말이 명확히 구분되지

* Remy de Gourmont, *Le Problème du Style*, 제7판 (1902; Paris: Mercure de France, 1916), 40쪽. 엘리엇이 인용한 원문은 다음과 같다. "L'écrivain de style abstrait est presque toujours un sentimental, du moins un sensitif. L'écrivain artiste n'est presque jamais un sentimental, et très rarement un sensitif."

않은 채 혼란스러운 상태로 존재하는 것은 추상적인 것과 구체적인 것이라는 두 유형의 정신이 존재한다는 명백한 사실 때문이라기보다는 이들과는 다른 유형의 정신—즉, '언어적' 또는 '철학적'으로 규정될 수 있는 유형의 정신—이 존재하기 때문이다. 물론, 이렇게 말한다고 해서, 일반적으로 사람들이 철학을 향해 품고 있는 비난의 마음을 내비치려는 데 나의 의도가 있는 것은 아니다. 나는 잠시 "철학적"이라는 용어를 철학의 비과학적인 요소들을 아우르는 데 사용하고자 할 따름이다. 실제로는 지난 백 년 동안 축적된 철학적 업적의 상당 부분을 아우르기 위한 표현으로 이 용어를 사용하고자 한다. 하나의 낱말은 두 가지 방식으로 "추상적"인 것이 될 수 있다. "활동"이라는 낱말을 예로 들자면, 이 낱말은 그 어떤 감각에 호소해도 포착될 수 없는 의미를 지닐 수 있는데, 그 의미를 파악하기 위해서는 시각 체험이나 근육 활동 체험에 대한 유추를 의도적으로 억제할 것이, 그럼에도 여전히 이 과정에 상상력을 동원할 것이 요구될 수도 있다. 훈련된 과학자가 "활동"이라는 낱말을 사용할 때, 그에게 이 낱말은 전혀 아무것도 의미하지 않거나, 또는 이 낱말이 우리에게 암시하는 것이 무엇이든 그보다는 한층 더 엄밀한 무언가를 의미할 것이다. 우리에게 파스칼과 버트런드 러셀* 씨가 수학에 관해 피력한 견해를 받아들이는 것이 허락된다면, 우리는 수학자가 그의 감성에 직접 영향을 미치는 대상을 다루고 있다고 믿지 않을 수 없다.† (만일 그가 다루는 것을 대상으로 명명해도 문제가 없다

---

* Blaise Pascal (1623-1662), Bertrand Russell (1872-1970): 각각 프랑스와 영국의 철학자이자 수학자.

† 이상의 논의와 관련하여, 파스칼은 『수상록』(*Pensées*, 1670년 사후 출간)에서 '이성'(la raison)을 통해서가 아니라 '마음'(le coeur)을 통해 아는 진리가 있는데, 그것은 공간, 시간, 움직임, 숫자 등임을 주장한 바 있다. 이에 대한 논

면, 그렇게 말할 수도 있겠다.) 아울러, 역사가 진행되어 온 상당 기간 동안, 철학자는 수학자의 탐구 대상과 마찬가지로 엄밀한 의미에서의 탐구 대상으로 그 자신이 믿고 있는 바의 대상을 다루기 위해 온갖 노력을 기울여 왔다. 마침내 헤겔이 세상에 출현했으며, 아마도 그가 처음은 아니겠지만 그는 확실히 감정의 체계화를 주도한 철학자 가운데 최고의 비상한 능력을 지닌 인물이었다.* 그는 자신의 감정들이 마치 그러한 감정들을 일깨운 명백한 대상이라도 되는 양 이를 다룬 철학자였던 것이다. 이어서 그의 후계자들은 일반적으로 낱말들이 명백한 의미를 지닌다는 점을 의문의 여지가 없는 당연한 것으로 여기고, 낱말들이 막연한 감정들로 변하는 경향을 간과해 왔다. (현장에서 목격하지 않은 이라면 누구도 유켄† 교수가 탁자를 치면서 "정신이란 무엇인가? 정신이란 . . . ."이라고 외칠 때 그의 어조에 담겨 있던 확신이 얼마나 대단한 것이었는지를 상상하지 못할 것이다.) 만일 언어적 표현의 문제가 전문적인 철학자들 사이에서만 제기되는 한정된 것이었다면, 아무런 해도 없었을 것이다. 하지만 언어 표현의 타락 현상은 엄청난 지경에 이르러 있는 것이

의는 *Pensées de Blaise Pascal: Édition Variorum*, Charles Louandre 편 (Paris: Charpentier, 1861), 224-225쪽 참조. 한편, 러셀은 "정신이 붉은 색이나 파인애플의 맛에 친밀감을 느끼는 것과 마찬가지로 [수학적] 대상에도 친밀감을 느끼도록, [수학자는] 다루고자 하는 대상을 명료하게 보아야 하고 다른 사람들에게도 명료하게 보이게 해야 함"을 밝힌 바 있다. 이와 관련해서는 Bertrand Russell, *The Principles of Mathematics*, Routledge Classics (1903; London: Routledge, 2010), xliii쪽 참조.

* Georg Wilhelm Friedrich Hegel (1770-1831): 독일의 철학자.

† Rudolf Christoph Eucken (1846-1926): 독일의 철학자로 1908년에 노벨 문학상 수상. 그는 1912-1913년 하버드 대학에 교환교수로 와 있었으며, 1913년에는 뉴욕 대학에 머물며 강의를 했다. 엘리엇은 프랑스에 머물다가 전에 다니던 하버드 대학으로 돌아와 1911년부터 1914년까지 철학을 공부했다. 정신의 실체성을 역설하던 유켄 교수의 강의와 관련된 일화는 이 같은 시간적 및 장소적 배경과 관련된 것으로 추정된다.

오늘날이다. 중세 신학자 또는 신비주의자의 설교를, 그리고 17세기 설교자의 설교를 슐라이어마허* 이후 "자유주의" 신학자의 설교와 비교해 보면, 당신은 낱말들의 의미가 바뀌었음을 확인할 수 있을 것이다. 낱말들이 잃은 것은 의미의 명백함이고, 얻은 것은 의미의 막연함이다.

지난 19세기까지 축적된 방대한 양의 지식—또는 적어도 정보—의 탓으로 돌려야 할 것이 있다면, 이로 인해 이에 상응하는 방대한 양의 무지無知가 뒤따르게 되었다는 사실일 것이다. 알아야 할 것이 지나치게 많을 때, 지식의 분야가 수도 없이 많아서 같은 낱말이라도 분야에 따라 서로 다른 의미를 갖게 되었을 때, 누구나 엄청나게 많은 것에 대해 약간씩의 지식을 갖추게 되었을 때, 누구에게든 자신이 무슨 말을 하고 있는지를 알고 있는 것인지 또는 모르고 있는 것인지를 아는 것이 점차적으로 어렵게 되었다. 아울러, 우리가 알지 못할 때, 또는 충분히 알지 못할 때, 우리는 항상 사유가 요구될 때 이를 대신하여 감정에 호소하는 경향을 보인다. 현재의 글에서 우리가 빈번히 인용하고 있는 문장도 다른 어떤 문장들과 마찬가지로 이 같은 대체 과정이 이루어지고 있는 사례로, 어쩌면 이 문장을 『분석론 후서』†의 시작 부분과 대조하는 것은 유익한 일이 될 수도 있겠다. 모든 지식뿐만 아니라 모든 느낌은 인식의 영역 안에 존

---

* Friedrich Schleiermacher (1768-1834): 독일의 개신교 신학자.

† *Posterior Analytics*: 아리스토텔레스가 남긴 두 권의 『분석론』 가운데 후편. 옥스퍼드 대학의 '클래런든 아리스토텔레스 저술 총서'(Clarendon Aristotle Series)에서 발간된 조너선 반스(Jonathan Barnes)의 번역(재판, 1993년, 제1쪽)에 따르면, 『분석론 후서』는 이렇게 시작된다. "지적인 유형의 모든 가르침과 모든 배움은 기존의 지식에서 비롯된다. 모든 경우를 놓고 검토해 보면, 이 사실은 자명해질 것이다. 수를 다루는 학문들도 이런 방식으로 습득되었으며, 그 외의 다른 모든 기예도 마찬가지다."

재한다. 최고도의 수준으로 조직화된 형태의 지적 행위로서의 시를 주창한 사람은 이 같은 정의를 활자화할 때 그 어떤 인식 활동에도 관여하고 있지 않았다. 그는 "시"에 대한 자기 자신의 감정 이외에 그 어떤 것도 의식하고 있지 않았던 것이다. 요컨대, 그는 사이먼스 씨의 것과도 전혀 다를 뿐만 아니라 아리스토텔레스의 것과도 전혀 다른 "활동"에 몰두하고 있었던 것이다.

아리스토텔레스는 그를 향한 사람들—그의 제자라기보다는 편협한 신봉자로 간주되어야 할 사람들—의 충성심 때문에 고통을 감수해 온 사람이다. 정전正典을 받아들이는 초超비판적 정신으로 아리스토텔레스를 수용하는 일에 우리는 단호하게 불신감을 가져야 한다. 이는 그가 지닌 생명력 전체를 상실케 할 것이기 때문이다. 그는 기본적으로 범상치 않을 뿐만 아니라 보편적인 지성의 소유자였다. 그리고 보편적인 지성의 소유자였다고 함은 그가 자신의 지성을 어떤 것에도 적용할 수 있는 사람이었음을 의미한다. 평범한 지성은 단지 일부 계층의 대상에게만 효력을 갖는다. 눈부신 재능을 소유한 어느 한 과학자가 어쩌다 조금이라도 시에 흥미를 갖게 된다면 그는 어쩌면 기괴한 판단을 마음에 담을 수도 있을 것이다. 한 시인이 그러하듯, 시인이 과학자에게 자기 자신을 떠올리게 하기 때문에. 또는, 다른 시인이 그러하듯, 과학자 자신이 찬양하는 감정들을 시인이 드러내기 때문에. 그는 사실 예술을 이기심利己心—그러니까 자기 자신의 전문 분야에서 억눌렸던 이기심—의 분출구로 사용할 수도 있다. 하지만 아리스토텔레스는 충족시켜야 할 그 어떤 불순한 욕망도 갖고 있지 않았다. 그 어떤 관심 영역에서든 그는 오로지 여일하게 대상을 응시할 뿐이었다. 짤막하고 일부만 남은 논문에서 그는 영원한 사례를 제공하고 있을 뿐, 법칙들도, 심지어 방법론도 제공하지 않는데, 극도로 지성적이어야 하는 것 이외에 방법론은 따로 존재하지 않기 때문이다. 다만 원리와 정의에 이르는 지점까지 감각에 대한 분석 작업을 신속하게 수행하고 있는 지성 그 자체를 사례로 제공하고 있을 뿐이다.

지난 19세기까지 비평의 전범 역할을 한 것은 아리스토텔레스보다 호라티우스다. 하지만 호라티우스 또는 부왈로*가 우리에게 제공한 것과 같은 종류의 규범은 단순히 미완未完의 분석에 해당하는 것일 뿐이다. 이는 일종의 법칙 또는 규칙의 형태를 띠고 있는데, 그런 형태를 띨 수밖에 없음은 최고의 수준으로 일반화의 경지에 이른 것이 아니라, 경험에 따른 것이기 때문이다. 스피노자†가 깨달았듯, 필연성을 이해하게 되면 우리는 이를 받아들임으로써 자유로워진다. 법칙을 마련하고 특정한 가치를 고집하는 등 독단을 일삼는 비평가는 자신의 노작勞作을 불완전한 상태의 것으로 남게 한다. 그런 비평가의 진술들은 종종 시간 절약의 수단으로 정당화될 수도 있겠다. 하지만 엄청나게 중요한 일과 마주해서라면 비평가는 남을 강요해서도 안 되며, 못하다거나 낫다거나 식의 판단을 내려서도 안 된다. 그는 다만 해명을 해야 한다. 그러면 독자가 스스로 올바른 판단을 내릴 것이다.

그리고 덧붙여 말하자면, 순전히 "기예技藝의 차원에서 비평가 역할을 하는" 비평가—즉, 무언가 진기한 것에 대해 해명하거나 예술적 훈련 과정을 거치는 사람들에게 가르침을 베풀기 위해 글을

---

* Nicolas Boileau-Despréaux (1636-1711): 호라티우스의 비평 정신을 계승한 프랑스의 시인이자 비평가. 일반적으로 '부왈로'로 약칭. 호라티우스는 『시작법』(*Ars Poetica*)이라는 저서를 남긴 바 있으며, 부왈로 역시 동일 제목의 저서 『시작법』(*L'Art poétique*, 1674)을 남겼다.

† Baruch Spinoza (1632-1677): 네덜란드의 철학자.

쓰는 비평가—는 다만 협소한 의미에서 비평가로 불릴 수 있다. 그는 예술적 인식에 대해, 그리고 이를 일깨우는 수단에 대해 분석할 수도 있다. 하지만 그의 목표하는 바는 한정된 것일 뿐, 공평무사한 지성의 실천에 따른 것이 아니다. 목표하는 바가 협소하기에, 이런 유형의 비평가는 작품이 갖는 장점이나 약점을 보다 더 쉽게 추적할 수도 있다. 비록 이런 비평가들은 극소수이긴 하나, 그들의 "비평"은 나름의 한계 내에서 대단히 중요한 것이다. 이 정도면 캠피언* 에 대한 논의로 충분할 것이다. 드라이든†은 한결 더 공평무사한 비평가로, 그는 한층 더 자유로운 지성을 펼쳐 보인다. 하지만 드라이든조차, 또는 17세기의 *문예* 비평가 가운데 누구도, 딱히 자유로운 정신의 소유자라고 보기 어렵다. 예컨대, 로슈푸코‡가 펼쳐 보인 정신과 비교하는 경우, 그렇게 말할 수 있다. 탐구하기보다는 법칙을 마련하고자 하는 경향이, 인정된 법칙에 수정을 가하고 심지어 뒤집어엎고자 하는 경향이, 그럼에도 동일한 자료에서 법칙을 재구축하려는 경향이 항상 있게 마련이다. 하지만 자유로운 지성이란 탐구 활동에 전적으로 헌신하는 그런 지성을 말한다.

다시 코울리지로 돌아가자면, 그의 타고난 능력과 그가 성취한 바는 아마도 그 어떤 현대 비평가들의 것보다 한층 더 탁월한 것이라고 할 수 있다. 하지만 그도 완벽하게 자유로운 지성의 소유자라고 평가될 수는 없다. 그의 경우에 그에게 구속의 요인으로 작용했던 것은 성격상 17세기의 비평가들을 구속했던 것과는 아주 다른

* Thomas Campion (1567-1620): 영국의 시인이자 작곡가이며 의사. 시를 창작하고 작곡을 했던 캠피언은 1615년에 대위법에 관한 책을 발간했는데, 이는 그 후 몇 십 년 동안 그 분야를 공부하는 데 필수 교과서로 사용되기도 했다.

† John Dryden (1631-1700): 영국의 시인이자 문학비평가, 극작가.

‡ François de Rochefoucauld (1613-1680): 프랑스의 우화 작가.

종류의 것, 한층 더 사적私的인 것이다. 형이상학에 대한 코울리지의 관심은 대단히 진지한 것이었으며, 거의 모든 형이상학에 대한 관심사가 그러하듯 그에게 관심사는 그 자신의 감정들이라는 문제였다. 하지만 문학비평가란 예술 작품이 직접적으로 일깨우는 것 이외에 그 어떤 감정도 가져서는 안 된다. 그리고 내가 이미 암시했듯 아마도 이러한 감정들은 유효한 것일 때 결코 감정들로 불리어서 안 될 것이다. 코울리지는 비평의 자료에서 벗어날 때가 있는데, 정도正道에서 벗어나 형이상학적 토끼 사냥 놀이를 즐기고 있는 것이 아닌가라는 의혹을 불러일으키기도 한다. 그는 끝에 가서, 한층 더 선명하게 의식하게 되었기에 인식이 개선되고 즐거움이 한층 강화된 상태에서 예술 작품으로 되돌아가는 쪽으로 항상 결말을 장식했던 것처럼 보이지 않는다. 그의 관심이 향했던 초점이 바뀌고, 그의 느낌들도 순수하지 않다. 경멸적인 의미를 담아 말하자면, 그는 아리스토텔레스보다 더 "철학적"이다. 아리스토텔레스가 말하는 모든 것이 예외 없이 말하고 있는 것에 근거가 되는 문학에 빛을 던져 주고 있다면, 코울리지는 다만 어쩌다 그럴 뿐이다. 이는 감정의 유해한 효과를 보여 주는 사례 가운데 또 하나로 꼽을 수 있겠다.

아리스토텔레스는 과학적 정신이라고 불리는 것을 소유하고 있었다. 아니, 단지 파편적으로만 확인될 뿐 과학자들 사이에서 거의 발견되지 않기 때문에, 지성적 정신으로 칭하는 것이 더 나을 법한 그런 정신을 소유하고 있었다. 이것 이외에 또 다른 종류의 지성이 존재하지 않기에, 또한 예술가들과 문필가들도 지성적인 사람들인 이상, (우리는 문필가들 사이의 지성이 과학자들 사이의 지성과 동일한 정도로 높은 수준의 것인지에 대해 의문을 가질 수도 있겠지만,) 그들이 지닌 지성도 동일한 종류의 지성이다. 생뜨-뵈브*는 생리학 분야에서 전문적 훈련을 쌓은 생리학자였다. 추측건대, 그의 정신은 과학 분야의 일반적 전문가들의 정신이 그러하듯 일정 분야에만 관심이 국한되어 있었을 것이고, 이는 원래 예술에 대한 관심이 아니었을 것이다. 만일 그가 비평가였다면 대단히 훌륭한 비평가였을 것임에 틀림없다. 하지만 우리는 그가 무언가 다른 이름을 얻은 것으로 결론지어야 할지도 모른다. 현대의 모든 비평가들 가운데 아마도 레미 드 구르몽이 아리스토텔레스가 지녔던 보편적 지성의 대부분을 지녔던 사람일 것이다. 생리학 분야에서 아마추어였지만 엄청날 정도로 능력을 갖춘 아마추어 생리학자였던 레미 드 구르몽†은 엄청난 수준의 예민한 감성, 박학다식, 현실 감각, 역사 감각, 그리고 일반화하는 능력을 놀라울 정도로 고루 조합하여 갖추고 있던 사람이다.

우리는 뛰어난 감수성이란 타고나는 것이라고 가정한다. 아울러, 폭넓고 깊이 있는 독서는 단순히 감수성에 부가적인 자양분을 제공하는 터전만으로서의 의미만을 갖는 것이 아니다. 예민한 인상이 처음 일깨워졌을 때의 상태를 유지하도록 이를 그대로 남겨 둔 채, 단순히 이해력만을 증가시키기란 불가능하기 때문이다. 새롭게 일깨워진 인상들이 이미 알고 있는 대상에서 받은 기존의 인상들을

---

* Charles Augustin Sainte-Beuve (1804-1869): 프랑스의 문학비평가. 그는 파리 소재의 샤를르마뉴 대학(Collège Charlemagne)에서 1824년부터 의학을 공부했으나, 문학에 전념하기 위해 1827년 이를 포기했다.

† 구르몽은 『사랑의 생리학: 성적 본능에 관한 논의』(*Physique de l'amour: Essai sur l'instinct sexuel*)라는 저서를 1903년에 출간한 바 있다. 이는 모더니즘 시 운동을 대표하는 미국의 시인이자 비평가인 에즈라 파운드(Ezra Pound, 1885-1972)의 영역을 통해 『사랑의 자연 철학』(*The Natural Philosophy of Love*)으로 1922년에 출간되기도 했다.

바꿔 놓게 마련이다. 하나의 인상이 어떻게 해서든 지속적으로 살아남기 위해서는 새로운 인상들에 의해 끊임없이 일신一新되어야 하고, 인상들로 이루어진 체계 안에 자리 잡을 것이 요구된다. 그리고 이들 인상으로 이루어진 체계는 문학적 아름다움이 담긴 일반화된 진술 안에서 또렷하게 그 모습을 드러내는 경향을 보인다.

예컨대, 다만 의미를 해독할 수 있을 정도의 어원에 대한 지식을 갖추었을 뿐 시에 입문하지 않은 전혀 무지한 독자라 해도, 그를 매혹하여 엄청나게 아름다운 인상으로 인도할 잠재력을 갖춘 시행들과 삼행연구三行聯句(tercet)* 들이 『신곡』† 에는 여기저기 수도 없이 흩어져 있다. 이러한 인상은 아주 심오한 것이어서, 그 어떤 공부와 이해를 이어가더라도 이를 강화하는 수단이 되지 못할 수도 있다. 하지만 바로 이 지점에서 독자가 받는 인상은 감정적인 것이다. 우리가 여기서 상정하고 있는 무지한 독자는 시 자체와 시가 그의 내부에 일깨운 감정적 상태를 구분할 능력을 갖추고 있지 않다. 또는 시 자체와 단순히 자기 자신의 감정에 탐닉해 있는 것일 수도 있는 상태를 구분하지 못할 수도 있다. 어쩌면, 시란 우연히 끼어든 자극제일 수도 있는 것이다. 하지만 시를 즐기는 일의 최종 귀착점은 일종의 순수한 명상, 우연히 끼어든 그 모든 사적인 감정이 배제된 상태에서 이루어지는 순수한 명상이다. 이로써 우리는 있는 그대로 실재로서의 대상을 관조하고, 나아가 아놀드의 말‡ 이 지니는 의미를

---

* 삼행연구(tercet): 압운押韻이 담긴 삼행三行으로 이루어진 시 형식.

† *Divina Commedia*: 단테의 서사체 장시로, 1308년경에 시작하여 1320년에 완성.

‡ 매슈 아놀드는 「우리 시대에 비평의 기능」("The Function of Criticism at the Present Time")이라는 글에서 "대상을 있는 그대로 그것이 진실로 무엇인지를 바라볼" 필요가 있음에 대해 논의하고 있다.

확인하게 된다. 대체로 지성의 수고로운 노고라고 할 수 있는 노고가 없다면, 우리는 "신에 대한 지적 사랑"*이라는 신비로운 시적 비전의 경지에 이를 수 없다.

이처럼 일반화된 형태로 제시되는 경우, 이상의 고려 사항들은 진부한 것으로 보일 수도 있다. 하지만 내가 믿기에 이는 항상 시의적절한 때에 우리의 감각을 몽롱케 하는 미신—즉, 감식(appreciation)과 "지적" 비평은 서로 다른 것이라는 투의 미신—에서 벗어나도록 우리의 주의를 환기한다. 대중 심리학에서 감식과 비평은 서로 다른 정신 능력으로 간주되거니와, 비평이란 자기 자신의 인식이나 다른 사람들의 인식 위에 이론적 발판이라는 구조물을 설치하는 무미건조한 재주에 지나지 않는 것으로 생각된다. 그와는 반대로, 진정한 일반화란 축적된 인식 위에 무언가를 얹어 놓는 것이 아니다. 진정으로 뛰어난 감식안을 지닌 사람의 내부에서는 인식이 순서 없이 마구 쌓여 무정형의 덩어리를 이루는 것이 아니라, 그 자체들이 하나의 구조를 형성한다. 아울러, 비평이란 이 구조의 언어로 이루어진 진술이며, 감수성의 발달에 해당하는 것이다. 반면에, 형편없는 비평이란 단순한 감정의 표현 이외에 다른 아무것도 아닌 것을 말한다. 감정적인 사람들—예컨대, 증권 중개인들, 정치가들, 과학자들과 같은 사람들—과 감정적이지 않음에 자부심을 갖는 몇몇 사람들은 스피노자나 스텐달과 같은 위대한 작가들이 "냉담하다"는 이유로 그들을 혐오하거나 찬양한다.

---

* *Amor intellectualis Dei*: 네델란드의 철학자 스피노자가 그의 저서 『윤리학』(*Ethica*, 1677)의 제5부에서 언급한 개념으로, 우리말로 번역하면 "신에 대한 지적 사랑." 스피노자에 의하면, 신에 대한 이성적 사랑을 통해 인간의 정신은 신과의 합일에 이를 수 있고, 이로써 인간에게 궁극적인 자유와 구원이 가능하다는 것이다.

필자는 한때 "시적 비평가는 시를 창조하기 위해 시를 비평한다"* 는 진술에 담긴 입장을 옹호한 바 있다. 이제 필자의 생각은 시에 대한 "역사적" 비평가와 시에 대한 "철학적" 비평가는 각각 아주 단순하게 역사학자 또는 철학자로 불리는 것이 낫다는 쪽으로 기울게 되었다. 나머지 사람들의 경우, 다만 다양한 수준으로 지성의 편차를 드러내 보일 뿐이다. 비평은 "창조"을 위한 것이라거나 창조는 비평을 위한 것이라고 말하는 것도 어리석은 일이다. 아울러, 마치 우리들 자신을 지적 암흑 속으로 내던지는 경우 영적 빛을 찾을 수 있다는 희망이 좀 더 밝은 것이 되기라도 하는 양, 비평의 시대가 따로 있고 창조의 시대가 따로 있는 것으로 상정하는 것도 어리석은 일이다. 감수성이 지향하는 서로 다른 두 방향은 상호 보완적인 것이다. 또한, 감수성은 드물기도 하고 인기가 없는 것이면서도 매력적인 것이기에, 비평가와 창조적 예술가는 종종 동일한 사람이어야 한다는 기대가 있게 마련이다.

---

* 미국에서 발간되는 문예 잡지 『챕북』(*The Chap-Book*)의 1920년도 3월호에 수록된 엘리엇의 글 「시 비평에 대한 한 편의 소고小考」("A Brief Treatise on the Criticism of Poetry")에는 다음과 같은 구절이 있다. "모든 형태의 진정한 비평은 창조를 지향한다. 시에 대한 역사적 또는 철학적 비평가(the historical or the philosophical critic of poetry)는 역사 또는 철학을 창조하기 위해 시를 비평하고, 시적 비평가(the poetic critic)는 시를 창조하기 위해 시를 비평한다."

미완의 비평가들

비평가로서의 스윈번

스윈번의 비평문을 정독하면 적어도 세 가지의 결론이 도출된다. 첫째, 스윈번은 자신의 비평 대상에 정통해 있었으며, 그 이전 시대와 그 이후 시대의 그 어떤 순수 문예 분야의 문필가보다 더 내밀하게 튜더-스튜어트 시대 극작가들의 작품을 이해하고 있었다. 둘째, 그는 튜더-스튜어트 시대 극작가들의 작품을 이해하는 데 해즐리트*나 코울리지 또는 램†보다 더 신뢰할 만한 안내자다.‡ 셋째, 시인과 작품의 상대적 가치에 대한 그의 인식은 거의 언제나 정확한 것이다. 이 같은 장점들에도 불구하고, 우리는 이와 대비되는 두 가지의 결점을 제시할 수도 있겠다. 첫째, 문체가 스윈번 특유

---

* William Hazlitt (1778-1830): 영국의 수필가이자 연극 및 문학비평가.

† Charles Lamb (1775-1834): 영국의 수필가이자 시인으로, 수필 문학의 전범으로 널리 알려진 『엘리아의 수필』(*Essays of Elia*, 1823, 1833)의 저자.

‡ 해즐리트, 코울리지, 램은 모두 튜더-스튜어트 시대의 연극에 깊은 관심을 보인 문인들로, 그들의 이 같은 관심을 예시적으로 보여 주는 저작물로는 해즈리트의 『셰익스피어 극 속의 인물들』(*Characters of Shakespeare's Plays*, 1817), 코울리지의 『셰익스피어와 여타 영국의 시인들에 관한 강연록과 비망록』(*Lectures and Notes on Shakespeare and Other English Poets*, 1884), 램의 『셰익스피어 극 속의 이야기들』(*Tales from Shakespeare*, 1807, 누나인 메어리 램[Mary Lamb]와 공저)과 『셰익스피어의 시대에 살았던 영국 극작 시인들의 작품 발췌 모음집』(*Specimens of English Dramatic Poets, Who Lived about the Time of Shakespeare*, 1808)이 있다.

의 산문체라는 점이다. 둘째, 글의 내용이 엄밀한 의미에서 비평이라고 할 수 없다는 점이다. 문체의 결함이야 물론 개인적인 것이다. 요란한 아우성을 연상케 하는 형용사들의 사용이나, 고집스럽게 밀어붙이는 절제되지 않은 문장들은 무질서한 정신의 성급함과 어쩌면 게으름을 드러내는 징후일 수 있겠다. 하지만 그의 문체에도 긍정적으로 평가할 수 있는 장점이 있긴 하다. 즉, 그의 글을 읽다 보면, 스윈번은 비평가적 명성을 확립하기 위해, 그리고 유순한 대중을 가르치기 위해 글을 썼던 것이 아니라, 시인으로서 그가 존경하는 시인들에 대한 비망록을 마련하기 위해 글을 썼음을 확인하게 된다. 아울러, 스윈번의 운문에 대해 우리가 어떤 의견을 갖든, 스윈번과 같은 위상의 시인이 시인들에 관해 남긴 비망록은 주의 깊게 또한 경의의 마음을 지니고 읽어야 한다.

스윈번의 글이 중요한 시인들에 대한 어느 한 중요한 시인의 비망록으로서 가치를 지닌다고 말할 때, 우리는 우리의 기대감에 제동을 걸어야 한다. 그는 안 읽는 것 없이 모든 것을 읽었으며, 문학을 찾고자 하는 일에 유일한 관심을 갖고 그 모든 것을 읽었다. 낭만주의 시대의 비평가들은 개척자들이었으며, 무언가를 새롭게 발견하는 사람들 특유의 오류 가능성을 드러내는 사람들이다. 램의 시인 선정은 나무랄 데 없는 취향을 지닌 사람의 성공적인 노력의 산물이다. 하지만 그가 선정한 시인 목록에 포함된 어떤 시인이든 그 시인에 관한 글을 정독한 후에 문제의 시인의 작품을 찾아 읽다 보면, 최상의 시구 가운데 일부가, 말 그대로 램을 정면으로 응시했었을 것임에 틀림없는 최상의 시구 가운데 일부가 빠져 있음을 확인하게 될 것이다. 대신 때때로 가치가 덜한 다른 시구들이 포함되어 있다.

『소녀의 비극』이 보몬트와 플레처*의 작품 가운데 가장 형편없는 것이라는 판단을 스스로 내린 바 있는 해즐리트는 이와 관련하여 적절한 메시지를 제공하고 있지 않다. 코울리지의 경우, 시인들과 그들의 작품에 대한 언급은 지나치게 양이 적을 뿐만 아니라 여기저기 산만하게 흩어져 있지만, 그의 언급은 영원한 진리치를 지닌 것들이다. 그럼에도, 더할 수 없이 위대한 시인들 가운데 몇몇에 대해서는 아무런 언급도 하고 있지 않고, 최상의 극작품 가운데 몇몇에 대해서는 아마도 모르고 있었거나 잘못된 정보를 가지고 있었던 것 같다. 하지만 스윈번과 비교해 보면 코울리지는 시인에게 기대되는 바의 시인들에 관한 글쓰기의 면에서 훨씬 더 많은 업적을 남긴 사람이다. 매신저†의 운문에 대해 스윈번은 다음과 같이 말한다.

> [매신저의 운문은] 셰익스피어풍의 극작가 또는 존슨‡풍의 극작가, 그 어떤 극작가의 문체보다 더 유용하고, 더 효율적이며, 더 우아하게 실용적일 뿐만 아니라, 수사적으로 감정에 더 솔직하다. 감정에 더 솔직하되, 효과적인 수사의 경계를 결코 벗어나지 않는다.§

웹스터¶가 『하얀 악마』**의 마지막 장면과 관련하여 자기 자신의 문체보다 매신저의 문체가 더 "유용하[다]"는 점을 확인했을까를 판

---

* Francis Beaumont (1584-1616), John Fletcher (1579-1625): 영국의 극작가들로, 둘은 수많은 작품을 공동 작업의 형태로 창작했다. 이 자리에서 언급된 *The Maid's Tragedy*는 1619년에 출간된 보몬트와 플레처 합작의 극작품.

† Philip Massinger (1583-1640): 영국의 극작가.

‡ Ben[jamin] Jonson (1572-1637): 영국의 극작가이자 시인.

§ Algernon Charles Swinburne, *Contemporaries of Shakespeare*, Edmund Gosse & Thomas James Wise 편집 (London: William Heinemann, 1919), 175쪽.

¶ John Webster (1580년경-1632년경): 영국의 극작가.

** *The White Devil*: 웹스터의 극작품으로, 1612년에 초연.

가름하기란 불가능하다. 아울러, 이때의 "유용하[다]"라는 말이 무엇을 의미하는지를 결정하기란 진실로 어렵다. 이와는 달리, 매신저의 문체에 관해 코울리지가 다음과 같이 말할 때 그가 의미하고자 하는 바는 아주 명확하다.

> [매신저의 문체는 셰익스피어의 문체에 비해] 한결 더 쉽게 축조될 수 있다. 그리고 아마도 오늘날의 작가들이 한층 더 성공적으로 이를 차용할 수 있을 것이다.*

코울리지는 문체상의 기교에 눈길을 고정한 채 전문가로서 글을 쓰고 있다. 스윈번이 코울리지의 어떤 글에서 "매신저는 종종 과장된 열정을 작품에서 다루고 있다"†는 주장을 이끌어왔는지를 나는 알지 못한다.‡ 다만, 스윈번이 다른 글에서 인용한 바 있듯, 코울리지는 "부자연스러울 정도로 비합리적인 열정"§에 대해 말하고 있을 뿐이다. 즉, 코울리지는 한결 더 방어하기에 용이한 표현을 동원하고 있는 것이다. 전체적으로 보아, 스윈번과 코울리지 두 시인은 매신저의 시라는 주제와 관련하여 의견의 일치를 보이고 있다. 하지만, 코울리지가 다섯 페이지에 걸쳐 이야기한 것을 스윈번이 서른아홉

---

* Samuel Taylor Coleridge, *Lectures and Notes on Shakespeare and Other English Poets*, T. Ashe 편집 (London: George Bell & Sons, Ltd, 1884), 404쪽.

† Swinburne, *Contemporaries of Shakespeare*, 176쪽.

‡ 엘리엇의 문제 제기에도 불구하고 이는 틀림없는 코울리지의 진술로, 다음 책에서 확인된다. Samuel Taylor Coleridge, *Specimens of the Table Talk of the Late Samuel Taylor Coleridge*, 제2권 (London: John Murray, 1835), 138쪽. 스윈번은 코울리지의 1833년 4월 5일자 기록(135-140쪽)에 초점을 맞춰 자신의 논의를 전개하고 있는데, 바로 그 기록에서 문제의 구절이 확인된다. 또한 *Lectures and Notes*의 535쪽에서도 이 언급은 확인된다.

§ Coleridge, *Lectures and Notes upon Shakespeare and Other English Poets*, 406쪽.

페이지에 걸쳐 이야기한 것과 비교하는 경우, 전자의 글이 한층 더 많은 내용을 말해 주고 있고, 어조 또한 한층 더 명료하다. 그렇다고 해서, 스윈번의 글을 쓸모없는 것이라고는 결단코 말할 수 없다. 그의 글은 코울리지의 글보다 더 자극적이고, 그가 유발하는 자극은 결코 사람들을 잘못된 방향으로 이끌고 있지 않다. 그가 사용하는 그 모든 최상급의 표현에도 불구하고, 그의 판단은 조심스럽게 살펴보는 경우 절제된 것이며 또한 정당한 것이다.

하지만 그의 판단이 정당한 것임에도 불구하고 스윈번은 감식가일 뿐이지 비평가가 아니다. 문학의 전 영역을 아우르는 그의 글에서 스윈번은 기껏해야 두 가지의 판단, 그것도 뒤집힐 수도 있고 심지어 의문시될 수도 있는 판단을 내리고 있을 뿐이다. 첫째, 릴리*는 극작가로서 중요한 의미를 갖는 사람이 아니다. 둘째, 셜리†는 추측건대 웹스터의 영향을 받지 않았다. 명백히, 셜리의 『추기경』‡은 웹스터의 『말피 공작부인』§을 모델로 해서 창작된 작품이 아니다. 하지만 셜리가

> 안개가 일고, 이제 더 이상 누구도 없나니,
> 방황하는 나의 배를 조종할 사람은. (죽는다.)¶

라고 썼을 때, 그는 아마도 다음과 같은 구절의 영향을 받았을 것이다.

---

* John Lyly (1554?-1606): 영국의 작가이자 극작가.

† James Shirley (1596-1666): 영국의 극작가.

‡ *The Cardinal*: 셜리의 극작품으로, 1641년에 공연이 허가됨.

§ *Duchess of Malfi*: 웹스터의 극작품으로, 1612-1613년에 창작됨.

¶ 셜리, 『추기경』, 제5막 제3장. 엘리엇이 인용한 원문은 다음과 같다. "the mist is risen, and there's none / To steer my wandering bark. (Dies.)."

나의 영혼은 어두운 폭풍우 속 검은 바다의 배와도 같이
내몰리고 있지만, 어디로 가는지 모르나니.*

스윈번의 판단은 일반적으로 건전한 것이고, 그의 취향은 예민할 뿐만 아니라 날카로운 식별력을 갖추고 있다. 그리고 우리는 그의 사유에 결함이 있다거나 비뚤어진 데가 있다고 말할 수는 없다. 적어도 사유를 이어가고 있다고 말할 수 있는 지점에 이르기까지는 말이다. 하지만 스윈번이 사유를 좀 더 이어가기를 우리가 극도로 열망하는 바로 그 순간에 그는 사유를 멈춘다. 이러한 사유의 정지가 그의 작업을 망가뜨리지는 않지만, 작업 자체를 진술의 차원보다는 소개의 차원에 머물게 한다.

『셰익스피어와 동시대의 사람들』과 『셰익스피어의 시대』† 및 셰익스피어와 존슨에 관한 책‡을 읽고 나서 우리는 스윈번이 그들에 대해 관심을 갖는 방식에 무언가 만족스럽지 못한 것이 있음을 인식하게 된다. 우리는 그의 관심이 그의 정신 안에 결코 명료하게 공식화되어 있지 않다는 의혹을, 또는 의식적으로 어떤 목표를 향해 나가고 있지 않다는 의혹을 갖지 않을 수 없다. 즉, 그는 명백하게 방향이 서로 다른 두 길 사이를 걸어가고 있거나 그 사이에서 길을 잃은 채 방황하고 있다. 그는 시인으로서 그가 다루는 시인들이 해결하거나 도전했던 기예 또는 기교 차원의 문제들에 집중했을 수도

---

* 웹스터, 『하얀 악마』, 제5막 제6장. 엘리엇이 인용한 원문은 다음과 같다. "My soul, like to a ship in a black storm, / Is driven, I know not whither."

† 『셰익스피어와 동시대의 사람들』(*Contemporaries of Shakespeare*)은 앞서 밝혔듯, Edmund Gosse & Thomas James Wise 편집으로 1919년에 발간된 스윈번의 저서. 『셰익스피어의 시대』(*The Age of Shakespeare*)는 1908년에 출간된 스윈번의 또 다른 저서.

‡ 스윈번은 『셰익스피어 연구』(*A Study of Shakespeare*), 『벤 존슨 연구』(*A Study of Ben Jonson*)를 각각 1880년, 1889년에 출간했음.

있었고, 우리를 위해 새크빌*에서 시작하여 완숙의 경지에 이른 셰익스피어에 이르기까지 무운시無韻詩(blank verse)가 어떻게 발전했는가에, 또한 셰익스피어에서 밀턴†에 이르기까지 무운시가 어떻게 퇴보했는가에 주의를 집중했을 수도 있었다. 아니면, 문학을 통해 그 세기의 시대정신을 연구했을 수도 있었다. 또한 해부와 분석을 통해 우리가 아주 멀리 떠나와 있는 것처럼 생각되는 과거 시대의 느낌과 생각에 대해 무언가의 통찰에 이르도록 우리에게 도움을 주었을 수도 있었다. 그가 어떤 길로 가든, 그렇게 했을 경우, 적어도 당신은 중요한 결론을 더듬어 모색하고자 하는 중요한 정신의 궤적을 되짚어 보는 흥분된 순간을 경험할 수도 있었을 것이다. 현재의 상태로는 엘리자베스 시대의 문학은 엄청나게 대단한 것이라는 결론 및 예민한 감수성을 지닌 시인이 체험했기에 당신도 그 시대의 문학에서 즐거움을, 심지어 황홀감까지 느낄 수 있다는 결론 이외에 그 어떤 결론도 존재하지 않게 되었다. 누구든 행진이 뒤를 잇지 않은 채 소음만 왁자지껄한 상황에, 북소리는 요란하지만 행진이 이어지지 않는 상황에 지쳐 나가떨어질 위험에 처하게 된 것이다.

만일 스윈번의 관심이 시에 있었다면, 예컨대, 브롬‡에 관한 글에 전념한 이유는 무엇인가? 그는 이렇게 말한다. "『스파라거스 정원』§의 첫 장면은 그보다 더 유명한 어떤 희극의 첫 장면만큼이나 즐겁

---

* Thomas Sackville (1536-1608): 영문학사에서 최초의 무운시 형식의 극작품으로 알려진 『고보덕』(*Gorboduc*, 1561년 초연)을 남긴 영국의 시인, 극작가.

† John Milton (1608-1674): 영국의 시인.

‡ Richard Brome (1590년경-1652년): 벤 존슨의 하인 또는 비서 역할을 했던 영국의 극작가로, 존슨의 영향 아래 수많은 극작품을 창작했다. 스윈번의 『셰익스피어와 동시대의 사람들』에는 브롬에 관한 글이 한 편 수록되어 있다.

§ 『스파라거스 정원』(*The Sparagus Garden*)은 1635년에, 바로 뒤에 언급된 『대척지』(*The Antipodes*)는 1638에 초연이 이루어진 브롬의 극작품.

게 해학적이고 생생하게 자연스럽다."* 이 희극의 첫 장면은 해학적인 동시에 자연스럽다. 브롬의 작품은 현재 그의 작품이 읽히는 것보다 더 많이 읽혀야 할 만큼의 충분한 가치를 지닌 것이며, 무엇보다 현재 접근 가능한 것보다 한층 더 접근이 수월해야 할 만큼의 가치를 지닌 것이다. 하지만 스윈번은 브롬의 『스파라거스 정원』 또는 『대척지對蹠地』를 읽어야 할 충분한 이유를, 그가 제공한 것보다 한결 더 충분한 이유를 제안하거나 암시해야 한다. ('사람들에게 당연한 것으로 받아들이게 해야 한다'는 말을 동원하지는 않겠다.) 명백히, 충분한 이유는 어디서도 확인될 수 없었다.

두 시인을 놓고 어느 쪽인가를 판단을 내리는 일이 문제가 될 때, 스윈번은 거의 오류를 범하지 않는다. 웹스터를 터너†의 윗자리에, 터너를 포드의 윗자리에, 포드를 셜리의 윗자리에 놓은 그의 판단은 확실히 옳은 것이다. 그는 또한 플레처의 장점과 단점을 정확하게 가늠하고 있다. 즉, 무대 공연의 필수적 특성도 파악하고 있지만, 『성실한 처녀 양치기』‡와 『코머스』§에 대한 그의 비교는 그 안에 담긴 어떤 말도 더 나은 것이 될 수 없는 판단에 해당하는 것이다.

> 이 시[즉, 플레처의 『성실한 처녀 양치기』]와 밀턴의 정교하게 모방적인 『코모스』 사이의 차이를 밝히자면, 이는 잎사귀 한두 장이 시들었거나 떨어지고 있긴 하지만 여전히 향기롭고 환하게 빛나는 장미꽃 한 송이와 흠잡을 데 없지만 향기가 없는 학문적 왁스로 만든 장미꽃 한 송이, 그네들의 야망

---

* Swinburne, *Contemporaries of Shakespeare*, 263쪽.

† Cyril Tourneur (1575년경-1626년): 영국의 극작가.

‡ *The Faithful Sheperdess*: 존 플레처가 극작가로서 활동하면서 발표한 최초의 작품으로, 1608년에 초연된 것으로 추정됨.

§ *Comus*: 밀턴의 가면극으로, 1634년에 처음 공연한 작품. 코모스는 희랍 및 로마 신화에 나오는 축제와 환락의 신.

이 대학의 월계관이나 학교의 박수갈채를 받는 데 한정되어 있을 뿐인 그런 장인들이 경탄과 모방을 부추기기 위해 만든 장미꽃 한 송이 사이의 차이에 해당한다.*

『셰익스피어와 동시대의 사람들』에 수록된 가장 길 뿐만 아니라 가장 중요한 글인 채프먼†에 관한 논고에는 건전한 판단력을 힘차게 드러낸 수많은 문장들이 존재한다. 스윈번의 이 글은 위대한 시인인 채프먼에 관해 우리가 읽을 수 있는 글들 가운데 최상의 것이다. 이는 우리가 채프먼의 작품에서 느끼는 장중함과 질량감을 제대로 전달하고 있다. 하지만 이는 또한 스윈번의 결함을 선명하게 보여 주고 있기도 하다. 스윈번은 여러 시인들 사이의 미묘하고도 섬세한 차이점과 유사점을 글로 표현하려는 욕망에 고통을 받았던 사람이 아니었던 것과 마찬가지로, 한 시인의 심장과 골수 안으로 침투하려는 참을 수 없는 욕망에 시달렸던 사람도 아니었다. 스윈번이 말하듯, 채프먼은 난해한 작가다. 채프먼은 그가 다만 피상적으로만 유사성을 지니고 있는 존슨과 비교할 때 한층 더 난해한 작가다. 그의 난해성은 애매모호함의 차원을 넘어서는 것이다. 채프먼이 난해한 작가임은 부분적으로 존슨이 비교적 결여하고 있던 특성, 그럼에도 그가 몸담고 있던 시대의 특성이라고 할 수 있는 것을 채프먼이 소유하고 있었던 데 따른 것이다. 스윈번이 존슨과의 유사성을 암시하면서도 채프먼과 놀라울 정도의 한층 더 깊은 유사성을 지닌 시인—즉, 단‡—을 언급하지 않은 것은 기묘한 일이라

---

* Swinburne, *Contemporaries of Shakespeare*, 151쪽.

† George Chapman (1559-1634): 영국의 극작가이자 시인이며 번역가. 특히 그가 번역한 호메로스의 『일리아드』와 『오디세이』는 영문학계에 널리 알려진 명역서.

‡ John Donne (1572-1631): 영국의 시인.

고 하지 않을 수 없다. 다음과 같은 시구를 쓴 사람은 이론의 여지가 없이 단과 동질의 사람이다.

> 기즈 백작님, 오 나의 주인이여, 어떻게 하면 벗어던지나요?
> 저와 당신 사이를 가로 막고 있는 띠들과 은폐물들을?
> 정신을 가리고 있는 의복이나 덮개는
> 인간의 혼입니다. 혼을 가리고 있는 적절한 예복은
> 영혼이지요. 영혼을 가리고 있는 것은 피이고,
> 육체는 피를 가리고 있는 수의壽衣입니다.*

그리고 다음 시구를 쓴 사람이 어찌 단과 동질의 사람이 아니겠는가.

> 무無에서 창조되는 것은 아무것도 없다오. 창조된 모든 것의
> 추상적인 존재는 다만 한 망령의 꿈에 불과한 것일 뿐이오.†

위의 물음에서 감지되는 특질은 단과 채프먼의 글에서만 독특하게 확인되는 것이 아니다. 더할 수 없이 위대한 시인들인 말로우,‡ 웹스터, 터너, 그리고 셰익스피어가 공통적으로 그러했듯, 그들은 감각적인 사유라는 특질을, 감각을 통해 사유하는 특질을, 그러니까 이에 대한 정확한 공식화가 아직은 이루어져 있지 않은 무언가의 특

---

* 채프먼, 『뷔시 당부아의 복수』(*The Revenge of Bussy D'Ambois*, 1613), 제5막 제5장. 엘리엇이 인용한 작품의 원문은 다음과 같다. "Guise, O my lord, how shall I cast from me / The bands and coverts hindering me from thee? / The garment or the cover of the mind / The humane soul is; of the soul, the spirit / The proper robe is; of the spirit, the blood; / And of the blood, the body is the shroud."

† 채프먼, 『뷔시 당부아』(*Bussy D'Ambois*, 1603-1607), 제5막 제4장. 엘리엇이 인용한 작품의 원문은 다음과 같다. "Nothing is made of nought, of all things made, / Their abstract being a dream but of a shade."

‡ Christopher Marlowe (1564-1593): 영국의 극작가이자 시인이며 번역가.

질을 보이고 있다. 셸리나 베도스*—즉, 서로 다른 방식으로 엘리자베스 시대의 시적 영감 가운데 무언가를 포착했던 시인들—의 작품을 살펴보면, 비록 종류가 다른 특질을 찾을 수는 있겠지만 그와 같은 특질은 찾을 수 없을 것이다. 오로지 키츠†의 작품에서 그와 같은 특질의 흔적을 확인할 수 있고, 출처가 전혀 다른 것이긴 하지만 로세티‡의 작품에서도 이를 확인할 수 있다. 당신은 『간디아 백작』§에서는 그와 같은 특질을 찾아볼 수 없을 것이다. 스윈번이 만일 이 같은 문제점들에 대한 해결책을 모색하는 데 진력했더라면 그의 글은 한결 더 나은 것이 될 수도 있었을 것이다.

그는 이런 종류의 문제를 해결하는 데 전력하지 않았다. 이런 유형의 문제가 그의 관심사는 아니었기 때문이다. 스윈번의 비평적 글을 쓴 작가는 스윈번의 운문을 쓴 작가이기도 하다. 만일 당신이 스윈번이 엄청나게 위대한 시인이라는 의견을 견지하고 있다면, 당신에게는 그에게 위대한 비평가라는 칭호를 부여하는 일을 거부하기가 좀처럼 쉽지 않을 것이다. 특질들이 기묘하게 뒤섞여 스윈번 특유의 결과를 낳고 있다. 즉, 강렬한 색채들을 동원함으로써만 교정할 수 있는 것과 동일한 종류의 몽롱한 분위기를 일깨우고 있는 것이다. 비평가로서 그의 대단한 장점은 진실로, 수많은 탁월한 미덕이 그러하듯, 지극히 간단하게 진술될 수 있는 종류의 것이다. 지극히 간단하게 진술될 수 있어서 오히려 밋밋해 보이는 그런 종류의 것인 셈이다. 그의 장점은 다음과 같이 요약될 수 있다. 그는 자신의

---

* Thomas Lovell Beddoes (1803-1849): 영국의 시인, 극작가이자 의사.
† John Keats (1795-1821): 영국의 낭만주의 시대를 대표하는 또 한 명의 시인.
‡ Dante Gabriel Rossetti (1828-1882): 영국의 시인이자 화가.
§ *Duke of Gandia*: 스윈번이 1908년에 발표한 그의 생애 마지막 극작품.

주제에 충분히 관심을 갖고 있었고 이에 대해 아주 잘 알고 있었으며, 그의 비평은 영국의 비평계에서 보기 드믄 관심과 지식 양자 사이의 조합물이다. 영국의 비평가들은 종종 그들이 다루는 대상의 특성이라고 볼 수 없는 무언가의 특성을 대상에서 끌어내는 데 관심을 갖고 있다. 이처럼 초보적이고 기본적인 미덕을 소유한 비평가들이 아주 드물기에, 스윈번은 비평가로서 존경받을 위치를 차지해야 한다. 비평가들은 종종 제목으로 밝힌 주제보다는 초점에서 약간 비껴나 있는 것에 관심을 보이며, 종종 박학다식하나 정곡을 찌를 만큼 박학다식하지 않다. (스윈번은 거의 외울 정도로 몇몇 극작품에 정통해 있었다.) 우리가 일별한 바 있는 이 같은 특별한 미덕의 소유자에는 월터 페이터*가, 또는 브래들리 교수†가, 또는 스윈번의 편집자‡가 포함될 수 있을까?

낭만주의적 귀족

조지 윈덤§의 사후에 출간된 책이 펼쳐 보이는 학식과 비평의 장점을 간과하기란 도저히 불가능하다. 하지만 순전히 학식과 비평의

---

* Walter Pater (1839-1894): 영국의 문학 및 예술 비평가이자 작가.

† A[ndrew] C[ecil] Bradley (1851-1935): 셰익스피어 연구 분야에서 널리 알려져 있는 영국의 문학자. 그의 형인 프란시스 허버트 브래들리(F[rancis] H[erbert] Bradley, 1846-1924)는 엘리엇의 시 세계에 깊은 영향을 미친 철학자. 물론 엘리엇이 언급하고 있는 사람은 글의 내용으로 보아 동생인 A. C. 브래들리로 판단됨.

‡ 스윈번의 저서인 『셰익스피어와 동시대의 사람들』의 편집자일 뿐만 아니라 『스윈번: 개인적인 회상』(*Swinburne: Personal Recollections*, *Fortnightly Review*, 제85권, 1909)과 『앨저넌 찰스 스윈번의 생애』(*The Life of Algernon Charles Swinburne*, 1917)의 저자이기도 한 에드먼드 고스.

§ George Wyndham (1863-1913): 영국의 정치가이자 문인. 엘리엇이 여기서 논의 대상으로 삼고 있는 윈덤의 저서는 Charles Whibley가 편집을 하고 서문을 쓴 『낭만주의 문학론』(*Essays in Romantic Literature*, 1919).

장점이라는 측면에서만 이 책을 다루는 일 또한 불가능하다. 이 책이 사후에 출간된 것이고 사후에 출간된 책들은 해당 작가에 대한 무언가 개인사적인 주목을 요구하기 때문에, 그와 같은 시도는 애초에 공정한 것이 아니다. 이 책은 산문과 강연문 모음집으로, 이를 현재의 순서대로 배열한 것은 휘블리* 씨다. 이 책에 수록된 글들은 원래 저자에 의해 "낭만주의 문학"에 관한 책자로 재구성될 계획에 있던 것들이다. 첫째, 이를 반영하여, 이 책의 글들은 낭만주의의 출발점이 시기적으로 언제인지에 대한 독창적인 탐사에서 시작하여 프랑스와 영국의 르네상스 시대를 거쳐 월터 스코트† 경에 이르기까지의 문학을 다루고 있다. 이어서, 이 책의 글들은 자신의 주된 명성을 정치계에서 얻은 사람의 문학적 작업을 대변하는 것이다. 셋째로, 이 책의 저자는 하나의 전형을, 영국인이라는 전형적인 인간상을 대표하는 사람이다. 이 같은 전형적인 인간상은 흥미로운 것이지만, 아마도 곧 사라져 자취를 감추게 될 것이다. 따라서 조지 윈덤의 글에 대한 우리의 일차적인 관심은 조지 윈덤이라는 인간 자체에 대한 관심이 되는 것이 자연스러운 일일 것이다.

찰스 휘블리 씨는 다루고자 하는 주제에 아주 적절한 어조로 이루어진 머리말 안에 윈덤의 인간 됨됨이에 대해 빛을 던져 주는 몇 개의 진술을 담고 있다. 휘블리 씨의 소묘에서 놀라울 정도로 명료하게 그 면모를 드러내고 있는 것은 윈덤의 정신이 유지하고 있던 통일성, 명백하게 문학과 관계가 없는 일에 종사하고 있지만 흐트러짐이 없었던 정신의 일관성이다. 윈덤은 군인이 되기 위해 이튼 학교를 떠났으며, 병영에서도 "스스로 이탈리아어를 공부하고, 역사

* Charles Whibley (1859-1930): 영국의 작가이자 잡지 문예란 기고가.
† Walter Scott (1771-1832): 스코틀랜드의 시인이자 극작가이며 역사 소설가.

책과 시를 읽는 것으로 여가 시간을 보냈다."[*] 그는 콜드스트림 보병 부대[†]에서 이 같은 문화생활을 한 뒤에 이집트에서 벌어진 전투에 참여하였다. 후에 남아프리카에서 복무할 때에는 베르길리우스의 책을 손에서 놓지 않았다. 하원 의원으로 활동했으며, 아일랜드 관할 수석 국무대신이라는 화려한 경력을 쌓기도 했다. 마지막으로 2,400에이커의 땅을 관리하는 토지 소유자로서의 경력을 이어간 사람이 윈덤이다. 그리고 그런 경력을 쌓아가는 동안 조지 윈덤은 책을 사 모으는 일뿐만 아니라 이를 읽는 일을 계속했으며, 때때로 그가 읽은 책에 관해 글을 쓰기도 했다. 그는 훌륭한 인품의 소유자인 동시에 넘치는 정력의 소유자였다. 휘블리 씨가 다음과 같이 말했을 때 그의 말은 상당히 신뢰할 만한 것이다.

> 문학은 그에게 장식품이 아니었다. 단순히 정치에서 도피하기 위한 수단이 아니었던 것이다. 느낌의 영역에서 그가 아마추어였다면, 그는 이를 행사하는데 장인匠人의 경지에 있던 사람이다.[‡]

아울러, 한층 더 주목할 만할 진술을 인용하자면,

> 그가 셰익스피어의 『겨울 이야기』와 『트로일러스와 크레시다』를 읽고 이에 대해 논의할 때의 보였던 열의를 그대로 간직한 채, 그는 사냥개를 앞세워 사냥에 나서기도 했고, "크로스컨트리 경마 경기"에도 동일한 종류의 열정을 쏟아 부었으며, 정견 발표 연단에서도 열정에 넘치는 연설을 이어갔고, 밤늦게까지 자리에 앉아 친구와 토론을 벌이기도 했다.[§]

---

* Whibley, "Introduction" to George Wyndham, *Essays in Romantic Literature*, Whibley 편집 (London: Macmillan & Co., 1919), vii쪽.

† Coldstream Guards: 영국 육군 소속의 보병 부대.

‡ Whibley, "Introduction" to *Essays in Romantic Literature*, xxxv쪽.

§ Whibley, "Introduction" to *Essays in Romantic Literature*, viii쪽.

이상의 진술 및 그 밖의 여러 진술에 기대어 우리는 조지 윈덤이라는 사람의 정신세계에 대한 지형도를 그릴 때, 이 같은 지형도의 핵심을 이루는 것은 그의 문학, 그의 정치, 그의 전원생활 모두가 따로 구분이 되지 않는 하나였다는 사실이다. 그가 살아 온 삶의 어떤 측면도 분리되어 따로 존재하는 것이 아니라, 동일한 하나의 이력을 구성하는 것이었다. 문학, 정치, 사냥, 이 모든 것이 따로 구별되지 않은 채 그의 세계를 구성하고 있었던 것이다. 현실 세계에서 이 같은 것들은 서로 사이에 아무런 관련도 없다. 따라서 우리는 조지 윈덤이 현실 세계에서 삶을 산 사람이 아니라고 믿을 수밖에 없다. 그리고 이에 대한 암시를 우리는 휘블리 씨의 다음 진술에서 확인할 수 있다.

> 조지 윈덤은 성품의 면에서든, 인격 도야의 면에서든 낭만주의자였다. 그는 경외감에 휩싸인 채 환상 세계를 응시하듯 현실 세계를 응시한 사람이었던 것이다.*

여기서 우리는 그가 어떤 유형의 사람이었는지를 명시적으로 확인할 수 있다.

역사적으로 볼 때 "팔방미인"이 여럿 있었다는 사실을 아마도 인정해야 할 것이다. 추측건대, 레오나르도 다 빈치†가 그런 사람이었을 것이다. 조지 윈덤은 레오나르도 다 빈치의 경지에 이를 만큼 대단한 차원의 팔방미인은 아니었다. 그리고 그의 글은 레오나르도 다 빈치의 비망록과는 전혀 다른 차원의 효과를 갖는 것이었다. 레오나르도 다 빈치는 예술이나 과학에 관심을 갖고 있었고, 그가 뭐

---

* Whibley, "Introduction" to *Essays in Romantic Literature*, xv쪽.

† Leonardo da Vinci (1452-1519): 이탈리아 르네상스 시대를 대표하는 화가이자 조각가, 또한 건축가이자 과학자.

라고 썼든 그의 글은 각각 있는 그대로 가치를 지니는 것이었지 이를 벗어나는 다른 무언가가 아니었다. 하지만 레오나르도 다 빈치는 레오나르도 다 빈치였다. 그에게는 언급할 만한 아버지도 없었고,* 그는 자신이 몸담고 있는 공동체의 일원도 거의 아니었으며, 그 공동체와 그 어떤 이해관계도 없는 사람이었다. 그는 환상의 나라에 살고 있지 않았지만, 그의 정신은 자신의 현실 세계를 벗어나 사물들의 일부가 되었다. 조지 윈덤은 신사 계급에 속하는 사람이었다. 그는 기사騎士였으며, 세계란 그에게 모험의 영역이었다. 하급 장교로서 이집트를 향해 출전을 준비할 때 그는 열광에 휩싸여 다음과 같은 글을 쓴 적이 있거니와, 이는 그의 성품을 전형적으로 드러내는 것이다.

> 나는 로마 시대의 각 지역 집정관들의 시대 이후로 그 어떤 종류의 원정이든 그처럼 장엄한 위용을 갖추고 시작되었다고 믿지 않는다. 우리의 마음은 자줏빛 돛폭의 범선에 실려 이집트로 향하는 안토니와도 같은 것일 수도 있었다.†

이는 정확하게 엘리자베스 시대의 문인들과 월터 스코트에 대한 윈덤의 감식안에 활기를 불어넣었던 바로 그 정신이며, 그가 하클루트와 노스‡에게 인도되었던 것도 바로 이 정신 덕택이다. 윈덤은 열광적인 기질의 소유자였으며, 낭만주의자였고, 또한 제국주의자였

---

* 레오나르도 다 빈치는 플로렌스에서 성업 중이던 공증인公證人 신분의 세르 피에로 다 빈치(Ser Piero da Vinci, 1426-1504)와 낮은 신분의 농가 여인 카테리나(Caterina, 1434년경-1494년) 사이에 사생아로 태어났다.

† Whibley, "Introduction" to *Essays in Romantic Literature*, vii쪽.

‡ Richard Hakluyt (1553-1616), Thomas North (1535-1604): 전자는 영국의 북아메리카 식민지화를 적극 옹호했던 영국의 작가. 후자는 영국의 번역가이자 작가로, 그가 번역해서 1580년에 출간한 플루타르크의 『인물 대비 열전』을 윈덤이 편집하여 1894년에 출간한 바 있음.

다. 아울러, 지극히 자연스럽게 W. E. 헨리*의 문학적 제자였다. 윈덤은 학자였지만, 그의 학식은 어쩌다 부수적으로 그의 것이 되었을 뿐 그의 본체에 해당하는 것이 아니었다. 그는 또한 훌륭한 비평가였지만, 그의 열광적 성품이 그에게 허락하는 범위 내에서만 훌륭한 비평가였다. 그는 학자이자 비평가였지만, 우리가 비평 대상으로 삼을 수 있는 학자다운 학자도 아니고 비평가다운 비평가도 아니다. 우리가 그의 저작물을 비평 대상으로 삼는다면, 이는 다만 자신에게 주어진 산문 세계를 사냥터로 삼아 문학적 사냥에 나서는 동시에 현실 세계를 환상 세계처럼 경이의 마음으로 응시하던 바로 이 독특한 영국적 유형의 인간, 귀족, 제국주의자, 낭만주의자의 자기 표출이라는 관점에서다.

이런 유형의 인간이기에, 윈덤은 노스가 번역한 플루타르크의 전기서†에 관해 열광적으로 또한 멋들어지게 글을 썼다. 고대 시대의 낭만적 이야기는 노스 특유의 문체로 이루어진 산문 안에서 한층 더 낭만적인 것으로 바뀐다. 그의 영웅들은 단순히 희랍 시대와 로마 시대의 영웅들일 뿐만 아니라 엘리자베스 시대의 영웅들이기도 하다. 이 같은 낭만적 혼융이 윈덤을 유혹했던 것이다. 누구도 노스의 매력을 윈덤의 글이 드러내 보이는 것만큼 유쾌하게, 매혹적으로, 맛깔스럽게 설파할 수는 없을 것이다. 그는 전투 현장들, 횃불, "죽음의 소리"를 내는 북들, 도피 중 자신의 승교乘轎에서 밖을 살짝

---

* William Ernest Henley (1849-1903): 영국의 시인이자 비평가, 편집자. 그가 1889년에서 1893년까지 편집장을 역임한 신문 *National Observer*는 영국의 제국주의 정책에 우호적이었으며, 찰스 휘블리는 그의 절친한 사이였음.

† 희랍 시대의 철학자이자 역사학자이며 저술가였던 플루타르크(Plutarch, 46년경-119년 이후)가 남긴 『인물 대비 열전』(*Parallel Lives*)을 말하며, 고대 희랍과 고대 로마의 중요 인물들의 삶을 대비하여 기술한 이 전기서는 우리에게 일반적으로 "플루타르크 영웅전"으로 널리 알려져 있다.

내다보는 키케로*의 창백하고 지친 얼굴에 대한 노스의 번역이 얼마나 탁월한 것인가를 음미한다.† 또한 그는 노스의 날카로우면서도 퉁명스러운 어조의 문장—예컨대, "[한니발이] 거침없이 그들을 포박한 뒤에 그들의 목을 매달았다"와 같은 문장—이 지니는 가치를 음미하기도 한다.‡ 게다가, 윈덤은 박식한 사람이다. 플레이아드§와 셰익스피어에 관한 자신의 글에서도 그러했듯, 오로지 최상의 번역을 읽는 즐거움을 한층 강화하려는 일념에서 그는 여기서도 모든 것을 독서 대상으로 삼는 노고를 아끼지 않는다. 하지만 두 가지의 결함이 존재하는데, 균형 감각의 결여와 비평적 깊이의 결여가 그것이다. 균형 감각의 결여는 플루타르크의 전기서 번역본 가운데 열등한 것에 대한 윈덤의 격심한 비판에서 언뜻 드러난다. 그가 선정한 열등한 번역본에는 다음 구절이 나온다. "그는 넘치는 여가 시간을 향락에 송두리째 바쳤고, 자신의 라미아¶를 이용하였다." 한편, 이 부분에 대한 노스의 번역은 다음과 같다. "그는 라미아를 즐겼다."**

---

* Marcus Tullius Cicero (기원전 105년-43년): 고대 로마의 정치가이자 웅변가로, 정치적 위기에 몰려 피신하는 도중에 살해됨.

† 여기에 열거한 여러 소재를 대상으로 한 윈덤의 논의 가운데 특히 키케로에 관한 것은 윈덤, 『낭만주의 문학론』, 171쪽 참조.

‡ 노스의 어조에 대한 윈덤의 평가는 『낭만주의 문학론』, 216쪽 참조.

§ La Pléiade: 16세기 프랑스의 르네상스 시대의 피에르 드 롱사르(Pierre Ronsard, 1524-1585), 조아상 뒤 벨레(Joachim du Bellay, 1522-1560), 장 앙투안 드 바이프(Jean Antoine de Baïf, 1532-1589) 등 일군의 시인들을 지칭하는 명칭.

¶ Lamia: 머리와 가슴은 여자이고 하반신은 뱀의 형상을 한 희랍 신화의 요물.

** 이상의 논의와 관련해서는 Wyndham, *Essays in Romantic Literature*, 205-206쪽 참조. 노스의 번역에서 "He took pleasure of Lamia"로 되어 있는 부분이 오브리 스튜어트(Aubrey Stewart, 1844-1918)와 조지 롱(George Long, 1800-1879)의 공동 번역에서는 "He dedicated the superfluity of his leisure to enjoyment, and used his Lamia"로 되어 있는데, 윈덤은 이를 문제 삼고 있다.

윈덤은 형편없는 번역가를 맹렬하게 공격한다. 하지만 그는 "넘치는 여가 시간을 송두리째 바쳤[다]"와 같은 구절은 기번[*]이 글에 생기와 기지를 살리기 위해 동원했었을 법한 것임을 잊고 있다. 그리고 현대적 의미에서 역사는 노스의 방식으로 기술될 수 없다. 요컨대, 윈덤은 위대한 산문을 쓰는 것은 결국에는 시대와 전통이 아니라 개별적인 인간들이라는 사실을 잊고 있다. 왜냐하면 윈덤 자신이 하나의 시대이고 하나의 전통이기 때문이다.

균형 감각의 결여는 다른 곳에서도 감지될 수 있으리라는 혐의를 떨칠 수 없을 것이다. 윈덤은 최상을 것을 *좋아하지만*, 그는 엄청나게 많은 것을 좋아한다. 그는 그 모든 미세한 차이를, 시구들 사이에 존재하는 엄청난 차이를 인식했는지에 대해서는 결정적인 증거가 존재하지 않는다.

> 내 모든 부끄러움을 술에 타 마셔버렸던
> 내 나이 서른 살이던 바로 그때에.[†]

이와 같은 시구와 심지어 롱사르나 벨레[‡]가 남긴 다음과 같은 최상의 시구 사이에 존재하는 엄청난 차이를 그가 인식했는지는 의문이다.

> 나의 여인이여, 시간은 쉴 새 없이 흘러가고 또 흘러갑니다.

* Edward Gibbon (1737-1794): 영국의 역사학자이자 작가. 그의 대표적인 저서가 『로마 제국 멸망사』(*The History of the Decline and Fall of the Roman Empire*)이다.

† 프랑스의 시인 프랑수아 비용(François Villon, 1431-1463)의 시 『유언의 시』(*Le Testament*, 1461)의 첫 두 행. 이 작품은 *Le Grand Testament*으로 불리기도 한다. 엘리엇이 여기서 인용한 프랑스어 원문은 다음과 같다. "En l'an trentiesme de mon aage / Que toutes mes hontes j'ay beues."

‡ La Pléiade에 대한 역주에서 밝혔듯, 롱사르와 벨레는 16세기 프랑스의 르네상스 시대의 시인.

아아, 흘러가는 시간은 이어지지만, 우리는 시들어 사라집니다.
우리는 머지않아 비석 아래에 우리 몸을 뉘일 것입니다.*

우리는 윈덤의 글에 기대어 『불사조와 거북이』가 위대한 시라는 결론을, 『비너스와 아도니스』†보다 한층 더 위대한 시라는 결론을 내려서는 안 된다. 하지만 『비너스와 아도니스』에 대한 그의 논의는 읽을 만한 가치가 있는 것이다. 윈덤은 사람들이 무시했던 이류 시의 아름다움을 파악하는 데 아주 날카로운 안목을 지닌 사람이기 때문이다. 그럼에도 그는 셰익스피어의 소네트들과 그 외에 다른 엘리자베스 시대 사람들의 소네트들 사이에 존재하는 만灣과도 같이 드넓은 차이 가운데 어느 것도 드러내 보이고 있지 못하다. 윈덤은 시드니‡를 과대평가하고 있고, 시 이론에 관한 엘리자베스 시대의 글에 대해 논의하는 과정에 캠피언의 글—대니얼의 것에 비해 덜 상식적인 것이긴 하나 그보다 더 대담하고 우수한 캠피언의 논문§—에 대해 언급할 기회를 놓치고 있다. 그는 드레이턴에 대해 몇 마디 언급하고 있긴 하지만, 지루하게 이어지는 드레이턴의 「이데아」¶에

---

* 롱사르의 시 「내 손으로 [엮은] 꽃다발을 그대에게 보냅니다」("Je vous envoie un bouquet, que ma main," 1555)의 제3연. 엘리엇이 여기서 인용한 시구의 원문은 다음과 같다. "Le temps s'en va, le temps s'en va, madame; / Las! le temps, non, mais nous nous en allons / Et tost serons estendus sous la lame."

† *The Phoenix and the Turtle*, *Venus and Adonis*: 전자는 셰익스피어가 1601년에 발표한 이상적 사랑의 죽음에 관한 시이며, 후자는 셰익스피어가 1593년에 발표한 비너스의 이루지 못한 사랑에 관한 서사시.

‡ Philip Sidney (1554-1586): 영국의 시인이자 학자.

§ Samuel Daniel (1562-1619): 영국의 시인이자 극작가이며 역사학자. 엘리엇이 여기서 말하는 캠피언의 글은 1602년에 출간된 *Observations in the Art of English Poesie*이며, 다니엘의 글은 1603년에 출간된 *A Defence of Ryme*.

¶ "Idea": 영국의 시인 드레이턴(Michael Drayton, 1563-1631)이 1594년에서 1619년에 이르기까지 되풀이해 수정하고 재출간한 소네트 형식의 장시.

대한 시적 진술 가운데 단 한 군데 훌륭한 시구가 등장하는 것은 드레이튼이 잠시 자신을 치장하는 복장을 벗어던진 채 사실의 측면에서 이야기할 때임을 주목하지 못하고 있다.

> 마침내 놀랍게도 나의 두 눈이 목도하게 되었나니,
> 에섹스의 엄청난 몰락을. 그리고 타이론이 자신의 평화를 되찾고,
> 장수를 누리던 그 여왕이 조용히 마지막 순간을 맞이했으며,
> 왕이 적질한 때 등장하여, 우리가 스페인과 화해하게 되었음을.*

균형 감각의 결여보다 더 중요한 것은 비평적 분석의 결여다. 이미 지적한 바와 같이, 윈덤은 엘리자베스 시대에 깊이 경도되어 있었으며, 셰익스피어의 시에 관한 그의 글은 엄청난 양의 정보를 담고 있다. 윈덤의 글에는 메어리 피턴†에 관한 흥미로운 뒷이야기와 윌리엄 놀리스‡ 경卿에 관한 재미있는 일화가 담겨 있긴 하지만, 그는 엘리자베스 시대의 사람들에 대한 비평에서 핵심이 되는 무언가를 간과하고 있다. 이와 관련하여, 우리는 수사修辭의 병리학病理學을 이해하지 않고서는 그들이 어떤 사람들인지 파악하거나 이해할 수 없음에 유의해야 할 것이다. 수사는, 어느 한 특별한 형태의 수

---

* 드레이턴, 「이데아」, 제51편 제5-8행. 엘리엇이 인용한 시의 원문은 다음과 같다. "Lastly, mine eyes amazedly have seen / Essex' great fall; Tyrone his peace to gain; / The quiet end of that long-living queen, / The king's fair entry, and our peace with Spain."

† Mary Fitton (1578-1647): 엘리자베스 여왕의 시녀였던 사람으로, 온갖 스캔들의 주인공이기도 했다. 심지어 셰익스피어의 소네트에 등장하는 "검은 여인"(the Dark Lady)이 메어리 피턴이라는 설도 있다.

‡ William Knollys (1544-1632): 엘리자베스 1세와 제임스 1세 시대에 궁정의 대신을 지낸 귀족이었다. 윌리엄 놀리스는 친구의 딸인 메어리 피턴의 보호자 역할을 떠맡지만, 어쩌다 그녀를 끔찍이도 사랑하는 처지가 된다. 하지만 메어리 피턴은 그에게 이루 말할 수 없이 냉담했다고 한다. 윈덤은 그의 『낭만주의 문학론』에서 두사람 사이의 이야기를 다루고 있다.

사는 전염성을 지니고 있었으며, 유기체 전체를 감염 상태에 이르게 했다. 병든 세포 조직들과 마찬가지로 건강한 세포 조직들이 이를 바탕으로 하여 구축되었다. 우리는 16세기와 17세기의 정신을 지배하던 수사에 대한 진단을 내리지 않고서는 튜더 시대와 스튜어트 시대 초기의 극을 장식하는 대화체對話體의 행들 대부분을, 아무리 간단한 대화체의 행들이라고 해도 이에 제대로 도전할 수 없다. 심지어 다음과 같은 구절과 마주해서도 사정은 마찬가지다.

> 내 내장 안에 파이프를 설치하는 배관공이 있는지, 속이 뜨거워 죽겠군.*

우리는 다음과 같은 대사를 읽을 때 그러하듯, 수사적 근거가 무엇인지를 잊도록 우리 자신을 내버려 두어서는 안 된다.

> 자, 하늘의 위세에 대항하여 행진하세.
> 그리고 신들을 살육할 것을 알리기 위해
> 창공에 검은 깃발들을 여울져 휘날리게 하세.†

빅토리아 시대의 감성에 대한 이해가 빅토리아 시대의 문학과 조지 윈덤을 이해하는 데 필수적이듯, 엘리자베스 시대의 수사에 대한 이해는 엘리자베스 시대의 문학을 이해하는 데 필수적인 요건이다.

윈덤은 낭만주의자였다. 낭만주의를 치료하는 유일한 방법은 낭

---

* 웹스터, 『하얀 악마』, 제5막 제6장. 엘리엇이 인용한 이 대사의 원문은 다음과 같다. "There's a plumber laying pipes in my guts, it scalds."

† 말로우, 『탬벌레인 대제』(*Tamburlaine the Great*, 1587년 또는 1588년 창작), 제2부 제5막 제3장 제48-50행. 작품의 행에 이르기까지의 인용 부분에 대한 전거典據는 Marlowe, *Tamburlaine the Great in Two Parts*, U. M. Ellis-Fermor 편집 (New York: Gordian Press, 1966). 위의 인용은 병들어 이제 죽음을 앞둔 탬벌레인이 신들과의 전쟁조차 불사하지 않겠다는 의지를 드러내 보이는 대사의 일부. 엘리엇이 인용한 이 대사의 원문은 다음과 같다. "Come, let us march against the powers of heaven / And set black streamers in the firmament / To signify the slaughter of the gods."

만주의 자체를 분석하는 것이다. 낭만주의에서 영원하고 선한 덕목은 호기심, 바로 다음의 시구가 암시하는 호기심이다.

. . . 갈망이,
나에게는 세계를 체험하고자 하는 갈망이,
인간의 악과 가치를 체험하고자 하는 갈망이 있었지.*

어떤 삶이든 정밀하고 깊이 파고들면 흥미롭고 항상 낯설다는 사실을 인식하는 것이 호기심이다. 낭만주의는 현실 세계를 건너뛴 채 낯선 세계로 진입하는 하나의 지름길이며, 추종자들을 다만 자아도취의 상태로 되몰아 갈 뿐이다. 조지 윈덤은 넘치는 호기심의 소유자였지만, 자신의 호기심을 낭만적으로 해소했다. 즉, 그는 실재하는 현실 세계를 파고들기 위해서가 아니라, 그가 스스로 구축한 세계의 다양한 측면들을 완성하기 위해 호기심을 동원했던 것이다. 문학 쪽에서 벗어나 정치 쪽으로 눈길을 돌려, 낭만주의가 어느 정도까지 제국주의에 편입되었는가를 탐구하는 일은 흥미로운 작업이 될 것이다. 아울러, 어느 정도까지 낭만주의가 제국주의자들의 상상력을 사로잡았는지를, 또한 어느 정도까지 디스레일리†에 의해 낭만주의가 이용되었는지를 탐구하는 일 또한 흥미로운 작업이 될 것이다. 하지만 이는 현재의 논의와 전혀 관계가 없는 문제다. 삶의 영역에서야 낭만주의와 관련하여 상당히 많은 이야깃거리가 있을 수 있겠지만, 문필의 영역에 낭만주의가 설 자리는 없다. 또한, 조지

* 단테, 『신곡』, 연옥 시편 제26곡 제97-99행. 율리시스의 유령이 자신이 이타카를 떠나 제2의 항해를 하게 된 동기가 무엇인지를 밝히는 부분. 엘리엇이 인용한 시구의 원문은 다음과 같다. ". . . l'ardore / Ch' l' ebbe a divenir del mondo esperto / E degli vizii umani e del valore—."

† Benjamin Disraeli (1804-1881): 두 차례에 걸쳐 수상 직을 한 영국의 정치가로, 영국의 제국주의와 영토 확장을 열렬히 옹호했던 인물.

윈덤이 물려받은 조상과 전통을 소유한 사람이라면 필연적으로 낭만주의적 문필가가 될 수밖에 없으리라는 결론을 내릴 필요가 우리에게 있는 것은 아니다. 이는 다만 그런 부류의 사람이 계급 제도에 대한 확고한 인식에 뿌리내리고 있는 특별한 경우일 따름이다. 윈덤이 "신사 계급이 포기되어서는 안 된다"*고 말한 적이 있음이 그의 그런 인식을 뒷받침한다. 정치의 영역에서 이는 존중 받을 만한 신조信條일 수 있다. 하지만 문학의 영역에서는 그런 것이 아무런 의미도 갖지 않는다. 예술은 인간에게 자신이 소유하고 있는 모든 것을, 심지어 가계도까지 포기하고 오로지 예술만을 따를 것을 고집한다. 예술은 인간에게 어느 한 가문, 어느 한 신분 계급, 어느 한 정당, 어느 한 동아리의 일원이 되지 말 것을 요구하고, 있는 그대로 다만 자기 자신이기를 요구하기 때문이다. 윈덤과 같은 사람이 문학에 몇 가지 미덕을 소개한 것은 사실이다. 하지만 귀족보다 더 우월하고 더 보기 드문 유일한 사람이 있는데, 그는 바로 개인(the Individual)으로서의 인간이다.

특정 지역의 정취

시대의 조류에 뒤지지 않아야 한다는 과제에 주로 몰두해 있는 세상에서 페트로니우스와 헤론다스†와 같은 작가들의 작품을 읽을 뿐만 아니라 즐기고, 즐길 뿐만 아니라 읽는 사람이 적어도 한 명 있다는 사실을 아는 것만큼이나 만족스러운 일은 없을 것이다. 그는 바로 찰스 휘블리 씨로, 그에 관해서는 두 마디의 견해 표명을

* Whibley, "Introduction" to *Essays in Romantic Literature*, xxxvi쪽.

† Petronius (27-66), Herondas (기원전 3세기 경 작품 활동): 전자는 『성스러운 숲』의 제사題辭에 첨가한 역주에서 밝혔듯, 『사티리콘』(*Satyricon*)의 저자로 알려진 고대 로마 시대의 궁신. 후자는 고대 희랍의 시인.

할 수 있겠다. 첫째, 그는 비평가가 아니다. 둘째, 그는 엄청난 희소가치를 지닌 사람이라고 할 수야 없더라도 거의 찾아보기 힘들 정도로 드문 존재다. 그는 명백히 엄청난 양의 영문학 작품을 읽고 즐긴 것으로 보이며, 그 중에서도 특히 그가 무엇보다 즐긴 것은 16세기와 17세기라는 위대한 시대의 문학이다. 그런데, 그 시대의 문학작품에 대해 휘블리 씨는 단 하나의 중요한 독창적 판단도 표명한 적이 없다는 견해를 우리는 피력할 수도 있겠다. 따지고 보면, 그런 판단을 표명한 사람이 과연 얼마나 되겠는가. 휘블리 씨는 인간들에 대해서든 책들에 대해서든 비평을 하는 비평가가 아니다. 하지만 그는 그가 읽은 책들을 우리가 읽게 되면 그가 확인한 바와 마찬가지로 그 책들이 우리에게도 즐거움을 준다는 사실을 확인할 것이라는 확신으로, 또한 우리가 그런 책들을 읽으면 우리 나름의 의견을 형성할 수 있을 것이라는 확신으로 우리를 인도하는 사람이다. 아울러, 그는 비평가의 균형감각을 유지하고 있지 않다고 해도, 그 자신 고유의, 종류가 다른 평형감각을 유지하고 있는 사람이기도 하다. 이는 부분적으로 그의 취향이 청교도적인 것이 아닌 데 따른 것이다. 즉, 그는 왕적 복고 시대의 극작가와 그 밖의 작가들의 "상스러움"에 대해 변명의 말을 늘어놓지 않고서도 그들에 대해 논의를 이어갈 수 있는 사람이다. 이는 또한 부분적으로 최상의 지역적 및 시대적 정취를 감지하는 그의 능력에 따른 것이기도 하다. 그리고 또한 부분적으로 문학에 대한 건강한 욕구에 따른 것이기도 하다.

비非비평적이라기보다는 무無비평적인 자질들이 결합하여, 휘블리 씨를 그의 명성을 가장 드높인 저작물들이 속해 있는 영역에서 최상의 적임자가 되게 하였다. 우리가 만일 구입 가능한 "튜더 시대 번역본 총서叢書"의 단행본들을 발견할 수 있고 또한 이들을 발견했을 때 구입할 여력이 우리에게 있다면,* 우리는 이로 인해 한층 더 고마워해야 할 것이다. 하지만 사정이 여의치 않다 해도 그것은 휘블리 씨의 잘못이 아니다. 아무튼, 몇몇 번역가들을 위해 그가 쓴 서문들은 모두 그런 번역본에 의당 첨가되어야 마땅한 것들이다. 어커트†의 『라블레』‡에 대한 그의 서문을 예로 들자면, 서문에는 해당 번역가에 대해 서로 관련이 없는 온갖 정보가 담겨 있는데, 이는 그에 대한 취향을 일깨우는 데 필요한 것들이다. 그의 서문을 읽고 나면, 어커트의 번역본을 읽는 일은 세상에 둘도 없는 즐거움이 된다. 따라서 살아 있는 비평의 불모지인 나라에서 휘블리 씨는 유익한 사람이다. 무엇보다 우선하는 것은 여하튼 영문학이 읽혀야 한다는 점이기 때문이다. 스텐달과 플로베르와 제임스§의 문학에 대해 지적知的인 대화를 주고받을 수 있는 몇 안 되는 사람들은 이 점을 알고 있다. 하지만 그런 사람들의 대화를 흘려듣는 대부분의 사람들은 영문학이 심지어 섬처럼 고립되어 있다는 사실조차 제대로 의식하지 못하고 있다. 죽어 잊힌 과거 작가들의 작품을 읽음으로써 무언가를 얻을 수 있도록 어느 한 문필가가 우리를 인도하는 데는 두 가지 방법이 있다. 하나는 핵심이 되는 부분을 따로 떼어내는 방법, 그러니까 다양한 종류의 텍스트에서 극도로 강렬한 부분들을 적시하고 이들을 부수적인 주변 정황으로부터 분리하는 방법이다. 이는 좀 더 지적인 사람들—즉, 완벽한 표현과 마주하여 이를 독창적으로 향유할 수 있는 능력을 지닌 사람들—에게만 효과가

* 당시에 발간되던 "튜더 시대 번역본 총서"(Tudor Translations)를 구성하는 책들은 호화 장정에 가격이 매우 높았음.

† Thomas Urquhart (1611-1660): 스코틀랜드의 귀족으로, 작가이자 번역가.

‡ François Rabelais (1483-1494년 사이 출생-1553년): 프랑스의 풍자 작가.

§ Henry James (1843-1916): 미국 태생의 소설가로 1915년에 영국 국적 취득.

있는 방법으로, 이 방법은 어떤 분야의 예술을 대상으로 하든 최상의 것에 주의를 집중한다. 또 하나의 방법은 바로 휘블리 씨가 동원한 방법으로, 해당 시대의 취향을, 그것도 그 시대에 속한 것인 한에는 그 시대 최상의 것에 해당하는 취향을 일깨워 전달하는 것이다. 이 또한 쉽지 않은 방법이다. 순수한 저널리스트라면 과거의 어떤 시대에 대해서도 정통해 있다고 할 만큼 충분히 알고 있지 못하기 때문이다. 순수한 딜레탕트라면 그런 시대에 대해 알되 지나치게 자기중심적으로, 자기만이 즐기는 유행품으로 이해할 것이기 때문이다. 휘블리 씨는 진정으로 과거의 문학에 대한 관심으로 충만해 있는 사람이다. 그리고 그는 그 어떤 반란도 꾀하지 않은 채 오늘날의 시대에서 튜더 시대와 스튜어트 시대로 탈출해 있는 사람이기도 하다. 그는 탈출하되, 아마도 엄밀하게 보아 문학적 취향이라고 할 수 없는 취향을 무기삼아 탈출을 꾀하고, 또한 다른 사람들의 탈출을 이끌고 있다.

"튜더 시대 번역본 총서"는 하나의 확고하고 분명한 취향을 일부 형성하고 있다. 몇몇 번역본은 다른 번역본들에 비해 질적으로 우수하다. 말할 것도 없이, 심지어 플로리오의 번역본조차 몽테뉴의 원본과 비교하는 경우,* 아마도 휘블리 씨가 그 차이를 의식하고 있는 것 같지는 않지만, 양자 사이에는 엄청난 차이가 존재한다. 몽테뉴의 프랑스어는 성숙한 언어이며, 플로리오가 자신의 살아 있는 번역에 동원한 영어는 그런 언어가 아니다. 몽테뉴의 글은 그 시대의 영어로 번역될 수도 있었겠지만, 유사한 작품이 그 시대의 영어로

* Giovanni Florio (1552-1625), Michel de Montaigne (1533-1592): 전자는 John Florio로 불리기도 하는 영국의 시인이자 언어학자이며, 몽테뉴의 글을 최초로 영역한 번역가. 후자는 프랑스 르네상스 시기의 작가.

창작될 수는 없었을 것이다. 하지만, 영어가 성숙되어감에 따라, 플로리오와 그에 비해 열등한 그의 모든 동료가 공유하고 있던 무언가의 언어적 특질을, 그리고 그들의 언어가 몽테뉴의 언어와 공유하고 있던 무언가의 언어적 특질을 상실하게 되었다. 이는 단지 언어와 관련된 것일 뿐만 아니라 시대와 관련된 것이기도 하다. 그 시대의 산문은 생명력을, 이후의 시대가 그 효과를 강화할 수 없었던 생명력을, 다만 약화시킬 수 있었을 뿐인 그런 생명력을 소유하고 있었던 것이다. 당신은 몽테뉴와 브랑톰[*]의 글에서 동일한 종류의 생명력을, 동일한 종류의 풍요로움을, 또한 홉스[†]의 글에서와 마찬가지로 로슈푸코의 글에서 변화를, 볼테르와 기번의 글에서 확인되는 두 언어 공통의 고전적 산문체의 건조함을 확인할 수 있을 것이다.[‡] 다만, 프랑스어는 본래 한층 더 풍요롭고 성숙된 언어, 주앙비유와 코민느[§]의 글에서 이미 그 경지에 이른 그런 언어였으며, 영국에는 몽테뉴와 라블레의 것과 비교될 만한 그런 산문이 존재하지 않았다. 만일 휘블리 씨가 이 생명력에 대한 분석을 시도하고, 무엇 때문에 홀런드와 언더다운[¶] 그리고 내시와 마틴 마프렐리트[**]의 글이 여

* '브랑톰의 영주'(Seigneur de Brantôme)로 불리기도 했던 프랑스의 역사학자이자 작가인 피에르 드 부르데이유(Pierre de Bourdeille, 1540-1614).

† Thomas Hobbes (1588-1679): 영국의 철학자.

‡ 여기서 엘리엇은 몽테뉴와 피에르 드 부르데이유, 홉스와 로슈푸코, 볼테르와 기번에 이르기까지 프랑스와 영국에서 진행되었던 산문 문체의 퇴보 현상을 개관하고 있다.

§ Jean de Joinville (1224-1317), Philippe de Commines (1447-1511): 프랑스의 작가.

¶ Philemon Holland (1552-1637), Thomas Underdowne (?-?, 활발하게 활동하던 시기는 1566-1587년): 영국의 번역가.

** Thomas Nashe (1567년-1601년경), Martin Marprelate: 전자는 영국의 시인이자 극작가이며, 후자는 1588년과 1589년에 영국에서 불법적으로 떠돌던 소책자 7권의 필자 또는 필자들이 사용했던 가명假名.

전히 읽을 가치가 있는 것임을 말해 줄 수 있었다면, 그는 이러한 특질 또는 이에 상응하는 특질이 우리들 자신이 살아 있는 바로 이 시대에 그 모습을 드러냈을 때 이 같은 특질을 어떻게 감지할 것인가의 방법을 제시할 수 있었을 것이다. 하지만 휘블리 씨는 분석가가 아니다. 그가 선호하는 시대의 개개인들에게 자신의 관심을 집중하는 가운데, 심지어 그 자신의 취향조차 한층 덜 확실한 것으로 바뀌고 있다. 서리[*]의 무운시無韻詩에 대한 그의 이해는 취약하고, 테니슨[†]의 작품에서 감지되는 최상의 시적 효과 가운데 일부를 미리 선보인 시인이 서리임에도 불구하고 이 같은 영예를 서리에게 부여조차 하지 않고 있다. 그는 운문 번역가들 가운데 사실상 최고의 인물이라고 할 수 있는 골딩[‡]에 대해 그 어떤 찬사도 보내고 있지 않으며, 오비디우스는 그 어떤 힘과 기운을 요구하지 않는다고 말함으로써 골딩의 번역에 대한 나름의 변호를 시도하기까지 한다![§] 적어도 말로우의 『아모레스』[¶]에는 힘과 기운이 있다. 한편, 그는 가웨인 더글러스[**]를, 스코틀랜드어로 글을 쓴 사람이지만 틀림없이 "튜더 시대"의 번역가인 그에 대한 논의를 빠뜨리고 있다. 과연 그답게 휘블리 씨는 채프먼을 찬양하는데, 그가 채프먼을 찬양하는 이유는

---

* Henry Howard, Earl of Surrey (1516/17-1547): 영국의 시인으로, 엘리엇이 밝힌 바와 같이 영어로 무운시 창작을 시도한 최초의 인물. 무운시 형태의 극작품 창작을 최초로 시도한 사람은 앞선 역주에서 밝혔듯 토머스 새크빌.

† Alfred Tennyson (1809-1892): 영국의 시인으로, 빅토리아 여왕 시절에 오랫동안 계관 시인을 역임.

‡ Arthur Golding (1536년경-1606년): 영국의 라틴어 번역가.

§ 이에 대한 자세한 논의는 Charles Whibley, "Translators," *The Cambridge History of English Literature*, 제4권, A. W. Ward & A. R. Waller 편집 (1909; Cambridge, Cambridge 대학 출판부, 1950), 19-21쪽 참조.

¶ *Amores*: 말로우가 1580년대에 출간한 오비디우스 번역서.

** Gawain Douglas (1475?-1522): 스코틀랜드 출신의 사제이자 번역가.

다음과 같다.

> 채프먼의 번역은 넘치는 생기와 마르지 않는 활기가 존재함을 입증한다. 채프먼의 번역에는 원문에 합당한 것이라고 하지 않을 수 없는 장대함과 혼이 깃들어 있는 것이다. . . .[*]

이는 상투적인 말로, 비非비평적이다. 그리고 비평가라면 "타소[†]의 걸작"[‡]과 같은 경망한 표현을 사용하지 않을 것이다. 콩그리브[§]에 관한 그의 글은 우리의 기존 이해에 별다른 보탬이 되고 있지 않다.

> 그리하여 그는 세련된 검투사가 능란하고 재빠르게 검을 다뤄 상대의 공격을 막아내듯 능란하고 재빠른 언변으로 상대와 겨루는 한 무리의 남자들과 여자들을, 두뇌회전이 빠른 냉소적인 기질의 남자들과 여자들을 무대에 올렸다.[¶]

우리는 펜싱 경기와 같은 이 같은 대화에 관해 전에 들은 적이 있다. 아무튼, 우리의 심중에 의혹이 자리하고 있는데, 휘블리 씨는 아마도 조지 메러디스[**]의 숭배자일 수도 있다는 점이 그것이다.[††]

---

* Whibley, "Translators," *The Cambridge History of English Literature*, 제4권, 22쪽.

† Torquato Tasso (1544-1595): 이탈리아의 시인.

‡ Whibley, "Translators," *The Cambridge History of English Literature*, 제4권, 23쪽.

§ William Congreve (1670-1729): 영국의 극작가이자 시인.

¶ Charles Whibley, "'The Restoration Drama II," *The Cambridge History of English Literature* 제8권 (1927; Cambridge, Cambridge 대학 출판부, 1953), 153쪽 참조.

** George Meredith (1828-1909): 영국의 소설가.

†† 콩그리브에 대한 글에서 휘블리는 콩그리브의 풍자 희극 『세상사世上事』(*The Way of the World*, 1700)에 대한 메러디스의 언급을 적절한 것으로 소개하고 있는데, 엘리엇은 이를 문제 삼고 있는 것으로 보임. 이와 관련하여 Whibley, 앞의 글, 154쪽 참조. 메러디스에 대한 엘리엇의 평가는 지극히 부정적인 것이었음을 유의해야 할 것이다. 한편, 메레디스의 소설 『이기주의

랄리*에 관한 글은 보탬이 될 만한 것이 한결 적다. 그의 글에서는 랄리가 호감이 가는 해적에다가 독점판매업자라는 현실은 어디론가 도망가고, 다만 국가적 영웅으로서의 모습만 남아 있을 뿐이다. 그럼에도, 랄리, 스위프트,† 콩그리브, 그리고 16세기와 17세기의 하층민 문필계가 이에 대한 휘블리 씨의 언급에 힘입어 어찌 되었든 그 생명력을 유지하고 있는 것도 사실이다.

이로써, 휘블리 씨는 저널리즘과 가짜 비평이 우글거리는 밀림 지대 속으로 사라져 행방 불명이 되는 지경에 이르지 않게 되었다. 그는 영문학에 대해 걱정하는 사람들의 "서가 선반 위의 자리" 한 쪽을 마땅히 차지해야 할 만한 그런 사람이다. 그는 비평가에게 우선 요구되는 필수 덕목을 갖춘 사람이다. 즉, 그는 자신이 다루고자 하는 주제에 대해 관심을 갖고 있는 사람이며, 그 주제에 대한 자신의 관심을 전달할 능력도 갖춘 사람이다. 그에게 결함이 있다면 지성과 느낌 양쪽 면에서다. 그는 대상과 자신을 분리하는 능력을 갖추고 있지 않다. 그가 숭배하는 문학에는 지극히 명백한 결함과 명백한 단점 및 미성숙함이 존재한다. 그리고 그는 우리에게 그런 결함과 단점에 대해 말해 줄 만한 사람이 아닌 것과 마찬가지로, 그는 절대적으로 최상의 질을 지닌 작품을 우리 앞에 선보일 수 있는 사람도 아니다. 그는 비평가의 도구인 비교와 분석 어느 쪽도 활용하지 않는다. 그는 영원한 강렬성을 지닌 작품에서 단순히 아름답기

자: 산문체로 이루어진 한 편의 희극』(*The Egoist: A Comedy in Narrative* [London: C. Kegan Paul, 1879])에서 그는 두 사람 사이의 활기찬 대화를 "펜싱 경기"에 비유하고 있다는 점도 유의할 것.

* Walter Ralegh 또는 Raleigh (1552-1618): 영국의 정치가이자 군인이며, 작가이자 시인.

† Jonathan Swift (1667-1745): 영국계 아일랜드인으로, 수필가이자 풍자작가.

만 할 뿐인 작품으로의 변모 과정을, 그리고 아름다운 작품에서 단순히 매력적이기만 할 뿐인 작품으로의 변모 과정을 실수 없이 탐지하도록 자신을 이끄는 진지한 열정의 소유자가 아니다. 비평가는 한 시대의 정신과 유행—이른바 특정 지역과 시대의 정취—에 흠뻑 몰입할 수 있는 자질을 갖춰야 할 뿐만 아니라, 최상의 창조적인 작품을 제대로 감식하기 위해 어느 한 순간에 돌연히 시대의 정신과 유행에서 자신을 분리할 수 있는 능력도 갖춰야 한다.

아울러, 비평가에게는 휘블리 씨가 결여하고 있는 다른 무언가가 요구되기도 하는데, 그것은 바로 창조적 관심, 당면한 미래에 초점을 맞추는 능력이다. 중요한 비평가란 당면한 현재적인 예술의 문제들에 침잠해 있는 사람이자, 과거의 힘을 끌어 모아 이 같은 문제들을 해결하는 일에 전력을 다하기를 원하는 사람이다. 예컨대, 만일 비평가가 콩그리브를 논의 대상으로 고려하고자 한다면, 그는 항상 마음의 뒤편에 다음과 같은 질문을 지니고 있어야 한다. 즉, 콩그리브의 작품이 우리의 극예술과 직접 관련이 있는 측면은 어떤 것인가? 비록 비평가가 콩그리브에 대한 이해를 시도하는 일에만 오로지 매달린다고 해도, 이 같은 문제 제기는 아주 다른 결과를 이끈다. 무언가를 이해하는 일은 어떤 관점에서 이해하는가의 문제이기 때문이다. 대부분의 비평가들은 어느 정도 창조적인 관심을 갖고 있다. 이는 어떤 예술에 대한 흥미가 아니라 (폴 모어* 씨처럼) 도덕에 대한 관심일 수도 있다. 이 같은 여러 언급을 이 자리에게 꺼내는 것은 휘블리 씨의 저서들에 하나의 자리를, 특별하지만 허가를 받을 필요가 따로 없는 자리를, 비평과도 관련이 없고 역사와도 관련이 없으며 있는 그대로의 저널리즘과도 관련이 없는 자리를 마련해

* Paul Elmer More (1864-1937): 미국의 비평가, 잡지와 신문 문예란 편집자.

주는 데 도움을 주기 위한 것일 따름이다. 그리고 만일 그의 저서들이 그런 자리를 차지할 가치가 있다고 생각되지 않으면, 따로 수고를 하지 않아도 될 것이다.

미국의 비평가에 대한 단상

비평가들에 대한 논의를 차례로 이어가고 있지만, 이 자리는 어떤 의미에서든 구색을 두루 갖춘 체계적인 논의 마당을 꾸미려는 의도에서 시작된 것이 아니다. 하지만 비평적 산문으로 불릴 수 있는 글을 썼던 영국의 세 비평가*를 다루었을 때 사람들은 그들 사이에 무언가 공통점이 존재한다는 사실을 마음속으로 의식하게 될 것이다. 특성을 공유하는 바로 이 공동체의 정체는 무엇인가를 한층 더 명료하게 인식하고자 함에 따라, 또한 이것이 영국인들 특유의 국민적 특성은 아닐까 하는 의혹을 갖게 됨에 따라, 사람들은 가능한 한 이와 첨예하게 대비를 이루는 쪽에 대해 생각에 잠기는 쪽으로 이끌리지 않을 수 없을 것이다. 이에 따라, 두 명의 미국 비평가와 한 명의 프랑스 비평가에 대한 간단한 논평을 시도하고자 한다. 만일 내가 암시한 바의 대비를 염두에 두지 않았더라면, 이들에 대한 논의는 현재 형태의 것과는 다른 것이 되었을 수도 있을 것이다.

폴 모어 씨는 수많은 저서를 출간한 사람으로, 어쩌면 그는 양적인 면에서 생트-뵈브의 전집에 의해 확립된 기록을 깨뜨리고자 하는 희망을 마음속에 간직하고 있는지도 모르겠다.† 그를 생트-뵈

---

* 즉, 앨저넌 찰스 스윈번, 조지 윈덤, 찰스 휘블리.

† 엘리엇이 여기서 염두에 두고 있는 것은 1919년에 모어가 무려 열 번째의 『셸번 수상록』(*Shelburne Essays*)를 출간했다는 사실일 것이다.

브와 비교하는 일은 결코 사소한 일로 치부될 수 없거니와, 모어 씨는 어빙 배빗* 교수와 함께 방대한 양의 저작물을 남긴 이 프랑스인의 숭배자들이기 때문이다. 그들은 숭배자들일 뿐만 아니라, 어쩌면 생트-뵈브에 대한 그들의 숭배는 이 두 사람의 장점 가운데 상당 부분과 그들의 몇몇 결함 양쪽을 이해하는 데 단서가 될 수도 있을 것이다. 우선, 두 문필가는 아놀드 이래 영국의 주목할 만한 그 어떤 비평가들보다 프랑스의 비평에 한층 더 깊이 주의를 집중해 왔고, 글과 사유思惟의 면에서 프랑스적 규범이 되는 것들에 대한 연구에도 누구보다 더 깊은 노력을 기울여 왔다. 이에 따라, 비록 명백히 대서양 저편 고유의 결함들을, 명백히 유럽적인 흐름에 다가가는 데 장애가 되는 결함들을 드러내 보이고 있긴 하지만, 그들은 유럽적인 흐름에 한결 더 가까이 다가가 있다. 프랑스의 영향은 그들이 이념들에 헌신하였다는 데서 추적될 수 있고, 또한 예술과 삶의 문제들에 관심을 갖되, 그러한 문제들이 비평가의 개인적 기질과는 상관없이 별개로 존재하는 것으로 보는 동시에 그런 관점에서 다룰 수 있는 것으로 보았다는 데서 추적될 수 있다. 스윈번의 경우, 엘리자베스 시대의 문학에 대한 비평은 열정적인 관심의 산물이고, 모종의 시에 진정으로 감동을 받은 한 지성인이 남긴 글이라면 어떤 것이든 우리에게 흥미로운 것이라는 차원에서 스윈번의 글은 우리의 관심을 끈다. 스윈번의 지성에 결함이 있는 것은 아니지만, 이는 순수한 것이 아니다. 스윈번의 비평적 글에는 글 자체의 독립적인 생명력으로 인해 환하게 빛을 발하고 있는 생각들이, 그러니까 어

* Irving Babbitt (1865-1933): 미국의 학자이자 문학비평가. 그는 1890년대 초반에 하버드 대학에서 폴 엘머 모어와 만나 평생 동안 친분을 이어간 것으로 알려져 있다.

찌나 진실한지 진술하고 있는 사람이 누구인지조차 잊게 할 만큼의 진실한 생각들이 거의 존재하지 않는다. 스윈번의 말들은 항상 또한 필연적으로 스윈번 자신을 지시하는 쪽으로 귀결되고 있는 것이다. 만일 스윈번에게 문학이 단순히 열정에 불과한 것이라면, 우리는 조지 윈덤에게 문학은 도락道樂이었다고, 휘블리 씨에게 문학이란 거의 매력적인 연예인의 자기 과시나 다름없는 것이라고 말하지 않을 수 없다. (우리는 연예인의 세련미에 매료되는 셈이다.) 윈덤과 휘블리 씨 두 사람은 사적인 흥취(gusto)를 소유하고 있지만, 사적인 흥취는 공적인 취향(taste)과 등가물이 아니다. 이는 즐기는 사람의 식욕과 소화 능력에 지나치게 좌우되는 것이기 때문이다. 어쩌다 보니 이 자리에서 논의 대상으로 삼지는 않게 된 한두 문필가의 경우, 그들에게 문학이란 값비싸고 소중한 도자기 모음과 같은 것이라기보다 일종의 제도—즉, 교회 체제와 국가 체제와 동일한 정도의 엄청난 무게를 갖는 용인된 제도—와 같은 것이다. 그러니까, 바꿔 말하자면, 그들은 문학에 대해 본질적으로 비非비평적인 태도를 취하고 있다. 이 모든 태도들을 감안하는 경우, 영국의 비평가란 자신의 기질에 희생된 사람이다. 비평가는 엄청난 학식을 쌓을 수 있지만, 학식은 쉽게 도락으로 바뀔 수 있다. 학식이 우리에게 문학을 모든 각도에서 총체적으로 바라보게 할 수 없다면, 문학을 우리들 자신과 분리하게 할 수 없다면, 그리고 순수한 명상의 경지에 이르게 할 수 없다면, 그런 학식은 쓸모없는 것이다.

현재까지 모어 씨와 배빗 씨는 개인의 기질과 독립된 별개의 차원에 존재해야 하는 비평을 확립하기 위해 심혈을 기울여 왔다. 이 자체만으로도 상당히 소중한 미덕이다. 하지만 바로 이 지점에서 특히 모어 씨는 길을 잘못 들어서게 되었는데, 이는 묘하게도 그의 안내자 생트-뵈브의 인도에 따른 것이다. 모어 씨도, 생트-뵈브도 모두 본래 예술에 관심이 있었던 사람이 아니다. 후자에 대해 벤다* 씨는 다음과 같이 적절히 평한 바 있다.

> 우리는 다음 사실을 알고 있고, 확실히 그것이 그의 성공에 중요한 역할을 한 요소 가운데 하나임도 알고 있다. 즉, 이 걸출한 비평가는 문학적으로 중요하다 할 만한 것이 거의 아무것도 없는 작가들(여성들, 하급 판사들, 조신朝臣들, 군인들)에 대한 연구를, 영혼을 묘사할 기회를 제공하는 글을 쓴 작가라면 누구든 그들에 대한 연구를 수도 없이 수행했으며, 인생 선배들에 대한 이해를 위해 그들의 대작大作보다는 부수적인 작품, 비망록, 초고草稿, 사적私的인 내용의 편지들을, 종종 그들의 심리를 실제로는 한결 덜 선명하게 드러내 보이는 온갖 자료를 연구하는 데 기꺼이 정성을 다했다.†

생트-뵈브가 그러했던 것과는 달리, 모어 씨는 인간의 심리에 또는 인간 자체에 주된 관심을 갖는 사람이 아니다. 모어 씨는 본래 도덕주의자로, 도덕주의자임은 그 자체로서 가치 있고 엄숙한 일이다. 그런 모어 씨의 경우에 문제가 되는 것은 이것이다. 즉, 무언가 좀 더 특정하고 구체적인 흥미를 함께 드러내지 않는다면, 당신은 하나의 도덕 이론이나 하나의 도덕적 관점을 엄청나게 다양한 문학 작품 속의 주요 인물들에 대한 엄청난 양의 글에 골고루 펼쳐 보일 수는 없다. 생트-뵈브는 인간 존재에 대해 특정화된 관심을 보였다. 다른 비평가—예컨대, 레미 드 구르몽과 같은 비평가—라면, 그에게는 한 작가의 예술에 대해 항상 여일하게 이야기할 무언가가 있을 것이고, 이로써 그의 이야기는 대상 작가의 작품을 한층 더 의식적으로 또

---

* Julien Benda (1867-1956): 프랑스의 철학자이자 소설가.

† Julien Benda, *Belphégor: Essai sur l'esthétique de la présente société française* (Paris: Emile-Paul Frères, 1918), 139쪽.

한 한층 더 지적으로 즐길 수 있도록 독자들을 이끌 것이다. 하지만 문필계의 순수한 도덕주의자—시의 독자뿐만 아니라 창작자에게도 유익한 존재인 도덕주의자—의 글은 한층 더 간명해야 하는데, 그의 문장 구조가 지닌 아름다움을 검토하는 즐거움을 우리가 누려야 하기 때문이다. 그리고 이 측면에서 쥘리앙 벤다 씨는 모어 씨에 비해 엄청나게 유리한 입장에 있다. 그의 사유는 모어 씨의 것에 비해 덜 심오할지는 모르지만, 한층 더 형식적인 아름다움을 갖추고 있기 때문이다.

모어 씨와 수많은 이상理想과 의견을 공유하고 있어서 그의 이름이 모어 씨의 이름과 한 쌍을 이루고 있는 것으로 보아야 할 어빙 배빗 씨는 자신의 생각을 한층 더 추상적으로 또한 한층 더 형식을 갖추고 표현해 왔으며, 때때로 모어 씨가 빠져들었다가 끝내 감당하지 못해 쩔쩔매는 신비주의적 충동에서 벗어나 있다. 그는 모어 씨보다 한층 더 명료하게, 또한 명백히 미국이나 영국의 동등한 권위를 지닌 그 어떤 비평가보다 명백히 한층 더 선명하게, 유럽을 총체적으로 인식하고 있는 것처럼 보인다. 그는 세계시민적 정신의 소유자이며, 그 중심을 추구하는 경향을 보이고 있다. 그의 몇 권 안 되는 저서들은 소중한 것으로, 그가 만일 한층 더 규율이 잡힌 문체로 규율에 대해 설교했다면 그런 저서들은 한층 더 소중한 것이 되었을 것이다. 비록 그도 생트-뵈브의 숭배자이긴 하지만, 아마도 오트냉 도송비유*의 다음과 같은 멋진 진술에 동감을 표시했을 것이다.

어떤 각도에서 보면 몰沒개성적이라고 할 수 있는 그런 종류의 문학적 아름

* Othenin d'Haussonville (1843-1924): 프랑스의 정치가이자 작가.

> 다움이 존재한다. 작가 자신 및 작가의 유기적 신체 조직과는 완벽하게 구별이 되는 그런 아름다움이, 그 자체의 존재 이유와 법칙을 지닌 아름다움이, 비평가의 해명이 요구되는 그런 아름다움이 존재한다. 그리고 만일 비평가가 그와 같은 과제가 자신에게 합당한 것이라고 생각하지 않는다면, 이는 다만 수사학修辭學의 문제일 뿐이고 생트-뵈브가 경멸의 뜻을 담아 퀸틸리아누스*적인 것이라고 부른 바의 것이라면, 당연히 수사학이란 선善한 것이고 '퀸틸리아누스적인 것'으로 불리는 것도 경멸의 대상이 될 수 없다.†

이 같은 생각에 박수갈채를 보낼 비평가들이 영국에도 몇 명 있을 수도 있으나, 이를 이해했다는 증거를 자신의 글에서 보여 줄 사람은 거의 아무도 없다. 하지만, 모어 씨와 배빗 씨의 경우, 그들의 실질적인 취향이 무엇이든, 그리고 비록 그들의 마음을 우선적으로 차지하고 있는 것이 예술은 아니라고 해도, 그들은 예술가의 편便에 있다. 그리고 이때 예술가의 편이라고 함은 영국에서 그러하듯 종종 비평적 글쓰기와 관련지어 떠올리는 파당적인 의미에서의 편을 말하는 것이 아니다. 모어 씨가 흥미로운 글에서 지적한 바와 같이, 아놀드는 비평을 "세상에 알려져 있고 사유 대상이 되는 최상의 작품을 알고자 하는 공평무사한 시도, 관례든 정치든 이와 유사한 것이라면 어떤 것에서도 떠나 최상의 작품을 공평무사하게 알고자 하는 시도"‡로 정의한 바 있거니와, 비평에 대한 아놀드의 그와 같은

* Marcus Fabius Quintilianus (35년경-100년경): 로마의 수사학자.

† *Revue des Deux Modes*, 1875년 2월호. 쥘리앙 벤다의 『악마, 벨페고』(*Belphégor*)의 140쪽에서 재인용. (엘리엇의 원주)

‡ Paul Elmer More, *Shelburne Essays*, 제7권 (Boston: Houghton Mifflin, 1910), 230쪽. 여기서 모어는 매슈 아놀드의 글 「우리 시대에 비평의 기능」("The Function of Criticism at the Present Time")에 나오는 해당 구절을 인용하고 있다.

정의에는 치명적인 약점이 존재한다. "알고자 하는 공평무사한 시도"는 *비평가*의 필수 조건일 뿐, 비평가의 비평적 시도의 결과물일 수 있는 *비평*의 필수 조건이 아니다. 아놀드는 비평가의 작업을 단순히 개인적인 이상理想의 측면에서, 한 개인에게 이상이 무엇인가의 측면에서 설명하고 있는데, 한 개인에게 이상은 공평무사한 것이 아니다. 여기서 아놀드는 유럽인이라기보다 영국인임을 드러낸다.

모어 씨는 자신이 비평의 대가들로 떠받드는 사람들을 찬양하는 가운데, 그 자신의 태도를 암시한다.

> 만일 그들이 문학 비평에 그처럼 많은 노력을 기울인다면, 이는 다른 어느 곳에서보다 문학에서 더 명료하게 인간의 삶이 무한하게 다양한 자체의 동기와 결과를 드러내 보이고 있기 때문이다. 그리고 그들의 비평적 실천은 항상 문학 그 자체를 한층 더 의식적으로 인간의 삶에 대한 비평이 되도록 하는 데 있다.*

"인간의 삶에 대한 비평"은 피상적인 말이다. 만일 그 말이 "비평"이라는 용어 자체에 대한 일종의 일반화를, 엄밀성을 박탈해 버리는 모호한 일반화를 시도하는 쪽으로 사용된 것이 아니라면, 이는 기껏해야 위대한 문학의 한 단면만을 드러내 보이는 표현일 뿐이다. 내가 판단하기에, 위의 인용에서 모어 씨는 위대한 문학 예술품에 합당한 덕목인 진지함을 적시하는 데 실패하고 있다. 예컨대, 우리가 비용의 『유언의 시』에서 확인하는 진지함과 『A. H. H.를 추모하며』†에 명백하게 결여되어 있는 진지함을, 또는 『플로스 강변의 물

---

* More, *Shelburne Essays*, 제7권, 218쪽.

† *In Memoriam A. H. H.*: 테니슨이 1850년에 출간한 시로, 그의 친구 아서 헨리 헬럼(Arthur Henry Hallam, 1811-1833)의 갑작스러운 죽음을 애도하기 위해 쓴 것임.

방앗간』과 달리 『아모스 바튼』*을 통제하고 있는 진지함을 주목하는 데 실패하고 있는 것이다.

모어 씨가 위대한 문학 예술가들에 대해 좀 더 자주 글을 쓰지 않은 것은 애석한 일이다. 또한 세상의 명성을 너무 지나치게 엄숙하게 받아들이는 것도 애석한 일이다. 이는 아마도 유럽의 중심부에서 공간적으로 멀리 떨어져 있기 때문인지도 모른다. 하지만 영국적인 엄숙함과 미국적인 엄숙함은 매우 다른 것임도 주목해야 할 것이다. 그 차이를 이 자리에서 분석하자는 제안은 하지 않겠다. (이는 사회사社會史의 영역에서 소중한 하나의 장章을 이룰 것이다.) 다만 미국적 엄숙함은 한층 더 투박한 것이고 한층 더 학구적인 것이며 한층 더 독일 대학교수의 엄숙함과 같은 그런 것임을 말하는 것으로 충분할 것이다. 아무튼, 미국의 경우 이념들의 문화가 대학이라는 척박한 환경에서 겨우 명맥만을 유지할 수 있게 된 것은 모어 씨나 배빗 씨의 잘못이 아니다.

프랑스의 지성

유형이 다른 영국의 여러 비평가들에 대한 검토가 어쩔 수 없이 미국의 두 비평가에 대한 일별을 부추겼듯, 이들 두 비평가에 대한 검토는 우리의 관심을 프랑스의 비평가에게로 인도한다. 쥘리앙 벤다 씨는 미국의 비평가들이 결여하고 있는 형식적 아름다움을 보이고 있지만, 관점의 면에서는 그들과 아주 유사하다. 그는 자신의 관심을 지적 이념이라는 협소한 영역에 한정하고 있는 것으로 추정되

* *The Mill on the Floss*, *Amos Barton*: 둘 다 조지 엘리엇의 작품으로, 전자는 1860년에 출간. 「서문」에 첨가한 역주에서 밝혔듯, 후자는 1858년에 책으로 출간된 그녀의 데뷔작.

지만, 그 영역 내에서 그는 대단히 예외적인 설득력과 명증성으로 무장한 채 이념들이라는 주제를 다루고 있다. 우리가 그의 최근 저서 『악마, 벨페고: 현대 프랑스 사회의 미학에 관한 논고』*를 주목함은 곧 그의 글을 인용하는 것으로 이어질 수도 있겠다. 벤다 씨는 한 세대의 비평 의식을 대변하는 레미 드 구르몽과는 다른 사람으로, 그는 형성 과정에 있는 감수성에 대한 의식적인 공식들을 제공할 수 있는 위치에 있는 사람이 아니다. 그는 우리 시대의 쓰레기통을 뒤지는 이상적인 청소부라고 해야 할 것이다. 현대 프랑스 사회의 퇴폐 현상에 대한 그의 분석은 런던에도 그대로 적용될 수 있을 것이다. 비록 그의 진단과는 차이가 있는 현상이 런던에서 관찰될 수 있긴 하지만 말이다.

> 사회 그 자체와 관련하여, 우리는 다음과 같은 상황이 벌어지리라는 예견을 할 수도 있다. 즉, 예술을 통해 감동을 체험케 하고자 하여 사회가 쏟는 배려는 때가 되면 이 같은 즐거움에 대한 갈증을 더욱 더 강렬한 것이 되도록 유도하고, 갈증을 만족시키고자 하는 시도를 더욱 더 탐나는 것이 되도록 하는 동시에 더욱 더 완벽한 것이 되도록 유도하는 상황이 벌어질 수 있을 것이다. 또한, 예견하건대, 프랑스의 상층 사회가 오늘날 예술 분야의 이념들과 조직들에게 제공했던 얼마 안 되는 지원을 잘못된 것이라 하여 이를 다시 폐기할 날이, 그리고 배우들의 몸짓, 여자들이나 아이들의 인상, 시의 울부짖음, 광적인 애호가들의 황홀경 이외에는 그 어떤 것에도 더 이상 흥미를 보이지 않는 날이 눈앞에 펼쳐질 수도 있겠다.†

벤다 씨가 짊어진 과제와 조금이라도 유사한 과제를 영국에서 일찍이 예상하고 또 시도한 거의 유일한 인물이 있다면, 그는 바로 매

---

* *Belphégor: essai sur l'esthétique de la présente société française*: 앞서 언급한 바 있는 쥘리앙 벤다의 저서.

† Julien Benda, *Belphégor*, 177-178쪽.

슈 아놀드다. 매슈 아놀드는 지성적인 사람이었고, 지성적인 한 사람의 출현이 그처럼 엄청난 차이를 이끌었다는 점에서 우리의 시대는 아놀드의 시대보다 열등한 시대다. 하지만 벤다 씨와 같은 사람은 아놀드에 비해 유리한 위치에 있는 것도 사실이다. 이는 단순히 벤다 씨가 자신의 배경에 비평 전통을 소유하고 있기 때문만이 아니다. 또한 아놀드가 사용하는 언어가 감정에 좌우되지 않는 냉정한 논고에서 벗어나 냉소와 비난에 빠져들도록 언어 사용자를 유혹하는 언어—즉, 18세기의 영어보다도 비평에 덜 적합한 언어—이기 때문만도 아니다. 이는 프랑스인들이 어리석음과 멍청함까지 아무리 저열한 것이라고 해도 이념의 형태로 드러내기 때문이다. 베르그손이 펼쳐 보인 주장 그 자체는 지적知的 건조물이고, 콜레주 드 프랑스*에서 그의 강연에 귀를 기울였던 사회적 명사들은 어떤 의미에서 보면 자신들의 정신을 활용하고 있었다. 이념을 소유한 사람들은 상대와의 싸움을 위해 이념을, 또는 이름뿐인 가짜 이념이라도 그것을 필요로 한다. 그런데 아놀드 주변에는 능동적인 저항이, 한 인간의 정신을 더할 수 없이 날카롭게 하는 데 요구되는 능동적인 저항이 결여되어 있었다.

벤다 씨와 같은 정신의 소유자가 정신 활동을 이어가는 사회는, 그리고 벤다 씨와 같은 사람들이 존재하는 사회는 창조적 예술가의 과제가 수월하게 이루어지도록 하는 사회다. 구르몽이 그러하듯, 벤다 씨는 그 어떤 창조적 집단에도 묶일 수 없는 사람이다. 그는 "과거에서 벗어나 현재의 영역을 의식적으로 창조하는 일"에, 그러니까

---

* Collège de France: 1530년에 설립된 프랑스의 고등교육 기관으로, 학위 수여 제도에서 자유로울 뿐만 아니라, 특별한 경우를 제외하고 모든 강의가 누구에게나 무료로 개방되어 있다. 엘리엇은 1911년 1월과 2월에 그곳에서 베르그손의 강연을 청취한 바 있다.

비평가라면 해야 할 작업의 일부라고 모어 씨가 생각했던 바로 그 일*에 전적으로 참여하고 있지는 않다. 하지만 당대의 이류 문학 또는 타락한 문학의 병폐들을 분석하는 작업을 함으로써, 창조적 예술가가 져야 할 짐의 무게를 덜어 주고 있다. 영문학계에서 샤를-루이 필립†과 같은 작가들은 사라지지 않을 것이다. 그들의 사회적 명성을 매장시킬 사람이 아무도 없기 때문이다. 그렇기에, 여전히 조지 메러디스가 산문의 대가이고 심지어 심오한 철학자라는 풍문이 떠돌기도 한다. 영국에 거주하는 창조적 예술가는 자신의 시간과 에너지의 상당 부분을, 자신의 본래 작업을 완수하는 데 바쳐야 할 시간과 에너지의 상당 부분을 비평 작업에 소비해야 하거나, 적어도 그런 작업을 해야 한다는 유혹에 빠져들 수 있다. 이는 단순히 그런 일을 할 사람이 따로 없기 때문이다.

---

* More, *Shelburne Essays*, 제7권, 243쪽. 매슈 아놀드의 비평이 지나치게 "과거"에 의존하고 있다는 비판의 과정에 모어가 언급한 바 있는 바람직한 비평가의 역할.

† Charles-Louis Philippe (1874-1909): 프랑스의 소설가로, 비천한 신분이라는 장벽을 뛰어넘어 주목 받는 작가의 반열에 오른 인물. 엘리엇은 그를 대단한 작가로 여기지 않았다. 비록 파리의 하층민 세계에 대한 그의 소설을 높이 평가하여 파리의 창녀에 관한 소설 『몽파르나스의 뷔뷔』(*Bubu de Montparnasse*, 1901)의 영역판이 1932년에 출간될 때 엘리엇 자신이 서문을 쓰기도 했지만 말이다.

전통과 개인의 재능

1

전통의 부재不在를 개탄할 때 이따금 이 용어를 들먹이긴 하지만, 영국인들은 자신들의 글에서 좀처럼 전통을 거론하지 않는다.* 다시 말해, "공인된 전통"(the tradition)이든 "어느 하나의 전

---

* 엘리엇은 1888년 미국의 미주리 주 세인트루이스에서 태어나, 1909년에서 1910년까지 하버드 대학에서 공부한 뒤 1910년에서 1911년까지 프랑스 파리의 소르본느 대학에서 공부하고, 다시 하버드 대학으로 돌아왔다가 1914년부터 영국에 정착하여 생활한다. 그리고 이 글을 써서 영국의 문예지 『에고이스트』의 제6권 4호(9월호)와 5호(12월호)에 나눠 발표한 것은 1919년의 일이다. 따라서 영국에서의 생활이 5년가량 이어졌지만, 엄밀한 의미에서 볼 때 영국에 체류하는 미국인이지 영국인이라고 할 수 없다. 그럼에도, 이 글의 시작에서부터 엘리엇은 "우리"라는 표현을 사용함으로써 자신을 영국인에 포함시키고 있다는 인상을 준다. 이러한 경향은 다른 글에서도 감지되지만, 이 글에서는 그러한 경향이 특히 강한 것으로 판단된다. 물론 언어적으로 자신을 영국의 문학 전통에 속해 있는 사람이라고 생각할 수도 있겠지만, 또한 영어를 사용할 뿐만 아니라 영국에서 영국인들과 어울려 생활하고 있다는 점에서 보면, 자신을 영국인 가운데 한 사람으로 간주하는 것에는 무리가 없을 수도 있겠다. 하지만 그는 성장 및 그동안의 교육 과정과 의식의 면에서 볼 때 여전히 미국 출생의 외국인이라는 점을 부정하기 어려울 것이다. 명백히 세인트루이스에서 런던으로 거처를 옮기는 일은 보스턴이나 뉴욕으로 거처를 옮기는 일과 같은 것일 수 없다. 요컨대, 영국인들—나아가 유럽인들—의 의식과 글쓰기 관습에 대해 영국의 런던에 채류 중인 외국인—즉, 영국으로 건너와 정착하게 된 외국인 관찰자—의 입장에서 검토하고 있는 것으로 볼 수도 있다. 관점은 다르지만, 이상의 논의와 관련하여, 영국의 문예학이자 비평가인 버너드 버곤지(Bernard Bergonzi, 1929-2016)의 다음과 같은 견해를 주목할 수도 있겠다. 그는 1920년도 초에 엘리엇과 교류하던 영국의 소설가 버지니아 울프(Virginia Woolf, 1882-1941)와 그녀의 남편 레너드 울프(Leonard Woolf,

통”(a tradition)이든 전통에 대해 언급할 줄을 모른다. 누구누구의 시가 “전통적”이라거나 심지어 “지나치게 전통적”이라는 언명에서 보듯, 그들은 기껏해야 이 말을 형용사적으로 사용할 뿐이다. 아마도 이 말은 혹평의 문구에서가 아니라면 좀처럼 사용되는 예를 찾아보기 어려울 것이다. 그런 경우가 아니라면, 호의적으로 판단한 작품과 관련하여 독자의 마음을 즐겁게 하는 모종의 고고학적 재구성이 확인된다는 식의 암시와 함께, 막연하게나마 이 말을 긍정적인 의미로 사용한다. 사람들에게 신뢰감을 주는 고고학이라는 학문을 부담 없이 들먹일 경우가 아니라면, 이 말이 영국인들의 귀에 편안하게 들리는 것이 되기란 좀처럼 쉽지 않을 것이다.

확실히, 전통이라는 말은 살아 있는 작가든 또는 작고한 작가든 자국의 작가들에 대한 영국인들의 이해와 평가에 잘 등장하지 않는 경향이 있다. 하지만 모든 국가, 모든 민족은 자체의 고유한 창조적 심의 경향心意傾向뿐만 아니라 비평적 심의 경향을 지니고 있다. 문제는 사람들이 자기 국가나 민족의 창조적 천재의 결함과 한계에 대해서도 무신경하지만, 비평적 관행의 결함과 한계 쪽에 대해서는 한층 더 무신경하다는 데 있다. 영국인들은 프랑스어로 이루어진 엄청난 양의 비평적 글을 통해 프랑스인들의 비평 방법 또는 관행

1880-1969)와 그 외의 문인들이 들려주는 그에 대한 인상을 종합하여 다음과 같은 추론에 이른다. “오로지 [그와 같은] 미국인만이 『전통과 개인의 재능』과 같은 글을, 특정한 유럽 국가에서의 문필가 생활과는 상당한 거리가 있어 보임에 틀림없는 유럽의 전통, 이에 대한 포괄적 이해를 개진하는 그런 글을 쓸 수 있었을 것이다”(Bernard Bergonzi, *T. S. E.liot*, 제2판 [New York: Macmillan, 1978], 71쪽). 아무튼, 엘리엇이 자신을 “영국인들”에 포함하여 사용하는 “우리”라는 표현은 여전히 어색하다. 따라서 본 번역에서는 “우리”가 “영국인들”을 특정하게 암시하는 경우 이를 “영국인들”로 번역하고자 한다. (참고로, 그가 영국 국적을 취득하여 적어도 법적인 측면에서 “영국인”이 된 것은 1927년의 일이다.)

을 익히 알고 있다. 또는 익히 알고 있다고 믿는다. 그리고 이에 근거하여 영국인들은 프랑스인들이 자신들보다 "더 비평적"이라는 결론을 내릴 뿐이다. (그런 결론에 이를 만큼 영국인들은 의식이 결여된 사람들이다.) 이어서, 마치 프랑스인들은 영국인들보다 덜 자연스러운 성품의 사람들이기라도 한 양, 때때로 그런 사실을 내세워 약간이나마 자부심을 갖기도 한다. 어쩌면 그것이 사실일 수도 있겠다. 하지만 우리는 다음과 같은 사실을 잊지 말아야 할 것이다. 즉, 비평이란 숨을 쉬는 것과 마찬가지로 필수 불가결한 것이다. 또한, 우리가 어떤 책을 읽고 이에 대해 모종의 감정을 느낄 때 우리의 마음을 통과하는 것이 무엇인지를 언어로 구체화하는 일을 수행해야 한다는 사실에는 한 치의 틀림도 없고, 비평의 과정에 이를 수행하는 우리들 자신의 정신에 대한 비평이 함께해야 한다는 사실에도 변함이 있을 수 없다. 이 과정에 환하게 드러날 수도 있는 사실 가운데 하나가 무엇인가 하면, 한 시인을 찬양할 때 영국인들은 그 시인의 작품에서 다른 누군가의 작품과 전혀 닮아 있지 않은 측면이 무엇인가에 고집스럽게 집중하는 경향을 보인다는 점이다. 영국인들은 한 시인의 작품에서 확인되는 이 같은 측면 또는 이 같은 측면을 드러내는 특정 부분에 주목하여, 무엇이 그 시인 특유의 개성인가를, 무엇이 한 인간 고유의 본질인가를 찾은 듯 가장한다. 이어서, 그들은 만족스러워하는 마음으로 해당 시인이 그 시인에 앞서 시를 창작했던 선배 시인들—특히 바로 앞선 세대의 선배 시인들—과 어떤 면에서 차이를 보이는가에 대해 논의를 집중한다. 아울러, 그 시인 특유의 것으로 분리될 수 있는 것을 어떻게 해서든 찾아내어 이를 즐기고자 애쓴다. 이와는 달리, 만일 이러한 선입관을 벗어나서 우리가 한 시인의 시 세계에게 접근하는 경우, 우리는 종종 그 시인의 작품에서 확인되는 최상의 부분뿐만 아니라 가장 개성적인 부분조차도 작고한 시인들이, 그의 조상들이 그네들의 영원 불멸성을 더할 수 없이 강렬한 어조로 노래했던 것, 바로 그것과 동일한 것임을 확인하게 될 것이다. 첨언하건대, 내가 이 자리에서 의도한 논의 대상은 남에게 감명을 받기 쉬운 청년기 시인의 작품이 아니라 원숙기에 이른 시인의 작품이다.

그럼에도, 만일 유일한 형태의 전통이, 또는 전통이라는 이름 아래 전수되는 것이 우리의 직전 세대가 이룩해 놓은 성공에 맹목적으로 또는 소심하게 집착하는 모양새로 그 세대의 방식을 추종하는 것이라면, "전통"이라는 것은 마땅히 포기되어야 할 것이다. 우리는 그런 식의 멍청한 추종 경향이 마치 모래 속으로 스며드는 조류와도 같이 곧 사라져 모습을 감추는 사례를 수도 없이 목도해 왔다. 이런 경향을 말하는 것이라면, 되풀이하는 것보다는 차라리 새롭고 신기한 것이 낫다. 전통이란 한층 더 광범위한 의미를 갖는 그 무엇으로, 이는 단순히 물려받는 것이 아니라, 누구든 이를 원한다면 엄청난 노고를 치러야만 겨우 획득할 수 있는 그 무엇이다. 무엇보다 우선하여 말하자면, 전통에는 역사의식이 포함되는데, 이는 누군가가 스물다섯 살 이후에도 계속 시인이고자 한다면 그에게 거의 필수 불가결한 덕목에 해당하는 것이다. 아울러, 이 역사의식에는 과거의 과거성에 대한 인식뿐만 아니라 과거의 현재성에 대한 인식도 포함된다. 역사의식은 한 인간에게 단순히 그의 뼛속에 스며 있는 자기 자신의 세대 감각만을 간직한 채 글을 쓸 것을 요구하지 않는다. 여기서 한걸음 더 나아가, 호메로스에서 시작되는 유럽의 문학 전체가, 그 안에 포함되는 자기 자신이 속해 있는 나라의 문학 전체가 동시에 존재하고 또한 동시적인 질서를 이루고 있다는 느낌과도 함께한 채 글을 쓸 것을 요구하는 것이 곧 역사의식이다. 이 역사의식은 시간적인 것에 대한 의식인 동시에 초超시간적인 것에 대한 의식이며, 초시간적인 것에 대한 의식과 시간적인 것에 대한 의식을 동시에 아우르는 의식으로, 어느 한 작가를 전통적인 작가로 만드는 것이 이 역사의식이다. 동시에, 어느 한 작가에게 특정한 시간 속 자신의 위치에 대해, 그리고 자신이 처해 있는 시대에 대해 극도로 예민하게 의식케 하는 것이 이 역사의식이기도 하다.

그 어떤 시인도, 어떤 분야의 예술이든 이에 헌신하는 그 어떤 예술가도, 독자적으로 완결된 의미체로 존재하지 않는다. 그가 지닌 시인이나 예술가로서의 의의意義와 진가眞價는 그가 작고한 과거의 시인들과 예술가들과 어떤 관련을 맺고 있는가의 측면에서 가늠된 의의와 진가다. 당신은 대상 시인이나 예술가를 따로 떼 내어 단독으로 가치를 평가할 수 없다. 다만 그를 작고한 과거의 시인들과 예술가들 사이에 놓고 대비와 비교를 시도해야 한다. 내가 이 말을 통해 의미하고자 하는 바는 이것이 단순히 역사적 비평의 원리일 뿐만 아니라 미학적 비평의 원리라는 점이다. 시인이나 예술가가 이전 시대의 시인들이나 예술가들에게 순응해야 할 필요성은, 그들과 조화를 이루어야 할 필요성은 일방적인 것이 아니다. 시를 포함하여 한 편의 새로운 예술 작품이 창조됨으로써 일어나는 일은 이에 선행하여 창조된 모든 예술 작품에 동시에 영향을 미치는 일이기도 하다. 현존하는 기념비적 예술 작품들은 그들 사이에 이상적인 질서를 형성하고 있으며, 이 질서는 그들 사이에 새로운 (진정으로 새로운) 예술 작품이 새롭게 자리하게 됨에 따라 수정된다. 기존의 질서는 새로운 작품이 유입되기 전에는 그 자체로서 완벽한 것이다. 하지만 새로운 것이 추가된 후에도 질서가 계속 유지되기 위해서는 아무리 미세한 변화라 해도 *전체적인* 기존의 질서에 변화가 뒤따라야 하며, 이로써 전체에 대한 각각의 개별적인 예술 작품들의 관계, 균형, 가치가 재조정된다. 그리고 이렇게 해서 확립되는 것이 바로 옛날의 것과 새로운 것 사이의 순응과 조화다. 이 같은 질서 개념을 인정하고, 유럽 문학의, 영문학의 형식적 구도에 대한 이 같은 개념화를 인정하는 사람이라면 누구든, 현재가 나아가는 방향이 과거에 의해 결정되는 것과 마찬가지로 과거는 현재에 의해 수정되어야 한다는 논리를 터무니없는 것이라고 생각하지 않을 것이다. 아울러, 이를 깨닫는 시인이라면 그는 엄청난 난제와 막중한 책임이 그에게 주어져 있음을 깨닫게 될 것이다.

나름의 독특한 시각에서 볼 때, 그는 또한 자신이 필연적으로 과거의 기준들에 의해 판단되어야 할 것임을 깨닫게 될 것이다. 힘주어 말하건대, 과거의 기준들에 의해 판단되는 것이지, 사지절단을 당하는 것이 아니다. 즉, 작고한 과거의 시인들만큼 훌륭하다 또는 그들보다 못하다 또는 낫다고 판단되는 것이 아니며, 당연히 작고한 과거의 평론가들이 세워 놓은 규범들에 맞춰 판단되는 것도 아니다. 이는 두 비교 대상을 서로를 기준으로 삼아 견주어 측정하는 작업으로서의 판단 행위, 일종의 비교 행위에 해당하는 것이다. 새로운 작품이 단순히 순응하기만 하는 것은 결코 진정한 의미에서의 순응일 수 없다. 단순한 순응이라면 새로운 작품은 새로운 것이 아닐 수도 있으며, 따라서 예술 작품이 아닐 수도 있다. 아울러, 우리는 새로운 것이 과거의 질서에 들어맞는다 하여 더 가치 있는 것이라고는 결코 말할 수 없다. 하지만 과거의 질서에 들어맞는가의 여부는 가치를 평가하는 하나의 척도이기도 하다. 이때의 가치 평가란 다만 완만한 속도로 조심스럽게 이루어질 수 있는 것이라는 점은 누구도 부정할 수 없는 사실인데, 누구도 오류를 범하지 않은 채 절대적으로 올바르게 순응 여부를 판단할 수 있는 무류無謬의 심판관이 아니기 때문이다. 힘주어 말하건대, 하나의 작품은 순응하고 있는 것처럼 보이지만 아마도 개성적인 것일 수도 있고, 개성적인 것처럼 보이지만 순응하고 있는 것일 수도 있다. 아무튼, 어느 한 쪽으로만 분류될 수 있을 뿐 다른 쪽으로는 분류될 수 없다는 투의 확인이 가능한 경우는 아마도 없을 것이다.

시인과 과거의 관계에 대해 좀 더 알기 쉽게 설명해 보기로 하자. 시인은 한 덩어리의 각설탕, 무엇인지 분간할 수 없는 한 덩어리의 환약을 섭취하듯 과거를 섭취할 수도 없을 뿐만 아니라, 한두 명의 개인적 숭배 대상에 전적으로 의지하여 자아를 형성할 수도 없으며, 자신이 선택한 특정 시대에 전적으로 기대어 자아를 형성할 수도 없다. 첫째 방책은 용인될 수 없는 것이며, 둘째 방책은 젊은 시절의 소중한 경험에 해당하는 것이고, 셋째 방책은 유쾌하고도 대단히 바람직한 일종의 보완책에 해당하는 것이다. 시인은 시대의 주류主流가 무엇인지를 깊이 의식해야 하는데, 이때의 주류란 예외 없이 가장 명성이 드높은 평판들 사이를 관통하여 흐르는 것이 결코 아니다. 또한 시인은 예술이란 결코 진보하는 것이 아니라는 명백한 사실을, 그럼에도 예술의 소재는 결코 언제나 같은 것이 아니라는 또 하나의 명백한 사실도 깊이 의식해야 한다. 그리고 그는 유럽의 정신과 그 자신이 속해 있는 나라의 정신—그러니까, 시인이 자기 자신의 사적私的인 정신보다 더 중요한 것임을 때가 되면 배우게 되는 폭넓은 의미에서의 정신—은 곧 변모하는 정신임을, 그리고 이 같은 정신의 변모 과정은 *도중에* 아무 것도 포기하지 않는 채 이어

가는 변모 과정, 셰익스피어의 작품도, 호메로스의 작품도, 마들렌*
에서 발견된 구석기 시대 화가들의 암벽화도 낡은 것이라는 이유로 퇴출하지 않고 보듬어 안은 채 이어가는 변모 과정임도 깊이 의식해야 할 것이다. 이때의 변모 과정은 어쩌면 세련화의 과정일 수도 있고, 틀림없이 복잡화의 과정일 수도 있겠지만, 예술가의 관점에서 보면 이는 결코 그 어떤 진보의 과정도 아니다. 아마도 심리학자의 관점에서 보더라도 이 같은 변모 과정은 결코 진보의 과정이라고 할 수 없는 것, 또는 우리의 상상이 허락하는 한限 아무리 짚어 보아도 이는 결코 진보의 과정이 아니다. 아마도 최종 단계에 이르러 오로지 경제학적 및 기계공학적 측면에서의 복잡화에 근거하여 진보의 과정이라고 할 수 있을지도 모른다. 현재와 과거 사이에 차이가 존재한다면, 이는 깨어 있는 현재가 과거에 대한 인식이되, 과거에 대한 과거의 인식 자체가 드러내 보일 수 없는 방식으로 현재가 과거에 대한 인식으로서의 현재라는 점, 또한 과거에 대한 과거의 인식 자체가 드러내 보일 수 없는 것인 한에서 현재가 과거에 대한 인식으로서의 현재라는 점에서 존재하는 차이이다.

어떤 사람들은 이렇게 말한다. "작고한 과거의 작가들은 우리와 멀리 떨어져 있는데, 우리는 그들이 알았던 것보다 한층 더 많은 것을 *알고 있기* 때문이다." 옳은 말이다. 그런데, 우리가 알고 있는 것은 바로 과거의 그들이다.

시 창작을 *전문專門으로 하는* 나에게 분명하게 주어진 과업의 일부가 무엇인가를 놓고 이에 대해 나는 항상 평소와 다름없이 예민한 거부감을 갖고 있다. 내가 거부하는 것은 시 창작 분야의 교리가

* 유럽의 구석기 시대 문화 유물이 출토된 지역인 프랑스의 라 마드렌드(La Madeleine).

어처구니가 없을 정도로 엄청난 양의 학식(현학)을 요구한다는 데 있다. 이 같은 요구는 어떤 신전神殿에 모신 시인이든 바로 그 시인의 삶을 예를 들어 부당한 것임을 호소함으로써 거부될 수 있는 그런 것이다. 심지어 너무 많은 학식은 시적 감수성을 죽이거나 왜곡한다는 주장이 올바르게 제기될 수도 있을 것이다. 물론, 시인은 자신의 시 창작 활동에 필수 불가결한 요소인 감성적 수용 능력과 또 하나의 필수 불가결한 요소인 심리적 느긋함에 방해가 되지 않을 정도만큼은 지식을 쌓아야 한다는 우리의 믿음에는 결코 흔들림이 없다. 하지만 시험 준비에, 응접실에서의 한담에, 또는 한층 더 과시적인 유형의 선전宣傳에 활용될 수 있는 겉치레적인 것이라면 그것이 무엇이든 지식을 이에 국한시키는 것은 바람직하지 못하다. 어떤 이는 지식을 쉽게 흡수할 수 있지만, 두뇌 회전이 느려 이를 위해 땀을 흘려야 하는 사람도 있다. 셰익스피어는 대부분의 사람들이 대영 박물관 전체를 속속들이 뒤집고 다님으로써 습득할 수 있었던 것보다 한결 더 많은 필수적인 역사 지식을 플루타르크의 전기서에서 습득했던 사람이다.* 내가 역설하고자 하는 바가 무엇인가 하면, 시인은 과거에 대한 의식을 함양하거나 습득해야 하고, 시인으로서의 그의 이력이 이어지는 동안 내내 이 의식을 함양하는 일을 부단히 이어가야 한다는 것이다.

이렇게 하는 가운데, 시인에게는 한층 더 가치 있는 무언가에 자신을, 현재의 순간에 처한 있는 그대로의 자신을 내맡기는 일이 끊임없이 일어난다. 한 예술가에게 진전의 과정이란 끊임없는 자기희생, 끊임없는 개성의 소멸을 이어가는 과정이다.

---

* 셰익스피어는 1579년에 출간된 토머스 노스가 번역한 플루타르크의 『인물 대비 열전』에서 여러 편의 극작품 창작에 필요한 역사적 지식을 습득하였다.

남은 일은 이 같은 몰개성화의 과정을, 그리고 몰개성화와 전통의식 사이의 관계를 규명하는 일이다. 예술이 과학의 경지에 이를 수 있다고 말한다면 그것이 어떤 차원에서 그러한가를 보여 주는 것이 바로 이 몰개성화의 과정이다. 이런 연유로, 나는 이 자리에서 일종의 암시적 유추를 동원하여, 정교하게 제작된 백금 실을 산소와 이산화황으로 채워진 용기에 넣었을 때 어떤 반응이 일어나는가를 생각해 볼 것을 당신에게 권하고자 한다.

2

정직한 비평과 섬세한 감식안은 시인이 아닌 시를 지향志向한다. 우리가 만일 신문 문예란 비평가들의 종잡을 수 없는 외침이나 이에 호응하여 반복되는 대중의 수군거림에 주의를 기울이면, 헤아릴 수 없이 많은 시인들의 이름이 되풀이해서 언급되고 있음을 확인하게 될 것이다. 하지만, 우리가 만일 영국 정부의 공적 간행물을 채우고 있는 지식에서 벗어나 시를 즐기고자 하면, 그리하여 한 편의 시를 요청하면, 우리는 이를 찾기 어려울 것이다. 지난번의 글*에서 나는 한 편의 시와 다른 시인들이 창작한 다른 시들 사이의 관계가 얼마나 중요한가를 지적하고, 이제까지 창작된 모든 시 작품들이 모여 형성하고 있는 하나의 유기적 총체로서의 시라는 개념을 제시하고자 했다. 이 같은 '몰개성적 시론'(Impersonal theory of poetry)의 또 한 측면은 시와 그 시를 창작한 시인 사이의 관계에 관한 것이다. 성숙한 시인의 정신과 미성숙한 시인의 정신 사이에 차이가 있다면, 이는 엄밀하게 말해 어떤 형태의 것이든 "개성"에 대한 평가라는 측

* 『에고이스트』(*The Egoist*)의 제6권 4호(1919년 9월)에 발표된 이 글의 제1부를 지칭함. 이 글의 제2부와 제3부는 5호(1919년 12월)에 발표됨.

면에서가 아니라, 또한 필연적으로 더 흥미로운 것이라거나 "해야 할 말이 더 있다"는 측면에서가 아니라, 그의 정신이 한층 더 정교하게 완벽의 경지에 이른 일종의 영매靈媒라는 측면에서, 특별한 또는 아주 다양한 느낌들이 자유롭게 유입하여 새로운 조합을 이루도록 하는 영매라는 측면에서 찾을 수 있음을 나는 유추를 동원하여 암시한 바 있다.

내가 앞서 동원한 유추는 촉매와 관련된 것이다. 앞서 언급한 두 개의 기체가 백금으로 된 실이 있는 용기 안에서 혼합하게 되면, 삼산화황을 형성한다.* 이러한 화학적 결합은 오로지 백금이 있을 때에만 일어난다. 그럼에도, 새롭게 형성된 화학 물질에서는 그 어떤 백금의 흔적도 찾아볼 수 없으며, 백금 자체는 명백히 아무런 영향도 받지 않는다. 즉, 백금은 불활성不活性의 중립적인 물체로, 그 어떤 변화도 겪지 않는다. 시인의 정신이란 백금으로 된 실과 같은 것이다. 아마도 시인의 정신은 인간으로서 그 자신이 무언가를 체험할 때 그 일에 부분적으로든 전적으로든 관여할 것이다. 하지만 예술가가 완벽하면 완벽할수록 그의 내부에서는 고통을 겪는 인간과 창조하는 인간 사이의 분리가 그만큼 더 완전하게 이루어질 것이다. 더욱 더 완벽하게 정신은 자신이 다루는 소재인 열정을 소화하고, 이를 무언가 완전히 새로운 것으로 변환할 것이다.

변화를 일으키는 촉매가 자리하고 있는 현장으로 진입하는 체험

---

* 이를 화학공식으로 표시하자면 다음과 같다. $2SO_2+O_2=2SO_3$. 삼산화황은 무수 황산, 삼산화유황, 황산무수물로 불리기도 한다. 엘리엇이 동원한 표현에 충실한 번역을 하자면, "'산소'(oxygen)와 '이산화황'(sulphur dioxide)이라는 '두 개의 기체'(the two gases)가 결합하여 '황산'(sulphurous acid)을 형성한다"가 될 것이다. 하지만 이는 정확한 표현이 아니다. 정확한 표현이 되기 위해서는 '황산'을 형성하는 것이 아니라 '삼산화황'(sulphur trioxide)을 형성하는 것으로 바꿔야 한다. 본 번역에서는 이에 따라 표현을 바꾸기로 한다.

또는 체험의 요소들에는 두 종류가 있음을 당신은 주목하게 될 것이다. 그것은 바로 감정과 느낌이다. 예술 작품을 즐기는 사람에게 해당 예술 작품이 그에게 미치는 영향은 예술 작품이 아닌 것을 체험할 때 그것이 그에게 미치는 영향과는 전혀 종류가 다른 체험의 영역에 속하는 것이다. 이는 하나의 감정이 원인이 되어 형성될 수도 있고, 또는 조합된 여러 개의 감정이 그 원인이 되어 형성될 수도 있다. 그리고 다양한 느낌들—즉, 작가에게 특정한 단어들이나 어구들 또는 이미지들의 형태로 내재되어 있는 여러 종류의 느낌들—이 최종의 결과를 형성하는 데 첨가될 수도 있다. 경우에 따라, 위대한 시는 어떤 종류의 감정이든 아예 감정이 직접적으로 동원되지 않은 채 오로지 느낌에 기대어 창작될 수도 있다. 브루네토 라티니가 등장하는 『신곡』의 지옥 시편 제15번 칸토는 상황에서 또렷이 감지되는 감정을 일깨우고 있지만, 그 효과는 비록 그 어떤 예술 작품의 효과와 마찬가지로 단일한 것이긴 하나 상당히 복잡한 세부 묘사를 통해 획득되고 있다. 마지막 사행연구四行聯句(quatrain)는 하나의 이미지를, "다가온" 그 이미지에 첨부되는 하나의 느낌을 제공하고 있는데, 이때의 이미지는 단순히 앞선 시적 진술이 전개된 끝에 마침내 결과적으로 그 모습을 드러낸 것이 아니다. 그와는 달리, 적절한 조합의 순간이 되어 스스로 자신을 덧붙여도 될 때까지 어쩌면 시인의 마음속에 유보되어 있다가 그 모습을 드러낸 것이다.* 시인의 정신은 사실 헤아릴 수 없이 많은 느낌을, 시적 구절을,

* 단테는 지옥에서 자신의 옛 스승인 브루네토 라티니(Brunetto Latini, 1220년경-1294년)를 만난다. 그의 스승은 부자연스러운 욕망을 가졌던 것 때문에 영원한 형벌을 감수해야 하는 처지에 있지만, 그를 여전히 사랑하고 존경하는 단테는 애정 어린 어조로 공손하고 예의 바르게 그에게 말을 건넨다. 단테와 브루네토 라티니 사이의 대화가 끝난 뒤, 브루네토 라티니는 자신에게 내려진 형벌을 계속 치르기 위해 몸을 돌려 사라진다. 그가 몸을 돌려 사라지는 순간,

이미지를 포착해서 저장하는 용기容器에 해당한다. 말하자면, 그 모든 개별적인 특정 요소들이 융합하여 하나의 새로운 화합물을 생성할 수 있을 때까지 머물러 있는 장소가 시인의 정신인 셈이다.

만일 당신이 더할 수 없이 위대한 시의 대표적인 몇몇 구절들을 비교해 보면, 조합의 유형들이 얼마나 엄청나게 다양한가를, 또한 "숭고함"이라는 불완전하고 미진한 윤리적 판단 기준이 얼마나 완벽하게 핵심을 벗어난 것인가를 깨닫게 될 것이다. 왜냐하면, 문제가 되는 것은 감정들, 구성 요소들의 "위대함"도, 강렬함도 아니기 때문이다. 진정으로 문제가 되는 것은 융합이 일어나는 예술적 창조 과정의 강렬함, 그 융합 반응을 촉진하는 이른바 압력이다. 파올로와 프란체스카의 일화[*]는 명백한 감정을 동원하고 있지만, 이 시의 예술적 강렬함은 상상 속의 체험을 통해 이 시가 제공하는 인상이 제 아무리 강렬한 것이라고 해도 그것과는 완전히 별개의 것이다.[†] 게다가, 이 일화는 감정에 직접 의존하고 있지 않는 지옥 시

그의 모습을 바라보는 단테가 마음속으로 떠올리는 옛 스승에 대한 감정은 복잡하기만 하다. 이를 생생한 시각적 이미지로 보여 주는 것이 단테, 『신곡』, 지옥 시편 제15번 칸토 제121-124행으로, 이를 우리말로 옮기면 다음과 같다. "곧이어 그는 몸을 돌렸는데, 그 모습은 베로나에서 열린 / 경주 대회서 녹색 천을 따기 위해 들판을 질러 달리는 / 사람들 사이에 있는 듯 보였나니. 그리고 그들 가운데 / 그는 경기의 패배자가 아니라 승리자와도 같아 보였나니"(Poi si rivolse e parve di coloro / che corrono a Verona il drappo verde / per la campagna; e parve di costoro / quelli che vince, non colui che perde). 여기서 "녹색 천"은 경기의 우승자에게 수여되는 승리의 상징. 참고로, 이상의 시행들이 담긴 사행연구(quatrain)는 일반적으로 abab, abba의 압운을 갖는 4행시 형식.

* 지옥의 둘째 층위에서 단테는 파올로(Paolo)와 프란체스카(Francesca)와 만나는데, 불륜 관계였던 그들은 파올로의 형이자 프란체스카의 남편인 지오바니(Giovanni)에게 살해당한 뒤 지옥에서 고통을 받고 있다.

† 단테, 『신곡』, 지옥 시편 제5번 칸토의 마지막 부분에 의하면, 단테는 지옥에서 만난 프란체스카의 이야기가 너무도 강렬하기에, "나는 연민에 못 이겨, 마치 죽음을 맞이하기라도 한 듯 혼절했으며, 시신이 쓰러지듯 쓰러졌다"고 한다.

편 제26번 칸토 속 율리시스의 항해 이야기[*]에 비해 예술적으로 더 강렬하지 않다. 감정의 변모 과정은 엄청나게 다양한 유형으로 이루어질 수 있다. 아가멤논의 살해 또는 오셀로의 고뇌는 단테가 제시한 정경보다 명백히 있었을 법한 원래의 정경에 더 근접한 예술적 효과를 제공한다. 『아가멤논』[†]에서 예술적 감정은 실제 목격자의 감정에 근접한 것이며, 『오셀로』[‡]에서는 주인공 자신의 감정에 근접한 것이다. 하지만 예술과 사건 사이의 차이는 항상 절대적인 것이다. 아가멤논의 살해라는 사건과 예술의 결합은 아마도 율리시스의 항해라는 사건과 예술의 결합만큼이나 복잡한 것이리라. 어느 쪽 경우든 모두 요소들 사이의 혼융이 이루어져 왔다. 키츠의 「나이팅게일 송가頌歌」[§]에는 나이팅게일과는 특별히 관계가 없는 여러 느낌들이 담겨 있지만, 나이팅게일은 부분적으로 어쩌면 그 이름 자체가 매력적이기 때문에, 또한 부분적으로 이 새의 명성[¶] 때문에 이

* 거짓된 충언을 하였기에 지옥에서 고통을 받고 있는 율리시스는 단테에게 자신의 마지막 항해에 대해 이야기한다.

† *Agamemnon*: 고대 희랍의 극작가 아이스킬로스(Aeschylus, 기원전 525/524년-456/455년)의 작품. 이 작품의 중심부에 놓이는 것은 아가멤논의 살해다. 희랍 신화에 의하면, 트로이 전쟁에서 승리하고 돌아온 미케네의 왕 아가멤논은 아내인 클리템네스트라(Clytemnestra)에게 살해당한다.

‡ *Othello*: 셰익스피어가 1603년경에 창작한 비극.

§ "Ode to a Nightingale": 키츠의 작품으로, 1819년에 창작.

¶ 희랍 신화에 의하면, 아테네의 왕 판디온에게는 프로크네와 필로멜라라는 이름의 두 딸이 있었다. 언니인 프로크네는 트라키아의 왕인 테레우스의 아내였는데, 테레우스는 처제인 필로멜라를 능욕한 뒤에 이 사실을 발설하지 못하도록 필로멜라의 혀를 잘라 버린다. 필로멜라는 이 사실을 천에 수를 놓아 언니에게 알리게 되고, 분노한 언니는 동생에게 복수를 다짐한다. 그리고 자신과 테레우스 사이의 아들을 죽여 요리로 만든 뒤에 테레우스에게 먹인다. 이 사실을 알게 된 테레우스는 분노하여 두 자매를 죽이려 하는데, 도피하던 두 자매는 힘에 부치자 신들에게 도움을 청한다. 그러자 신들은 프로크네를 제비로, 필로멜라를 나이팅게일로, 테레우스를 후투티로 변신케 한다. 아마도 엘리엇이 "명성"을 언급한 것은 이 신화를 염두에 둔 것이 아닐까 한다.

같은 여러 느낌들을 하나로 모으는 역할을 한다.

내가 어떻게 해서든 공격하고자 애쓰고 있는 관점은 아마도 영혼의 실체적 전일성全一性에 관한 형이상학적 이론과 관계되는 것이리라. 내가 말하고자 하는 바가 무엇인가 하면, 시인이란 드러내 보여야 할 "개성"을 소유한 존재가 아니라 특별한 영매, 단지 영매일 뿐 개성을 소유한 자가 아닌 영매, 인상들과 체험들을 특이하고도 예기치 않은 방법으로 조합하는 일을 담당하는 영매라는 점이다. 특정 인간에게 소중한 인상들과 체험들은 시 안에 따로 차지할 자리가 없을 수도 있다. 그리고 시에서 중요한 것이 되는 인상들과 체험들은 특정 인간의 내부에서, 그의 개성 안에서 아주 미미한 역할만을 할 수도 있다.

나는 나의 이런 견해들에 비춰, 또는 이런 견해들과 상관없이, 새롭게 주의를 환기하여 검토해 보아도 좋을 만큼 충분히 낯선 시의 한 단락을 인용하고자 한다.

> 이제 내가 생각하건대, 나는 나 자신을 심지어 꾸짖을 수도 있겠지,
> 그녀의 아름다움에 깊이 빠져들었던 것 때문에. 비록 그녀의 죽음에 대한
> 복수가 그 어떤 상식적 행동에서 벗어나서라도 이루어져야 하지만 말이야.
> 누에가 노란 산고産苦의 실타래를 제 몸에서 힘겹게 온통 다 뽑아내는
> 　　것이
> 너를 위해선가? 너를 위해 누에가 자신의 몸을 망치는 것일까?
> 귀하신 분들의 영지는 마나님들의 지위를 유지하기 위해 매각되는 것일까,
> 그것은 보잘 것 없는 황홀한 한 순간을 누리기 위해서일까?
> 저기 저 친구가 사람들에게 바른 길들을 그릇된 것으로 속여,
> 재판관의 입술 사이에다가 제 목숨을 맡기는 이유는 무엇인가?
> 황홀한 순간을 정련精鍊하기 위해? 말과 부하들을 유지하는 것은

그녀를 위해 그네들의 기개에 매질을 가하기 위해서일까?*

여기에 인용된 부분에는 (자체의 문맥에서 보면 명백하듯) 긍정적인 감정과 부정적인 감정이 조합을 이루고 있다. 아름다움에 강렬하게 매혹되어 있음이 전자에 해당한다면, 아름다움과 대비를 이

---

* 영국의 극작가이자 시인인 토머스 미들턴(Thomas Middleton, 1580-1627)의 『복수자의 비극』(*The Revenger's Tragedy*, 1607)에 나오는 구절로, Emma Smith 편집의 *Five Revenge Tragedies: Kyd, Shakespeare, Marston, Chettle, Middleton* (Penguin Classics, 2012)에 따르면 3막 5장 제70-80행. 이 작품은 오랫동안 시릴 터너의 작품으로 여겨졌다가 최근에 미들턴의 작품이라는 것이 학계의 중론이 됨. 인용 부분은 작품의 주인공인 빈디체(Vindice)가 자신의 약혼녀를 9년 전에 독살한 공작(the Duke)을 같은 방식으로 독살함으로써 복수하고자 하는 계획을 실행에 옮기기 바로 직전에 형제인 히폴리토(Hippolito)에게 건네는 대사의 일부다. 엘리엇이 인용한 부분의 원문은 다음과 같다. "And now methinks I could e'en chide myself / For doating on her beauty, though her death / Shall be revenged after no common action. / Does the silkworm expend her yellow labours / For thee? For thee does she undo herself? / Are lordships sold to maintain ladyships / For the poor benefit of a bewildering minute? / Why does yon fellow falsify highways, / And put his life between the judge's lips, / To refine such a thing—keeps horse and men / To beat their valours for her?" 위의 인용에서 "바른 길들을 그릇된 것으로 속여"(falsify highways)의 의미는 '노상강도질을 하여' 정도로 이해될 수 있다. 이와 함께 주목해야 할 부분이 있다면, Emma Smith의 편집에 의하면 제76행의 "bewildering"(당황스러운)은 "bewitching"(황홀한)으로 되어 있다는 점이다. 이에 대한 우리의 번역에서는 의미 해석에 좀 더 자연스러운 표현인 후자를 택하기로 한다. 하지만 이 부분과 관련하여 엘리엇은 후에 다음과 같이 말한 적이 있음에도 유의하기 바란다. "'당황스러운'은 머메이드 판본에서 확인되는 표현이다. 한편, 처튼 콜린스와 니콜 씨의 판본에는 대안이 될 만한 표현에 대한 언급이 따로 없이 '매혹된'으로 되어 있다. 만일 그들이 옳다면 이는 유감스러운 일이 아닐 수 없는데, '당황스러운'이 여기서는 한결 더 함축적인 의미를 갖는 말이기 때문이다." 이와 관련하여, T. S. Eliot, "Cyril Turneur," *Selected Essays* (London: Faber & Faber Ltd., 1932), 192쪽 참조. 참고로, 콜린스(John Churton Collins, 1848-1908)와 니콜(John Ramsay Allardyce Nicoll, 1894-1976)은 영국의 비평가이자 학자. 아울러, '머메이드 판본'(Mermaid Series)은 영국의 출판사인 언윈(Unwin) 및 여타 출판사에서 1880년대부터 1920년대까지 발간된 영국의 엘리자베스 시대에서 왕정복고기까지의 연극 대본 총서.

루는 동시에 아름다움을 파괴하는 추함에도 마찬가지로 강렬하게 매료되어 있음이 후자에 해당한다. 대립되는 두 감정 사이의 이러한 균형은 위의 대사가 적절한 자리를 차지하고 있는 극중 상황 안에서 제시되고 있지만, 해당 극중 상황만이 대립되는 두 감정 사이의 균형에 적절한 것은 아니다. 이처럼 균형을 이루고 있는 두 감정은 이른바 구조화된 감정으로, 극 자체가 제공하는 것이다. 하지만 전체적인 효과 또는 지배적인 정조는 다음 사실에 따른 것이다. 즉, 극의 분위기에 떠도는 몇몇 느낌들—말하자면, 피상적으로만 명료한 것이 결코 아니라 구조화되어 있는 이 감정이 자연스럽게 이끄는 몇몇 느낌들—이 바로 이 구조화된 감정과 결합하여 새로운 예술적 감정을 우리에게 제공함에 따른 것이다.

시인이 어떤 면에서든 범상치 않고 흥미로운 존재라면, 그를 그런 존재로 만드는 것은 그의 사적인 감정들, 그가 삶을 살아가는 과정에 일어난 특별한 사건들이 그에게 일깨운 감정들이 아니다. 시인의 고유한 감정들은 단순한 것일 수도 있고, 투박한 것일 수도 있으며, 밋밋한 것일 수도 있다. 하지만 그의 시에 담긴 감정은 대단히 복잡한 것일 수 있는데, 이는 삶을 살아가는 과정에 복잡하거나 예외적인 감정을 소유하게 된 사람들의 감정이 복잡한 것과는 다른 차원에서 복잡한 것이다. 사실상, 시에서 괴팍함을 드러내는 시인에게 한 가지 잘못된 점이 있다면, 새로운 인간적 감정을 찾아 이를 표현하고자 애쓰는 데서 찾을 수 있다. 엉뚱한 장소에서 진기한 것을 추구하려는 이 같은 시도는 삐뚤어지고 도착적인 것을 찾는 것으로 끝난다. 시인의 과업은 새로운 감정들을 찾는 데 있는 것이 아니라, 일상의 평범한 감정들을 활용하는 데 있다. 아울러, 그런 감정들을 일깨워 시 속에 담는 과정에 실제의 감정들에 결코 존재하지 않는 느낌들을 표현하는 데 있다. 그러는 과정에 시인이 결코 체험한 적이 없는 감정들이 그에게 친숙한 감정들이 그러하듯 그에게 봉사할 것이다. 결과적으로, 우리는 "고요한 순간에 회상되는 감정"*이라는 공식은 정확한 것이 아니라는 믿음을 표명하지 않을 수 없다. 왜냐하면, 시는 감정도, 회상도, 의미를 왜곡하지 않는다면 고요함도 아니기 때문이다. 시란 일종의 응축이자 응축 과정이 낳은 새로운 그 무엇, 엄청나게 많은 양의 체험이, 그것도 현실주의적이고 활동적인 사람에게는 결코 체험으로 보이지 않을 수도 있는 엄청난 양의 체험이 응축되는 가운데 획득되는 새로운 그 무엇이다. 하지만 이는 의식적으로 또는 고의적으로 이루어지는 응축의 과정이 아니다. 말하자면, 이러한 체험들은 "회상되는" 것이 아니다. 아울러, 만일 체험들이 "고요한" 분위기에서 마침내 통합을 이룬다면, 이는 오로지 시란 사건에 수동적인 참여일 때에만 그러하다. 물론 이것으로 모든 이야기가 종결되는 것은 아니다. 시 창작에는 의식적이고 고의적이어야 하는 것들이 엄청나게 많다. 사실, 형편없는 시인은 일반적으로 의식의 끈을 놓지 말아야 할 때 의식의 끈을 놓고 의식의 끈을 놓아야 할 때 의식의 끈을 놓지 않는다. 이 같은 양자의 오류는 모두 그에게 "개성적인" 시인이 되도록 한다. 시란 감정을 자유롭게 풀어놓기가 아니라 감정으로부터의 탈출이다. 또한 시란 개성의 표현이 아니라, 개성으로부터의 탈출이다. 하지만 물론 개성과 감정들을 소유한 사람들만이 이런 것들에서 탈출하기를 원하는 것이 무슨 의미를 갖는지를 안다.

* 『성스러운 숲』의 재판 서문에 첨가한 역주에서도 밝혔듯, 윌리엄 워즈워스는 1800년에 발간된 『서정 담시집』 재판의 서문에서 "시의 연원은 고요한 순간에 회상되는 감정에 있다"(Poetry takes its origin from emotions recollected in tranquility)고 천명한 바 있다.

3

의심할 바 없이, 인간의 정신은 한층 더 신성한 것이어서
외부 자극에 영향을 받지 않는다.[*]

나는 형이상학 또는 신비주의의 영역으로 진입하기 전에 현재의 논의를 멈출 것을, 시에 흥미를 갖는 책임감 있는 사람이 활용할 수 있을 정도의 실용적인 결론에 이르는 선에서 현재의 논의를 한정할 것을 제안한다. 시인에게서 시로 관심을 전환하는 일은 찬양할 만한 목표에 해당하는 것이다. 왜냐하면, 실제의 시에 대해 좋든 나쁘든 한층 더 공정한 평가를 하는 일에 도움이 될 것이기 때문이다. 아무튼, 운문에서 진지한 감정의 표현이 이루어지고 있을 때 그 진가를 알아차리는 사람들이 많다. 그리고 기예 또는 기교의 탁월함이 엿보일 때 그 진가를 알아차리는 사람은 적지만 없지 않다. 하지만 *의미심장한* 감정의 표현이, 시인의 역사歷史 안에서가 아니라 시 안에서 생명력을 지닌 채 살아 숨 쉬는 이 같은 감정의 표현이 이루어지고 있을 때 그 진가를 알아차리는 사람은 거의 없다. 예술의 감정은 몰개성적인 것이다. 아울러, 시인은 완수해야 할 과업에 자신을 전적으로 내맡기지 않고서는 이 몰개성의 경지에 이를 수 없다. 또한 단순히 현재라는 시대에 살고 있을 뿐만 아니라 과거의 현재적 순간에 살고 있지 않으면, 그리고 죽어 없어진 것에 대해서가 아니라 지금까지 살아 있는 것에 대해 의식하지 않는다면, 그는 자신이 완수해야 할 작업이 무엇인지를 아마도 알 수 없을 것이다.

---

* 아리스토텔레스의 『영혼론』(*De Anima*)의 제1장 제4절. 엘리엇이 인용한 희랍어 원문을 밝히자면 이는 다음과 같다. “ὁ δὲ νοῦς ἴσως θειότερόν τι καὶ ἀπαθές ἐστιν.”

시극詩劇의 가능성

오늘날 시극詩劇이 존재하지 않는 이유는 무엇인가? 무대가 문학 예술에 대한 그 모든 통제력을 상실한 이유는 무엇인가? 그처럼 수많은 시극 작품이 창작되지만, 오로지 읽힐 수만 있을 뿐인 것, 무대 공연이라는 즐거움이 허락되지 않은 채 오로지 읽힐 수만 있을 뿐인 것이 된 이유는 무엇인가? 이 같은 물음은 진부한 것이 되었고, 거의 학계의 관심사로만 남아 있을 뿐이다. 그리고 이들 물음에 대한 일반적인 결론을 요약하자면, "여건들"이 우리에게 너무 어렵다거나, 우리는 실제로 다른 유형의 문학을 선호하고 있다거나, 그냥 단순히 우리는 감흥을 결여한 지루한 존재라는 것이다. 셋째 결론의 경우, 이는 근거가 없는 것이기에 아예 논의의 대상이 될 수 없다. 둘째 결론의 경우, 우리가 선호하는 문학의 유형은 무엇인가를 묻게 한다. 첫째 결론의 경우, "여건들"이라고 했을 때 무엇을 말하는 것인지, 이를 나에게 제대로 밝혀 준 사람은 이제까지 아무도 없다. 고작해야 사람들은 지극히 피상적인 해명만을 일삼을 뿐이었다. 문제를 다시금 제기하는 이유는 다음과 같다. 첫째, 대다수의 시인들이, 어쩌면, 분명히 수많은 시인들이 무대를 갈망하고 있기 때문이다. 둘째, 무시할 수 없을 정도의 대중이 시극을 원하고 있는 것처럼 보이기 때문이다. 확실히 시극만이 채워 줄 수 있는 얼마간의 정당한 욕구가, 단순히 몇몇 사람에게만 한정되어 있지 않은 이 같은 욕구가 존재한다. 이에 따라, 의심할 바 없이, 여건들과 그 외의 자료들에 대한 분석을 시도하는 것이 마땅한 비평적 태도일 것이다. 무언가 결정적인 장애물에 대한 조명이 가능하다면, 탐사 작업은 적어도 우리의 생각을 한층 더 유익한 탐구로 향할 수 있도록 우리에게 도움을 줄 것이다. 아울러, 만일 결정적인 장애물이 존재하지 않는다면, 바꿀 수 있는 여건들과 관련하여 언젠가는 모종의 묘안에 이를 수 있기를 희망할 수도 있겠다. 어쩌면, 우리가 어쩌지 못하는 데는 무언가 한층 더 깊은 이유가 있음을 확인하게 될 수도 있다. 극이 없는 시기에도 때때로 예술은 꽃을 피워 왔다. 어쩌면, 우리가 완전히 무능한지도 모른다. 그런 경우에는 무대만이 질병을 앓고 있는 것이 아니라, 어떤 일이 일어났든 예술 전체가 앓는 질병이 그 증상을 드러낸 일종의 징후일 것이다.

문학의 관점에서 보면, 극은 여러 종류의 시 형식 가운데 단지 하나일 뿐이다. 서사시, 담시譚詩, 무훈시武勳詩(chanson de geste), 프로방스 지방과 투스카니 지방 특유의 전통 시, 이 모든 시 형식은 각각 특정 사회에 봉사하는 가운데 완성의 경지에 이르렀다. 오비디우스, 카툴루스, 프로페르티우스*의 시 형식은 위에 언급한 시 형식들이 봉사했던 사회들과는 다른 사회, 어떤 의미에서 보면 그 사회들보다 더 문명화된 사회에 봉사했다. 오비디우스가 몸담고 있던 사회에서는 예술의 한 형식으로서의 극이 비교적 덜 중요한 자리를

* Ovid (기원전 43년-기원후 17년), Gaius Valerius Catullus (기원전 84년경-기원전 54년경), Sextus Propertius (기원전 50-43년 사이 출생-기원전 15년경): 첫째 인물은 『변신』으로 널리 알려져 있는 고대 로마의 시인. 둘째 인물은 오비디우스에게 영향을 미치기도 했던 고대 로마의 시인. 셋째 인물은 오비디우스의 친구이기도 했던 고대 로마의 시인.

차지하고 있었다. 그럼에도, 극은 아마도 가장 항구적인 예술 형식이고, 그 어떤 예술 형식보다 더 유연하게 변모의 과정을 감당할 수 있으며, 한층 더 다양한 유형의 사회를 표현할 수 있는 능력을 갖춘 예술 형식이다. 영국에서만 해도 극 형식은 상당히 다양한 변모 과정을 거쳐 왔다. 하지만, 어느 날 극이란 생명력이 없는 것임이 확인되자, 한때 일시적으로나마 생명력을 누렸던 후속적인 극 형식들마저 죽음을 맞이하게 되었다. 나에게는 역사적 개관을 시도할 준비가 되어 있지 않지만, 그래도 나는 시극을 대상으로 한 부검剖檢 작업이 어느 누구 못지않게 찰스 램에 의해 제대로 수행되었다는 점을 말할 수 있다. 하나의 형식은 죽음에 이르렀다는 사실이 공식화되기 전까지는 완전히 죽은 것이 아니기 때문이며, 램은 극이 살아 숨 쉬던 때의 자취를 더할 수 없이 완벽하게 발굴해 냄으로써 현재와 과거 사이의 엄청난 시간차에 대한 의식을 표면화했기 때문이다. 그 이후, 극의 "전통"에 대한 믿음을 갖는 일이 불가능해졌다. 바이런의 『영국의 시인들』* 및 크랩†의 시 작품들과 포프‡의 시 작품 사이의 관계는 끊이지 않고 이어지는 문학 전통을 확인케 하는 사례다. 하지만, 셸리의 『첸치 가家』§가 영국의 위대한 극과 어떤 관계에 있는가를 말하자면, 이는 거의 원형으로의 재구성을 시도한 사례에 해당한다. 전통을 상실함으로써 우리는 현재에 대한 장악력도 상실한다. 하지만, 셸리의 시대에 어떤 형태의 것이든 극 전통이

* *English Bards*: 조지 고든 바이런이 1809년에 출간한 풍자시로, 원래의 제목은 *English Bards and Scotch Reviewers*.

† George Crabbe (1754-1832): 영국의 시인이자 의사이며 성직자.

‡ Alexander Pope (1688-1744): 영국의 시인으로, 풍자시 『우인열전愚人列傳』(*The Dunciad*, 1728년에 첫 판본 출간)이 그의 대표작 가운데 하나.

§ *The Cenci*: 이탈리아의 첸치 가문의 이야기를 극화한 셸리의 1819년도 작품.

있었다 해도, 유지해야 할 가치가 있는 것은 아무것도 없었다. 보존과 복원 사이에는 엄청난 차이가 존재한다.

영국의 엘리자베스 시대 사람들은 엄청난 양의 새로운 생각과 새로운 이미지를 흡수할 능력을 갖추고 있어서, 전통에 기대지 않더라도 거의 문제가 없을 정도였다. 왜냐하면, 영국으로 오는 것이 무엇이든 모든 것에 부과할 수 있는 자체의 위대한 형식을 소유하고 있었기 때문이다. 결과적으로, 그들이 극에 동원한 무운시 형식은 그 이후의 무운시 형식이 발전시키거나 심지어 반복조차 할 수 없었던 미묘함과 의식을 성취하게 되었을 뿐만 아니라, 심지어 지적인 힘까지 획득하게 되었다. 다른 영역에서 이 시대의 사람들은 프랑스나 이탈리아의 동시대 사람들과 비교해 조악하거나 현학적이거나 촌스러웠다. 19세기에 들어서서 사람들은 수많은 새롭고 신선한 인상들을 획득하게 되었지만, 이를 담을 형식이 그들에게는 없었다. 워즈워스와 브라우닝* 두 사람은 자신들만을 위한 개인적인 형식을 공들여 창안한 다음에 『소요逍遙』,† 『소델로』, 『반지와 책』,‡ 『극적 독백』§과 같은 작품집들을 남겼다. 하지만 누구도 하나의 형식을 창안해 내어, 이에 대한 취향을 창조해 내고, 나아가 이를 완성할 수는 없는 법이다. 아류급亞流級의 형식을 다루는 면에서 의심할 바 없이 신기神技에 가까운 능력을 발휘하는 대가가 되었을 수도 있었던

---

* Robert Browning (1812-1889): 영국의 시인으로, 특히 극적 독백이라는 시 형식의 작품으로 널리 알려져 있음.

† *The Excursion*: 워즈워스가 1814년에 출간한 장시.

‡ *Sordello*, *The Ring and the Book*: 양자 모두 브라우닝의 시집으로, 전자는 1840년에 출간된 이야기체 시이며, 후자는 1868년에서 1869년에 이르기까지 4권의 책으로 출간된 장편 서사시.

§ *Dramatic Monologues*: 이는 1864년에 출간된 '극적 독백체'의 시집인 브라우닝의 『극중 인물』(*Dramatis Personae*)에 대한 오기誤記로 추정됨.

테니슨은 기계로 큼직한 무늬들을 생산하는 식의 일에 전념했다. 키츠와 셸리의 경우, 판단을 받기에 너무 젊었지만, 그들은 이 형식에서 저 형식으로 여러 차례 실험을 했다.

이들 시인은 틀림없이 이 같은 형식 추구의 과정에 엄청난 에너지를 소모하지 않을 수 없었을 것이다. 하지만 그들은 완전히 만족스러운 결과에 결코 이를 수 없었다. 그런 일에 성공한 사람으로는 단테라는 이름의 시인이 유일하다. 하지만, 결과적으로 보자면, 단테는 수많은 동시대 시인들과 앞선 시대의 시인들이 동원하고 변형했던 형식들을 대상으로 하여 수년 동안 공부한 덕을 본 사람이다. 그는 운율을 창안해 내는 일에 젊은 시절을 낭비하지 않았던 것이다. 이어서, 그가 『신곡』을 창작하는 일에 이르게 되었을 때, 그는 이쪽저쪽에서 탈취해 오는 방법을 터득하고 있었다. 무한한 세련화가 가능한 하나의 투박한 형식이 손에 주어졌을 때 이를 소유할 수 있었다는 점에서, 또한 그 형식에서 여러 가능성을 꿰뚫어 볼 수 있었다는 점에서, 셰익스피어는 대단한 행운아였다. 그리고 그처럼 창작 활동에 발판 역할을 하는 그와 같은 모종의 *주어진 기본 여건*에 대한 갈망으로 인해 우리는 어쩌면 시극이라는 오늘날의 환영幻影에 이끌리고 있는지도 모른다.

하지만, 무언가가 주어진다 해도, 그렇게 해서 차지하게 된 유리한 입장의 혜택을 아주 조금이라도 제대로 *누릴 수 있는 능력을 지닌* 사람이 우리 세대의 사람들 가운데 두셋 이상 있을까? 현재로서는 그럴지가 매우 의심스럽다. 실제로 기껏해야 두세 사람만이 이 같은 형식 추구의 작업에 전력을 다하고 있다. 그런 일을 한다고 해도 그들이 공적인 인정을 거의 받지 못하고, 아니, 아예 받지 못하고 있지만 말이다. 형식을 창조하는 일이란 단순히 하나의 주형鑄型

에 해당하는 것, 압운押韻이나 리듬을 창안해 내는 일과는 다른 것이다. 이는 또한 이 압운이나 리듬에 적절하게 담을 총체적인 내용이 무엇인지를 깨닫는 일이기도 하다. 셰익스피어의 소네트는 단순히 이러저러한 패턴이 아니라, 생각하고 느끼는 하나의 빈틈없는 방식이다. 엘리자베스 시대의 극작가들에게 제공된 *틀*은 단순히 무운시 형식, 5막 체제의 극 형식, 엘리자베스 시대의 극장만이 아니다. 이는 또한 단순히 플롯—즉, 상황의 지시에 따라 시인들이 구체화하거나, 개조하거나, 변용하거나, 또는 창안해 내는 이른바 플롯—만도 아니다. 이는 특정한 자극에 반응을 하는 그 무엇—예컨대, 반쯤 모양을 갖춘 질료質料,* (만족스러운 표현은 아니지만) "한 시대의 기질," 받아들일 준비가 되어 있는 마음, 대중의 입장에서 본 습관—에 해당하는 것이다. 집필되어 마땅할 책이 한 권 있다면, 이는 그 어떤 위대한 극의 시대든 그 시대의 일상사들, 운명 또는 죽음에 대처하는 방식, 되풀이하여 일깨워지는 분위기, 정조, 상황을 상세하게 드러내 보여 주는 책이다. 그런 책이 있다면, 우리는 각각의 시인이 해야 할 일이 얼마나 *작은* 것인지를 파악하게 될 것이다. 우리는 또한 그처럼 아주 작은 것에 불과한 것이 한 편의 극작품을 그의 창작품이 되게 할 수도 있다는 점을 깨닫게 되고, 그의 극작품을 다른 사람의 극작품과 다른 그만의 것으로 만드는 데 진정으로 필수 불가결한 것이 무엇인가를 깨닫게 될 것이다. 이에 따라 공연히 들여야 할 노고를 절약할 수 있을 때, 몇몇의 시인이, 심지어 수많은 훌륭한 시인이 동시에 배출될 수 있다. 아마도 위대한 시대라고 해도 우리 시대보다 더 많은 재능을 *생산하지는* 않았을 것이다. 다만

* 엘리엇은 여기서 희랍어 단어 ὑλή를 사용하고 있으며, 이는 영어에서 'matter'로 번역되는 철학 용어.

재능의 낭비가 한결 덜 했을 뿐일 것이다.

형식을 결여한 시대이고 보니, 이제 이 시대에 군소 시인이 무언가 가치 있는 일을 할 수 있으리라는 희망은 거의 품을 수 없게 되었다. 내가 군소라는 표현을 동원했을 때 이 말을 통해 거론하고자 하는 이들은 진실로 대단히 훌륭한 시인들이다. 즉, 희랍 문학 사화집詞華集과 엘리자베스 시대의 가곡집을 채우고 있는 그런 시인들을 말하는 것이다. 심지어 헤릭*과 같은 유형의 시인도 여기에 포함된다. 하지만 단순히 이급의 시인들만을 말하는 것일 수는 없는데, 덴험과 월러†는 주류 형식의 발전에 중요한 위치를 차지하고 있던 대단히 중요한 시인들, 또 다른 의미에서 대단히 중요한 시인들이기 때문이다. 군소 시인이 해야 할 일이 무엇인가가 모두 정해졌을 때, 그는 아주 자주 *뜻밖의 행운*과 마주하게 될 것이고, 심지어 극 분야에서도 그럴 것이다. 필‡과 브롬§이 그 예에 해당한다. 현재의 여건 아래서는 군소 시인이 해야 할 일이 너무 많다. 그리고 이 점이 시극 분야에서 우리 시대가 무능한 또 하나의 이유로 우리를 인도할 것이다.

영원한 문학은 항상 무언가에 대한 하나의 제시다. 이는 인간의 행동이 낳은 사건에 대한 진술이나 외적 세계의 대상에 대한 진술을 통해 이루어지는 생각의 제시일 수도 있고 또한 느낌의 제시일

---

* Robert Herrick (1591-1674): 영국의 서정 시인이자 사제.

† John Denham (1614/1615-1669), Edmund Waller (1606-1687): 전자는 영국계 아일랜드 출신의 시인. 후자는 영국의 정치가이자 시인.

‡ George Peele (1556-1596): 영국의 시인이자 극작가이며 번역가.

§ 영문학사에서 브롬(Brome)이라는 성을 가진 문필가는 한때 벤 존슨의 비서로 일하기도 한 극작가 리처드 브롬 이외에, 시인이자 법률가이었던 앨릭잰더 브롬(Alexander Brome, 1620-1666)도 있다. 후자도 희극을 한 편 쓰기도 했으나, 여러 정황으로 보아 엘리엇이 말하는 브롬은 리처드 브롬으로 판단됨.

수도 있다. “고전적”이라는 표현을 피해서 말하자면, 초창기의 문학에서 우리는 생각의 제시와 느낌의 제시 양자를 모두 확인하게 되는데, 때때로 플라톤의 몇몇 대화에서 보듯 양자는 정교하게 결합되어 있기도 하다. 아리스토텔레스는 핵심을 이루는 구조 이외에 나머지 모든 것이 제거된 상태에서 생각을 제시하고 있으며, 그는 또한 위대한 *작가*이기도 하다. 『아가멤논』이나 『맥베스』*는 동일하게 하나의 진술이되, 사건들에 관한 진술이다. 이들 작품은 아리스토텔레스의 글과 마찬가지로 “지성”의 작업에 해당하는 것이다. 아이스킬로스와 셰익스피어와 아리스토텔레스의 작품들과 어깨를 나란히 할 수 있을 만큼 동일한 질의 지성을 소유하고 있는 보다 최근의 예술 작품들이 있는데, 플로베르의 『감정 교육』†이 그 가운데 하나다. 이 작품을 새커리의 『허영의 장터』‡와 같은 책과 비교하면, 당신은 지성의 수고로운 작업의 본질은 대체로 정련精鍊에 힘쓰는 데서 찾을 수 있음을 알게 될 것이다. 새커리가 남아 있도록 허용한 엄청난 분량의 내용을 배제하고 있다는 점에서, 작가의 상념이나 생각을 덧붙이는 일을 억제하고 있다는 점에서, 작가의 상념이나 생각을 불필요한 것으로 만들기에 충분할 정도의 내용만을 진술에 담고 있다는 점에서, 그렇게 말할 수 있다. 플라톤의 경우는 한층 더 눈부시다. 『테아이테토스』§를 예로 들어 보자. 몇 마디 되지 않는 시작 부분에서 플라톤은 하나의 장면과 하나의 인물과 하나의 느

* *Macbeth*: 셰익스피어의 4대 비극 가운데 하나로, 1606년에 초연.

† *Education Sentimentale*: 「서문」에 첨가한 역주에서 밝혔듯, 프랑스의 작가 플로베르가 1869년에 발표한 장편 소설.

‡ *Vanity Fair*: 역시 「서문」에 첨가한 역주에서 밝혔듯, 영국의 작가 새커리가 1848년에 발표한 소설.

§ *Theaetetus*: 플라톤의 대화편 가운데 하나. 엘리엇이 여기서 사용하고 있는 철자는 “Theoetetus”으로, 이는 오식誤植으로 사료됨.

낌을 제시하고 있는데, 이는 이어지는 담론에 색채를 부여하지만 담론 자체를 방해하지 않는다. 특정한 무대 배경과 이어서 전개되는 지식에 관한 심원한 이론이 아무런 혼란 없이 서로 협력하고 있는 셈이다. 오늘날의 작가들 가운데 그와 같은 통제력을 보여 주는 이가 과연 있을까?

지난 19세기에는 다른 종류의 정신 활동이 그 모습을 드러내기도 했다. 대단히 탁월하고도 눈부신 시 작품인 괴테의 『파우스트』* 에서 이를 명확하게 확인할 수 있다. 말로우의 메피스토펠레스는 괴테의 메피스토펠레스에 비해 단순한 존재다. 하지만 적어도 말로우는, 다만 몇 마디의 말을 동원하여, 메피스토펠레스를 하나의 진술 안에 집약한다. 그의 메피스토펠레스는 현장에 오롯이 자리하고 있으며, (어쩌다 보니) 밀턴의 사탄이 필요 이상 부풀린 존재임을 깨닫게 한다. 괴테의 악마는 필연적으로 우리의 시선을 다시 괴테에게 향하게 한다. 그의 악마가 구현具顯하고 있는 것은 하나의 철학, 괴테 자신의 철학이기 때문이다. 예술적 창조물은 그런 일을 해서 안된다. 괴테의 악마는 철학을 *밀어내고 대신에 그 자리를 차지해야* 한다. 요컨대, 괴테는 극을 만들기 위해 자신의 생각을 희생하거나 헌납하지 않았다. 극은 여전히 하나의 수단이었던 셈이다. 그리고 이 같은 유형의 혼합형 예술은 괴테와 비교할 수 없을 정도로 왜소한 인간들에 의해 계속 되풀이되어 왔다. 우리가 이 유형의 작품들 가운데 또 하나 주목할 만한 것이 있다면, 이는 바로 『페르 귄트』†

---

* *Faust*: 제1부와 제2부로 이루어진 독일의 작가 괴테(Johann Wolfgang Goethe, 1749-1832)의 작품으로, 1808년에 제1부가, 괴테가 세상을 떠난 해인 1832년에 제2부가 출간됨.

† *Peer Gynt*: 이 글의 뒤에 가서 다시 언급되는 노르웨이의 극작가 입센(Henrik Johan Ibsen, 1828-1906)의 극작품으로, 1867년에 출간됨.

다. 이러한 유형의 작품 명단에 마테를링크 씨와 클로델 씨*의 극을 추가할 수도 있겠다.†‡

마테를링크와 클로델의 저작물을 한쪽에 놓고 베르그손 씨의 저작물을 다른 한쪽에 놓고 보면, 우리는 우리 시대가 즐기는 문학과 철학 두 장르의 혼합물과 마주하게 된다. 모든 상상력의 산물은 철학을 지녀야 하고 모든 철학은 예술 작품이어야 한다는 말과 함께, 베르그손 씨야말로 예술가라는 찬탄의 말을 우리가 얼마나 자주 듣는가! 이는 그의 제자들이 늘어놓는 자랑거리다. 논쟁거리가 될 만한 쟁점은 "예술"이라는 말이 그들에게 어떤 의미를 갖는가에 있다. 어떤 철학적 저작물들은 예술 작품으로 불릴 수 있다. 아리스토텔레스와 플라톤, 스피노자, 흄§의 저작물 일부, 브래들리 씨의 『논리학의 원리』,¶ "지시"(Denoting)에 관한 러셀 씨의 글이 이에 해당한다. 그들의 글은 명증하며, 아름답게 구성된 사유를 담고 있다. 하지만 이는 베르그손, 클로델, 또는 마테를링크의 숭배자들이 의미하는 바의 예술이 아니다. (첨언하자면, 이들 가운데 마테를링크의 철학은 약간 시대에 뒤진 것이다.) 그들의 숭배자들이 의미하는

---

* Maurice Maeterlinck (1862-1949), Paul Claudel (1868-1955): 전자는 벨기에의 시인이자 극작가이며, 후자는 프랑스의 극작가이자 시인.

† 나는 이 목록에서 『패왕』(*The Dynasts*)을 제외하지 않을 수 없다. 이 엄청난 파노라마는 성공한 작품이라고 불리기 어렵지만, 이는 본질적으로 하나의 시적 비전을 드러내 보이기 위한 시도이며, 위대한 극작들이 그러하듯 철학을 "희생하여" 시적 비전을 살리려는 시도인 것이다. 하디 씨는 시인으로서 또한 예술가로서 자신의 소재가 무엇인지를 파악하고 있다. (엘리엇의 원주)

‡ 엘리엇이 언급한 『패왕』은 영국의 소설가이자 시인 토머스 하디(Thomas Hardy, 1840-1928)의 소설로, 1904, 1906, 1908년에 3부로 나뉘어 출간됨.

§ David Hume (1711-1776): 스코틀랜드의 계몽주의 철학자.

¶ *The Principle of Logic*: 영국의 철학자 F. H. 브래들리의 저서로, 1883년에 출간되었다. 참고로, 엘리엇의 하버드 대학교 박사학위 논문의 주제가 바로 이 F. H. 브래들리의 철학이었다.

바의 예술이 무엇인지는 명료하지 않지만, 사람들의 감정을 자극하는 것이 예술이라는 뜻에서 하는 말일 것이다. 아무튼, 사유와 시적 비전의 혼합물은 보다 더 많은 양의 감정적 자극을 이끌기 때문에, 사유와 시적 비전을 동시에 함께 암시함으로써 특정 대상에 대한 명료한 사유와 명료한 진술 양쪽 모두가 사라지지 않을 수 없다.

소화가 되지 않은 "이념" 또는 철학—즉, 이념과 감정의 혼합물—은 또한 특징 부류의 시극에서, 그러니까 아테네적인 것이든 엘리자베스 시대적인 것이든 해당 시대에 충실한 극적 구조를 현대인의 느낌에 맞게 각색하려는 의식적인 시도에 따라 창작된 시극에서도 발견될 것이다. 이 같은 시도는 때때로 구조상의 결함을 보완하되 일종의 내적인 감정 구조*를 동원하여 보완하려는 것 같아 보인다. "하지만 무엇보다 중요한 것은 사건들의 구조다. 비극은 인간들에 대한 모방이 아니라 인간의 행위와 삶에 대한 모방이기 때문이며, 인간의 삶은 본질적으로 행위로 이루어져 있고, 극의 목적은 행위의 양상에 있지 질質에 있는 것이 아니다."†‡

우리에게는 한쪽으로 "시적"인 극, 희랍의 극 모방품, 엘리자베스

* 엘리엇이 현재의 글인 「시극의 가능성」을 발표했던 원래의 지면은 미국에서 발행되는 잡지 『다이얼』(*The Dial*)의 제69권(1920년 11월)으로, 바로 이 부분에서 그는 "일종의 내적인 감정 구조"(an internal emotional structure)라는 표현을 사용하고 있다. 『성스러운 숲』에 다시 수록할 때 그는 이를 "일종의 내적인 구조"(an internal structure)로 바꾸었지만, 의미의 명료화를 위해 원래의 표현을 복원하기로 한다.

† 아리스토텔레스, 『시학』, 제6장 제9절. 부처(Butcher)의 번역. (엘리엇의 원주)

‡ 엘리엇이 인용에 사용한 것은 아일랜드계 영국의 고전학자인 부처(Samuel Henry Butcher, 1850-1910)의 번역본(*The Poetics of Aristotle: Edited with Critical Notes and a Translation* [London: Macmillan & Co, 1902])으로, 그가 인용한 부처의 번역은 다음과 같다. "But most important of all is the structure of the incidents. For Tragedy is an imitation, not of men, but of an action and of life, and life consists in action, and its end is a mode of action, not a quality."

시대의 극 모방품, 또는 현대적-철학적 극이 있는가 하면, 다른 한 쪽으로 쇼*에서 골스워디†에 이르기까지 "이념" 희극에서 시작하여 통상적인 사회 희극을 포함하는 극이 있다. 극도로 불안정한 기트리‡ 식의 소극笑劇(farce)은 삶에 대해 약간의 하찮은 견해 또는 언급을 담고 있는데, 이는 극의 끝에 가서 작중인물 가운데 한 사람의 입을 통해 관객에게 전달된다. 사람들은 무대란 여러 가지 다양한 목적을 위해 사용될 수 있는 것임을 말하면서, 어쩌면 문학 예술과 무대 사이의 결합은 무대가 사용되는 여러 목적 가운데 단 하나에 불과할 뿐이라는 말을 덧붙이기도 한다. 무언극은 무대가 사용되는 목적 가운데 하나일 수 있다. (영화를 말하는 것이 아니다.§) 발레는 실제로 무대가 사용되는 목적 가운데 하나다. (비록 충분한 영양 공급이 이루어지고 있지 못하지만 말이다.) 오페라는 무대가 사용되는 목적 가운데 이미 제도화된 것이다. 하지만 대사와 함께 "삶의 모방"을 무대 위에 올리는 일이 일어나는 자리에서 우리가 허용할 수 있는 유일한 판단 기준은 예술 작품을 평가할 때의 바로 그 판단 기준이다. 즉, 시와 그 외의 다른 형식의 예술이 목표로 하는 것과 동일한 기준인 강렬성만이 우리가 허용할 수 있는 판단 기준이다.

* George Bernard Shaw (1856-1950): 영국계 아일랜드 출신의 극작가이자 비평가이며 소설가.

† John Galsworthy (1867-1933): 영국의 소설가이자 극작가.

‡ Lucien Guitry (1860-1925), Alexandre-Pierre Georges "Sacha" Guitry (1885-1957): 전자는 프랑스의 연극배우. 후자는 전자의 아들로 프랑스의 배우이자 감독, 극작가. 그는 러시아에서 출생하여 성장하는 동안 러시아인 유모가 지어 준 애칭인 '사샤'(Sacha)가 그의 본 이름보다 더 널리 통용되었음. 부자 관계인 두 사람 모두 엘리엇이 유럽으로 건너와 지내는 동안 활발하게 활동하고 있었고, 부자가 함께 공연에 참여한 적도 많았다. 논의 내용으로 보아, 양자 모두를 가리키는 것으로 판단됨.

§ 즉, 1890년대 중반에서 1920년대 후반에 이르기까지 계속되었던 무성영화 시대의 영화.

그런 관점에서 보면, 쇼의 극은 마테를링크의 극이 그러하듯 일종의 합성물로, 양자의 극이 모두 획기적인 변화의 시대라고 할 만한 시대에 속해 있다는 사실에 우리가 놀라움을 표할 것까지는 없다. 양자의 작품이 담고 있는 철학은 철학의 대중화에 해당하는 것이다. 열등한 지성의 소유자들에게 이해 가능한 것이 되도록 하려는 의도에서 하나의 이념을 순수하게 존재하는 상태에서 끌어내어 이에 변질을 꾀하는 순간, 이념은 예술과의 접점을 상실한다. 이념은 단순히 일반적인 진리의 형태로 진술될 때만 순수한 상태를 유지할 수 있다. 또는, 소시민 계급에 대한 플로베르의 태도가 『감정 교육』에서 변형되듯, 근원적인 변환變換이 이루어짐으로써 이념은 순수한 상태를 유지할 수 있다. 이 작품에서는 이념이 현실과 완전히 동일한 것으로 변환이 이루어져, 더 이상 무엇이 이념인지를 말할 수 없다.

문제의 핵심은 물론 극이 운문으로 창작되어야 한다는 데 있는 것이 아니다. 또한, 머리* 교수의 번역본이 출입구에서 판매되는 에우리피데스†의 연극 공연장에 가서 공연을 이따금 관람함으로써, 천박한 소극에 대한 우리의 호의적인 평가를 벌충할 수 있어야 한다는 것도 핵심에서 벗어난 것이다. 문제의 핵심은 하나의 관점이기도 하고 하나의 세계—즉, 작가의 정신이 주도하는 가운데 완벽한 단순화의 과정을 거쳐 제시된 세계—이기도 한 삶에 대한 엄밀하고 정확한 진술을 무대 위에 올리는 데 있다. 나는 (『파우스트』와 같

---

* George Gilbert Aimé Murray (1866-1957): 오스트레일리아 태생의 영국 고전학자. 글라스고 대학의 고전학 교수(1899-1905)를 거쳐 1908년 이후 옥스퍼드 대학의 희랍어 교수. 엘리엇의 다음 글인 「에우리피데스와 머리 교수」에서 그의 희랍어 번역이 주된 비판의 대상이 되고 있다.

† Euripides (기원전 480년경-406년경): 고대 희랍의 비극 시인.

이) 작가의 "철학을 구현한" 그 어떤 극도, 또는 (쇼의 작품과 같이) 사회 이론을 예시적으로 보여 주는 그 어떤 극도 우리가 이 자리에서 말하는 요구 조건을 어쩌면 충족시킬 수도 있는 작품이라는 점을 확인하지 못했다. 비록 괴테에게는 아니더라도 쇼에게는 나름의 자리를 남겨 줄 수 있기는 하지만 말이다. 그리고 입센의 세계와 체호프*의 세계는 충분할 정도로 단순화되어 있는 보편적인 것이 아니다.

끝으로, 우리는 연기자들의 재현에 의존하는 모든 예술—연극, 음악, 무용—의 불안정한 상황을 고려해야만 한다. 연기자의 개입은 그 자체로 유해한 것이 될 수 있는 경제적 여건이라는 골칫거리와 마주하게 한다. 창작자와 해석자 사이의 다툼은 다소간 무의식적인 것이지만 거의 불가피하다. 연기자의 관심은 자기 자신에게 초점이 맞춰져 있음이 거의 틀림없다. 배우들이나 음악가들과 가볍게 알고 지내더라도 이 사실은 확인될 것이다. 연기자의 관심은 형식에 있는 것이 아니라, 기교를 과시할 기회에, 또는 자신의 "개성"을 관객에게 전달하는 일에 있다. 현대 음악의 무無형식성, 지적인 명료성과 독창성의 결여, 현대 음악이 때로 요구하는 엄청난 체력과 육체적 훈련은 아마도 연주자가 어디에 힘쓰면 승리할 수 있겠는가를 암시하는 지표일 수도 있겠다. 연극에 대한 배우의 승리를 보여 주는 예 가운데 극점에 놓이는 것이 아마도 기트리 공연단의 제작물일 것이다.

이러한 갈등은 명백히 배우라는 직종의 완패로 종식될 수 있는 성질의 것이 아니다. 이유 가운데 하나는 무대 공연이 이루어지기 위해 무대가 부응해야 하는 요구가 예술에 대한 요구 이외에 너무

* Anton Pavlovich Chekhov (1860-1904): 러시아의 작가이자 극작가.

많기 때문이다. 그리고 또한 우리에게는 불행하게도 자동화된 배우의 세련된 공연 이상의 그 무엇을 필요하다. 가끔 배우를 "에둘러 가려는" 시도가, 그를 가면으로 가리려는 시도가, 그의 자의적인 연기를 제어할 몇 개의 "관습"을 설정하려는 시도가, 심지어 몇몇 특별한 예술 극을 위해 작은 체격의 배우들을 양성하려는 시도가 있어 왔다. 이런 식으로 자연에 역행하려는 시도가 성공한 예는 거의 없다. 자연은 일반적으로 어떤 장애물도 극복하게 마련이다. 시극을 조제하려는 대부분의 시도는 아마도 애초에 시작부터 잘못된 것인지도 모른다. 이는 "시"를 원하는 작은 규모의 관객을 목표로 한 것이라는 점에서 그러하다. (아리스토텔레스가 말하듯, "기예 방면의 초보자는 플롯을 구성할 수 있기에 앞서, 어법의 완성과 인물 묘사의 정확함에 이른다."[*]) 엘리자베스 시대의 극은 일종의 투박한 종류의 *여흥*을 원하는 일반 대중을 목표로 한 것이었다. 그럼에도, 그 시대의 극은 상당한 양의 시를 *감당하곤* 했다. 우리에게 문제가 있다면, 여흥의 형태를 취해야 하되, 이 같은 여흥이 예술의 형태로 남아 있도록 하는 과정을 어떻게 해서든 거쳐야 한다는 데 있다. 아마도 뮤직-홀[†]의 희극 배우가 이를 감당할 수 있는 최상의 인물이

---

* 앞서 언급한 부처의 번역본 『아리스토텔레스의 시학』, 제6장 제14절. 엘리엇이 인용한 부처의 번역은 다음과 같다. "Novices in the art attain to finish of diction and precision of portraiture before they can construct the plot." 아리스토텔레스의 시절에는 우리가 알고 있는 "예술"(art)이라는 개념은 따로 존재하지 않았다. 그가 말하는 "art"는 넓은 의미에서의 "기예" 또는 "기술"을 뜻하는 것이었다. 따라서 본 번역에서는 "art"를 "기예"로 번역하기로 한다.

† Music-Hall: 빅토리아 시대 초기인 1850년경부터 제1차 세계대전이 끝날 때까지 영국에서 아주 인기가 있던 연예장으로, 식탁에 앉아 음식과 술 및 흡연을 즐기면서 무대 위에서 벌어지는 각종 대중적인 연예 공연을 관람할 수 있었던 시설. 때때로 이 연예장에서는 희극 배우가 출연하여 소품 형식의 희극을 공연하기도 했다.

될 수 있을 것이다. 나는 이것이 발의하기에 위험한 제안임을 의식하고 있다. 나의 제안을 심각하게 받아들일 가능성이 있는 사람이 몇이나 되든 이 같은 사람 각각 한 명에 대해, 열 명도 넘는 장난감 제조업자들이, 미학적 사회의 구성원들을 즉석에서 간지럽혀 한 차례 더 예술적 방탕에 몸을 떨며 깔깔거리게 할 그런 장난감 제조업자들이 존재할 것이다. 예술을 엄숙하게 여기는 사람은 거의 없다. 하지만 이를 엄숙하게 여기는 사람들도 있고, 그들은 계속해서 에우리피데스와 셰익스피어를 답습한 시적 모방품을 생산할 것이다. 그리고 예술을 농담으로 여기는 그 외의 사람들이 있다.

에우리피데스와 머리 교수

최근에 홀본 엠파이어*에서 시빌 손다이크† 양이 메데이아‡로 등장한 것은 상당히 흥미로운 세 가지 주제와 관련이 있는 사건이다. 세 가지 주제를 차례로 열거하자면, 연극, 희랍 문학이 현재 처해 있는 상황, 그리고 우리 시대를 위한 훌륭한 번역의 중요성이 이에 해당한다. 내가 관람한 공연에 대해 말하자면, 공연은 확실히 성공적인 것이었다. 관객의 수도 대단했고, 그들은 극에 깊이 집중해 있었으며, 갈채 또한 오래 이어졌다. 하지만 성공이 에우리피

---

* Holborn Empire: 관객 수용 능력이 2,000명인 음악 연주 및 연극 공연 장소로, 1857년에 개장했을 때의 명칭은 High Holborn이며 1906년부터 Holborn Empire로 불림. 제2차 세계 대전 기간 중 독일군의 공습으로 인해 엄청난 피해를 본 이 공연장은 1960년에 폐쇄됨.

† Agnes Sybil Thorndike (1882-1976): 영국의 배우. 엘리엇은 그녀에게 "miss"라는 칭호를 부치고 있지만, 그녀는 1908년에 배우이자 극장 감독인 루이스 캐선(Lewis Casson, 1875-1969)과 결혼했다. 따라서 "miss"라는 호칭은 어울리지 않는 것일 수도 있다. 하지만 손다이크가 결혼 후에도 계속 혼전의 이름으로 배우 활동을 했기에, 또한 추측건대 그것이 연예계의 관행일 수도 있었기에, "miss"라는 호칭이 크게 어색한 것이 아니었을 수도 있다. 이 점을 감안하여 엘리엇의 "miss"를 살려 미혼 여성을 지칭하는 우리말 표현인 "양"으로 번역하기로 한다. 아무튼, 엘리엇은 그녀 이름의 철자를 시종일관 "Thorndyke"로 잘못 표기하고 있다.

‡ *Medea*: 에우리피데스의 비극 가운데 한 편인 『메데이아』의 표제 인물. 극에 의하면, 이아손의 아내인 메데이아는 다른 여인과 결혼을 하려는 남편 이아손에 대한 분노에 못 이겨, 신부와 신부의 아버지, 그리고 심지어 자신과 이아손 사이의 두 아들을 살해한다.

데스 덕분인지는 확실치 않고, 머리 교수 덕분인지는 증명이 되어 있지 않다. 하지만 상당한 정도 손다이크 양 덕분임에는 의심의 여지가 없다. 극도의 격정과 자제 양쪽을 모두 요구하는 배역을, 단순한 체력과 미묘한 변조 양쪽 모두를 함께 요구하는 바로 그 배역을 맡아 두 시간 동안 무대의 중심부를 장악했다는 것, 주변의 배우들로부터 거의 아무런 조력도 받지 않은 채 그처럼 엄청나게 어려운 역할을 지탱해 낼 수 있었다는 것, 이것이 의당 현실화되어야 할 성공을 이끌었다. 관람객은, 또는 내가 차지하고 있던 저가低價의 관람석에서 바라볼 수 있었던 관람객은 진지한데다가 예의를 갖추고 있었으며, 어쩌면 희랍 연극 공연을 관람하게 된 것에 자긍심을 지니고 있는 쪽으로 기울어져 있는 것처럼 보이기도 했다. 아무튼, 손다이크 양의 그런 연기라면 아마도 어떤 관객이든 사로잡았었을 것이다. 그녀의 연기에는 현대 연극 무대의 모든 관습이, 연출 관행이 다 동원되었지만, 그녀의 개성이 머리 교수의 운문뿐만 아니라 그녀 자신이 받은 훈련을 압도하고 환하게 빛을 발했다.

문제는 이번 공연이 "예술 작품"인가에 있다. 나머지 배역을 맡은 여타의 배우들은 미세하게나마 불안해 보였다. 유모 역을 맡은 배우는 전형적인 노파 유형의 유모로 등장하여, 상당히 괜찮은 연기력을 보여 줬다. 이아손 역의 배우에 대해서는 부정적이다. 전령 역의 배우는 그처럼 기다란 대사를 이어가야 한다는 사실에 불편해 하는 것 같아 보였다. 아울러, 세련된 달크로스 방식*으로 합창을 이어가던 코러스 단원들은 감미로운 목소리를 지니고 있었으며, 코

* 오스트리아의 비엔나 출생인 스위스의 작곡가이자 음악 교육 전문가인 에밀 자크-달크로스(Émile Jacques-Dalcroze, 1865-1950)가 제안한 음악 교육 방식으로, 음악의 악절이 일깨우는 자연발생적인 몸의 율동에 맞춰 노래하는 방식을 말한다.

러스 단원들이 읊조리는 대사의 내용은 신경 쓰지 않아도 되어 다행이라고 생각될 만큼 또렷하게 들리지 않았다. 이 모든 것이 지극히 음울한 정조의 고답적인 분위기를 조성하는 데 기여했다. 아무튼, 우리는 다음과 같은 상상을 할 수도 있겠다. 만일 20,000여 관객 앞에서 공연 중인 운문 작품의 내용에 대해 비판할 수 있을 정도로 관객 모두가 충분히 알아들을 수 있을 만큼 명료한 목소리로 대사를 주고받아야 했던 아테네의 배우들이 어쩌다 이번 공연에 참여한 공연단의 대부분 배우들처럼 무슨 말인지 알아들을 수 없을 만큼 우물거렸다 하자. 아마도 그들은 관객이 던지는 무화과와 올리브의 세례를 받아야 했을 것이다. 하지만 희랍의 배우들이야 자기네 언어로 대사를 주고받았다면, 우리의 배우들은 길버트 머리 교수의 언어로 대사를 주고받아야 했다는 점을 감안해야 할 것이다. 결국, 전체적으로 보아 공연은 관심을 끄는 것이었다고 말할 수도 있겠다.

아무튼, 내가 믿기로는, 그와 같은 공연들이 희랍 문학이나 우리들 자신의 문학이 원기를 되찾는 데 그 어떤 도움도 되지 못할 것이다. 만일 그런 공연들이 좀 더 나은 번역에 대한 욕구를 자극하지 않는다면 말이다. 진지한 청취자들이, 그러니까 나처럼 18페니짜리 머리의 번역 대본이 유가有價로 제공되었으리라고 판단되는 관객들 가운데 수많은 사람이 아마도 의식하지 못하고 있었던 사실이 있다면, 손다이크 양이 전에 보여 주었던 것과 같은 성공적인 연기를 위해 번역자의 운문을 놓고 이에 맞서 투쟁하는 일에 진정으로 전념했다는 사실일 것이다. 그녀가 머리의 번역에 맞선 싸움에서 승리하게 되었던 것은 우리의 주의를 그녀의 표정과 어조로 이끌고, 이와 함께 우리에게 그녀의 대사를 등한시하게 했기 때문이다. 그리고 이는 물론 최상의 경지에 이르렀을 때 희랍의 극이 동원하던 연기 방식은 아니었다. 영어와 희랍어는 각각 그 언어가 속해 있는 영역에 머물러 있다. 하지만 희랍어와 라틴어는, *따라서*, 말할 것도 없이, 영어는 우리가 살아 있는 동안 위기의 시기를 통과하고 있다는 사실을 인식하는 사람은 거의 없다. 고전은 19세기 후반의 기간 동안 그리고 현재의 순간에 이르기까지, 사회적 및 정치적 체제의 지주支柱로서의 위치를 상실해 왔다. 여전히 지주 역할을 하는 영국 국교와는 달리 말이다. 만일 고전들이 살아남아, 문학으로서, 유럽 정신의 한 요소로서, 우리가 창조하기를 희망하는 문학의 토대로서 그들 자신을 정당화하고자 한다면, 이들 고전에게 진정으로 절실하게 요구되는 것은 고전들 자체의 의미를 소상하게 밝혀 줄 사람들이다. 우리에게는 이것이 얼마나 핵심적인 문제인지를 설명해 줄 수 있는 누군가가, 만일 아리스토텔레스가 유럽의 도덕적 안내자였다고 말할 수도 있다면, 우리가 그 안내인을 이제 내리쳐야 하는지 또는 그렇게 해서는 안 되는지를 설명해 줄 수 있는 누군가가 필요하다. 물론, 우리에게 필요한 사람은 로마 가톨릭 교회에 소속된 사람도 아니고, 아마도 바라건대 영국 국교에 소속된 사람도 아닐 것이다. 우리에게 필요한 사람은 적어도 희랍의 극에 대해 나름의 의견을 내놓을 수 있는 몇몇 교육받은 시인들, 희랍의 극이 우리에게 어떤 용도가 있는지 또는 없는지에 대해 설명해 줄 수 있는 그런 교육받은 시인들이다. 그리고 길버트 머리 교수는 이런 일에 적절한 사람이 아니라는 점을 말하지 않을 수 없다. 만일 희랍의 시가 통속적인 품위 절하에 해당하는 스윈번의 저 유명한 개인적 어투와 같은 가면에 가려진 채 그 모습을 드러내 보일 수 있을 뿐이라면, 희랍의 시는 영국의 시에 조금이라도 생명력을 불어넣어 주는 효과를 발휘하지 못할 것이다. 이는 당대에 가장 인기 있던 희랍 문화 연구자의 면전에 던지기에는 가혹한 말일지도 모른다. 하지만 우리는 머리 교수에 대해 이러한 사정들이 사실과 다르지 않고 사실임을 우리가 죽기 전에 증언해야 한다.*

진실로 결정적으로 중요한 논점은 다음과 같다. 그날의 희랍 극 공연에서 가장 눈에 띄던 인물인 전령은 희랍어에서는 한 단어가 요구되는 자리에 거의 대부분 습관적으로 두 단어를 사용하고 있다. 영어에서도 한 단어이면 충분할 자리에서 말이다. 예컨대, 머리 교수는 희랍어의 σκιάν를 "*잿빛의* 그림자"(grey shadow)로 번역하고 있다.† 아울러, 그는 희랍어의 간결한 표현을 늘어뜨려서 윌리엄 모리스‡의 느슨한 틀에 맞추고 있고, 희랍어의 서정적 표현을 스윈번 투의 유동적 안개처럼 흐릿한 것으로 만들고 있다. 이는 극도로 미세하여 의미를 따로 부여할 수 없는 그런 종류의 결함들이 아니

---

* 엘리엇의 해당 구절을 있는 그대로 이 자리에 옮기자면 "we must witness of Professor Murray ere we die that these things are not otherwise but thus"인데, 이 부분을 스윈번이 1865년에 발표한 『칼리돈의 아탈란타』(*Atalanta in Calydon*)라는 운문 작품의 다음 구절과 비교해 보기 바란다. "적어도 우리는 우리가 죽기 전에 그대에 대해 증언합니다. / 이러한 사정들이 사실과 다르지 않고 사실임을, / . . . / 우리 모두 그대에게, 그대에게 맞섭니다, 오, 더할 수 없이 고귀한 신이여."(At least we witness of thee ere we die / That these things are not otherwise, but thus; / . . . / All we are against thee, against thee, O God most high.—Algernon Charles Swinburne, *Atalanta in Calydon*, *The Works of Algernon Charles Swinburne: Poems* [Phiadelphia: David McKay Co., 출간 연도 미상이나 스윈번의 사망 이후로 추정됨], 415쪽).

† 희랍어의 "σκιάν"을 직역하면 "그림자"(shadow). 엘리엇은 머리가 이를 번역할 때 불필요한 "잿빛의"(grey)라는 표현을 굳이 덧붙인 것에 대해 비판하고 있다. 머리의 영문 번역본인 *The Medea of Euripides* (Oxford: Oxford 대학 출판부, 1912)를 보면, 68쪽에서 전령이 이 표현을 사용하고 있다.

‡ William Morris (1834-1896): 영국의 시인이자 소설가이며 화가이자 번역가. 그리고 무엇보다도 섬유 및 서적과 서체 디자이너이자 삽화가.

다. 메데이아의 뛰어난 극중 대사 가운데 차례로 보아 첫째에 해당하는 것을 머리 교수는 다음과 같이 시작한다.

> 코린스의 여인들이여, 나는 내 얼굴을 드러내 보이려
> 왔습니다, 당신들이 나를 경멸하지 않을까 하여. . . .[*]

희랍어 텍스트의 ἐξῆλθον δόμων이 머리 교수의 번역에서는 "내 얼굴을 드러내 보이려"(to show my face)로 되어 있는데, 이는 머리 교수의 창조적 재능에 따른 것이다.[†]

> 꿈도 꾸지 않던 이 일이 저 높은 곳에서 갑작스럽게 내려와,
> 내 영혼의 활기를 앗아 갔습니다. 나는 서 있는 자리에서 현기증을 느끼고,
> 온 생명이 담긴 잔이 내 손 안에서 깨어져 버렸습니다. . . .[‡]

다시 희랍어 원문을 찾아보자면, 이는 다음과 같다.

> ἐμοὶ δ' ἄελπτον πρᾶγμα προσπεσὸν τόδε
> ψυχὴν διέφθαρκ'· οἴχομαι δὲ καὶ βίου
> χάριν μεθεῖσα κατθανεῖν χρῄζω, φίλαι.[§]

---

* Murray 번역, *The Medea of Euripides*, 14쪽. 엘리엇이 인용한 머리의 영문 번역은 다음과 같다. "Women of Corinth, I am come to show / My face, lest ye despise me."

† 희랍어의 "ἐξῆλθον δόμων"을 직역하면, "나는 집에서 나왔습니다."

‡ Murray 번역, *The Medea of Euripides*, 15쪽. 엘리엇이 인용한 머리의 영문 번역은 다음과 같다. "This thing undreamed of, sudden from on high, / Hath sapped my soul: I dazzle where I stand, / The cup of all life shattered in my hand / [Longing to die—O friends]." 괄호 안의 부분은 이어지는 각주에서 제시된 또 다른 영어 번역본과의 비교를 위해 머리의 영문 번역에서 찾아 덧붙인 것임.

§ 엘리엇의 비판대로 머리의 번역과 원문 사이에는 많은 차이가 있다. 참고로 이 부분에 대한 다른 번역가의 번역을 예시하고자 한다. 여기서는 서문에서 "표현의 단정함"뿐만 아니라 "희랍어 텍스트를 정확하게 옮기는 일"에도 노고를 아끼지 않았음을 밝히고 있는 영국의 번역가인 에드워드 필립 코울리지(Edward Philip Coleridge, 1863-1936)의 번역을 소개하고자 한다. (서

이렇게 해서, 우리는 머리 씨의 덕택으로 두 개의 놀라운 구절을 얻게 되었다. 우리의 영혼에서 활기를 빼앗고, 온 생명이 담긴 에우리피데스의 잔을 깨뜨린 것은 바로 그다. 그리고 이는 다만 임의적으로 든 예일 뿐이다.

οὐκ ἔστιν ἄλλη φρὴν μιαιφονωτέρα*

라는 구절이 "천국과 지옥 사이에 [그녀의 영혼보다] 더 피에 물든 영혼[이 떠돌지 않는다]"†가 되고 있다. 확실히 머리 교수는 「누이 헬렌」‡이라는 시를 잘 알고 있었을 것이다. 머리 교수는 다만 에우리피데스와 우리 사이에 희랍어보다 더 관통하기 어려운 장벽을 세우고 있는 셈이다. 그는 명백히 아이스킬로스보다는 에우리피데

문에서의 이 같은 언급과 관련해서는 그의 번역서 *The Plays of Euripides* [London: G. Bell & Sons, 1910], xii쪽 참조.) 아마도 그가 자신의 번역에서 운문 형식이 아닌 산문 형식을 취한 것은 바로 이 "정확하게 옮기는 일"에 신경을 썼기 때문일지도 모른다. "But on me hath fallen this unforeseen disaster, and sapped my life; ruined I am, and long to resign the boon of existence, kind friends, and die."—*The Plays of Euripides*, 37쪽. 이를 우리말로 옮기자면, "하지만 나에게 이 예상치 않은 재앙이 닥쳐, 내 삶의 활기를 앗아갔습니다. 나는 이제 파멸되어, 존재의 혜택을 포기하고, 친절한 친구들이여, 죽고 싶습니다."

* 해당 부분에 대한 에드워드 필립 코울리지의 번역은 다음과 같다. "[N]o heart is filled with deadlier thoughts than hers."—Coleridge, *The Plays of Euripides*, 38쪽. 이를 우리말로 옮기면, "누구의 심장도 그녀의 것보다 더 끔찍하게 살해에 대한 생각으로 차 있지는 않을 것입니다."

† 머리의 영문 번역 다음과 같다. "[. . . there moves . . . /] No bloodier spirit between heaven and hell." 의미 이해를 위해 괄호 안의 인용을 덧붙임.

‡ "Sister Helen": 단테 가브리엘 로세티가 1870년경에 발표한 시로, 남동생과 누나인 헬렌과의 대화체로 이루어져 있다. 사랑하는 이에게 배신을 당한 한 여인이 마법을 빌어 복수하는 내용의 시로, 그녀가 사랑하는 이의 인형을 만들어 불에 태우는 삼일 동안 실제 당사자도 그 동안 고통 속을 헤매다가 죽음에 이른다. 모두 42연聯으로 이루어진 이 시의 시작부터 끝까지 후렴구는 시종일관 "지옥과 천국 사이에"(between Hell and Heaven)라는 표현으로 이루어져 있다.

스를 더 선호하고 있는 것처럼 보이는데, 그 사실을 놓고 우리가 그를 탓하는 것은 아니다. 하지만, 그가 에우리피테스를 더 선호한다면, 그는 적어도 에우리피데스의 진가를 제대로 터득해야 한다. 아울러, 희랍 운문의 소리에 대해 진정한 느낌을 터득한 사람이라면 누구라도 의도적으로 윌리엄 모리스의 이행연구二行聯句(couplet)를, 스윈번의 시를 희랍의 운문과 등가물로 보아 선택할 수는 없다. 이는 도저히 생각조차 할 수 없는 일이다.

시인으로서의 머리 씨는 단순히 라파엘 전기파 예술 운동*의 미미한 추종자일 뿐이다. 희랍 문화 연구자로서의 그는 오늘날의 현실을 있는 그대로 대변하고 있고, 대단히 중요한 이 시대의 인물이다. 어떤 의미에서 보면, 우리 시대는 타일러†와 몇몇 독일의 인류학자들과 함께 시작되었다. 그 이후 우리는 사회학과 사회심리학을 습득하게 되었고, 리보와 자네‡의 임상 교실을 지켜보게 되었으며, 비엔나에서 발간된 책들을 읽게 되었고, 베르그손의 담론에 귀를 기울이게 되었다. 그리고 케임브리지에서 철학 연구가 시작되었고,§ 사

* Pre-Raphaelite movement: 이탈리아의 화가 라파엘/라파엘로(Raphael/Raffaello, 1483-1520)의 고전적이고 우아한 예술 이전 시대의 예술로 돌아가자는 운동으로, 이를 특히 대표하는 화가이자 시인이 단테 가브리엘 로세티.

† Edward Burnett Tylor (1832-1917): 영국의 인류학자. 문화인류학의 창시자로 알려져 있음.

‡ Théodule-Armand Ribot (1839-1916), Pierre Janet (1859-1947): 두 사람 모두 프랑스의 저명한 심리학자. 특히 Janet는 미국의 철학자이자 심리학자이며 역사학자인 윌리엄 제임스(William James, 1842-1910)와 독일의 심리학자이자 철학자인 빌헬름 분트(Wilhelm Wundt, 1832-1920)와 함께 심리학의 3대 창시자로 일컬어짐.

§ Cambridge: 먼저, 분석철학 연구를 주도한 쟁쟁한 철학자들인 조지 에드워드 무어(G[eorge] E[dward] Moore, 1873-1958)와 이미 거론된 바 있는 러셀이 각각 1898년부터, 1910년부터 케임브리지 대학에서 연구와 강의를 시작했다는 점에서, 여기서 말하는 케임브리지는 영국의 케임브리지 대학을 가리키는 것일 수도 있다. 한편, 미국의 보스톤 남부에 위치한 케임브리지 소재의 하버

회적 해방론이 세계 곳곳으로 파고들게 되었으며, 우리의 역사적 지식도 물론 증가하게 되었다. 아울러, 우리는 고전에 대해, 그리고 이른바 성서로 불리어 오는 것에 대해 시도되는 기발한 프로이트적-사회적-신비적-합리주의적-고차원적-비판적 해설과 마주하게 되었다. 나는 과학자들이 그네들의 영역에서 수행하는 그 모든 작업의 대단히 엄청난 가치를 부정하지 않는다. 또한 이런 작업의 세부적 내용과 그 결과가 엄청나게 흥미로운 것임도 부정하지 않는다. 해리슨 양, 콘포드 씨, 쿡 씨*가 희랍 신화와 제식祭式의 기원에 대해 파고들었을 때, 이에 대한 그들의 저서보다 더 매혹적인 것을 찾아보기란 어렵다. 사회적 의식에 대해 논의하는 뒤르켐† 씨와 자신들이 앵무새 떼라고 확신하는 보로로 인디언들에 대해 논의하는 레비-브룰‡ 씨도 즐거움을 선사하는 저술가들이다. 여러 종류의 과학이 마치 열대 지방에서 수많은 식물의 싹이 돋아나듯 일시에 발원했으며, 이는 의심할 바 없이 우리에게 찬탄의 마음을 일깨우기에 충분한 것이다. 그리고 지극히 자연스럽게도 정원이었던 과학의 세계가 밀림으로 바뀌게 되었다. 초창기에 그 영역의 토양을 기름지게 했던

드 대학에서 윌리엄 제임스가 1875년-76에 심리학 강좌를 최초로 개설하고, 이후에 그곳에서 진행된 그의 연구와 강의는 엄청나게 많은 철학자들과 심리학자들에게 영향을 미쳤다는 점에서 보면, 하버드 대학의 소재지인 미국의 지명 케임브리지를 가리키는 것으로 볼 수도 있겠다. 추정이긴 하나, 엘리엇의 논의가 심리학, 사회심리학, 인류학 등에 맞춰져 있는 것을 보면, 후자일 가능성이 높다.

* Jane Ellen Harrison (1850-1928), F[rancis] M[acdonald] Cornford (1874-1943), George Willis Cooke (1848-1923): 첫째 인물은 영국의 언어학자이자 고전학자. 둘째 인물은 영국의 번역가이자 고전학자. 셋째 인물은 미국의 목사이자 작가로, 특히 그의 저서 *The Social Evolution of Religion* (Boston: Stratford, 1920)이 널리 알려져 있음.

† Émile Durkheim (1858-1917): 프랑스의 사회학자.

‡ Lucien Lévy-Bruhl (1857-1939): 프랑스의 사회학자이자 인류학자.

타일러, 로버트슨 스미스,[*] 빌헬름 분트와 같은 사람들은 아마도 그들이 가꾸던 정원이 결과적으로 어떤 초목으로 뒤덮이게 되었는지를 제대로 알아보지 못할 것이다. 그리고 진실로 딱하게도 분트의 『문화심리학』[†]은 번역이 되기도 전에 곰팡내 나는 유물이 되고 말았다.

이 모든 사건들은 자체의 시각에서 보면 유용하지 않거나 중요하지 않은 것이 없으며, 이들 사건이 고전에 대한 우리의 태도에 상당한 영향을 미친 것도 사실이다. 덧붙여 말하자면, 제인 해리슨 양의 친구이자 그녀에게 응원자 역할을 하던 머리 교수가 대표하는 것이 바로 고전 연구를 향한 이 같은 시각이다. 이제 이 시각에서 보면, 희랍적인 것이란 더 이상 빈켈만,[‡] 괴테, 쇼펜하우어[§]에게 경외감을 일깨웠던 벨베데레 내정內庭의 조각상이, 월터 페이터와 오스카 와일드[¶]가 약간 격을 낮춰 수정본의 형태로 우리에게 제시했던 바로 그 벨베데레 내정의 조각상이 아니다.[**] 아울러, 우리는 희랍 문

* William Robertson Smith (1846-1894): 스코틀랜드의 동양학 방면의 권위자이자 구약성서 연구가.

† *Völkerpsychologie*: 1900년에서 1920년 사이에 발간된 분트의 저서로, 10권으로 이루어져 있음.

‡ Eduard Winkelmann (1838-1896): 독일의 역사학자.

§ Arthur Schopenhauer (1788-1860): 독일의 철학자.

¶ Oscar Wilde (1854-1900): 아일랜드의 시인이자 극작가.

** Cortile del Belvedere: 르네상스 전성기인 16세기 전반에 설계되고 축조된 로마의 바티칸 궁 소재의 내정內庭으로, 여기에는 고대 로마 시대의 수많은 조각상들이 전시되어 있다. 빈켈만, 괴테, 쇼펜하우어는 그곳에 소장되어 있는 조각상들—특히 아폴로 조각상—에서 깊은 인상을 받고 이를 극찬하는 글을 쓴 바 있다. 아울러, 페이터는 빈켈만에 관한 논의에서 벨베데레 내정의 조각상을 언급하기도 했고, 와일드도 그의 친구인 캐나다 출신 영국의 신문기자 로버트 로스(Robert Ross, 1869-1918)에게 보내는 1900년 4월 22일자 서한문에서 벨베데레 내정의 아폴로 조각상에 대해 언급한 바 있다.

명의 여건이 우리의 여건과 얼마나 다른지를 한층 더 잘 알게 되었다. 이렇게 말한다고 해서, 전자가 후자보다 한층 더 세속에서 벗어난 우월하고 신성한 것이었음을 더 잘 알게 되었다는 뜻은 아니다. 아무튼, 이와 함께 우리는 짐먼* 씨의 설명 덕에 우리가 처한 것과 유사한 문제들을 희랍인들이 어떤 방식으로 처리했는지에 대해서도 잘 알게 되었다. 이와 함께, 어쩌다 보니, 우리는 훌륭한 영어 산문 문체가 키케로, 타키투스, 투키디데스†를 모범으로 삼아 확립될 수 있다는 식의 믿음도 품지 않게 되었다. 만일 핀다로스가 우리에게 지루하다면, 그럴 수 있음도 우리는 수긍하게 되었다. 나아가, 사포‡가 카탈루스보다 *한결* 더 위대하다는 식의 판단을 확신하지도 않게 되었다. 베르길리우스에 대해서도 다양한 의견을 피력하게 되었으며, 우리의 선조들이 생각했던 것보다 페트로니우스를 한층 더 높이 평가하게도 되었다.

우리는 아마도 머리 교수와 그의 동료들이 이루어 놓은 업적에 대해 고마워하는 마음을 가져야 할 것이다. 하지만, 보다 나은 번역을 제시함으로써, 우리는 희랍 문학에 대한 머리 교수의 영향력 및 그의 번역에 담긴 영어 표현을 무력화하려는 시도를 멈출 수 없다. 예컨대, 에우리피데스의 극에 담긴 코러스들에 대한 H.D.§의 번역에는 오류가 있고 심지어 이따금 난해한 구절들이 아예 빠져 있긴

---

* Sir Alfred Eckhard Zimmern (1879-1957): 영국의 고전학자, 역사학자, 정치학자.

† Publius Cornelius Tacitus (56년경-120년경), Thucydides (기원전 460년경-400년경): 전자는 고대 로마의 역사학자이자 정치가. 후자는 고대 희랍의 역사학자이자 장군.

‡ Sappho (기원전 630년경-570년경): 레스보스 섬 출신의 고대 희랍 시인.

§ Hilda Doolittle (1886-1961): 이미지즘 운동에 참여했던 미국의 시인이자 소설가. 필명으로 "H.D."를 사용했음.

하지만, 그녀의 번역은 머리 씨의 것보다 한층 더 희랍어와 영어 양쪽에 가까이 다가가 있다. 그렇긴 하지만, H.D.와 "시인들의 시 번역 총서"*에 참여한 다른 시인들이 이제까지 해 온 작업은 기껏해야 희랍 문학에서 낭만적인 맛이 나는 작은 부스러기들 가운데 몇 개를 모은 것 이상의 것이 되지 못했다. 그들 가운데 아직까지 누구도 『아가멤논』에 도전할 만큼 능력이 있음을 보여 주지 못했다. 만일 우리가 섭취한 역사적 및 과학적 지식이라는 기름진 음식을 소화하고자 한다면, 우리는 한층 더 엄청난 힘을 쏟아 부어야 할 준비를 해야만 한다. 우리에게는 호메로스와 플로베르를 동시에 소화할 수 있는 소화 능력을 갖춰야 할 필요가 있는 것이다. 이와 함께, 우리에게는 르네상스 시대의 인문학자들과 번역가들을 면밀하게 연구해야 할 필요가 있다. 파운드† 씨가 이에 대한 작업을 착수했듯 말이다. 우리에게는 과거를 바라보는 안목이 필요하되, 과거란 현재와 명백한 차이가 있는 것임을 잊지 않고 과거를 과거의 위치에 놓고 바라볼 수 있는 안목이, 그럼에도 여전히 과거란 현재와 마찬가지로 우리에게 현재로서 현존하는 것이기에 더할 수 없이 생생하게 살아 숨 쉬는 것으로 바라볼 수 있는 그런 안목이 필요하다. 이것이 바로 창조적 안목이다. 바로 이 같은 창조적 본능을 소유하고 있지 않은 사람이 머리 교수이기에, 그는 에우리피데스를 완전히 죽은 것으로 방치하고 있는 것이다.

---

* Poets' Translation Series: 1915년에 H.D.와 그녀의 남편이자 영국의 시인인 리처드 올딩턴(Richard Aldington, 1892-1962)이 합동으로 기획하여 출간하기 시작한 번역 총서. 에고이스트 출판사(Egoist Press)에서 1915-16년에 6권이, 1919-20년에 다시 6권이 출간됨.

† Ezra Pound (1885-1972): 앞서 「완벽한 비평가」에 첨가한 역주에서 밝혔듯, 모더니즘 시 운동을 대표하는 미국의 시인이자 비평가.

"수사"와 시극

로스탕*의 죽음은 "수사修辭"를 대표하는 인물로 우리가 여겼던 시인, 요즘 시대에 수사란 유행에서 벗어난 것이라고 생각하면서도 여전히 프랑스에서 누구보다 이를 대표하는 인물로 여겼던 그런 시인의 사라짐을 뜻한다. 이제 우리가 다소 애정 어린 눈길로 『시라노』의 작가인 로스탕을 되돌아볼 수 있는 위치에 놓이게 됨에 따라, 우리는 그의 결함뿐만 아니라 장점까지도 환하게 떠올리게 하는 수사라는 이 악덕 또는 이 악덕의 특성이 도대체 무엇인가를 놓고 의문을 품게 된다. 로스탕의 수사는 적어도 그에게 때로 아주 잘 어울리는 것이었다. 심지어, 로스탕이 그러했듯 이따금 수사적이었던 보들레르†라는 한층 더 위대한 시인에게 어울리는 것보다 수사는 그에게 한결 더 멋지게 어울리는 것이었다. 그런 생각과 함께, 수사라는 말은 단순히 어떤 문체든 형편없는 문체를 지칭할 때 동원하는 막연한 폭언이 아닐까 하는 의구심이 우리에게 들기 시작하기도 한다. 너무도 명백하게 형편없거나 이류에 지나지 않는 문체이어서, 그런 문체에 적용하는 말들이나 표현들이 한층 더 엄밀한 것이 되어야 할 필요성을 인식하지 못하기 때문에 우리가 이에 동원

---

* Edmond Rostand (1868-1918): 프랑스의 시인이자 극작가. 곧바로 언급되는 희곡 『시라노 드 베르주라크』(*Cyrano de Bergerac*, 1897)의 작가.

† Charles Pierre Baudelaire (1821-67): 프랑스의 시인이자 비평가.

하는 막연한 폭언이 수사인지도 모른다.

영국의 엘리자베스 시대 및 제임스 1세 시대의 시는 되풀이해서 "수사적"인 것으로 지칭된다. (이처럼 세심한 주의를 요하는 까다로운 문제를 제기할 때는 자기 자신의 언어권에 국한하여 논의를 이어가는 것이 한결 더 안전할 것이다.) 그 시대의 영시는 이런저런 주목할 만한 특성을 소유하고 있었지만, 여기에 무언가 결함이 있음을 인정하고자 할 때 우리는 그것을 수사적이라는 표현을 동원한다. 그 시대의 영시에는 심각한 결함이, 심지어 조악한 오류까지 있었던 것이 사실이다. 하지만 그런 결함이나 오류가 무엇인지에 대한 우리의 인식이 지나치게 불확실할 때에는 문제의 결함이나 오류를 우리의 언어에서 제거한 것으로 간주될 수 없다. 사실을 말하자면, 엘리자베스 시대의 산문과 그 시대의 시는 다양한 문체로 창작되었으며, 이와 함께 다양한 종류의 악덕에서도 자유롭지 못했다. 릴리의 문체는, 유퓨이스*의 화려한 문체는 수사적인 것일까? 릴리의 문체가 공격 대상으로 삼고 있는 애스컴과 엘리엇†의 옛 문체와 대비하는 경우, 그의 문체는 명료하고 유려하며 질서가 잡혀 있는 동시에 비교적 순수하며, 대구법對句法과 직유법直喩法으로 이루어진 단조로운 공식이기는 하나 나름의 체계를 갖추고 있다. 내시의 문체는 수사적인 것일까? 과장되고 공허하며 활기찬 내시의 문체는 릴리의 문체와 아주 다른 종류의 것이다. 또는 셰익스피어가 몰두한

---

* Euphues: 릴리의 소설 『유퓨이스, 기지에 대한 해부』(*Euphues, the Anatomy of Wyt*, 1579)와 『유퓨이스와 그의 영국』(*Eupheus and His England*, 1580)의 주인공. "Euphuism"('미사여구' 또는 '화려한 문체')이라는 용어는 이들 두 소설의 주인공 이름에서 유래된 것임.

† Roger Ascham (1515?-1568), Sir Thomas Elyot (1496년경-1546년): 전자는 엘리자베스 여왕의 희랍어 및 라틴어 교사였던 영국의 학자이자 문필가. 후자는 라틴어 사전을 편찬하기도 하고 수많은 고전을 번역한 영국의 학자.

바 있던 여러 형태의 비유가 뒤섞여 있는 부자연스러운 비유적 표현들은 어쩌면 수사적인 것일 수도 있다. 또는 존슨*의 작품에 담긴 신중한 웅변 어법 역시 어쩌면 수사적인 것일 수도 있다. 이 모든 것을 감안할 때, 수사라는 말은 단순히 형편없는 글과 동의어로 사용될 수 없다. 하지만 수사라는 말이 어깨에 짊어지도록 강요된 의미들은 대체로 모욕적인 것들이다. 그럼에도, 이 말의 정확한 의미가 발견될 수 있다면, 그 의미는 때로 미덕을 대변하는 것이 될 수도 있으리라. 이 수사라는 말은 비평이 본연의 임무로서 수행해야 할 해부 및 재조립 작업의 대상이 되는 말들 가운데 하나다. 이제 우선 수사란 관습상의 악덕이라는 투의 가정에서 벗어나기로 하자. 나아가, 실체가 있는 수사를, 표현해야 할 것이 있음에서 연원된 것이기에 정당한 것으로 평가될 수 있는 그런 수사를 찾는 데 진력하기로 하자.

우리 시대의 시인들은 눈에 띄게 "대화체"의 시 창작을 선호한다. 이는 "직접화법"으로, "웅변적 화법" 및 수사적 화법과 대척점에 놓이는 것이다. 하지만, 만일 수사가 부적절하게 동원된 글쓰기 관습을 지시한다면, 바로 이 대화체 화법이라는 문체—또는 종종 우아하고 세련된 화법으로부터 더할 수 없이 멀리 떨어져 있기 때문에 대화체 화법으로 간주되는 문체—도 수사가 될 수 있고 또한 수사가 되고 있다. 미국의 이류급과 삼류급 *자유시*(*vers libre*)의 대부분이, 그리고 워즈워스 흉내를 낸 영국의 이류급과 삼류급 시의 대부분도 이런 종류의 작품이다. 사실을 말하자면, 대화체 형식이든 또

* 엘리엇이 이 글에서 거론하는 '존슨'은 벤 존슨(Ben Jonson). 영문학사에 벤 존슨만큼이나 중요한 인물이자 엘리엇이 이 책의 서문에서 거론한 바 있는 새뮤얼 존슨(Samuel Johnson)과 우리말 표기가 동일하지만 전혀 다른 인물.

는 그 외의 어떤 형식이든 생각 없이 마구잡이로 적용될 수 있는 형식은 존재하지 않는다. 만일 한 작가가 대화체의 말 고유의 효과를 제공하고자 하는 경우, 그는 적극적으로 자신의 위치에서 또는 그가 설정한 누군가의 역할을 수행하는 위치에서 자신이 누군가에게 말을 건네고 있다는 효과를 주어야 한다. 아울러, 우리가 우리 자신을 표현하고자 한다면, 다양한 주제에 관해 우리의 다양한 생각과 느낌을 언제든 변함없이 올바르게 드러내고자 한다면, 우리는 무한하게 다양한 순간순간에 맞춰 우리의 태도를 적절히 조절해야 한다. 엘리자베스 시대의 극이 거친 발달 과정을 살펴보면, 이 적응 방식이 어떻게 발전했는가를 확인할 수 있는데, 이는 단조로운 것에서 다양한 것으로, 다양하게 변조된 느낌들에 대한 인식의 점진적인 세련화로, 그리고 이처럼 다양하게 변조된 느낌들을 표현하는 수단의 점진적인 정교화로 요약될 수 있다. 이 같은 극의 변화는 키드*와 말로우의 수사적 표현 또는 과장된 대사에서 벗어나, 셰익스피어와 웹스터의 여기저기 산재해 있는 미묘한 발언 쪽으로 성장을 거듭해 왔던 것으로 인정될 수 있다. 하지만 이 같은 명백한 수사의 포기 또는 수사를 벗어나 이어 온 성장은 두 가지 측면에서 정리될 수 있는데, 부분적으로 언어가 개선되는 쪽으로, 그리고 또한 부분적으로 느낌이 점진적으로 다양화하는 쪽으로 진행되어 왔다. 물론 늙은 히에로니모†가 격노하여 내뱉는 유창한 말과 리어의 파편화된 말들 사이에는 양자를 나누어 놓은 먼 거리가 존재한다. 저 유명한 대사인

* Thomas Kyd (1558-1594): 영국의 극작가. 대표적인 희극 작품으로 『스페인의 비극』(*The Spanish Tragedy*, 1587년 초연)이 있음.

† Hieronimo: 『스페인의 비극』의 주인공. 이 주인공의 이름을 따서 『스페인의 비극』이라는 작품의 명칭은 "히에로니모"로 통용되기도 함.

오, 눈이여! 눈은 눈이 아니라, 다만 눈물로 가득한 샘이로다!

오, 삶이여! 삶은 삶이 아니라, 다만 살아 있는 모습의 죽음일 뿐이로다!*

와 저 빼어난 "히에로니모에 새롭게 첨가된 대사"†‡ 사이에도 차이가 존재한다.

우리는 아마도 셰익스피어에 대해 그는 모든 것을 하나의 문장—예컨대, "이 단추를 풀어 주시오"§ 또는 "정직하고 정직한 이아고"¶—에 집약하여 담는 극작가라고 생각할 것이다. 이런 생각과 함께, 우리는 셰익스피어가 전성기를 누리던 시기—즉, 초기와 후기 작품에서 드러내 보이던 결함에서, 그러니까 진정한 의미에서의 셰익스피

---

* 키드, 『스페인의 비극』, 제3막 제2장 제1-2행. 작품의 행에 이르기까지 인용 부분에 대한 전거典據는 *Kyd, Shakespeare, Marston, Chettle, Middleton, Five Revenge Tragedies*, Emma Smith 편집 (London: Penguin Books, 2012). 위의 인용은 살해된 아들의 시신을 발견한 히에로니모가 이어가는 독백의 시작 부분. 엘리엇이 인용한 부분의 원문은 다음과 같다. "Oh eyes no eyes, but fountains full of tears! / Oh life no life, but lively form of death!"

† 첨가된 부분의 원작자가 누구인가에 대해서는 말로우의 숭배자 가운데 누군가일 것이라고 말할 수 있을 뿐이다. 그는 아마도 존슨일 수도 있겠다. (엘리엇의 원주)

‡ 『스페인의 비극』은 1580년대에 창작된 것으로 추정되며, 현재 남아 있는 가장 오래된 텍스트는 1592년에 발간된 것이다. 이어서, 키드의 사후인 1602년에 300행 가량의 내용이 첨가된 텍스트가 출간되었다. 그리고 이처럼 첨가된 내용의 글에 동원된 문체는 기존의 글에 동원된 문체와 또렷이 구별이 된다. 아무튼, 엘리엇이 각주에서 밝혔듯, 새로 첨가된 부분은 벤 존슨의 것으로 알려져 있다. 한편, 앞서 밝혔듯, 엘리엇이 본문에서 언급하고 있는 "히에로니모에 첨가된 대사"에서 '히에로니모'는 『스페인의 비극』 자체를 일컫는 표현.

§ 셰익스피어, 『리어 왕』(*King Lear*, 1606년 초연), 제5막 제3장. 극의 마지막에 이르러 혼절하기 직전에 허약해진 리어 왕이 주위 사람에게 하는 부탁의 말. 엘리엇이 인용한 부분의 원문은 다음과 같다. "Pray you undo this button."

¶ 셰익스피어, 『오셀로』(*Othello*, 1604년 초연), 제5막 제2장. 데스데모나를 죽인 오셀로가 이아고의 아내 에밀리아와 대화를 나누던 중에 하는 발언. 엘리엇이 인용한 부분의 원문은 다음과 같다. "Honest honest Iago."

어적인 악덕이라고 할 수 있는 결함에서 상당히 벗어나 있었던 시기—의 작품에 그 특유의 수사가 존재한다는 사실을 망각하곤 한다. 셰익스피어 특유의 수사가 담긴 구절들은 키드나 말로우의 작품에 나오는 최상의 과장된 대사와 비교 가능한데, 셰익스피어는 그들보다 한층 더 능숙하게 언어를 구사하고 있고 한층 더 유연하게 감정을 통제하고 있다. 『스페인의 비극』의 경우, 문체가 과장되는 경향을 보이는 것은 그 시대 특유의 괴벽怪癖에 해당하는 것일 뿐인 언어로 하강할 때다. 『템벌레인 대제』의 경우, 문체가 과장되는 경향을 보이는 것은 단조로운데다가 감정 변화에 유연하게 대처하지 못하고 있기 때문이다. 셰익스피어의 작품에서 진정으로 탁월한 수사가 그 모습을 드러내는 것은 극중 인물이 극적 조명을 받고 있는 *자기 자신을 응시할* 때다.

오셀로: 그리고 이 말도 덧붙여 전해 주시오. 언젠가 알레포에서. . . .*

코리올레이너스: 너희들이 너희 연대기를 사실대로 쓰면, 이렇게
　　기록되겠지.
　비둘기장에 갇힌 한 마리의 독수리처럼, 내가
　코리올리에서 너희 볼스키 족의 잡놈들을 이리저리
　　파닥이게 했다고.
　나 혼자 그렇게 했다고. 이거 참!†

---

* 셰익스피어, 『오셀로』, 제5막 제2장. 오셀로가 자살하기 직전에 데스데모나의 아버지와 친척간인 로도비코에게 건네는 말의 일부. 엘리엇이 인용한 부분의 원문은 다음과 같다. "And say, besides,—that in Aleppo once. . . ."

† 셰익스피어, 『코리올레이너스』(*Coriolanus*, 1609년 초연), 제5막 제6장. 코리올레이너스가 그를 살해하려고 몰려온 볼스키 족의 병사들에게 건네는 말의 일부. 볼스키 족은 이탈리아의 남부 라티움 지역의 고대 민족이며, 코리올리는 그곳에 있던 마을. 엘리엇이 인용한 부분의 원문은 다음과 같다. "If you have writ your annals true, 'tis there, / That like an eagle in a dovecote, I / Fluttered your Volscians in Corioli. / Alone I did it. Boy!"

타이먼: 나를 다시 찾지 말고, 돌아가 아테네 사람들에게 말해 주시오.
타이먼은 자신이 영원히 기거할 집을
짠물 밀려오는 바닷가 언저리에 마련했다고. . . .*

탁월한 수사는 『안토니와 클레오파트라』에서도 한 차례 확인되는데, 이는 이노바버스가 극적 조명을 받고 있는 클레오파트라에 이끌려 그녀를 응시할 때다.

그녀가 앉아 있는 거룻배는. . . .†

셰익스피어는 마스턴‡을 웃음거리로 만들었고, 존슨은 키드를 웃음거리로 만들었다.§ 하지만 마스턴의 희곡에 담긴 말들은 의미가 없는 공허한 것들이다. 그리고 존슨이 비판하는 것은 무기력하면서도 허세를 부리는 언어일 뿐, 그는 감정도, "웅변"도 비판 대상으로 삼고 있지 않다. 존슨 자신이 웅변적인 극작가였고, 그의 웅변이 성공적인 것이 되는 순간들은 내가 믿기로 우리가 제시한 공식이 그대

---

* 셰익스피어, 『아테네의 타이먼』(*Timon of Athens*, 1607년 초연), 제5막 제1장. 타이먼이 신뢰하는 유일한 친구인 플라비우스와 원로원들이 동굴에서 은거 생활을 하는 그를 찾아와서 아테네로 돌아갈 것을 권유하자, 타이먼이 그들에게 건네는 말. 엘리엇이 인용한 부분의 원문은 다음과 같다. "Come not to me again; but say to Athens, / Timon hath made his everlasting mansion / Upon the beachèd verge of the salt flood. . . ."

† 셰익스피어, 『안토니와 클레오파트라』, 제2막 제2장. 엘리엇이 인용한 부분의 원문은 다음과 같다. "The barge she sat in. . . ." 참고로, 이노바버스는 안토니의 친구.

‡ John Marston (1576-1634): 영국의 극작가이자 시인이며, 풍자작가.

§ 셰익스피어가 마스턴을 웃음거리로 만들었다는 말이 의미하는 바는 확실하지 않지만, 셰익스피어의 『리어 왕』에서 미친 리어 왕이 내뱉는 말 등 그의 대사 가운데 몇 구절이 마스턴의 작품에 나오는 대사를 흉내 낸 것임을 지시하는 것으로 판단됨. 한편, 벤 존슨은 각각 1598년, 1610년, 1614년에 초연된 자신의 희극 작품 『각인각색』(*Every Man in his Humour*), 『연금술사』(*The Alchemist*), 『바톨로뮤 장터』(*Bartholomew Fair*)에서 키드의 『스페인의 비극』을 조롱거리로 삼고 있다.

로 적용되는 순간들이다. 특히 『카틸리나』[*]의 서막序幕에서 실라의 혼령이 이어가는 대사와 『엉터리 시인』[†]의 시작 부분에서 질투[‡]가 이어가는 대사가 그 예에 해당한다. 이들 두 극중 인물은 그들 자신의 극적 중요성을 놓고 상념에 잠기는데, 이를 드러내는 그들의 대사는 상당히 적절한 것이다. 하지만 『카틸리나』에서 원로가 이어가는 대사[§]는 얼마나 지루하고 얼마나 시시한가! 이 부분에서 우리에게 기대되는 것은 다양한 인물들이 등장하는 연극을 관람하는 관객의 위치가 아니다. 말 그대로 억지로 끌려와 자리를 차지하고 있는 연설장의 방청객이기라도 한 양, 변론극辯論劇의 청중 역할이 강요되고 있는 것이다. 극중 대사는 극에 등장하는 다른 인물들을 추측컨대 감동시킬 수도 있는 것과 마찬가지로 관객인 우리를 감동시키려는 의도를 갖고 있는 것처럼 보여서는 결코 안 될 것이다. 왜냐하면, 관객의 위치를 지키는 것이, 또한 상황이 어떻게 돌아가는지를 완벽하게 이해하면서도 항상 바깥쪽에서 지켜보는 관찰자의 역할을 하는 것이 연극 공연장의 관객에게 요구되는 필수 요건이기 때문이다. 『줄리어스 시저』의 극중 장면[¶]이 적절한 것이라면, 그 이

---

* *Catiline*: 벤 존슨이 1848-1849년에 창작한 비극 작품. 원제는 *Catiline His Conspiracy*(『카틸리나, 그의 음모』). "Catiline"는 고대 로마의 정치가인 카틸리나(Catilina, 기원전 108년-기원전 62년)의 영어식 표기. 실라(Sylla)는 고대 로마의 정치가인 술라(Sulla, 기원전 138년-기원전 78년)의 영어식 표기.

† *Poetaster*: 1601년에 초연을 한 벤 존슨의 풍자 희극.

‡ Envy: 일곱 가지 대죄인 오만(pride), 탐욕(greed), 질투(envy), 분노(wrath), 색욕(lust), 식탐(gluttony), 나태(sloth)는 종종 의인화되어 문학 작품에 인물로 등장하기도 했다.

§ 벤 존슨, 『카틸리나』, 제4막 제2장에서 키케로(Cicero)는 공화정 전복을 꾀하려는 카틸리나의 음모를 원로원에서 비판한다.

¶ 셰익스피어, 『줄리어스 시저』(*Julius Caesar*), 제3막 제2장 참조. 여기서 시저를 살해하는 데 가담했던 브루투스가 시저 살해의 정당성을 주장하는 연설을 군중 앞에서 한 뒤, 곧이어 안토니가 시저 살해의 부당성을 밝히는 연설을 한다.

유는 다음과 같다. 즉, 우리에게 주목 대상이 되어야 하는 것은 안토니의 대사 자체 또는 그의 대사가 의도하는 *의미 자체*가 아니라, 폭도들을 향해 안토니가 건네는 대사의 효과, 안토니의 의도, 연설을 위한 안토니의 준비와 자신의 연설이 얼마나 효과적인가에 대한 그의 의식이기 때문이다. 아울러, 앞서 인용한 바 있는 셰익스피어의 수사적 대사들을 통해 극중 인물이 어떤 각도에서 자기 자신을 바라보고 있는가를 주목하는 가운데, 우리는 이처럼 우리에게 필요한 유리한 입장에 서서 새로운 단서—즉, 극중 인물에 대한 이해에 필요한 새로운 단서—를 획득하게 된다. 하지만, 극 *안쪽의* 인물이 우리에게 직접 호소할 경우, 우리는 우리 자신의 감상感傷에 희생물이 되거나, 또는 유해한 수사 앞에 있는 그대로 노출된다.

이 같은 전거들은 코[鼻]에 관한 시라노의 대사가 적절한 것임을 뒷받침하는 증거를 마땅히 제공해야 할 것이다. 시라노는 정확하게 이 같은 위치에 놓인 존재—낭만적 인물로서, 그리고 극중 인물로서, 자신에 대해 상념을 이어가는 존재—가 아닐지? 극중 인물들이 자신의 역할과 관련하여 드러내 보이는 이 같은 극적 감각은 현대의 극에서 찾아보기 어렵다. 감상적인 극에서 저급한 형태로나마 그러한 극적 감각이 모습을 드러내기도 하는데, 이는 명백히 극중 인물이 행하는 자기 자신에 대한 감상적인 해명을 관객이 받아들이게 하려는 극작가의 의도가 작동할 때다. 현실주의 극에서 우리는 종종 의식적으로 극적인 존재가 되는 일이 극중 인물에게 결코 허용되지 않는 배역들이 있음을 확인한다. 이는 어쩌면 극이 덜 현실적인 것으로 비칠까 하는 두려움에 따른 조처일 것이다. 하지만 실제 삶에서, 우리가 의식적으로 또한 민감하게 즐기는 실제 삶의 수많은 상황에서, 우리는 때로 이 같은 극적 방식으로 우리 자신을 의식한다. 그리고 이 같은 순간들은 극적인 운문韻文에 엄청나게 유용한 것이다. 연기의 극히 일부분에 해당하는 것이 무대 위에서 연출되는 연기인 것이다! 로스탕이 다른 어떤 감각을 지니고 있었는지 또는 없었는지 몰라도, 그는 이 극적 감각을 지닌 극작가였다. 그리고 이 극적 감각이 시라노에게 생명력을 부여하고 있다. 극적 감각은 거의 유머 감각과 동일한 것이기도 하다. (누군가가 자신이 연기를 하고 있는 것으로 의식할 때 무언가 유머 감각에 해당하는 것이 자리를 함께하게 마련이기 때문이다.) 바로 이 감각이 로스탕의 극중 인물들—적어도 시라노—에게 현대의 연극 무대에서 그 사례를 찾아보기 어려운 흥취를 부여한다. 의심할 바 없이, 로스탕의 극중 인물들은 그의 이러한 극적 감각에 부응하여 지나칠 정도로 굴곡 없이 착실하게 맡은 바 역할을 수행한다. 우리는 이 사실을 정원에서 이루어지는 시라노의 연애 장면들에서 감지할 수 있는데, 이와는 달리 로스탕보다 심오한 통찰력을 소유한 극작가인 셰익스피어는 『로미오와 줄리엣』에서 그가 창조한 연인들이 그네들의 고립된 자아의 경계를 벗어나 비논리적인 무의식 속으로 녹아드는 것을 보여 줄 뿐 아니라, 자신이 무엇인지를 망각하는 과정의 인간 영혼을 보여 준다. 로스탕은 그렇게 할 수 없었다. 하지만 코에 대한 시라노의 대사와 같은 특정한 경우에서만큼은 극중 인물도, 상황도, 사건도 완벽한 조합을 이루어 서로 아주 잘 어울린다. 이러한 조합의 결과로 생성된 시라노의 장광설은 진정으로 또한 고도로 극적이다. 이는 또한 아마도 시로 여겨질 수도 있을 것이다. 만일 작가에게 그와 같은 장면을 창작해 낼 능력이 없다면, 그의 시극은 그만큼 더 형편없는 것이 될 것이다.

이 같은 장면들이 시극의 요건을 충족시키는 것이라는 관점에서 보는 한, 『시라노』는 요건에 부합하는 시극 작품이다. 시극은 진정하고도 실체가 있는 인간의 감정들을, 관찰을 통해 확인할 수 있는 전형적인 인간의 감정들을 다루어야 하며, 또한 그런 인간의 감정들에 예술적 형식을 부여해야 한다. 어느 수준까지 추상화할 것인가는 개개의 극작가가 어떤 방법을 동원하는가의 문제일 것이다. 셰익스피어의 경우, 예술적 형식은 개별 장면들의 통일성뿐만 아니라 작품 전체의 통일성의 측면에서 결정된 것이다. 이는, 로스탕이 보여주듯, 작품 전체의 측면에서는 아니더라도 적어도 개별 장면들의 측면에서 이 같은 통일성을 획득하기 위해 동원되는 그 무언가다. 극작가로서만이 아니라 시인으로서도 그는 마테를링크보다 한 수 위인 사람인 것이다. 마테를링크의 극은 극적인 것이 되는 데 실패하고 있을 뿐만 아니라, 시적인 것이 되는 데도 실패하고 있다. 마테를링크는 극적인 것에 대한 문학적 인식과 시적인 것에 대한 문학적 인식을 동시에 소유하고 있는 사람으로, 양자의 결합을 시도한다. 하지만, 로스탕의 작품에서 이따금 이루어지고 있는 것과 달리, 마테를링크의 작품에서는 양자의 완벽한 혼융이 이루어지고 있지 않다. 그의 극중 인물들은 자신들에게 주어진 역할에서 의식적으로 즐거움을 찾지 못한 채, 다만 감상적일 뿐이다. 로스탕은 감정의 표현에 무게 중심을 드리우고 있을 뿐, 마테를링크와 같이 표현이 불가능한 감정에 무게 중심을 드리우고 있지 않다. 몇몇 작가들은 감정들이란 명확히 묘사하지 않은 채 막연한 상태로 남겨 두어야 효과적으로 강렬성을 획득할 수 있다고 믿는 것처럼 보인다. 아마도 감정이란 한낮의 환한 햇빛을 견디어야 할 만큼 충분히 의미심장한 것이 아니라고 생각하는지도 모른다.

어떻든, 우리는 우리 나름의 선택을 해야 한다. 우리는 “수사”라는 용어를 내가 예로 들어 제시한 유형의 극적 대사에 적용할 수 있음을 인정하고, 이는 형편없는 것뿐만 아니라 훌륭한 것도 아우르는 용어임을 인정해야 한다. 아니면, 이런 유형의 대사를 수사에서 제외하는 쪽을 선택할 수도 있겠다. 그 경우, 우리는 수사란 장식적인 것이거나 과장된 어법에 불과한 것—즉, *무언가 특정한 효과를 노린 것이 아니라* 다만 일반적으로 인상적인 것을 전달하기 위한 것—이라고 말하지 않을 수 없다. 하지만, 이런 입장을 선택한다고 해서, 우리는 이를 형편없는 모든 글을 포괄하는 용어로 사용되도록 내버려 두어서는 안 된다.

크리스토퍼 말로우의 무운시에 대한 몇몇 단상

"말로우는 단도에 찔려, 저주의 말을 내뱉으면서 죽음을 맞이했다."[*]

누구보다 더 다정한 친구와도 같은 비평가 A. C. 스윈번 씨는 말로우에 대해 다음과 같이 평한 바 있다. "영국 비극의 아버지이자 영국 무운시無韻詩의 창시자인 이 시인은 그러므로 셰익스피어의 스승이자 인도자이기도 했다."[†] 이 문장에는 두 개의 오도된 가정과 두 개의 오도된 결론이 담겨 있다. 키드는 말로우와 마찬가지로 "비극의 아버지"라는 영광의 칭호를 누릴 자격을 갖춘 사람이다. 한편, 서리[‡]는 "무운시의 창시자"라는 영광의 칭호를 누리기에 한층 더 제대로 자격을 갖춘 사람이다. 아울러, 셰익스피어는 그

---

* Christopher Marlowe, *The Works of Christopher Marlowe*, Alexander Dyce 편집 (London, George Routledge & Sons, 1876), xxxiii쪽. 엘리엇이 인용한 부분의 원문은 다음과 같다. "Marloe was stabd with a dagger, and dyed swearing."

† Algernon Charles Swinburne, *Contemporaries of Shakespeare*, Edmund Gosse & Thomas James Wise 편집 (London: William Heinemann, 1919), 3쪽. 엘리엇이 인용한 부분의 원문은 다음과 같다. "[T]he father of English tragedy and the creator of English blank verse was therefore also the teacher and the guide of Shakespeare."

‡ 「미완의 비평가들」에서 거론한 바 있는, 영국의 무운시 창시자로 일컬어지는 서리 백작 헨리 하워드(Henry Howard, Earl of Surrey).

의 선배들이나 동료들 가운데 어느 한 사람만의 가르침이나 인도를 받은 사람이 아니다. 스윈번 씨가 내린 판단 가운데 덜 의심스러운 것이 있다면, 이는 말로우가 이후의 연극에 강력한 영향력을 행사했다는 점이다. 비록 그가 키드만큼 위대한 극작가는 아니었지만 말이다. 아울러, 말로우가 몇 가지의 새로운 시적 어조를 무운시 형식에 도입했다는 점 및 각운 처리가 된 운문의 리듬으로부터 무운시를 점점 더 멀어지게 하는 분열 과정을 시작했다는 점도 덜 의심스러운 판단에 해당한다. 이와 함께, 셰익스피어가 특히 초기에 상당히 자주 그러했듯 말로우의 작품에서 차용했을 때, 그렇게 해서 창작된 셰익스피어의 작품은 말로우의 것에 비해 무언가 열등한 것 또는 상이한 것이었다는 점도 그가 내린 판단 가운데 덜 의심스러운 것이다.

다양한 시대를 걸쳐 이루어진 영문학의 운문화 과정에 대한 비교 연구는 기록되지 않은 역사의 거대한 영역을 헤매는 일이나 다름없다. 무운시에 대한 연구만 하더라도 이는 무언가 진기한 결론이 도출될 수도 있는 영역이다. 내가 믿기로는, 이에 대한 연구가 셰익스피어의 생존 당시에 무운시가 한층 더 고도로 발달했음을, 그 이후에 이 형식이 제공했던 것보다 한층 더 다양하고 한층 더 강렬한 예술-감정을 전달하는 수단으로 변모했다는 결론이 도출될 수도 있을 것이다. 아울러, 밀턴에 의해 무운시의 만리장성이 축조된 뒤에는 이 시 형식이 체포와 구금이라는 수난을 겪어야 했을 뿐만 아니라 퇴행 과정을 거쳐야 했다. 예컨대, 이 형식에 대한 어떤 특정 차원의 운용 면에서 신기神技에 가까운 대가의 경지에 이르렀던 테니슨의 무운시는 셰익스피어 당대의 시인들 대여섯 명의 작품보다 덜 세련된 것이다. 이렇게 말한다 해서, "거칠다"거나 기교의 면에서 덜 완벽하다는 뜻은 *아니다*. 여기서 덜 세련되었다고 함은 복잡하고 미묘하면서도 놀라운 감정을 표현하는 능력이 떨어진다는 뜻에서 하는 말이다.

보존할 가치가 있는 무운시를 써 온 사람이라면 그가 누구든 특정한 자신의 운문체가 아니라면 누구의 운문체로도 결코 만들어 낼 수 없는 특정한 어조를 선보여 왔다. 우리가 누군가의 "영향"이나 누군가에게 진 "빚"에 대해 말할 때는 바로 이 점을 잊어서는 안 된다. 셰익스피어는 다른 누구보다도 이러한 특유의 어조들을 한층 더 많이 소유하고 있기 때문에, (당신이 원한다면) 그를 "보편적"인 시인이라고 할 수도 있겠다. 하지만 그런 어조들은 모두 한 사람에게서 나온 것이다. 그런데 한 사람은 한 사람 이상일 수 없다. 어쩌면, 대여섯 명의 셰익스피어가 동시에 존재했었는지도 모른다. 그들 사이에 영유권 확보를 놓고 그 어떤 갈등도 없는 상태에서 말이다. 그리하여, 다른 사람들 누구에게도 거의 아무런 몫도 남겨 놓지 않은 채 셰익스피어가 거의 모든 인간의 감정을 표현했다는 평가도 가능할 수 있겠다. 하지만 이런 주장은 예술과 예술가들에 대한 극단적 오해를 드러내는 것일 뿐이다. 이 같은 오해가 일언지하에 부정되었을 때조차, 이런 오해로 인해 우리는 셰익스피어와 동시대를 산 사람들의 운문이 갖는 고유한 특성을 찾고 확인하는 데 우리가 쏟아야 할 주의력과 정성을 소홀히 하는 쪽으로 이끌릴 수도 있다. 무운시의 발달은 아마도 산업 현장에서 생산되는 놀라운 물질인 콜타르*를 분석하는 일에 비유될 수도 있을 것이다. 말로우의 운문은 무

* 콜타르는 석탄을 건류하는 과정에 생성되는 물질로, 이를 다시 증류하여 다양한 화학적 합성물질(synthetic material)을 얻어낼 수 있다. 여기서 엘리엇은 무운시의 발전 과정을 콜타르 증류 과정에 빗대어 논의하고 있다.

운시 발달 과정의 초기에 파생된 것으로, 어느 정도 시간이 지난 후에 분화나 합성의 과정을 통해 얻어진 것으로 확인되는 그 어떤 무운시에서도 되풀이해 검출되지 않는 그 자신만의 특질을 소유하고 있다.

말로우의 시대 및 셰익스피어의 시대의 "문체상의 악덕들"이라는 말은 그 시대의 수많은 악덕을, 아마도 모든 작가가 너나없이 공유하고 있지는 않았던 것으로 추정되는 다양한 악덕들을 총칭해서 언급할 때 편리하게 동원되는 표현이다. 이와 관련하여, 적어도 말로우의 "수사"는 셰익스피어의 "수사"와 같지 않은 것, 또는 성격상 같지 않은 것이라고 말하는 것이 타당할 것이다. 아울러, 말로우의 수사가 본질적으로 거드름을 피우는 위압적인 논쟁꾼의 상당히 단순한 과장으로 이루어진 것이라면, 셰익스피어의 수사는 좀 더 정확하게 말해 일종의 문체상의 악덕이라고 할 수 있는 것이다. 여기서 문체상의 악덕이라 함은, 이미지들 창조의 과정에 셰익스피어가 동원한 왜곡되고 삐뚤어진 말재간, 상상력을 집중케 하는 대신 흐트러뜨리는 말재간, 그러니까 말로우에게는 손길을 뻗히지 않았던 요인들의 영향을 부분적으로 반영하는 그 특유의 말재간을 말한다. 이제 말로우의 악덕과 관련하여 우리에게 확인되는 바를 말하자면, 그의 악덕은 점차 줄어들었고, 심지어 미덕으로 바뀌는 한층 더 기적적인 일까지 일어나기도 했다. 아울러, 급류와도 같이 흘러 넘치는 상상력을 지닌 이 시인은 자신의 시편들 가운데 (또한 다른 한두 시인의 시편들 가운데) 무엇이 최상의 것들인가를 수도 없이 감지했음을, 이를 기억 속에 보관했다가 적어도 한 번 이상 재창출하는 과정을 거쳤음을, 그리고 그 과정에 얻은 재창출물은 거의 예외 없이 이전 것들보다 나은 것이 되었음을 우리는 확인할 수 있다.

이 같은 재창출물 가운데 몇몇 사례는 특히 주목할 만한 가치가 있다. 왜냐하면, 일반적으로 사람들이 생각하는 것과는 다소 달리, 말로우가 신중하고도 의식적인 장인匠人이었음을 증명해 주기 때문이다. J. G. 로벗슨* 씨는 말로우가 스펜서†의 작품에서 일부를 훔쳤다는 흥미로운 사실을 지적한 바 있다. 문제가 되는 스펜서의 시 구절(『요정 여왕』의 제1권 제7번 칸토 제32연)은 다음과 같다.

> 눈부시고 찬란한 꽃들로 절묘하게 장식이 된
> 　푸르른 셀리니스의 산 정상에 오로지 홀로
> 드높이 자리하고 있는 아몬드 나무와도 같이.
> 　하늘 아래서 부는 모든 미세한 바람에 온통
> 부드러운 머리타래를 가늘게 떠는 아몬드 나무와도 같이.‡

그리고 이에 상응하는 말로우의 시 구절(『탬벌레인 대제』의 제2부 제4막 제3장)을 살펴보자면,

> 비너스의 이마보다 더 희디흰 꽃들로

---

* 여기서 엘리엇이 거명하고 있는 사람은 "J. G. 로벗슨"인데, 이는 영국의 저널리스트이자 문학비평가인 "J. M. 로벗슨"(J[ohn] M[acKinnon] Robertson, 1856-1933)을 잘못 표기한 것이다. 엘리엇이 여기서 문제 삼고 있는 것은 J. M. 로벗슨, 『엘리자베스 시대의 문학』(*Elizabethan Literature* [London: Williams & Nogate, 1914]), 78쪽 이하의 내용이다. 엘리엇의 실수는 당대의 저명한 독문학자인 J. G. 로벗슨(J[ohn] G[eorge] Robertson, 1867-1933)의 이름을 잘못 떠올린 것에 따른 것으로 추측된다.

† Edmund Spenser (1552-1599): 영국의 시인. 여기서 논의 대상이 되고 있는 시 『요정 여왕』(*Faerie Queene*, 1590)은 그의 대표작.

‡ 인용 시구의 원문 첫 행을 현대 영어로 옮기면, 'Like an almond tree mounted high.' 한편, 셀리니스(Selinis)와 다음 인용의 셀리누스(Selinus)는 철자가 다르지만, 둘 다 동일하게 시실리 섬에 있던 고대 도시를 가리키는 지명. 엘리엇이 인용한 부분의 원문은 다음과 같다. "Like to an almond tree y-mounted high / On top of green Selinis all alone, / With blossoms brave bedeckèd daintily; / Whose tender locks do tremble every one / At every little breath that under heaven is blown."

절묘하게 장식이 된 늘 푸른 셀리너스의
우뚝 솟아 있는 거룩한 산의 정상에
드높이 자리하고 있는 아몬드 나무와도 같이,
하늘을 가로질러 부는 모든 미세한 바람에 온통
부드러운 꽃들을 가늘게 떠는 아몬드 나무와도 같이.*

이는 말로우의 재능이, 대부분의 다른 시인들의 재능이 그러하듯, 부분적으로 여러 요소를 합성하여 하나로 만드는 능력에 있음을 보여 준다는 점에서 흥미로울 뿐만 아니라, 『탬벌레인 대제』에서 감지되는 몇몇 특별한 "서정적" 효과—말로우의 다른 희곡 작품에서 확인이 되지 않을 뿐만 아니라, 내가 믿기로는 다른 누구의 작품 어디서도 확인이 되지 않는 그런 효과—를 이해하는 데 단서를 제공하는 것처럼 보인다는 점에서도 또한 흥미롭다. 『탬벌레인 대제』의 제2부 제2막 제4장에 나오는 제노크레이트에 대한 탬벌레인의 찬사를 그 예로 제시할 수 있다.

이제 하늘의 담장들 위로 천사들이 걷고 있도다,
천상의 여인 제노크레이트에게 즐거움을 선사하도록
불멸의 영혼들에게 경고하는 파수꾼이 되어. . . .†

이는 스펜서 특유의 가락이 아니지만, 스펜서의 영향이 여기서

---

* 이 시구의 원문에서 'Erycina'는 희랍 신화의 아프로디테 또는 로마 신화의 비너스. 엘리엇이 인용한 부분의 원문은 다음과 같다. "Like to an almond tree y-mounted high / Upon the lofty and celestial mount / Of evergreen Selinus, quaintly deck'd / With blooms more white than Erycina's brows, / Whose tender blossoms tremble every one / At every little breath that thorough heaven is blown."

† 엘리엇이 인용한 부분의 원문은 다음과 같다. "Now walk the angels on the walls of heaven, / As sentinels to warn th' immortal souls / To entertain divine Zenocrate. . . ."

감지됨에는 틀림없다. 말로우 이전에는 그 어떤 위대한 무운시도 존재하지 않았지만, 바로 이 위대한 운율의 대가가 말로우에 바로 앞서 출현하여 강력한 영향력을 행사하고 있었던 것이다. 그리고 양자의 결합은 결코 다시는 되풀이될 수 없었던 결과를 낳았다. 내 생각으로는 필*이 여기서 어떤 영향력을 발휘했다는 식의 주장은 적절치 않아 보인다.

여기에 인용된 스펜서의 시구는 또 다른 측면에서 흥미로운 것이다. 위에 인용한 말로우의 시구에서

> 비너스의 이마보다 더 희디흰 꽃들로

는 말로우가 기여한 부분이다. 이 구절을 말로우가 남긴 다음 구절들과 비교해 보기 바란다.

> 나의 사랑도 그녀의 이마에 [나의 승리에 따른 정벌과 전리품의]
>   그림자를 드리우고 있어 보이도다
>
> —『탬벌레인 대제』

> 피라미드들의 그림자와도 같이
>
> —『탬벌레인 대제』†

* 「시극의 가능성」에서 거론한 바 있는 조지 필(George Peele). 여기서 엘리엇이 갑작스럽게 필을 언급하는 이유는, 로벗슨이 『엘리자베스 시대의 문학』(*Elizabethan Literature*, 1914)의 79쪽에서 말로우가 필의 영향을 받았을 수도 있었다는 암시를 하고 있기 때문이다.

† 두 인용 가운데 전자는 『탬벌레인 대제』, 제1부 제5막 제2장 제450행을 이루는 탬벌레인의 대사이며, 후자는 같은 작품 제1부 제4막 제2장 제103행을 이루는 탬벌레인의 대사. 앞선 인용의 괄호 안에 첨가한 부분은 이해의 편이를 위해 이어지는 451행의 시행("Triumphs and trophies for my victories")에 담긴 내용을 보충한 것임. 작품의 행에 이르기까지의 인용 부분에 대한 전거典據는 Marlowe, *Tamburlaine the Great in Two Parts*, U. M. Ellis-Fermor 편집 (New York: Gordian Press, 1966)으로, 이 작품에 대한 앞으로의 전거는 이에 준할 것임. 엘리엇이 인용한 부분의 원문은 각각 다음과

그리고 최종적인 것이자 최상의 재창출물을 소개하자면 다음과 같다.

> 사랑의 여왕의 희디흰 가슴이 지니고 있는 것보다도
> 그네들의 맑은 이마에 더 많은 아름다움의 그림자를 드리우고 있나니.
> —『파우스투스 박사』*

이를 스펜서의 『요정 여왕』에 담긴 다음 시구와 다시금 비교해 보기 바란다.

> 그녀의 눈꺼풀 위에는 수많은 우아함이 자리하고 있었고,
> 그녀의 고른 이마의 그림자 아래에도 자리하고 있었나니. . . .†

로벗슨 씨에 의하면, 스펜서는 이와 유사한 표현을 다른 세 곳에서 더 동원하였다고 한다.

이러한 언어 표현상의 절약은 말로우의 작품에서 빈번하게 확인된다. 『탬벌레인 대제』 안에서 이는 단일 어조의 낱말을 반복해서 사용하는 형태로 이루어지고 있는데, 특히 울림이 깊은 이름들을 솜씨 있게 사용함으로써 그 효과를 얻고 있다. (아마도 동일한 어조의 효과를 갖는 "카스피아"[Caspia]와 "카스피안"[Caspian]과 같

같다. (1) "So looks my love, shadowing in her brows"; (2) "Like to the shadows of Pyramides."

* 말로우, 『파우스투스 박사의 비극』(*The Tragedy of Doctor Faustus*, 1592년 초연), 제1장 제127-128행. 엘리엇은 이 작품을 『파우스투스 박사』로 약칭하고 있다. 작품의 행에 이르기까지의 인용 부분에 대한 전거는 Marlowe, *The Tragedy of Doctor Faustus*, Israel Gollancz 편집 (London: J. M. Dent & Co., 1897)으로, 이 작품에 대한 앞으로의 전거는 이에 준할 것임. 엘리엇이 인용한 부분의 원문은 다음과 같다. "Shadowing more beauty in their airy brows / Than have the white breasts of the queen of love."

† 스펜서, 『요정 여왕』, 제2권 제3번 칸토 제25편 제1-2행. 엘리엇이 인용한 부분의 원문은 다음과 같다. "Upon her eyelids many graces sate / Under the shadow of her even brows. . . ."

은 표현들을 되풀이해 사용하는 것이 그 사례가 될 것이다.) 이 같은 언어 구사 방식을 말로우에 이어 밀턴이 시도하기도 했는데, 이는 말로우 자신이 작가로서의 성장 과정에 벗어던진 것이기도 하다. 아무튼, 다시 다음의 시구를 주목하기 바란다.

> 주피터의 사랑보다 더 사랑스러운 제노크레이트여,
> 은빛 로도프 산보다도 더 밝고 환한 제노크레이트여. . . .*

이 시구는 후에 다음의 시구와 상응 관계를 이룬다.

> 살아 있는 소녀들 가운데 가장 사랑스러운 제노크레이트,
> 진주와 보석의 원석들보다도 더 아름다운 제노크레이트여. . . .†

말로우는 한 행을 개작함으로써 당당한 승리와도 같은 성공을 거두기도 한다.

> 그리고 창공에 검은 깃발들을 여울져 휘날리게 하세
>
> —『탬벌레인 대제』‡

이 구절은 다음과 같은 구절로 바뀌고 있는 것이다.

---

* 말로우, 『탬벌레인 대제』, 제1부 제1막 제2장 제87-88행. 탬벌레인이 제노크레이트에게 건네는 대사의 일부. 로도프(Rhodope)는 발칸 반도 동부 지방에 있는 산맥으로, 여기서는 눈으로 덮인 산들의 정상을 지시한다. 엘리엇이 인용한 부분의 원문은 다음과 같다. "Zenocrate, lovlier than the love of Jove, / Brighter than is the silver Rhodope. . . ." 이 인용의 "lovlier"→"lovelier."

† 말로우, 『탬벌레인 대제』, 제1부 제3막 제3장 제117-118행. 탬벌레인이 제노크레이트에게 건네는 대사의 일부. 엘리엇이 인용한 부분의 원문은 다음과 같다. "Zenocrate, the lovliest maid alive, / Fairer than rocks of pearl and precious stone." 이 인용의 "lovliest"→"loveliest."

‡ 「미완의 비평가」에서 이미 인용했던 구절로, 이를 통해 병들어 죽음을 앞둔 탬벌레인이 신들과의 전쟁조차 불사하지 않겠다는 의지를 드러내는 대사의 일부이다. 『탬벌레인 대제』 제2부 제5막 제3장 제49행. 엘리엇이 인용한 부분의 원문은 다음과 같다. "And set black streamers in the firmament."

보라, 보아라, 예수의 보혈이 창공에 여울져 흐르는 저곳을

—『파우스투스 박사』*

『탬벌레인 대제』의 운문적 위업은 명백히 두 가지 측면으로 요약될 수 있다. 말로우가 스펜서의 운율을 무운시 안에 도입하고 있다는 점이 하나이고, 행 단위의 휴지休止에 맞서 문장 단위의 휴지를 강화함으로써 새로운 추진력을 확보하고 있다는 점이 다른 하나다. 저 유명한 두 편의 독백 "네 가지 요소로 이루어진 자연"†과 "그렇다면, 아름다움이란 무엇인가, 나의 고통이 묻는구나"‡에서 확인할 수 있듯, 행에서 행으로 연속 이어지면서 빠른 속도로 진행되는 기다란 문장은 일종의 극적인 변화를 나타내는 것으로, 말로우의 무운시는 압운押韻을 갖춘 이행연구二行聯句§라는 구속으로부터의 확실한 탈출을 의미한다. 아울러, 이는 후에 테니슨이 복귀를 시도한 바 있는 서리의 애가哀歌(elegy)적인 또는 다소 전원시田園詩(pastoral)적인 정조로부터의 탈출을 의미한다. 만일 당신이 위에서 거론한 말로우의 두 독백과 그와 동시대인이면서 더할 수 없이 위대한 시인이었던 키드—결코 경멸스러운 엉터리 시인이 아니었던 키드

---

* 말로우, 『파우스투스 박사』, 제19장 제135행. 파우스투스 박사의 독백에 담긴 구절. 엘리엇이 인용한 부분의 원문은 다음과 같다. "See, see, where Christ's blood streams in the firmament!"

† 여기서 엘리엇이 인용한 영어 표현은 "Nature compounded of four elements"로, "네 요소로 이루어진 자연"으로 번역하기로 한다. 하지만 이 같은 표현은 현재 출간된 『탬벌레인 대제』의 어떤 판본에서도 확인되지 않는다. 추측건대, 엘리엇이 염두에 두었던 것은 "Nature, that fram'd us of four elements"(네 가지 요소로 우리를 빚어낸 자연)이라는 구절(『탬벌레인 대제』, 제1부 제2막 제7장 제18행)이 담긴 저 유명한 탬벌레인의 독백일 것이다.

‡ 말로우, 『탬벌레인 대제』, 제1부 제5막 제2장 제97행. 엘리엇이 인용한 부분의 원문은 다음과 같다. "What is beauty, saith my sufferings, then?"

§ 압운을 갖춘 이행연구: rhymed couplet. 이행연구는 동일 길이의 두 행에 하나의 생각을 담아야 한다. 즉, 몇 겹의 제약이 따르는 것이 rhymed couplet.

—의 운문과 비교하면, 말로우에 의해 시도된 혁신이 얼마나 중요한 것인지를 감지하게 될 것이다.

> [두 악당 가운데] 하나는 은신처로 도망갔다가 쫓겨난 뒤,
> 섭정 어르신께서 잠들어 계신 곳 그리니치를 향해
> 가던 도중, 서더크에서 살해당했습니다.
> 블랙 윌은 플러싱에서 처형대에서 화형에 처해졌고,
> 그린은 켄트의 오스브리지에서 교수형에 처해졌지요. . . .*

---

* 『피버샴의 아든』(*Arden of Feversham*, 1592년 첫 출간), 제5막 제6장 제3-7행. 이는 작가 미상의 희곡으로, 키드, 말로우, 셰익스피어가 원작자라는 설이 있다. 최근의 컴퓨터 프로그램을 이용한 연구에 따르면, 셰익스피어와 익명 작가의 공동 작품으로 추정된다고 한다. 하지만 이는 추정일 뿐이다. 아무튼, 영향력 있는 19세기의 셰익스피어 학자인 프레드릭 가드 플리(Frederick Gard Fleay, 1831-1909)와 같은 이들은 이 작품을 키드의 것으로 추정해 왔는데, 엘리엇은 그런 견해를 따르고 있는 것처럼 보인다. 위의 인용에 담긴 내용을 이해하기 위해서는 1550년대에 벌어졌던 유명한 살인 사건에 대한 설명이 요구된다. 튜더 왕조 시대인 1500년대에 켄트의 피버샴이라는 마을에 토머스 아든(Thomas Arden)이라는 상인이 살고 있었다. 그런데 그 상인의 아내가 정부情夫와 모의하여 남편인 그를 살해하려 한다. 그들은 아든에게 평소 앙심을 품고 있던 그린(Greene)이라는 자 등등과 짜고, 여러 차례 아든에 대한 살해 기도를 하지만 실패한다. 그리고 마침내 그들이 고용한 블랙 윌(Black Will)과 조지 셰익백(George Shakebag)이라는 불한당에 의해 1551년 2월 14일에 아든이 살해된다. 하지만 곧 사건의 전모가 밝혀지고, 아든의 아내는 화형에, 그의 정부는 교수형에 처해진다. 블랙 윌도 플랜더스 지방으로 도주했다가 붙잡혀 화형에 처해지고, 그동안 음모에 가담했던 그린 등 여러 사람이 차례로 교수형에 처해진다. 하지만 셰이크백은 탈출한 이후 끝내 행방이 묘연해진 것으로 이야기되기도 하나, 『피버샴의 아든』에서나 이 사건에 관한 민요에서 그는 런던에 그리니치로 가던 도중 서더크에서 살해되었다고 한다. 여기에 인용한 부분은 극의 마지막에 이르러 아든의 친구인 프랭클린이 관객을 향해 사건의 결말에 대해 이야기하는 대사의 일부다. 그의 이야기에 등장하는 섭정(the Lord Protector)은 서머세트 공작인 에드워드 세이무어(Edward Seymour)를 말하며, 그는 1547년에서 10살의 나이로 등극한 에드워드 6세의 섭정이 되어 1549년까지 그 역할을 수행했으며, 52세가 되던 1552년 1월에 사망했다. 엘리엇이 인용한 부분의 원문은 다음과 같다. “The one took sanctuary, and, being sent for out, / Was murdered in Southwark as he passed / To Greenwich, where the Lord Protector lay. / Black Will was burned in Flushing on a stage; / Green was hanged at Osbridge in Kent. . . .”

이는 다음 시구에 비해 그다지 열등한 것이 아니다.

> 그리하여 네 사람이 살았다네,
> 한 집 안에서 모두 함께. 그리고 세월이
> 흐르자 메어리는 새로 짝을 찾았지만,
> 도라는 살아생전 독신으로 세월을 보냈다네.
>
> —테니슨, 「도라」*

말로우는 『파우스투스 박사』에서 혁신의 발걸음을 더 멀리 내딛었다. 그는 대사의 극적 강도를 높이기 위해 마지막 독백†에서 한 행을 둘로 나누었고, 파우스투스와 악마 사이의 대화에서 새롭고도 중요한 대화체 어조를 선보이기도 했다. 그의 『에드워드 2세』‡에 대한 사람들의 관심은 결여된 적이 없이 언제나 여일如一하였기에, 이에 대한 논의를 생략하기로 하자. 넓지 않은 지면임을 감안하여, 그 작품에 대해 논의하기보다는 오해의 대상이 되어 왔던 한 편

---

* 테니슨의 「도라」("Dora")는 171행으로 이루어진 이야기체 장시로, 농부 앨런(Allan)과 그의 아들인 윌리엄(William)의 갈등을 소재로 하고 있다. 앨런은 자신이 친딸처럼 키운 조카 도라(Dora)와 자신의 아들 윌리엄의 결혼을 바라지만, 윌리엄은 아버지의 뜻을 거스른다. 이에 집에서 쫓겨난 윌리엄은 메어리(Mary)라는 여자와 결혼하여 아들을 갖게 되지만, 아들아이가 다섯 살일 때 뜻밖의 죽음에 이른다. 윌리엄에 대한 사랑을 마음 깊이 간직하고 있던 착한 마음씨의 도라는 그가 살아 있을 때도 남몰래 그의 가족을 도왔지만, 이제 그가 세상을 떠나자 삼촌인 앨런과 사촌인 윌리엄이 남긴 가족 사이의 화해에 힘쓴다. 하지만 분노한 앨런은 자신의 손자만을 받아들이고 도라마저 집에서 쫓아낸다. 집에서 쫓겨난 도라는 메어리를 찾아가고, 둘은 앨런의 마음을 돌리기 위해 그의 집을 찾는다. 그런데 앨런은 손자 때문에 이미 노여움이 풀려 있고, 아들을 집에서 쫓아냈던 것에 대해 후회의 마음을 보이기도 한다. 인용된 이 시의 마지막 4행은 그 이후 그들의 삶을 요약해서 보여 준다. 엘리엇이 인용한 부분의 원문은 다음과 같다. "So these four abode / Within one house together; and as years / Went forward, Mary took another mate; / But Dora lived unmarried till her death."

† 파우스투스 박사의 마지막 독백은 극의 19장 122행 이하에서 확인할 수 있음.

‡ *Edward II*: 말로우의 극작품으로, 1592년에 초연.

의 작품과 그릇된 평가 절하의 대상이 되어 왔던 또 한 편의 작품에 대해 언급하는 것이 더 바람직할 것이다. 문제 삼고자 하는 작품은 『몰타의 유태인』과 『카르타고의 여왕, 디도』[*]다. 이들 가운데 전자의 경우, 마지막을 이루는 제5막, 심지어 제4막과 제5막은 앞의 제1막, 제2막, 제3막에 상응할 만큼의 가치를 지닌 것이 아니라는 평가가 항상 사람들의 입에 오르내리고 있다. 만일 『몰타의 유태인』을 비극 또는 "피의 비극"으로 받아들이지 않고 소극笑劇(farce)으로 여긴다면, 극의 마지막 부분은 이해 가능한 것이 될 것이다. 아울러, 우리가 만일 이 작품을 이루는 운문에 주의 깊게 귀 기울인다면, 우리는 말로우가 이 소극에 어울리는 어조를 선보이고 있다는 사실을 확인할 수 있을 것이다. 또한 어쩌면 이는 말로우의 가장 강력하고도 성숙한 어조라는 사실까지도 확인할 수 있을 것이다. 이 자리에서 나는 소극이라는 말을 동원하고 있지만, 쇠약해진 우리 시대의 유머 감각에 비춰보면 이는 잘못 사용된 명칭이다. 이는 옛 영국인들의 유머가 담긴 소극, 끔찍할 정도로 심각한 유머, 심지어 야만적이기까지 한 희극적인 유머가 담긴 소극, 디킨스의 퇴폐적인 천재성을 임종의 자리로 삼아 마지막 숨을 몰아쉬었던 그런 종류의 유머가 담긴 소극인 것이다. 이는 J. M. 배리, 베언스파더 선장,[†] 또는 『펀치』[‡]의 유머와는 아무런 공통점도 지니고 있지 않은 그런 종류의 유머다. 이는 대단히 심각하지만 전혀 종류가 다른 희극 작품인

---

* *Jew of Malta* 및 *Dido, Queen of Carthage*: 각각 1633년과 1594년에 출판된 말로우의 극작품.

† J. M. Barrie (1860-1937), Captain Charles Bruce Bairnsfather (1887-1959: 전자는 스코틀랜드의 소설가이자 극작가로, 저 유명한 "피터 팬"(Peter Pan)의 창작자. 후자는 영국의 유머 작가이자 만화가.

‡ *Punch*: 영국의 유머 및 풍자 전문 주간지. 1841년에 창간되어 150년도 넘은 1992년에 폐간. 그 이후 1996년에 복간되었다가 2002년에 또 다시 폐간됨.

『볼포네』[*]에 담긴 유머이기도 하다.

> 뭣보다 먼저 자네는 이 같은 감정들을 비우게.
> 측은지심, 사랑, 헛된 희망, 소심한 두려움 말이네.
> 어떤 일에도 감동받지 말고, 누구에게도 연민을 갖지 말게. . . .
> 나에 대해 말하자면, 나는 밤중에 나다니다가
> 담 아래서 신음하는 병든 인간들을 죽인다네.
> 때때로 나는 돌아다니다가 우물에 독약을 뿌리기도 하지. . . .[†]

그리고 바라바스가 내뱉는 마지막 말은 이 기괴하기 짝이 없는 희화화를 완결하고 있다.

> 하지만 이제 극심한 열이 나기 시작하여
> 참을 수 없는 통증으로 나를 괴롭히는구나.
> 생명아, 죽어라! 영혼아, 날아가라! 혓바닥아, 저주로 퍼붓고 죽어라![‡]

이는 셰익스피어가 보여 줄 수 없었던 그 무엇이자, 셰익스피어조차 이해할 수 없었을 그 무엇이다.

---

* *Volpone*: 벤 존슨의 극작품으로, 1606년에 첫 출간. '여우'를 뜻하는 "볼포네"는 이 작품의 작중 인물.

† 말로우, 『몰타의 유태인』, 제2막 제3장 제266-268, 273-275행. 작품의 행에 이르기까지의 인용 부분에 대한 전거典據로 사용한 것은 Marlowe, *The Jew of Malta* (ElizabethanDrama.org 제공)으로, 이 작품에 대한 앞으로의 전거는 이에 준할 것임. 위의 인용은 몰타의 유태인 바라바스(Barabas)가 자신의 노예인 이사모어(Ithamore)에게 건네는 말. 엘리엇이 인용한 부분의 원문은 다음과 같다. "First, be thou void of these affections, / Compassion, love, vain hope, and heartless fear; / Be moved at nothing, see thou pity none. . . . / As for myself, I walk abroad o' nights, / And kill sick people groaning under walls: / Sometimes I go about and poison wells. . . ."

‡ 말로우, 『몰타의 유태인』, 제5막 제7장 제144-146행. 바라바스가 죽기 직전에 내뱉는 말. 엘리엇이 인용한 부분의 원문은 다음과 같다. "But now begins th' extremity of heat / To pinch me with intolerable pangs: / Die, life! fly, soul! tongue, curse thy fill, and die!"

『디도』는 급하게 서둘러 창작된 작품 같아 보인다. 아마도 말로우는 앞에 『아에네이드』*를 펼쳐 놓고 주문에 응해 이 작품을 창작했는지도 모른다. 하지만 여기에서조차 진화가 이루어지고 있다. 트로이 약탈에 대한 서술은 말로우 특유의 보다 더 새로운 문체로, 희화화가 막 이루어질 무렵 적절한 순간에 항상 머뭇거림으로써 이를 오히려 강조하는 효과를 확보하는 그런 문체로 이루어져 있다.

> 10년 동안의 전쟁으로 지친 희랍의 병정들이
> 울부짖기 시작했소, "우리를 배로 돌아가게 해 주오,
> 트로이는 난공불락입니다. 우리가 왜 여기에 있어야 하나요?". . . .
>
> 이어서 곧 희랍인들이 성벽 쪽으로 다가왔고,
> 성벽의 갈라진 틈을 통해 거리로 행군해 들어와서,
> 나머지 병사들과 만난 자리에서 "죽여라, 죽여라!"라고 소리쳤소. . . .
>
> 그리고 그에 뒤이어 그를 따르는 미르미돈인人 무리가
> 마구 타오르는 불덩이를 그네들의 살인적인 발톱에 움켜쥔 채. . . .
>
> 마침내 병사들이 그녀의 발을 낚아채어 질질 끌었소,
> 그리고 허공에 대고 소리치는 그녀를 흔들어댔소. . . .
> 우리는 카산드라가 거리에 손발을 벌린 채 누워 있는 것을 보았소.†

* *Aeneid*: 베르길리우스(Vergilius, 영어로 Vergil 또는 Virgil)의 서사시.

† 엘리엇은 『카르타고의 여왕, 디도』에서 트로이의 장군 아에네아스가 디도에게 트로이 함락에 관해 이야기하는 대사에서 다섯 군데를 인용하고 있다. 인용의 출처는 모두 제2막 제1장으로, 각각 제182-184행, 제246-248행, 제276-277행, 제311-312행, 제338행. 작품의 행에 이르기까지의 인용 부분에 대한 전거典據는 Marlowe, *Dido, Queen of Carthage* (ElizabethanDrama.org 제공)으로, 이 작품에 대한 앞으로의 전거는 이에 준할 것이다. 미르미돈인人 무리(band of Myrmidons)는 아킬레스를 따라 트로이 전쟁에 참여한 테살리아의 사람들. 카산드라(Cassandra)는 트로이의 왕 프리아모스(영어 표현으로 Priam)의 딸. 엘리엇이 인용한 부분의 원문을 차례로 열거하면 다음과 같다. (1) "The Grecian soldiers, tir'd with ten years war, / Began to cry, 'Let us unto our ships, / Troy is invincible, why stay we here?'. . . .";

이는 베르길리우스적인 것도, 셰익스피어적인 것도 아니다. 순전히 말로우적인 것이다. 말로우의 『디도』에 나오는 아에네아스의 대사 전체와 『리처드 3세』*에 나오는 클래런스의 악몽을 비교하는 경우, 우리는 말로우와 셰익스피어 사이의 차이와 관련하여 하나의 작은 통찰에 이르게 될 것이다.

> 그대의 거짓 맹세에 대한 그 어떤 천벌을
> 이 암흑의 왕국이 배신자인 그대 클래런스에게 내릴 것인가?†

다른 측면에서 보자면, 여기에는 말로우의 문체로 표현할 수 없는 그 무언가가 존재한다. 해당 구절은 거의 고전적인 간결함, 명백히 단테적인 간결함을 지니고 있다. 아울러, 엘리자베스 시대의 극작가들의 경우에 종종 그러했듯, 말로우의 작품에는 셰익스피어가 수용하여 각색한 구절이 수도 없이 많지만, 다음 예에서 보듯 두 극작가 누구의 손길을 통해서도 나올 수 있었을 법한 구절들도 있다.

> 만일 당신이 남고자 한다면,

---

(2) "By this, the camp was come unto the walls, / And through the breach did march into the streets, / Where, meeting with the rest, 'Kill, kill!' they cried. . . ."; (3) "And after him, his band of Myrmidons, / With balls of wild-fire in their murdering paws. . . ."; (4) "At last, the soldiers pull'd her by the heels, / And swung her howling in the empty air. . . ."; (5) "We saw Cassandra sprawling in the streets. . . ."

* *Richard III*: 셰익스피어의 비극 작품으로, 1592년에서 1594년 사이에 창작.

† 셰익스피어, 『리처드 3세』, 제1막 제4장에서 런던 타워에 감금되어 있는 클래런스 공작(Duke of Clar-ence, 1449-1478)이 악몽에 시달린 뒤에 런던 타워의 감독관에게 건네는 대사에 나오는 말. 극에 의하면, 클라랜스 공작은 왕 에드워드 4세(King Edward IV, 1442-1483)의 동생으로, 자신의 동생인 글로스터 공작(Duke of Gloucester, 1452-1485)—후에 리처드 3세로 왕좌에 오른 인물—의 음모에 의해 런던 타워에 갇히게 되었던 것으로, 후에 그가 보낸 자객에 의해 살해된다. 엘리엇이 인용한 부분의 원문은 다음과 같다. "What scourge for perjury / Can this dark monarchy afford false Clarence?"

뛰어와 내 품 안에 안기세요. 나는 두 팔을 넓게 벌리고 있습니다.
남지 않고 나에게서 떠나고자 한다면, 나도 당신으로부터 돌아서겠습니다.
비록 작별 인사를 나에게 건네고자 하는 마음이 당신에게 있더라도,
나에게는 당신을 머물게 할 힘이 없으니까요.*

하지만, 만일 말로우가 "저주의 말을 내뱉으면서 죽음을 맞이"하지 않았다면, 그의 운문이 나아갔을 방향은 셰익스피어적인 것과 아주 다른 것이 되었을 것이다. 그의 운문은, 몇몇 위대한 회화와 조각이 그러하듯, 희화화와는 다르지 않은 그 무언가를 통해 효과를 획득하는 시를 향해, 이처럼 강렬하고도 진지한 동시에 의심할 바 없이 위대한 시를 향해 여정을 이어갔을 것이다.

---

* 말로우, 『카르타고의 여왕, 디도』, 제5막 제1장 제228-232행. 아에네아스가 자신의 곁을 떠나 이탈리아로 가려는 것을 알고, 디도가 그에게 건네는 대사의 일부. 엘리엇이 인용한 부분의 원문은 다음과 같다. "If thou wilt stay, / Leap in mine arms; mine arms are open wide; / If not, turn from me, and I'll turn from thee; / For though thou hast the heart to say farewell, / I have not power to stay thee."

햄릿과 그의 문제들

거의 모든 비평가들이 극으로서의 『햄릿』이 일차적으로 문제되고 극중 인물로서의 햄릿은 이차적으로 문제될 뿐이라는 점을 인정조차 하지 않으려 한다. 하기야 지극히 위험한 부류의 비평가들에게 극중 인물로서의 햄릿은 유난히 매력적인 대상이어 왔다. 여기서 우리가 말하는 위험한 비평가란 선천적으로 창조적 성향의 정신을 소유하고 있지만, 창조력에 어딘가 약점이 있어서 그의 정신이 창조 작업 대신 비평 작업에 경도하고 있는 비평가를 말한다. 정신적으로 이 같은 성향의 소유자들은 종종 햄릿이라는 극중 인물에서 일종의 대리인, 그네들 자신의 예술적 성취를 대신하여 실현해 줄 대리인을 발견한다. 괴테가 그런 성향의 정신을 소유한 사람으로, 그는 햄릿을 원재료로 삼아 베르테르*를 창조했다. 코울리지 또한 그런 성향의 정신을 소유한 사람으로, 그는 햄릿을 원재료로 삼아 또 한 사람의 코울리지를 창조했다. 추측건대, 이들 두 사람 가운데 누구도 햄릿에 관해 글을 쓰면서 그네들에게 주어진 우선적 과업이 한 편의 예술 작품을 연구하는 일임을 상기하지 못했던 것 같다. 햄릿에 관한 글을 쓰면서 괴테와 코울리지가 펼쳐 보인 비평은 독자들을 극도로 잘못된 방향으로 이끌 수 있는 그런 유

* Werther: 괴테의 작품 『젊은 베르테르의 슬픔』(*Die Leiden des jungen Werthers*, 1774)의 주인공.

형의 비평이다. 왜냐하면, 양자 모두 의심할 바 없이 뛰어난 비평적 통찰력을 소유한 사람들인데다가, 그네들의 창조적 재능이 실현 가능케 한 대체 작업—즉, 셰익스피어의 햄릿을 자기들 자신의 햄릿으로 대체하는 작업—을 통해 그네들의 비평적 일탈을 한층 더 그럴듯한 것으로 만들고 있기 때문이다. 우리는 월터 페이터가 자신의 눈길을 이 극에 집중하지 않았다는 사실에 대해 고마워해야 하는 마음을 가져야 할 것이다.

우리 시대의 두 문필가—J. M. 로벗슨 씨와 미네소타 대학의 스톨* 교수—가 앞서 말한 경향과 반대 반향으로 우리를 인도하고 있다는 점에서 찬양받아 마땅한 조그만 책자를 각각 출간했다. 스톨 씨는 17세기와 18세기 비평가들의 노작勞作으로 우리의 주의를 환기하는 가운데 이 같은 방향 전환에 공헌하는 역을 맡아 하고 있다.†‡ 그는 다음과 같이 자신의 견해를 피력한다.

> 그들은 최근의 햄릿 비평가들보다 심리학에 대해 덜 알고 있었지만, 셰익스피어의 예술에 정신적으로 더 가까이 다가가 있었다. 아울러, 주요 등장인물이 갖는 중요성보다는 작품의 전체적인 효과가 갖는 중요성을 역설하는 가운데, 그들 나름의 구시대적인 방식으로 보편적인 의미에서의 극예술의 비밀에 더 가까이 다가가 있었다.§

---

* Elmer Edgar Stoll (1874-1959): 미국의 비평가이자 셰익스피어 학자.

† 아무튼, 나는 『오셀로』에 대한 토머스 라이머의 부정적 평가와 관련하여 스톨 교수의 논의보다 더 설득력 있는 반론을 본 적이 없다. (엘리엇의 원주)

‡ 엘리엇이 여기에서 언급하고 있는 토머스 라이머(Thomas Rymer, 1641-1713)는 영국의 시인이자 비평가이며 역사학자. 한편, 스톨 교수의 논의는 그의 저서, *Othello: An Historical and Comparative Study* (Minneapolis: U of Minnesota, 1915), 17쪽 이하의 부분을 참조할 것.

§ Elmer Edgar Stoll, *Hamlet: An Historical and Comparative Study* (Minneapolis: U of Minnesota, 1919), 64쪽.

예술 작품 *그 자체로서의* 예술 작품은 해석될 수 있는 성질의 것이 아니다. 해석할 것이 따로 없기 때문이다. 우리는 다만 규범에 의거하여, 다른 예술 작품들과 비교하는 가운데, 이에 대한 비평 작업을 수행할 수 있을 뿐이다. "해석"에 대해 말하자면, 이의 주된 임무는 독자가 모르고 있을 것으로 추정되는 적절한 관련 역사적 사실들을 제시하는 데 있다. 로벗슨 씨가 더할 수 없이 적절하게 지적하고 있듯, 비평가들은 더할 나위 없이 명백한 것일 수밖에 없는 자명한 사실을 무시함으로써 『햄릿』에 대한 "해석"에 실패해 왔다. 그가 지적했듯, 무엇보다 『햄릿』은 다층적 구조물이며, 일련의 사람들이 기울인 노력이 차례로 축적되어 형성된 작품이 어떤 것인가를 보여주는 대표적 사례다. 즉, 이전 시대 사람들의 선행 작업을 놓고 자신이 수행할 수 있는 바를 각자 보탬으로써, 그 결과 우리에게 주어진 작품이 『햄릿』인 것이다. 우리가 셰익스피어의 『햄릿』을 셰익스피어의 의도에 따라 극의 전체적 행동이 짜이고 구성된 것으로 다루는 대신, 한층 덜 정제된 미완의 자료들 위에 그가 덧씌워 놓은 작품—최종 형태의 작품에까지 여전히 지워지지 않은 채 덜 정제된 선행 자료들의 흔적이 남아 있는 작품—으로 보면, 그의 『햄릿』은 우리에게 전과 아주 다른 작품으로 보이게 될 것이다.

우리는 셰익스피어의 『햄릿』에 앞서는 극작품*이, 토머스 키드라는 (시적인 면에서는 어떨지 모르지만) 극적인 면에서 비범한 천재

* 로벗슨의 다음 논의 참조: "대부분의 비평가는 셰익스피어의 『햄릿』에 앞선 작품인 『햄릿, 덴마크의 왕자』—추정적으로 1954년 헨슬로우에 의해 공연된 것으로 주목된 바 있는 작품—이 있었다는 사실에, 또한 그 작품의 저자는 토머스 키드라는 사실에 오래 전부터 동의해 왔다."—Robertson, *The Problem of "Hamlet"* (London: George Allen & Unwin, 1919), 3쪽. 이 언급에 등장하는 헨슬로우(Philip Henslowe, 1550년경-1616년)는 엘리자베스 시대의 극단 경영자이자 무대 공연 흥행주.

—다시 말해, 십중팔구 『스페인의 비극』과 『피버샴의 아든』이라는 완전히 상이한 두 작품을 창작한 극작가—가 창작한 것으로 알려진 옛 극작품이 있음을 알고 있다. 그리고 이 극작품이 어떤 형태의 것이었는가에 대해서는 세 가지 단서를 통해 추정할 수 있다. 먼저 키드의 『스페인의 비극』 자체가 단서가 될 수 있다. 이어서, 키드 나름의 『햄릿』이 창작될 때 그 근거가 되었을 것임에 틀림없는 벨포레스트*의 이야기가 또 하나의 단서가 될 수 있다. 아울러, 셰익스피어가 생존해 있던 시기에 독일에서 공연되던 극작품의 판본이 다른 또 하나의 단서가 될 수 있는데, 당시 독일에서 공연되었던 이 극작품의 판본을 보면 시기적으로 후시대의 작품이 아닌 전시대의 작품을 각색한 것이라는 강력한 증거를 간직하고 있다. 이상의 세 가지 단서들을 놓고 볼 때, 다음 사실이 명백해진다. 즉, 초기 극작품의 경우, 극의 동기動機는 단순히 복수에 맞춰져 있고, 『스페인의 비극』에서 그러하듯 극중 행위 또는 복수 행위의 지연은 오로지 호위병들에게 둘러싸여 있는 군주를 암살하기 어렵다는 데 따른 것이다. 또한 햄릿의 "광기"는 의혹에서 벗어나기 위해 가장된 것이고, 이는 성공적인 것이 되고 있다. 이와는 달리, 셰익스피어의 손을 거친 최종 극본의 경우, 복수라는 동기보다는 한결 더 중요한 동기가 존재하고, 이는 명백히 복수라는 기존의 동기를 "무디게" 한다. 게다가, 복수를 지연하는 것도 그렇게 하는 것이 필요하기 때문인지 또는 상황이 허락하지 않기 때문인지가 설명되어 있지 않다. 아울러, "광기"의 효과도 왕의 의혹을 잠재우기보다 증폭하는 쪽으로 작용한

* François de Belleforest (1530-1583): 프랑스의 문인으로, 이탈리아의 작가 마테오 반델로(Matteo Bandello, 1485-1561)의 단편소설들을 번역하여 『비극의 역사』(*L'histoires tragiques*)라는 7권의 책을 출간. 여기에 키드의 『스페인의 비극』과 셰익스피어의 『햄릿』의 원형에 해당하는 이야기가 실려 있다.

다. 아무튼, 설득력을 갖기에는 각색 작업이 만족스러울 정도로 완벽하지 않다. 게다가, 언어적 유사성의 측면에서 보더라도 『스페인의 비극』과 지나치게 가까워, 셰익스피어가 여러 곳에서 키드의 텍스트를 단순히 *개작하는* 선에서 더 나아가지 않았다는 의혹을 떨칠 수 없게 한다. 끝으로 한 마디 덧붙이자면, 설명이 되지 않는 장면들, 왜 있어야 하는지 변명의 여지를 어디서도 찾기가 쉽지 않은 장면들—예컨대, 폴로니우스와 레어티스가 등장하는 장면이나 폴로니우스와 레이날도가 등장하는 장면—이 있다. 이 같은 장면들은 키드의 운문체에 속하는 것이 아니다. 그리고 의심할 바 없이 셰익스피어의 운문체에 속하는 것도 아니다. 로벗슨 씨는 키드의 원래 작품에 나오는 장면들이 개작된 것으로, 셰익스피어가 이에 손을 대기 전에 누군가 제삼자—추측건대, 채프먼—의 손길을 거쳐 개작된 것으로 믿고 있다. 그리고 그는 아주 강력하게 논리적으로 그 이유를 따지면서, 키드의 원래 작품은 몇몇 여타의 복수극들과 마찬가지로 각각 5막으로 이루어진 두 편의 작품으로 이루어져 있었다는 결론에 이른다.* 우리가 믿기에, 로벗슨 씨가 수행한 검토 작업의 요지를 부정하기란 어려울 것이다. 그의 결론에 따르면, 셰익스피어의 『햄릿』이 셰익스피어의 『햄릿』인 한, 이는 어머니의 범죄 행위가 아들에게 끼친 효과를 다룬 극작품이고, 셰익스피어는 기존의 옛 극작품을 이루고 있는 "다루기 쉽지 않은" 자료에다가 이 동기를 성공적으로 덧씌울 수 없었다는 것이다.

다루기 쉽지 않다는 점에 대해서는 의문의 여지가 있을 수 없다. 또한 이 작품은 셰익스피어의 최대 걸작이라기보다는 오히려 예술

---

* 키드의 작품이 "이중 극"(double play)일 수 있음에 대한 로벗슨의 논의와 관련해서는 앞서 언급한 *The Problem of "Hamlet"*의 52-57쪽 참조.

적 실패작임이 거의 확실하다. 여러 측면에서 이 극작품은 의문을 자아내는 수수께끼이고, 다른 어떤 작품들과 달리 이와 마주한 이들의 마음을 불편하게 한다. 셰익스피어의 모든 작품 가운데 이는 가장 길이가 길 뿐 아니라, 셰익스피어가 창작을 위해 가장 심하게 고심의 시간을 보냈던 작품일 것이다. 하지만 그는 이 작품 안에 불필요하고도 앞뒤가 맞지 않는 장면들을, 아무리 서둘러 급하게 개작을 시도하더라도 이를 시도하는 사람의 눈에 띄지 않을 수 없는 허술한 장면들을 남겨 놓고 있다. 언어의 운문화도 일정치 않다. 다음 구절을 주목하기 바란다.

> 보게나, 황갈색 외투를 걸친 아침이
> 저 멀리 동쪽 높은 언덕의 이슬 위로 걸어오는군.*

이는 『로미오와 줄리엣』을 창작할 당시의 셰익스피어를 엿보게 한다. 이어서 제5막 제2장의 다음 구절을 보자.

> 이보게, 내 마음 안에서 싸움 같은 것이 일어나,
> 그 때문에 잠을 이루지 못했다네. . . .
> 선실에서 일어나 올라갔지,
> 선원용 외투를 몸에 두르고 말이야. 어둠 속에서
> 더듬어 그것들을 찾았다네. 마침내 뜻을 이루고,
> 그 꾸러미를 훔쳐 냈다네. . . .†

---

* 셰익스피어, 『햄릿』, 제1막 제1장에 나오는 호레이쇼의 대사 가운데 일부. 엘리엇이 인용한 부분의 원문은 다음과 같다. “Look, the morn, in russet mantle clad, / Walks o'er the dew of yon high eastern hill.”

† 셰익스피어, 『햄릿』, 제5막 제2장 시작 부분에 나오는 햄릿이 호레이쇼에게 건네는 대사 가운데 일부. 엘리엇이 인용한 부분의 원문은 다음과 같다. “Sir, in my heart there was a kind of fighting / That would not let me sleep. . . . / Up from my cabin, /My sea-gown scarf'd about me, in the dark / Grop'd I to find out them: had my desire; / Finger'd their packet. . . .”

위의 인용은 셰익스피어의 상당히 성숙한 운문을 엿보게 한다. 결국, 기량과 생각 양쪽 면에서 모두 일관성이 확보되어 있지 않다. 확신컨대, 우리의 다음 판단은 정당화될 수 있을 것이다. 즉, 엄청나게 흥미로운 작품, “다루기 쉽지 않은” 자료와 경이로운 운문화로 이루어진 『법에는 법으로』와 같은 작품과 함께, 이 작품은 위기의 시기에 창작된 작품으로 분류될 수 있다. 위기의 시기가 지난 뒤, 『코리올레이너스』로 정점을 찍게 된 성공적인 비극 작품들이 줄을 잇는다. 『코리올레이너스』는 『햄릿』만큼 “흥미로운” 작품이 아닐 수도 있지만, 이는 『안토니와 클레오파트라』와 함께 셰익스피어가 창작한 가장 확실한 예술적 성공작이다. 추측건대, 『햄릿』이 예술 작품이기 때문에 이를 흥미로운 작품임을 확인하게 되었다기보다, 흥미로운 작품임을 확인했기 때문에 이를 예술 작품이라고 생각해 온 사람들이 더 많을 것이다. 이는 문학 영역의 “모나리자”인 셈이다.

『햄릿』이 실패작이 된 원인이 무엇인가는 즉석에서 확인할 수 있을 만큼 자명하지 않다. 아무튼, 로벗슨 씨가 내린 결론—즉, 이 극의 핵심적 감정은 죄를 지은 어머니를 향한 아들의 느낌이라는 결론—은 의심할 바 없이 정확한 것이다.

> [햄릿의] 어조는 자기 어머니의 타락으로 인해 극심한 고통을 겪고 있는 사람이 드러내 보일 법한 그런 어조다. . . . 어머니의 죄는 극작품이 거의 감당하기 어려운 하나의 동기가 되고 있다. 하지만 심리적 해결책을 제공하기 위해, 또는 그보다 심리적 해결책을 암시하기 위해 어머니의 죄는 유지되지 않을 수 없었고 강조되지 않을 수 없었다.*

하지만 이것이 이야기의 전부는 결코 아니다. 셰익스피어가 오셀

* 엘리엇의 인용은 앞선 역주에서 언급한 바 있는 로벗슨의 『“햄릿”의 문제』(*The Problem of “Hamlet”*), 73쪽 참조.

로의 의심, 안토니의 홀림, 코리올레이너스의 자만심과 같은 것을 다룰 때의 방식으로는 다룰 수 없었던 "어머니의 죄"만이 단순히 문제되는 것은 아니다. 이 작품의 주제는 추측건대 여기서 언급한 비극들과 같은 비극으로, 그러니까 이해 가능하고 자체로서 완결된 비극으로, 햇빛 아래 환하게 그 윤곽을 드러내 보이는 비극으로 확장될 수도 있었을 것이다. 하지만 셰익스피어의 소네트에서와 마찬가지로 『햄릿』에는 작가가 햇빛이 환한 곳으로 끌어내어 주의 깊게 관찰할 수 없는 요소들이, 또는 솜씨 있게 다뤄 예술 작품화하기 불가능한 요소들이 가득하다. 그리고 이 느낌이 어디서 비롯되는가에 대한 탐색을 시도하더라도, 소네트에서 그러하듯 우리는 이 느낌의 출처가 어디인지를 꼭 집어내기란 대단히 어렵다는 점을 확인하게 된다. 당신은 이런 느낌이 극중 대사의 어느 부분에서 비롯된 것인지를 지적할 수 없을 것이다. 진정으로, 만일 저 유명한 두 독백을 검토해 보면, 당신은 그것이 셰익스피어의 운문임을 감지하면서도, 여전히 다른 극작가—어쩌면, 『뷔시 당부아의 복수』 제5막 제1장을 쓴 작가*—의 것이라고 주장될 법한 내용이 담겨 있음을 감지하게 될 것이다. 셰익스피어 고유의 『햄릿』을 우리는 작품 속 극중 행위 그 어디에서도, 인용 가능한 작품의 구절들 그 어디에서도, 심지어 이전 극작품에 존재하지 않았던 것이 틀림없는 바로 그 틀림없는 어조에서조차 확인할 길이 없다.

예술 형식을 통해 감정을 표현하는 유일한 방법은 "객관적 상관물"(objective correlative)을 찾는 것이다. 다시 말해, *특정한* 감정을 일깨우는 데 처방 공식이 될 법한 일단一團의 대상, 하나의 상황, 일련一連의 사건을 찾아야 한다. 그럼으로써, 감각적 체험의 귀착지점

* 즉, 『뷔시 당부아의 복수』의 저자인 채프먼.

이 되어야 할 외적 사실들이 제시되는 순간, 감정은 즉각적으로 일깨워져야 한다. 당신이 셰익스피어의 한층 더 성공적인 비극 작품을 검토하는 경우, 정확하게 이에 상응하는 예를 찾을 수 있을 것이다. 예컨대, 몽유병을 앓고 있는 맥베스 부인의 정신 상태는 작가가 상상 속의 감각적 인상들을 능란하게 축적함에 따라 이에 힘입어 당신에게 효과적으로 전달되고 있음을 확인하게 될 것이다.* 또 하나의 예를 들자면, 아내의 죽음을 알리는 소식을 전해 듣고 맥베스가 내뱉는 말은, 일련의 연속적인 사건들을 감안할 때, 마지막을 장식하는 결정적인 사건으로 인해 그의 입에서 자동적으로 흘러나오는 것이라는 인상을 강렬하게 준다.† 예술적 "필연성"의 본질은 이처럼 감정에 외적 요인들이 완벽하게 상응 관계를 이루는 데 있다. 『햄릿』이 결여하고 것은 정확하게 말해 바로 이 필연성이다. 인간 햄릿은 표출이 불가능한 감정의 지배를 당하고 있는데, 그 원인은 눈앞에 드러나 보이는 사실들이 적절히 감당할 수 없을 정도로 *과잉된 것*이 그의 감정이라는 데 있다. 가정적으로나마 햄릿과 햄릿이라는 인물을 창조한 작가는 동일시될 수도 있거니와, 이러한 가정은 다음

* 셰익스피어, 『맥베스』, 제5막 제1장에서 맥베스 부인은 그녀의 손에 묻어 있는 상상 속 왕의 핏자국을 지우려 하면서 대사를 이어가는데, 엘리엇이 여기서 염두에 두고 있는 것은 그러한 맥베스 부인의 다음 대사로 추정된다. "여기, 자국이 하나 남아 있구나. 지워져라, 이 망할 놈의 얼룩 같으니라고, 지워지라니까!"(Yet here's a pot. / Out, damned spot! out, I say!).

† 셰익스피어, 『맥베스』, 제5막 제5장에서 맥베스는 부인의 사망 소식을 접하고 독백을 이어가는데, 엘리엇이 여기서 말하는 것은 다음과 같이 시작되는 바로 그 독백일 것이다. "내일이, 그리고 내일이, 그리고 또 내일이 / 날에 날을 이어 이처럼 살금살금 / 인간 역사의 최후 순간에 이르기까지 기어가고, / 우리의 모든 어제는 어리석은 자들에게 죽음에 이르는 / 길을 밝혀 주었나니"(Tomorrow, and tomorrow, and tomorrow / Creeps in this petty pace day to day / To the last syllable of recorded time; / And all our yesterdays have lighted fools / The way to the dust).

의 논점과 정합하는 것이다. 즉, 우리는 자신의 느낌에 객관적으로 상응하는 것이 부재하기 때문에 햄릿이 느끼는 당혹감은 자신의 예술적 문제에 직면하여 햄릿의 창조자인 작가가 느끼는 당혹감의 연장선상에 놓인다는 논점을 세울 수 있다. 햄릿은 난관에 봉착해 있는데, 그가 느끼는 혐오감은 자신의 어머니로 인해 유발된 것이지만, 자신의 어머니가 이 혐오감에 상응하는 대상이 아니기 때문이다. 그의 혐오감은 어머니를 에워싸고 있는 동시에 어머니를 넘어서는 것이다. 그러므로 이는 그가 이해할 수 없는 느낌이다. 따라서 그는 그 느낌을 객관화할 수 없으며, 이로 인해 이는 그의 삶에 독이 되고 또한 행동을 가로막는 장애가 된다. 그 어떤 가능한 행동도 이 느낌을 제대로 해소할 수 없다. 아울러, 셰익스피어가 이 같은 플롯을 놓고 할 수 있는 일이 무엇이든, 그 어떤 것도 그에게 햄릿을 표현하는 수단이 될 수 없다. 결국 우리가 주목해야 할 사항은 이 문제를 *주제로 설정하는 것* 자체가 본질적으로 객관적 상응물의 존재 가능성을 애초에 배제한다는 점이다. 만일 햄릿의 어머니 거트루드의 범죄성을 한층 돋보이는 것으로 설정한다면, 햄릿의 내면에 완전히 다른 감정이 존재하도록 공식을 다시 짜야 할 것이다. 그녀의 성격이 지나치게 소극적이고 미미하다는 바로 그 이유 *때문에*, 그녀는 자신이 표상할 수 없는 바로 그 느낌을 햄릿의 마음속에 일깨우고 있는 것이다.

햄릿의 "광기"는 셰익스피어의 손길에 좌우될 수 있는 것이었다. 이전의 초기 극에서 햄릿의 광기는 단순한 계략에 해당하는 것이었고, 추정컨대 극의 마지막에 이르기까지 관객은 이를 있는 그대로 하나의 계략으로 이해했을 것이다. 셰익스피어에게 이는 광기의 수준에는 못 미치는 것인 동시에 단순한 가장假裝의 차원은 넘어서는 그 무엇이다. 즉, 햄릿의 경망스러움, 동어 반복, 말장난은 진심을 은폐하기 위해 고의적으로 꾸민 계획의 일부가 아니라, 억눌린 감정을 해소하는 하나의 방식이다. 햄릿이라는 인물 안에서 이는 행동이라는 출구를 찾지 못한 억눌린 감정을 해소하기 위한 익살에 해당한다. 극작가에게 이는 예술에서 그가 표출할 수 없는 감정을 해소하기 위한 익살에 해당한다. 황홀경이든 극도의 공포감이든 강렬한 느낌이란, 대상을 따로 있지 않은 상태의 것이든 또는 대상을 넘어서는 것이든, 예민한 감수성의 소유자라면 누구나 다 알고 있는 그 무엇이다. 이는 또한 의심할 바 없이 병리학자들의 연구 대상이기도 하다. 이런 느낌은 종종 청소년기에 발생하며, 평범한 일반인들은 이 같은 느낌을 잠재우거나, 실무적인 현실 세계에 들어맞는 것이 되도록 그 강도를 낮춘다. 예술가란 자신의 감정에 맞춰 세계를 강렬한 것으로 만들 수 있는 타고난 능력에 의지하여 이 느낌 고유의 생명력을 계속 유지하는 사람이다. 라포르그의 햄릿*은 청소년기의 젊은이다. 하지만 셰익스피어의 햄릿은 그런 젊은이가 아니며, 그에게는 젊은이다운 해명이나 변명이 갖춰져 있지 않다. 각설하고, 우리는 셰익스피어가 여기서 자신이 감당하기에 너무 벅찬 것으로 판명된 문제와 맞서 싸웠음을 인정해야 할 것이다. 그가 도대체 왜 이에 도전했는가는 해명이 불가능한 수수께끼다. 어떤 체험의 강요에 못 이겨 그가 표현이 불가능한 정도로 끔찍한 것을 표현하고자 시도했는지, 우리는 이를 결코 알 수 없다. 우리에게는 전기적傳記的인 측면에서 그에 관한 엄청난 양의 사실과 마주할 것이 요구된다. 아

* 프랑스의 문인 라포르그의 『전설적인 우화집』(*Moralités légendaires*, 1887)에는 "햄릿"에 대한 일종의 우화화 또는 희화화에 해당하는 중편소설 「햄릿, 또는 효도의 결과」("Hamlet ou les suites de la piété filiale")라는 작품이 수록되어 있다.

울러, 우리는 그가 몽테뉴의 『수상록』 제2권 제12장의 「레이몽 스봉을 위한 변론」*을 읽었는지, 읽었다면 언제 읽었는지, 그리고 무언가의 개인적인 체험을 거친 후인지 또는 체험을 거치던 당시였는지를 알기 원한다. 마지막으로 덧붙여 말하자면, 우리가 알 수 없는 그 무언가가 있다고 가정하자. 하지만 우리는 그런 것까지 알아야 한다. 이유는 앞서 암시한 방식으로 그것이 사실의 경계를 뛰어넘어 존재하는 체험이기 때문이다. 요컨대, 우리는 셰익스피어 자신이 이해할 수 없었던 것들까지 이해해야 한다.

---

* "Apologie de Raimond Sebond": 여기에는 수많은 비판의 대상이었던 15세기의 신학자 레이몽 스봉의 기독교관을 옹호하는 몽테뉴의 생각이 담겨 있으며, 이는 몽테뉴의 수상 가운데 가장 탁월한 것으로 널리 인정받고 있다. 철학적 측면에서 볼 때, 셰익스피어의 『햄릿』에는 몽테뉴의 생각이 여기저기에 반영되어 있는 것으로 보는 학자들이 많다.

벤 존슨

존슨의 명성名聲은 위대한 시인에 대한 기억에 따라 붙을 법한 명성으로서는 가장 치명적인 종류의 것이다. 일반적으로 널리 인정받는 시인, 그의 책을 읽고자 하는 모든 욕망에 찬물을 끼얹는 냉랭한 찬사와 함께 실제로는 헐뜯음의 대상이 되고 있는 시인, 즐거움을 전혀 일깨우지 못하는 미덕들을 사람들에게 짐 지우고 이에 괴로워하는 시인, 역사학자들이나 골동품 애호가들만이 찾아 읽는 작품을 남긴 시인—이들은 더할 수 없이 완벽하게 공모된 합의 사항이다. 몇 세대의 세월에 걸쳐, 존슨의 명성은 영문학의 대차대조표에서 자산資産이라기보다는 오히려 부채負債라는 쪽으로 유지되어 왔다. 그 어떤 비평가도 존슨을 즐거움을 선사하는 시인으로, 심지어 흥미로운 시인으로 부각시키는 데 성공하지 못했다. 예컨대, 존슨에 대한 스윈번의 책은 그에 대한 그 어떤 호기심도 만족시키지 못하고 있고, 그 어떤 새로운 생각도 일깨우지 못하고 있다. "문인 총서"를 통해 시도한 그레고리 스미스* 씨의 비평적 연구의 경우, 마땅히 그것이 차지해야 할 자리가 있다. 이는 호기심을 충족시

---

* G[eorge] Gregory Smith (1865-1932): 스코틀랜드 출신의 문학비평가. 그는 "영국의 문인들"(English Men of Letters)이라는 문학 전기 총서에서 벤 존슨 편을 맡아서 집필하였다. 이어지는 논의에서 확인할 수 있듯, 엘리엇은 그레고리 스미스의 논의가 여러 면에서 설득력을 지닌 것이지만, 이와 동시에 자체의 한계에서 벗어나지 못한 것이라는 비판적 입장을 견지하고 있다.

켜 주고 있으며, 적절한 비평적 견해를 수도 없이 제시하고 있을 뿐만 아니라, 그동안 무시되어 왔던 가면극 작품들과 관련하여 소중한 자료들을 제공하고 있다. 단지 우리의 마음에 각인되어 있는 존슨의 이미지를 바꾸는 데 실패하고 있다는 점이 흠이라면 흠이다. 아마도 과실過失은 수 세대에 걸쳐 활동해 온 우리네 시인들에게 있을 것이다. 시의 가치란 살아 있는 시인들이 그들 자신의 작품에 대해 느끼는 가치만을 말하는 것이 아니다. 이를 떠나, 가치 인식 행위란 창조 행위와 유사한 것이며, 시를 진정으로 즐기는 일이란 암시를 일깨우는 일, 다른 시인들의 작품을 즐기는 가운데 시인이 느끼는 자극과 관련된 것이다. 존슨은 아주 오랫동안 시인들에게 그 어떤 창조적인 자극도 제공하지 못했다. 이로 인해, 존슨의 작품에 대한 살아 있는 비평을 찾기에 앞서, 우리는 저 멀리 드라이든—엄밀하게 말해, 존슨으로부터 시 창작 행위의 실제를 배운 시인이었던 드라이든—에 이르기까지 거슬러 올라가 살펴보아야 한다.*

하지만 지금도 여전히 존슨에게는 명예 회복의 가능성이 있다. 우리에게는 무엇이 그를 이 지경에 이르게 했는지를 파악하는 데 어려움이 없다. 아울러, 셰익스피어는 우선 제외하고 말로우, 웹스터, 단, 버몬트, 플레처와 비교할 때, 그들과는 대조적으로 존슨이 어떻게 해서 즐김의 대상이 되는 대신 명성만을 누리는 대상이 되었는가도 파악하기 어렵지 않다. 그는 이 자리에 열거한 사람들 못지않게 훌륭한 시인이지만, 그의 시는 표층의 시다. 그런데 공부를

* 드라이든은 1688년에 출간한 그의 저서 『극시에 대한 한 편의 논고』(*Of Dramatick Poesie: An Essay*)에서 벤 존슨에 대해 "내 생각으로, 그는 일찍이 어떤 극단이든 극단이 소유했던 극작가 가운데 가장 학식이 깊고 가장 판단력이 탁월한 인물"이라고 평한 바 있다. 인용 출전: John Dryden, *An Essay of Dramatic Poesy*, Thomas Arnold 편집 (Oxford: Clarendon Press, 1889), 69쪽.

하지 않고서는 이해할 수 없는 것이 이 표층의 시다. 왜냐하면, 인생의 표층을 다루는 일은, 존슨이 그러했듯, 더할 수 없이 신중하고 계획적으로 수행해야 하는 일이기 때문이다. 그리하여 이를 이해하기 위해서는 우리도 신중하고 계획적이어야만 한다. 셰익스피어와 그의 아류에 속하는 시인들은 막판에 이르러서는 이해하기에 좀 어려운 것이 되더라도, 시작 부분에서는 문학도에게 용기를 주는 그 무언가를, 더 이상 아무것도 필요로 하지 않은 사람들을 만족케 하는 그 무언가를 제공한다. 그들은 무언가를 암시하기도 하고 무언가를 일깨우기도 하는 하나의 구절, 하나의 목소리로 존재한다. 또한 그들은 구도뿐만 아니라 세부 묘사를 갖춘 시를 제공한다. 단테가 그렇다. 그는 이탈리아어를 모르는 독자들에게까지 하나의 구절—예컨대, "그대는 유령이고, 유령을 그대가 보고 있다오"*—을 어디서나 제공한다. 그리고 세부 묘사뿐만 아니라 구도까지 갖춘 것이 단테와 셰익스피어의 시다. 하지만 존슨의 잘 연마된 시의 표면에 비치는 것이라고는 게으른 독자의 아둔함뿐이다. 무의식은 무의식을 향해 어떤 반응도 보이지 않는다. 또한 무언가 분명치 않은 막연한 느낌들이 떼를 지어 일깨워지지도 않는다. 존슨의 작품이 일차적으로 호소하고자 하는 대상은 정신이며, 그의 정서적 분위기는 개별적인 운문 구절들 안이 아니라 전체적인 구도 안에 존재한다. 하지만 각고의 노력을 거쳐야 겨우 확인되는 아름다움을 스스로 찾아낼 수 있는 사람은 그리 많지 않다. 그리고 존슨의 작품을 찾는 근면한 독자들이란 그네들의 관심이 역사적이고 진기한 것에

* 단테, 『신곡』, 지옥 시편 제21번 칸토의 제132행. 베르길리우스를 알아보고 그를 포옹하려는 스타티우스를 가볍게 저지하며 그가 건네는 말. 스타티우스(Statius, 45년경-96년경)는 고대 로마의 시인. 엘리엇이 인용한 부분의 원문은 다음과 같다. "tu se' ombra ed ombra vedi."

있는 사람들이다. 또한 역사적이고 진기한 흥밋거리를 찾는 과정에 예술적 가치도 찾을 수 있었다고 생각해 왔던 그런 사람들이다. 존슨의 시가 공부를 요구한다고 우리가 말할 때 그 말이 의미하는 바는 고전에 관한 그의 학문 세계나 17세기의 풍습에 대해 공부할 필요가 있다는 뜻이 아니다. 우리가 의미하고자 하는 바는 그의 작품 세계에 전체적으로 배어 있는 지적 분위기를 공부해야 한다는 뜻이다. 요컨대, 어찌 되었든 그의 작품을 즐기고자 한다면, 그의 작품과 기질의 핵심에 이르러야 한다. 동시에, 그를 바라보되, 시대의 영향에 따른 선입견에서 벗어나 동시대인으로서 그를 바라보아야 한다. 한편, 우리가 그를 동시대인으로서 바라보아야 한다고 했을 때 우리가 의도하는 바는 우리 자신을 17세기의 런던으로 투사할 능력이 우리에게 요구된다는 뜻이 아니다. 그보다는 존슨을 우리 시대의 런던에 거주하는 사람으로 설정할 능력이 요구된다는 뜻에서 하는 말이다. 이는 획득하기에 한 수 더 어려운 직관적 영감靈感의 승리에 해당하게 될 것이다.

일반적으로 존슨은 비극 창작의 방면에서 실패한 극작가로 인정된다. 아울러, 그의 천재성은 풍자적인 희극에 더 잘 어울리는 것이기 때문에, 또한 그의 실패작인 두 비극에 짐으로 작용했던 현학적인 학문의 무게 때문에, 그가 비극 작가로서 실패했다는 것이 일반적인 중론이다. 이 가운데 둘째 관점은 명백히 세부적인 진술 면에서 오류를 또렷하게 드러내는 것이고, 첫째 관점은 받아들이기에 지나치게 투박한 진술이다. 그의 천재성이 비극에는 어울리는 것이 아니기 때문에 그가 이 방면에서 실패했다는 말이 우리에게 이야기해 주는 것은 전혀 아무것도 없다. 존슨이 멋진 비극을 쓰지 않은 것은 사실이지만, 우리에게는 그가 도대체 왜 멋진 비극을 쓰지 않았는지의 이유를 확인할 길이 없다. 만일 『폭풍우』와 『에피신, 침묵의 여인』과 같이 완전히 서로 다른 두 작품*이 둘 다 희극이라면, 명백히 비극의 영역도 존슨이 수행할 수 있었던 무언가를 포용할 정도로 충분히 폭넓은 것으로 설정되었을 수도 있다. 하지만 비극과 희극을 분류하는 일은 엘리자베스 시대처럼 엄청나게 다양한 변종의 작품들이 혼재해 있던 시대의 작품 세계에는 적합한 것이 아니다. 물론, 양자 사이의 분류는 한층 더 엄격한 형식과 수법의 작품들로 이루어진 극 문학 세계의 작품들을 구분하는 일—예컨대, 아리스토파네스†를 에우리피데스와 구분하는 일—에는 충분히 적절한 것일 수도 있다. 아무튼, 엘리자베스 시대의 비극은 격조의 면에서 엄청나게 다른 『맥베스』, 『몰타의 유대인』, 『에드먼턴의 마녀』‡에 이르기까지 다양한 극작을 포괄하는 허술한 분류 기준으로, 그런 기준은 『베니스의 상인』과 『연금술사』§가 희극이라는 점을 말하는 데 별다른 도움이 되지 못한다. 존슨에게는 그 나름의 저울이, 그러니까 그 나름의 도구가 있었다. 그의 『카틸리나』¶가 소유하고 있는 장점은 『볼포네』에서 한층 더 성공적으로 존재를 과시한 바로

---

* *The Tempest*는 1610-1611년에 창작된 셰익스피어의 후기 극작 가운데 한 편으로, 희극으로 분류되지만 희극적 요소와 비극적 요소를 함께 갖추고 있다. 한편, *Epicoene, or The Silent Woman*은 1609년에 초연이 이루어졌던 존슨의 희극.

† Aristophanes (기원전 446년경-386년경): 고대 희랍의 시인이자 극작가.

‡ *The Witch of Edmonton*: 윌리엄 로울리(William Rowley, 1585?-1626), 토머스 데커(Thomas Dekker, 1572년경-1632년경), 존 포드(John Ford, 1586-1639?)가 공동으로 창작하여 1621년에 발표한 극작.

§ *The Merchant of Venice*, *The Alchemist*: 전자는 셰익스피어가 1596년에서 1599년 사이에 창작한 것으로 추정되는 희극. 「"수사"와 시극」에 첨가한 역주에서 밝혔듯, 후자는 1610년에 초연이 이루어졌던 존슨의 희극.

¶ 「"수사"와 시극」에 첨가한 역주에서 밝혔듯, 존슨의 비극 『카틸리나, 그의 음모』.

그 장점과 동일한 것이다. 『카틸리나』가 실패한 이유는 존슨이 지나치게 공력을 들이고 의식적인 노력을 기울였기 때문이 아니라, 오히려 의식적인 노력을 충분히 기울이지 않았기 때문이다. 즉, 그가 이 극에서 그 자신 고유의 어법에 주의를 게을리 했기 때문이고, 자신의 기질이 자신에게 어떤 일을 할 것을 원하는지와 관련하여 그의 마음 안에 뚜렷한 구상이 서 있지 않았기 때문이다. 『카틸리나』에서 존슨은 관습을 따르고 있다. 또는 관습을 따르려는 시도를 하고 있다. 그런데 이때의 관습은 그 자신이 정교하게 통제하고 있던 고대 문화의 관습이 아니라, 그가 몸담고 있던 시대의 비극적/역사적 희곡을 지배하던 관습이다. 『카틸리나』를 침몰시킨 것은 라틴 문학에 대한 존슨의 박학다식함이 아니다. 침몰의 원인은 그와 같은 박학다식을 축적한 정신에게는 적절한 매체가 아닌 형식에 자신의 박학다식함을 적용하려고 했던 데서 찾아야 할 것이다.

당신이 만일 『카틸리나』—지나치게 큰 희생을 치르고 얻은 상처뿐인 승리에 해당하는 이 따분한 비극—에 눈길을 주는 경우, 당신은 성공적인 곳이 두 군데 있음을 확인하게 될 것이다. 이는 정치적인 여성들의 대화로 이루어진 제2막 제1장 및 실라의 혼령이 등장하여 독백을 이어가는 극의 서막 부분으로, 해당 구절의 어조는 쾌적하다. 혼령의 독백은 내용의 측면에서나 운문화의 측면에서나 모두 존슨 특유의 성공작이다.

> 로마여, 그대는 나의 존재를 느끼지 못하는가? 아직은! 밤이
> 그대를 너무 무겁게 누르고 있고, 나의 무게가 너무 가볍기 때문인가?
> 실라의 혼령이 그대의 성벽 안에서 몸을 일으켜 세워도 되겠는가,
> 그대와 그대의 성벽을 순식간에 무너뜨리는 지진보다는 덜 위협적인
> 실라의 혼령이? 그대의 가파른 탑들 꼭대기의 머리통들을 두려움에

떨게 하거나, 그 탑들을 갓난아이 몸으로 쪼그라들게 할 수 없겠는가?
아니면, 그 탑들의 잔해가 웅대한 티베르 강을 가득 채우듯,
그 강을 불어나게 하여 그대의 자랑스러운 일곱 언덕을 잠기게 할 수
없겠는가?*

이는 존슨의 학문적 면모뿐만 아니라 창조적 면모까지 감지케 한다. 술라†가 역사적 실제 인물로서 어떤 존재이었는가에 개의치 않은 채, 그리고 독설로 가득한 대사에 기대어, 존슨은 실라의 혼령이 떠들어 대는 동안 그 혼령을 살아 숨 쉬는 무시무시한 존재로 만들고 있다. 혼령의 말들은 마치 성깔이 고약한 독재자 자신을 고집을 담고 있기라도 한 양 단호하고 강한 어조로 엄습한다. 어쩌면 당신은 이를 단순한 독설이라고 말할 수도 있겠다. 하지만, 존슨의 운문이 마스턴과 홀‡의 운문보다 한 수 위의 것이듯 그의 독설도 그 두 사람의 투박한 문학적 주먹싸움보다 한 수 위의 것이라고 해도, 단순한 독설만으로는 존슨이 이 장황한 열변에서 창조한 것처럼 살아

* 존슨, 『카틸리나』, 제1막 제1-8행. 작품의 행에 이르기까지의 인용 부분에 대한 전거典據는 Ben Jonson, *Catiline His Conspiracy*, Lynn Harold Harris 편집 (New Haven: Yale 대학 출판부, 1916)으로, 이 작품에 대한 앞으로의 전거는 이에 준할 것임. 엘리엇이 인용한 부분의 원문은 다음과 같다. "Dost thou not feel me, Rome? not yet! is night / So heavy on thee, and my weight so light? / Can Sylla's ghost arise within thy walls, / Less threatening than an earthquake, the quick falls / Of thee and thine? Shake not the frighted heads / Of thy steep towers, or shrink to their first beds? / Or as their ruin the large Tyber fills, / Make that swell up, and drown thy seven proud hills? . . . ."

† 앞서 「"수사"와 시극」에 첨가한 역주에서 밝혔듯, 실라(Sylla)는 고대 로마의 정치가인 술라(Sulla, 기원전 138년-기원전 78년)의 영어식 표기.

‡ Joseph Hall (1574-1656): 영국 국교의 주교이자 풍자작가. John Marston (1576-1634)은 앞서 주석에서 밝힌 것처럼 영국의 극작가이자 시인이며, 풍자작가. 마스턴과 홀은 서로를 풍자의 대상으로 삼아 문학적 설전을 주고받은 바 있다.

있는 인간상을 창조할 수는 없을 것이다. 그리고 아마도 당신은 이를 가능케 한 것은 수사라고 말할 수도 있을 것이다. 하지만, 우리가 이를 "수사"라고 부르고자 한다면, 우리는 이 용어가 통상적으로 감당하고 있는 것보다는 한층 더 면밀한 해부와 분석의 과정을 이 용어와 관련하여 동원해야 한다. 존슨이 여기서 성취한 것은 단순히 멋진 대사만이 아니다. 이는 성격이 강하고 단순한 극중 인물의 구도에 맞춰 신중하고도 정확히 들어맞게 설정된 대사이고, 어떤 지점에서도 극중 인물의 구도에 들어맞지 않을 정도로 과한 것이 되고 있지 않다. 극중 인물의 구도에 순응함이라는 측면에서 볼 때, 이는 『탬벌레인 대제』 속의 수많은 대사들보다 한층 더 신중하고 정확히 들어맞는 것이다. 극중 인물의 구도는 술라를 겨냥한 것이 아니다. 이는 술라와는 아무런 관계도 없는 "실라의 혼령"을 드러내 보이기 위한 것이라는 점에서 그러하다. 인용 속의 말들은 아마도 역사적 실존 인물인 술라에게, 또는 역사에 등장하는 그 어떤 인물에게도 적절한 것이 아닐 수도 있겠지만, "실라의 혼령"을 표현하는 데는 완벽한 것이 되고 있다. 그리하여 당신은 "사람들이 일상생활에서 그런 투로 말을 하지는 않기 때문에" 혼령의 독백을 수사적인 것이라고 주장할 수는 없다. 심지어 이를 "장황한 어투의 다변多辯"이라고 지칭할 수도 없다. 혼령의 말들은 수사학 교과서에 열거되어 있는 장황함 또는 쓸데없는 반복 또는 그 외의 악덕, 그 어느 것도 드러내 보이고 있지 않다. 그 정도 길이로 표현할 것을 요구하는 일종의 명백한 예술적 감정이 여기에 존재하고 있는 것이다. 혼령의 대사를 이루는 말들은 대체로 단순한 것들이고, 구문도 자연스러우며, 언어도 장식적인 것이라기보다는 절도를 갖춘 것이다. 『엉터리 시인』의 서막 부분으로 주의를 돌리는 경우, 우리는 동일한 유형의 성공적인 대사와 마주하게 된다.

> 빛이여, 내 그대에게 인사를 올리나니, 하지만 상처 입은 신경과 함께. . . .*

사람들이 일상생활에서 이런 식으로 말을 하지 않겠지만, 질투의 정령이라면 그렇게 할 수도 있거니와, 존슨의 언어 세계에서 질투는 실존하는 동시에 살아 숨 쉬는 인물이다. 하지만 질투와 실라의 혼령을 채우고 있는 것은 인간의 생명력이 아니라, 인간의 생명력이 다양한 변종들 가운데 하나에 해당하는 것일 뿐인 넓은 의미에서의 에너지다.

다시 『카틸리나』로 돌아가자면, 극 전체에서 최상의 장면으로 지목될 수 있는 것은 비극이라는 틀 안에 억지로 끼워 넣을 수 없는 것, 오히려 풍자 희극에 속하는 것이다. 이는 로마의 여인들인 풀비아와 갈라와 셈프로니아가 대화를 주고받는 장면으로, 웅변들로 이루어진 삭막한 황야 한가운데에 놓여 있는 살아 있는 장면인 셈이다. 아울러, 이 장면은 다른 작품 속의 장면들을 떠올리게 하는데, 여기에는 『에피센, 침묵의 여인』에 등장하는 지성인인 척하는 여인네들 무리에 대한 암시도 포함된다. 이런 맥락에서 보면, 문제의 장면은 희극의 한 장면 같아 보이기도 하고, 또한 풍자로 보이기도 한다.

> 그네들 모두가 넉넉하게 주고 지불할 거야, 여기에 오는 자들이
> 만일 주머니 사정이 든든하면 말이야, 보석이든, 진주든,
> 그릇이든, 아니면 그런 걸 살 만큼 돈이 있으면 말. 난 넘어가지 않을 거야,
> 덩치가 큰 백조한테든, 잔등이가 드높은 황소한테든,

---

* 존슨의 『엉터리 시인』에서 서막의 첫째 행을 이루는 질투(Envy)의 대사. 엘리엇이 인용한 부분의 원문은 다음과 같다. "Light, I salute thee, but with wounded nerves. . . ."

멍청한 레다와 에우로파가 그랬듯이 말이야.
하지만 찬란한 황금이라면 몰라, 다나에가 그랬듯. 그런 보상이라면,
난 거칠고 사나운 주피터라도 견뎌 내고 말 거야.
또는 열 명의 허풍쟁이 노름꾼들이라도. 그리고 자제할 거야,
아무리 참기 고통스러워도, 사라질 없어질 때까지 그네들을 비웃는 일을.*

이 장면은 비극이 명백히 아닌 것과 마찬가지로 희극도 아니다. 그리고 "풍자"는 핵심적인 감정을 전달하기 위한 매체로 동원되고 있을 따름이다. 존슨의 극은 다만 어쩌다 우연히 풍자가 되고 있을 뿐인데, 이는 그의 극이 다만 어쩌다 우연히 현실 세계에 대한 비판이 되고 있을 뿐이기 때문이다. 존슨의 작품은 스위프트의 작품이나 몰리에르†의 작품이 풍자로 불릴 수 있는 것과 같은 방식의 풍자에 속하는 것이 아니다. 말하자면, 존슨의 작품 속 풍자는 실제 세계에 대한 명확한 감정적 태도나 촌철살인의 지적 비평에서 그 원천을 확인할 수 있는 그런 종류의 것이 아니다. 아마도 라블레의 작품이 풍자인 방식으로 그의 작품도 풍자일 것이다. 확실히 그 이상의 것은 아니다. 중요한 사실은, 만일 문학적 허구를 창조적 허구와 비평적 허구로 나눌 수 있다면, 존슨의 허구는 창조적 허구라는 점이

---

* 존슨, 『카틸리나』, 제2막 제177-185행. 이 대사에 나오는 레다는 백조로 변한 제우스(로마 신화의 주피터)에게, 에우로파는 황소로 변한 제우스에게 몸을 빼앗긴다. 다나에는 황금비로 변신하여 그녀의 몸속으로 들어온 제우스로 인해 저 유명한 신화적 주인공 페르세우스를 낳는다. 엘리엇이 인용한 부분의 원문은 다음과 같다. "They shall all give and pay well, that come here, / If they will have it; and that, jewels, pearl, / Plate, or round sums to buy these. I'm not taken / With a cob-swan or a high-mounting bull, / As foolish Leda and Europa were; / But the bright gold, with Danaë. For such price / I would endure a rough, harsh Jupiter, / Or ten such thundering gamesters, and refrain / To laugh at 'em, till they are gone, with my much suffering."

† Molière (1622-1673): 프랑스의 극작가, 시인, 배우.

다. 그는 위대한 비평가, 우리에게 최초의 위대한 비평가이지만, 그렇다고 해서 이 같은 주장이 바뀌는 것은 아니다. 모든 창조적 예술가는 또한 비평가이기도 하다. 존슨은 의식적인 비평가였지만, 그는 자신의 창조 작업에서도 의식적이었다. 틀림없이, "비평적"이라는 용어를 문학적 허구에 적용할 때 동원 가능한 의미 가운데 하나는 존슨의 방식과는 대척적인 방식으로 비평적이었던 작품에 대해서도 동원할 수 있을 것이다. 여기서 우리가 주목하고자 하는 것은 바로 『감정 교육』의 방식이다. 존슨의 작중인물들과 셰익스피어의 작중인물들, 그리고 아마도 모든 위대한 연극의 작중인물들은 명확하고 단순한 윤곽을 갖춘 인물로 제시된다. 그런 작중인물들의 윤곽 안쪽은 한층 더 섬세한 세부 묘사와 수많은 성격 및 외양의 변화로 채워질 수도 있는데, 셰익스피어는 이 윤곽의 안쪽을 채우는 일을 확실하게 한 극작가다. 하지만 명료하고 선명하며 단순한 인물들의 기본 형상은 그 모든 과정을 통하더라도 여전히 그대로 남아 있다. 비록 햄릿의 명료성과 선명성과 단순성은 본질적으로 무엇인가에 대해 말하기란 쉽지 않지만 말이다. 하지만 프레데릭 모로*는 그런 방식으로 창조된 인물이 아니다. 모로라는 인간상은 일부 소극적인 정의를 통해 구성된 것이며, 엄청난 양의 관찰을 통해 점진적으로 구축된 것이다. 우리는 그가 존재하는 것으로 확인되는 특정 환경에서 그를 분리할 수 없다. 이는 물론 보편화된 환경일 수도 있고, 한층 더 보편화가 가능한 환경일 수도 있다. 그럼에도 불구하고, 특정 환경 및 특정 환경 속에 존재하는 인물은 엄청나게 많은 양의 관찰 가능한 특정 사실들로 이루어져 있다. 요컨대, 실제 세계로 구성되어 있다. 이 세계가 존재하지 않는다면, 그 세계 속의 인물도 소

* Frédéric Moreau: 플로베르의 소설 『감정 교육』의 주인공.

멸된다. 이 모든 것을 관장하는 정신 능력은 비평적 인식이며, 체험된 느낌과 감각적 반응에 대한 언급 또는 해명에 해당하는 것이다. 만일 이것이 플로베르에게 사실이라면, 이는 또한 존슨에게보다는 몰리에르에게 한층 더 높은 수준에서 적용되는 사실이다. 물론 몰리에르의 외설적이고 익살스러운 구절들은 존슨의 것과 동일한 필치의 것으로 간주될 수도 있을 것이다. 하지만 몰리에르의 말들—예컨대, 알세스트 또는 주르댕 씨*의 말들—은 실제 세계를 비평하는 것이다. 즉, 실제 세계에 대한 지시가 한층 더 직접적이다. 하지만 존슨의 작품에서는 실제 세계에 대한 지시가 이보다 희박하다. 따라서 그의 작품은 한층 더 간접적으로 풍자적인 것이 되고 있다.

이는 자연스럽게 우리를 유머(humour, 기질)의 문제로 이끈다. 대체로 유머의 문제를 다룬 두 극작품을 증거로 삼아 존슨은 때때로 유머의 유형에 몰두했던 극작가로 간주되는데, 전형적인 형태의 과장된 기질들 또는 유형 별로 나뉘는 과장된 기질들이 그의 관심사였다는 것이다. 유머에 대한 정의 또는 유머에 관해 존슨이 밝힌 의도를 확인하는 데는 아마도 이 두 작품을 검토하는 것으로 충분할 것이다. 『각인각색』†은 존슨이 발표한 최초의 원숙한 작품이고, 존슨의 작품 세계를 공부하는 문학도라면 이 작품을 반드시 읽어야 한다. 하지만 이는 존슨이 천재성을 드러낸 그런 작품이 아니다. 따라서 그 어떤 희극 작품보다 먼저 읽어야 할 작품은 단연코 아니다. 만일 당신이 『볼포네』를 읽고, 이어서 『몰타의 유대인』을 다시 찾아 읽은 다음에 존슨에게로 되돌아와서, 『바톨로뮤 장터』, 『연금

---

* Alceste, Monsieur Jourdain: 몰리에르의 연극에 등장하는 작중인물들.

† *Every Man in his Humour*: 「"수사"와 시극」에 첨가한 역주에서 밝혔듯, 1598년에 초연된 벤 존슨의 희극 작품.

술사』, 『에피신, 침묵의 여인』, 그리고 『악마는 당나귀』를 읽고, 마침내 『카틸리나』를 읽는다면, 시인과 극작가로서의 그에 대해 공정한 견해에 이를 수 있을 것이다.*

마스턴의 풍자에서 보듯, 초기 단계에서조차 유머는 하나의 유형이 아니다. 이는 다만 전형적인 광증狂症을 지닌 단순하면서도 어느 정도 삐뚤어진 인간을 지시할 뿐이다. 후에 이르러, 유머에 대한 정의는 이로 인해 생성된 총체적인 효과를 설명하는 데 완전히 실패한다. 셰익스피어의 작중인물들은 그가 설정해 놓은 환경과 다른 환경에서도 여전히 존재할 수 있는 그런 인물들이다. 말하자면, 그의 작중인물들은 작중인물들의 정수精髓를 추출하여 극도로 강렬하고 흥미로운 인물로 구체화해 놓은 것처럼 보인다. 그렇지만 그로써 그 인물들의 잠재적 가능성이 소진되지는 않는다. 그와는 달리, 볼포네의 삶은 이에 대한 연기가 진행되고 있는 연극 장면에 묶여 있다. 사실을 말하자면, 볼포네의 삶은 해당 연극 장면의 삶이며, 부차적인 차원에서만 볼포네의 삶이다. 요컨대, 작중인물의 삶은 극 자체의 삶과 따로 분리되어 있지 않다. 이는 배경에 입각하여, 또는 저변의 사실과 같은 작품 외적 요인에 입각하여 구체화된 것이 아니다. 감정적 효과도 획일적이고 단순하다. 셰익스피어의 극에서 감정적 효과는 작중인물이 다른 작중인물에 맞서 서로에게 어떻게 *반응하는가에* 기인하는 것이라면, 존슨의 극에서 이는 작중인물이 다른 작중인물들과 서로 어떻게 *어울리고 들어맞는가에* 따라 제공되는 것이다. 『볼포네』의 예술적 결과는 볼포네, 모스카, 코비노, 코

---

* *Bartholomew Fair*, *The Devil Is an Ass*: 「"수사"와 시극」에 첨가한 역주에서 밝혔듯, 전자는 1614년에 초연된 벤 존슨의 희극 작품. 후자는 1616년에 초연된 벤 존슨의 희극 작품.

바치오, 볼토레와 같은 작중인물들이 서로에게 어떤 영향을 미치는가에 따른 것이 아니라, 단순히 이 인물들이 조합하여 어떤 전체를 이루는가에 따른 것이다. 그리고 이들 인물은 열정적인 감정들의 의인화擬人化도 아니다. 서로를 따로 분리해 놓으면, 그들은 그와 같은 최소한의 현실감조차 갖지 못한다. 그들은 다만 구성 요소들일 뿐인 것이다. 만일 존슨의 작품에서 한 구절이라도 찾아내어 이는 위대한 시라고 확신감에 차서 말하기란 결코 쉽지 않다면, 이는 존슨의 창작 방식이 이상의 논의에서 벗어나지 않는 것임을 보여 주는 유사한 징표일 것이다. 하지만 위대한 시라는 영예를 부여하지 않을 수 없는 수많은 파생 명구名句들이 존재한다.

> 나는 내 모든 침상 바닥을 공기로 부풀게 할 것이네, 뭔가로 채우지 않고.
> 솜털조차 너무 딱딱하니까. 그런 다음에 말일세, 타원형의 내 방을
> 티베리우스가 엘레판티스의 책에서 가져 왔던 그런 삽화들로,
> 그리고 지루하긴 하지만 말이야 냉정하게 성애를 모방한
> 아레티네의 시집 속 삽화들로 채우려네. 그런 뒤에 내 방의 거울들을
> 한층 정교한 각도로 잘라 설치해서, 내가 걸음을 옮길 때마다
> 거울에 비친 내 형상들이 흩어져 무수히 반사되게 하려네. . . .*

---

* 존슨, 『연금술사』, 2막 2장 145-151행. 작품의 행에 이르기까지의 인용 부분에 대한 전거典據는 Ben Jonson, *The Alchemist*, Charles Montgomery Hathaway, Jr. 편집 (New Haven: Henry Hold & Co., 1903). 여기서 돈 많은 에피큐어 마몬 경卿은 그가 만일 '철학자의 돌'(the philosopher's stone)을 입수함으로써 얻게 된 원기로 성적 쾌락을 탐닉하고자 할 때 어떤 조처를 취할 것인지를 밝힌다. 티베리우스는 로마의 제2대 황제이며, 엘레판티스는 성애 관련의 작품을 쓴 기원전 1세기 고대 희랍의 시인. 아레티네(피에트로 아레티노[Pietro Aretino], 1492-1556)는 성애에 관한 소네트를 썼던 이탈리아의 시인. 엘리엇이 인용한 부분의 원문은 다음과 같다. "I will have all my beds blown up, not stuft; / Down is too hard; and then, mine oval room / Fill'd with such pictures as Tiberius took / From Elephantis, and dull Aretine / But coldly imitated. Then, my glasses / Cut in more subtle angles, to disperse / And multiply the figures, as I walk. . . ."

존슨은 말로우의 진정한 후계자다. 이와 관련하여, 그의 『볼포네』에 담긴 다음 구절들을 주목하기 바란다.

그대의 사랑을 얻기 위해서라면
변신을 거듭함으로써, 나는 누가 변신에 더 능한지 겨룰 것이오,
푸른빛의 프로테우스와도, 뿔이 달린 홍수와도. . . .*

보시오, 이 홍옥 하나에
우리의 수호성자 마르코도 양쪽 두 눈의 빛을 모두 잃었을 것이오.
이 금강석은 롤리아 파울리나도 사고 싶어 안달했을 그런 것이라오,
그녀가 보석들로 몸을 가린 채 별빛처럼 안으로 들어설 때 말이오.†

이상의 구절을 창작한 존슨은 시인이라는 관점에서 보면 말로우와 동류에 속한다. 그리고 만일 말로우가 시인이라면, 존슨도 시인이다. 아울러, 존슨의 희극이 유머(기질)의 희극이라면, 말로우의 비극은, 또는 그 비극의 상당 부분은 유머(기질)의 비극인 셈이다. 하지만 존슨은 지나치게 배타적으로 희극에 대한 하나의 관점을 전형적으

---

* 존슨, 『볼포네』, 제3막 제7장 제151-153행. 작품의 행에 이르기까지의 인용 부분에 대한 전거는 Ben Jonson, *Volpone, or the Fox*, John D. Rea 편집(New Haven: Yale UP., 1919)으로, 이 작품에 대한 앞으로의 전거는 이에 준할 것임. 위의 인용은 볼포네가 실리아를 유혹하기 위해 건네는 대사의 일부. 프로테우스는 변신에 능한 바다의 신으로, '푸른'은 바다의 색깔을 지시함. "뿔이 달린 홍수"는 대양의 신 오케아노스의 아들이자 강의 신 아켈로오스를 가리킴. 아켈로오스 역시 변신에 능한데, 원래의 모습은 인간의 몸에다가 뿔이 달린 수소의 머리를 얹어 놓은 형상을 하고 있다. 엘리엇이 인용한 부분의 원문은 다음과 같다. "[F]or thy love, / In varying figures, I would have contended / With the blue Proteus, or the hornèd flood. . . ."

† 존슨, 『볼포네』, 제3막 제7장 제193-196행. 볼포네가 실리아를 유혹하기 위해 갖은 보석을 꺼내 보이며 이어가는 대사. 롤리아 파울리나는 로마 황제 칼리굴라의 셋째 아내로, 엄청난 유산 상속에 따른 갑부였다고 함. 엘리엇이 인용한 부분의 원문은 다음과 같다. "See, a carbuncle / May put out both the eyes of our Saint Mark; / A diamond would have bought Lollia Paulina, / When she came in like star-light, hid with jewels. . . ."

로 대표하는 인물로 간주되어 왔다. 그는 또한 비평가로서 또한 이론가로서의 명성으로 인해, 또한 그의 지성이 발휘하던 영향력으로 인해, 손해를 보아 왔다. 우리는 그를 인간으로서, (후에 출현한 문인들 가운데 그와 이름이 같은 인물*과 그의 이름이 우리 마음 안에서 혼동을 일으키는 가운데) 독재자로서, 그리고 자기 세대의 사람들에게 자신의 견해를 각인하려 했던 문학판 정치꾼으로서 그를 생각하도록 교육받아 왔다. 그리고 그의 박학다식함에 대한 끊임없는 일깨움 때문에 우리는 그에게 거부감을 갖는다. 아울러, 우리는 유머 안에 자리한 희극의 존재를, 학자 안에 자리한 진지한 예술가의 존재를 잊고 무시한다. 또한, 자신의 예술에 대해 무언가 말을 할 것을 강요받는 이들이라면 누구나 그럴 수밖에 없듯, 존슨도 여론에 시달려 왔다.

만일 당신이 『볼포네』의 시작 부분 100여 행 또는 그 이상을 세밀하게 검토하면, 작품 속의 운문이 말로우 풍風으로 창작된 것으로 보임을 확인하게 될 것이다. 차이가 있다면, 더 신중하고 더 성숙한 것이지만, 말로우 특유의 창조적 영감이 확인되지 않는다는 점일 것이다. 이는 단순한 "수사"에 지나지 않는 것으로 보일 뿐, 명백히 "사람들이 흔히 동원하는 그런 종류의 행위와 언어"†가 아니다!

* 엘리엇이 여기서 말하는 문인은 "문학 분야의 위대한 독재자"(Carles W. Eliot 편집, *English Essays: From Sir Philip Sidney to Macaulay* [New York: Collier & Son, 1910], 154쪽)로 불리기도 하는 새뮤얼 존슨(Samuel Johnson, 1709-1784)을 가리키는 것으로 판단됨. 아울러, 벤 존슨의 성姓인 'Jonson"은 원래 "Johnson"으로 표기하는 것이 일반적이었으나, 존슨 자신의 선호에 따라 "Jonson"으로 표기하게 되었다는 점도 참조할 것.

† 존슨, 『각인각색』, 서막 제21행. 작품의 행에 이르기까지의 인용 부분에 대한 전거典據는 Ben Jonson, *Every Man in his Humour*, Percy Simpson 편집 (Oxford: Clarendon Press, 1919). 엘리엇이 인용한 구절의 원문을 옮기자면, "deeds and language such as men do use."

사실을 말하자면, 이는 억지스럽고 꼴사나운 허풍 같아 보인다. 우리에게는 이것이 "수사"가 아니라는 점을, 또는 적어도 사악한 수사가 아니라는 점을 알 길이 없다. 이는 마지막에 이르기까지 극 전체를 정밀하게 검토할 수 있을 때 비로소 확인할 수 있는 것이다. 존슨은 이 같은 표현 방식을 지속적으로 유지함으로써, 끝에 가서야 그것이 단순히 수다스러움의 효과를 제공하기 위한 것이라기보다는 대담함뿐만 아니라 심지어 충격적이며 무시무시한 솔직성을 효과적으로 제공하기 위한 것임을 드러내기 때문이다. 우리에게는 이 단순하고도 단일한 효과를 산출하는 것이 무엇인지를 정확하게 꼭 집어 말하기란 어렵다. 이는 결코 플롯을 교묘하게 꾸미는 식의 통상적인 절차에 기댐으로써 얻어진 것은 아니다. 존슨은 작품을 구성할 때 엄청난 양의 연극적 수완을 동원하고 있는데, 그가 동원하는 것은 플롯을 구성하는 능력으로서의 수완이라기보다 플롯이 없이 작품을 구성하는 능력으로서의 수완이다. 그는 결코 『베니스의 상인』의 플롯에서 확인할 수 있는 것과 같은 뒤얽히고 복잡한 플롯을 솜씨 있게 엮어내지 않는다. 존슨의 극작 가운데 최상의 것 어디에서도 왕정복고시대의 희극을 구성하고 있는 것과 같은 종류의 교묘한 플롯이 확인되지 않는다. 『바톨로뮤 장터』의 플롯은 결코 플롯이라고 할 수조차 없다. 극의 경이로움은 당황스러울 만큼 급속도로 혼란스럽게 진행되는 장터의 움직임에서 나오는 것이다. 즉, 장터 안에서 어쩌다 일어나는 일이 아니라 장터 자체가 경이로움의 대상이 되고 있는 것이다. 『볼포네』에서든, 『연금술사』에서든, 『에피신, 침묵의 여인』에서든, 플롯은 배우들에게 무대 위에서 계속 움직임을 이어가도록 하는 데 충분한 것으로, 이는 플롯이라기보다는 차라리 "행위"라고 해야 할 것이다. 요컨대, 플롯이 극을 하나로 모으는 역할을 담당하고 있는 것이 아니다. 극을 하나로 모으는 것은 창조적 영감의 통일성, 플롯 안으로 또한 등장인물들 안으로 흘러들어가 환하게 그 빛을 발하는 창조적 영감의 통일성이다.

우리가 존슨의 작업을 "표층적인 것"이라고 말할 때 그것이 어떤 의미에서 그러한가를 좀 더 정확하게 밝히기 위한 시도를 우리는 이어 왔다. 조심스럽게 "피상적"이라는 표현을 피해가면서 말이다. 조심하지 않을 수 없는 것은, 존슨에게라면 적용될 수 없는 이 표현—그러니까 경멸적 의미에서의 "피상적"이라는 표현—에 들어맞는 작품들이 존슨의 작품들과 동시대에 존재하기 때문이다. 그 예에 해당하는 것이 보몬트와 플레처의 작품이다. 우리가 만일 존슨과 동시대인이면서 위대한 작가들의 작품들, 예컨대, 셰익스피어, 또한 단과 웹스터와 터너의 작품(그리고 때때로 미들턴의 작품)들을 살펴보면, 그들의 작품은 그레고리 스미스 씨가 적절하게 표현한 바와 같이 깊이와 삼차원성을 갖추고 있다. 이는 존슨의 작품 세계에서는 확인되지 않는 특성이다. 이들 작가의 언어 세계를 들여다보면, 종종 인간의 의식 지극히 깊은 곳에 숨어 있는 공포와 욕망에까지 뿌리내리고 있는 촉수觸鬚들이 그물망을 이루고 있음을 확인할 수 있다. 존슨의 언어 세계에는 명백히 그런 것이 존재하지 않는다. 하지만 보몬트와 플레처의 작품에서 우리는 때로 이를 확인할 수 있을 것이라고 생각할 수도 있다. 그럼에도, 좀 더 자세하게 들여다보는 경우, 우리는 보몬트와 플레처의 상상력이 피운 꽃들은 흙속에 뿌리를 내려 자양분을 얻고 있는 것이 아님을, 꺾여 모래더미에 박혀 있는 약간 시든 꽃들임을 확인하게 될 것이다.

이제부터 그대는 사람들이 나에 대해 쑥덕거릴 때,

> 그대의 귀에 들리는 것이라고는 나에 대한 악평뿐일 것이기에,
> 이것들 가운데 다만 몇몇이라도 기억해 주지 않으려오? . . .
> 부탁컨대, 그러기 바라오, 그대는 다시 나를 보지 못할 것이기 때문이오.*

> 수도 없이 기묘하게 뒤틀고 비틀어 엮은 머리는
> 끝도 없이 실수를 이어간 뒤에 감쌀 수 있을 것이오,
> 방황하는 영혼을.†

맥락에서 분리하는 경우, 위의 인용은 위대한 시인들의 반열에 오른 시인의 운문과도 같아 보일 것이다. 존슨의 구절들을 맥락에서 분리하는 경우, 그것들이 과장되거나 공허한 허풍과도 같아 보일 수 있듯 말이다. 하지만 보몬트와 플레처의 운문이 일깨우는 시적 환기력喚起力은 그네들 자신이 포착하지 못한 감정과 연상에 재치 있게 호소함으로써 얻어진 것이다. 따라서 공허하다. 이는 배후가 텅 비어 있는 피상적인 것이다. 반면에 존슨의 표층은 실속을 갖춘 단단한 것이다. 이는 있는 그대로 의미와 실체를 갖춘 그 무엇으로, 무언가 다른 것인 양 허세를 부리지 않는다. 그럼에도, 이는 지극히 의식적이고 신중한 것이어서, 우리가 해당 부분의 숨은 의미를 제대로 파악하고자 한다면, 전체를 향해 날카롭게 깨어 있는 눈길로 해당 부분을 응시해야 한다. 한 인간의 작업이 하나의 세계를 창조

---

* 보몬트와 플레처의 공동 극작품인 『왕과 왕이 아닌 자』(*King and No King*, 1619)의 제3막에 나오는 이베리아의 왕 아르바세스(Arbaces)의 대사. 엘리엇이 인용한 부분의 원문은 다음과 같다. “Wilt thou, hereafter, when they talk of me, / As thou shalt hear nothing but infamy, / Remember some of these things? . . . / I pray thee, do; for thou shalt never see me so again.”

† 플레처의 『성실한 처녀 양치기』에서 “성실한 처녀 양치기”인 클로린(Clorin)에게 사랑을 느끼는 양치기 세놋(Thenot)이 그녀에게 건네는 대사의 일부. 엘리엇이 인용한 부분의 원문은 다음과 같다. “Hair woven in many a curious warp, / Able in endless error to enfold / The wandering soul. . .”

하는 것일 때, 우리는 그의 작업을 놓고 피상적인 것이라는 투의 평가를 내릴 수 없다. 그 어떤 인간도 그 자신이 창조한 세계를 피상적으로 다루었다는 투의 비난으로 내몰릴 수는 없다. 존슨의 경우, 표층 그 자체가 세계*이기* 때문이다. 존슨의 작중인물들은 그들의 세계 고유의 감정의 논리에 순응하고 있다. 그 세계는 로바체프스키[*]의 세계와 같은 종류의 것으로, 존슨과 같은 예술가가 창조한 세계들은 비非유크리드 기하학의 체계들과도 같은 것이다.[†] 그것들은 환상에 불과한 것이 아닌데, 그들 자체의 논리를 소유하고 있기 때문이다. 그리고 이 논리는 실제 세계를 새롭게 조명하는 역할도 하는데, 세계를 점검하는 데 요구되는 새로운 관점을 제공하기 때문이다.

힘과 지성을 갖춘 작가인 존슨은 자신이 하고자 선택한 일이 무엇인가를 널리 알리고자, 그것도 개혁을 위한 공식과 기획의 형태로 널리 알리고자 하는 일에 진력했다. 아울러, 그는 부자연스럽지 않게 실제로는 한 작가의 개인적 관점에 해당하는 것을 추상적 이론

---

* Nikolai Lobachevsky (1792-1856): 비非유클리드 기하학 분야에서 뛰어난 업적을 남긴 러시아의 수학자.

† 엘리엇은 후에 출간한 『평론 선집, 1917-1932』(*Selected Essays*, 1917-1932)에 벤 존슨에 관한 현재의 평론을 재수록하고 있다. 문제는 현재의 문장인 "그 세계는 로바체프스키의 세계와 같은 종류의 것으로, 존슨과 같은 예술가가 창조한 세계들은 비非유크리드 기하학의 체계들과도 같은 것이다"를 삭제했다는 점이다. 삭제한 이유는 무엇일까. 기하학의 논리에 입각하여 논의하자면, 유클리드의 기하학이 이차원적 평면과 관계된 것인 것과 달리, 로바체프스키의 기하학은 '말안장 형태'의 곡면을 상정한다는 점에서 궁극적으로 삼차원적인 공간과 관련된 것이다. 추측건대, 바로 이 사실을 누군가가 엘리엇에게 귀띔하자, 자신의 비유가 엉뚱하고 잘못된 것임을 깨닫게 되었기에 엘리엇이 이 문장을 삭제했을 것이라는 추정도 가능하다. 이와 관련하여, 셰익스피어 등등의 작품 세계가 삼차원성을 갖춘 것이라면 벤 존슨의 작품 세계는 표층적—즉, 이차원적—이라는 것이라는 점이 현재의 논의가 암시하는 바의 중요한 논조임을 유의해야 할 것이다.

의 형태로 정립했다. 우리가 만일 공식에서 벗어나 있는 이 개인적 관점을, 또한 그의 희곡 작품을 읽을 만한 가치가 있는 것으로 만드는 이 개인적 관점을 인식하고 포착하지 않는다면, 존슨의 이론과 실천을 논의 대상으로 삼는 일은 결국에 가서 아무런 가치가 없는 것이 될 것이다. 존슨은 그가 지닌 그대로의 위대한 창조적 정신에 따라 행동한 사람이다. 즉, 그는 그 자신만의 세계—그와는 완전히 다른 무언가를 창조하고자 시도하던 극작가들은 물론 그의 추종자들에게 입장이 배제된 오로지 그 자신만의 세계—를 창조했다. 이 점을 염두에 두고 우리는 그레고리 스미스 씨의 이의 제기—즉, 존슨의 작중인물들은 삼차원성을 결여하고 있고, 그들이 등장하여 존재하는 연극적 상황에서 벗어나는 경우 생명력을 잃게 된다는 주장—로 눈길을 돌려, 이에 대한 심리審理를 요청하고자 한다. 그레고리 스미스 씨의 이의 제기는 작중인물들이 순전한 지적 정신 활동의 산물이거나, 또는 퇴락하거나 곰팡이로 뒤덮인 세계에 대한 피상적인 관찰의 결과임을 암시하고 있다. 즉, 작중인물들이 생명력을 결여하고 있음을 암시하고 있는 것이다. 하지만 우리가 이론理論의 저변으로, 관찰의 저변으로, 신중한 묘사 및 공연 예술적이고 연극적인 정교화 작업의 저변으로 파고들어가게 되면, 그 아래에는 일종의 힘이 존재함을 확인하게 된다. 즉, 볼포네, 비지, 핏츠도트렐, 『에피신, 침묵의 여인』의 지성인티를 내는 여인들, 심지어 보바딜* 까지 살아 숨 쉬게 하는 모종의 힘이, 지적 정신 능력 아래쪽 어딘가에서 발원한 힘이, 또한 그 어떤 유머 이론으로서도 설명할 수 없

* 여기서 열거되어 있는 인물 가운데 볼포네는 물론 『볼포네』에, 비지(Busy)는 『바톨로뮤 장터』에, 핏츠도트렐(Fitzdottrel)은 『악마는 당나귀』에, 보바딜(Bobadil)은 『각인각색』에 등장한다.

는 힘이 존재함을 감지하게 된다. 그리고 이는 트리말키오를, 파뉘르주를,* 디킨스의 소설에 등장하는 "희극적" 작중인물들 전체는 아니더라도 그 일부에게 생생한 생명력을 부여하는 것과 동일한 종류의 힘이다. 이런 종류의 상상 속 존재들이 지닌 생명력은 "희극喜劇"(comedy)이든 "소극笑劇"(farce)이든 이를 들먹임으로써 그 안에 가두어 놓을 성질의 것이 아니다. 이는 엄밀하게 말해 몰리에르나 마리보†—즉, 존슨과는 물론이지만 양자 사이에도 서로 판이하게 다른 작업을 수행했던 이 두 극작가—의 작중인물들을 살아 숨 쉬게 하는 것과 같은 종류의 생명력이 아니다. 하지만 이는 바라바스와 샤일록‡ 사이에, 에피큐어 마몬과 폴스타프§ 사이에, 파우스투스와 (혹시 괜찮다면) 맥베스 사이에 존재하는 차이가 얼마나 큰 것인지를 분명케 하는 무언가의 특성이고, 말로우와 존슨이 셰익스피어 및 셰익스피어의 추종자들인 웹스터와 터너와는 전혀 다른 극작가임을 분명하게 밝혀 주는 특성이기도 하다. 이는 단순히 유머(기질)라고 할 수 있는 것도 아닌데, 볼포네도 모스카도 유머가 아니기 때

* Trimalchio, Panurge: 트리말키오는 고대 로마의 작가 페트로니우스(Petronius, 27-66)의 작품 『사티리콘』(*Satyricon*)에 등장하는 오만방자한 인물로, 노예였던 그는 수상한 방법으로 돈을 모아 갑부가 된 다음에 사람들을 초청하여 호화로운 만찬의 자리를 벌이곤 한다. 한편, 파뉘르주는 라블레의 『가르강튀아와 팡타그뤼엘의 생애』(*La vie de Gargantua et de Pantagruel*)에 등장하는 교활하고 잔인하며 변덕스러운 인물로, 가르강튀아의 아들인 팡타그뤼엘의 친구다. 참고로, 『가르강튀아와 팡타그뤼엘의 생애』는 1532년경부터 1564년경까지 모두 다섯 차례로 나뉘어 출간되었다.

† Pierre de Marivaux (1688-1763): 프랑스의 극작가이자 소설가.

‡ Barabas, Shylock: 전자는 말로우의 『몰타의 유태인』에 등장하는 유태인 상인. 후자는 셰익스피어의 『베니스의 상인』에 등장하는 유태인 상인.

§ Epicure Mamon, Falstaff: 앞선 역주에서 밝혔듯, 전자는 『연금술사』에 등장하는 갑부 귀족. 후자는 셰익스피어의 극 여러 편에 등장하는 희극적인 인물. 폴스타프라는 인물과 관련해서는 곧이어 나오는 엘리엇의 논의 및 그의 논의에 등장하는 "맘스베리 황소"와 관련된 역주를 참조하기 바람.

문이다. 그 어떤 유머 이론도 존슨이 남긴 최상의 극작품과 그 안에 담긴 최상의 작중인물들을 해명하는 데는 아무런 역할을 하지 못한다. 우리는 어느 지점에서 유머 희극이 예술 작품으로 편입되는가를, 또한 존슨이 왜 브롬과는 다른 극작가인가를 알기 원한다.

예술 작품을 창조하는 일—이 자리에서라면, 극중 인물을 창조하는 일—은 본질적으로 극중 인물 안에 작가의 개성을, 또는, 보다 깊은 의미에서 볼 때, 작가의 생명력을 주입하는 과정이라고 할 수 있다. 이는 자신의 형상에 따라 대상을 창조한다는 식의 정통 기독교적 의미에서의 창조와는 아주 다른 것이다. 창조자의 열정과 욕망이 예술 작품에서 어떤 방식으로 충족되는가의 문제는 복잡할 뿐만 아니라, 방향이 일정하지 않기에 예측이 가능하지도 않다. 화가의 경우, 열정과 욕망은 창조자가 선호하는 특정 색채, 색조, 조명 효과에 따라 나름의 형태를 취할 수 있다. 한편, 작가의 경우, 최초의 충동은 한층 더 기묘한 것으로 변형될 수 있다. 이 지점에 이르러, 우리는 그레고리 스미스 씨의 의견에 동조하여 폴스타프 또는 셰익스피어가 창조한 다수의 극중 인물들은 존슨의 극중 인물들이 소유하고 있지 못한 "삼차원성"을 소유하고 있다고 말할 수도 있겠다. 하지만, 이렇게 말한다고 해서, 셰익스피어의 인물들이 느낌과 상상력의 산물이라면, 존슨의 인물들은 지능의 산물이라거나 지적 고안물이라는 뜻은 아니다. 셰익스피어와 존슨 양자의 극중 인물들은 동일하게 감정에서 발원한 것이다. 차이가 있다면, 이는 셰익스피어의 인물들이 한층 더 유연하고 한층 더 민감한 기질을 대변할 뿐만 아니라, 한층 더 복잡한 조직의 느낌과 욕망을 대변한다는 점에서다. 폴스타프는 뱃속에 푸딩을 넣어 불에 구운 맘스베리 황소만이 아니다.* 그는 또한 "늙어 가기도" 하고, 마침내 그의 코는 펜처럼 뾰족하고 날카로워지기도 한다. 그는 아마도 한층 더 많은 느낌들, 한층 더 복잡한 느낌들의 *충족체充足體*였고, 어쩌면 위대한 비극적 인물들이 그러했듯 한층 더 깊고 한층 더 이해하기 어려운 느낌들의 소산물이었을 것이다. 그는 물론 존슨의 인물들보다 더 깊이 있는 인물이었지만, 그렇다고 해서 그가 반드시 더 강력하고 더 강렬한 인물이었던 것은 아니다. 명백히 두 작가의 인물들 사이의 차이는 느낌과 생각 사이의 차이에서 비롯된 것도 아니고, 셰익스피어 쪽에서 한층 더 탁월한 통찰력, 탁월한 인식능력을 소유하고 있었던 데서 비롯된 것도 아니다. 다만 차이는 셰익스피어가 한층 더 폭넓은 범위의 감정에, 그리고 한층 더 깊고 한층 더 모호한 감정에 민감하게 반응할 수 있었음에 따른 것이다. 하지만 그의 인물들이 존슨의 인물들보다 더 "살아있는 존재"인 것은 아니다.

셰익스피어와 존슨이 몸담고 있는 세계는 그들이 창조하는 세계에 비해 규모가 엄청난 것이다. 하지만 작은 세계들—즉, 예술가들이 창조하는 세계들—은 단지 규모 면에서만 차이가 있는 것이 아니다. 예술가들이 창조하는 세계들이 모든 면에서 일정한 비율에 맞춰 축소된 형태로 조성된 완벽한 것들이라고 해도, 이들은 또한

* 이 같은 엘리엇의 논의 부분에 등장하는 "맘스베리 황소"(Malmesbury ox)에서 맘스베리는 영국 남부의 한 지방으로 추정되는데, 그 지방의 황소가 폴스타프에 관한 논의의 맥락에서 어떤 의미를 갖는지는 확인할 길이 없다. 어쩌면, 엘리엇의 기억에 혼란이 있었는지도 모른다. 그는 『평론 선집, 1917-1932』에서 "맘스베리"를 "매닝트리(Manning-tree)"로 바꾸었는데, 이는 그런 혼란을 바로잡기 위한 것으로 보인다. 엘리엇이 여기서 언급한 "불에 구운 매닝트리의 황소"라는 말은 셰익스피어의 『헨리 4세』(*Henry IV*, 1597년 이전 창작으로 추정)의 제1부의 제2막 제4장에서 미래의 헨리 5세인 왕자 핼(Hal)이 뚱뚱보 폴스타프를 익살스럽게 지칭하는 표현으로 등장한다. 중세 시대의 맨닝트리에서 열렸던 농산물 품평회에서는 내장을 제거한 뒤 푸딩을 넣고 황소 한 마리 전체를 불에 굽는 전통이 이어져 왔었다고 한다.

종류 면에서도 다른 세계들이다. 그리고 존슨의 세계는 이처럼 비율에 맞춰 축조된 세계다. 그런데 존슨은 그 특유의 개성에 이끌려 익살극(burlesque)이나 소극(farce)의 범주에 소속되는 것에서 심리적 안도감을 찾았다. 비록 우리가 존슨의 것과 같이 *독특한* 세계를 다룰 때 익살극이나 소극과 같은 용어들이 개념 정의에 대한 우리의 욕망을 만족시키기에 어려운 것이긴 하지만 말이다. 이는 좌우지간 몰리에르의 소극과 같은 것이 아니다. 후자는 한층 더 분석적이고 한층 더 지적인 재분배에 해당하는 것이다. 존슨의 세계는 "풍자"(satire)라는 말로도 정의되지 않는다. 존슨이 풍자 작가로서의 자세를 취하고 있긴 하지만, 존슨의 것과 같은 풍자가 마침내 위대한 것이 되는 이유는 요령 있게 풍자 대상을 흉내 내기 때문이 아니라 대상을 창조하기 때문이다. 그에게 풍자란 미학적인 결과로 그를 인도하는 수단, 새로운 세계를 새로운 궤도 안에 투사하려는 충동으로 그를 인도하는 수단에 불과한 것이다. 『각인각색』 안에는 깔끔한, 그것도 대단히 깔끔한 유머 희극이 존재한다. 이 극작품에서 새로운 장르를 발견하고 이를 공식화하는 가운데, 존슨은 단순히 자신의 본능을 올바른 방향으로 이끄는 길이 어느 쪽으로 열려 있는가를 무의식적으로 깨닫고 있을 뿐이었다. 그의 극중 인물들은 말로우의 극중 인물들과 마찬가지로 단순화된 인물들이자 그런 특성을 계속 유지하는 인물들이다. 하지만 이 같은 단순화의 본질은 극중 인물이 어떤 특별한 유머나 편집증의 지배를 받는다는 데서 찾아질 성질의 것이 아니다. 그런 식의 논의는 지극히 피상적인 설명에 불과한 것일 뿐이다. 존슨이 시도한 단순화의 본질은 주로 세부 묘사를 축소하는 데, 그럼으로써 해당 극중 인물 안에서 동일 상태를 유지하는 하나의 감정적 충동을 한층 도드라지게 하는 데 관건이 되는 측면들을 포착하는 데, 그 작중인물을 특정 배경에 순응하도록 만드는 데 있다. 이 같은 잔가지 쳐 내기는 예술에 필수 불가결한 것이다. 회화繪畵에서 입체적인 것을 평면에 투사할 때 왜곡이 또한 필수 불가결한 것이듯 말이다. 이는 말로우의 것과 마찬가지로 희화화의 예술, 그것도 위대한 희화화의 예술이다. 이는 위대한 희화화이자 아름다운 희화화인 동시에, 위대한 유머이자 진지한 유머다. 존슨의 "세계"는 그 나름대로 충분할 만큼 큰 세계이자, 시적 상상력의 세계이고, 이와 동시에 어두운 분위기의 세계다. 그는 삼차원성을 소유하고 있지 않았지만, 이를 소유하고자 하는 시도조차 그는 하지 않았다.

우리가 만일 존슨의 "수사"와 그것의 적용 양태에 대해 한층 명료한 이해력을 갖춘 상태에서 그의 학식에 대해 느끼는 차가운 경외감을 조금 누그러뜨린 채 그의 작품 세계에 접근하는 경우, 또한 독자에게 요구되는 지식은 고고학이 아니라 존슨에 관한 지식이라는 사실을 이해하는 경우, 우리는 비非유클리드 기하학적 인간성* 을 학습할 기회뿐만 아니라 즐길 기회도 이끌 수 있을 것이다. 우리는 심지어 좀 더 심오한 자기표현을 갈망하는 우리의 문학 유산의 일부로서 그를 활용할 수도 있고, 그런 존재로서 그를 새롭게 인식할 수도 있다. 만일 현시대가 존슨을 제대로 아는 경우, 아마도 그는 그와 시대를 함께했던 그 모든 극작가들 가운데 현시대 사람들과 가장 깊이 공감을 나눌 수 있는 작가라는 사실이 확인될 것이다. 여기에는 오늘날의 런던과 그 외 지역의 사람 대략 삼천 명을 매료

---

* 엘리엇은 현재의 글을 『평론 선집, 1917-1932』에 다시 수록하는 과정에 "비유클리드 기하학적 인간성"(non-Euclidean humanity)을 "이차원적 삶"(two-dimensional life)으로 고쳤다. 추측건대, 이 역시 로바체프스키의 비유크리드 기하학에 관한 역주에 밝힌 바의 이유에 따른 것이리라.

하지 않을 수 없을 야수성이, 감상感傷의 결여가, 매끄러운 표층이, 능숙하게 처리된 현란한 색채의 크고 대담한 디자인들이 존재한다. 적어도, 우리 시대에 우리와 동시대인으로서 셰익스피어와 같은 사람과 존슨과 같은 사람이 존재한다면, 지식인층을 열광케 할 사람은 존슨과 같은 사람일 것이다! 비록 문학에 몰두해 있긴 하지만, 그는 결코 문학을 위해 또는 인물 연구를 위해 공연 예술의 특성, 그것도 더할 수 없이 호의적인 의미에서의 공연 예술 고유의 특성을 희생양으로 삼지 않는다. 존슨의 작업은 타이탄과도 같이 거대한 기획의 공연물이다. 하지만 그의 작업에서 중요한 부분을 차지하고 있는 존슨의 가면극은 무시되고 있다. 우리의 무기력하고 해이한 문화는 공연 예술과 문학을 시들어 죽음에 이르도록 방치하되, 시들어 버린 공연 예술보다는 시들어 버린 문학 쪽을 선호한다. 밀턴의 『코모스』를 읽은 사람이 수백이라면, 존슨의 『검은 피부의 가면극』*을 읽은 사람은 열 정도밖에 되지 않을 것이다. 사실, 『코모스』에는 멋진 시가, 존슨의 가면극에 담긴 시가 내세울 수 없는 몇몇 장점을 예시적으로 드러내 보이는 멋진 시가 담겨 있다. 그럼에도, 『코모스』는 가면극의 죽음을 통고하는 작품이다. 즉, 한 형식의 예술—지극히 짧은 기간이긴 했어도, 여전히 하나의 형식으로 존재했던 예술—이 "문학"으로, 공연 가능성을 상실한 형식으로 틀이 고착된 문학으로 변환되었음을 통고하는 작품인 것이다. 비록 『코모스』가 러드로우 성城†에서 공연된 가면극이긴 하나, 존슨이 가지고

* *Masque of Blackness*: 작중인물들이 아프리카의 흑인으로 분장하고 무대에 출현하여 연기를 이어간 벤 존슨의 가면극. 1605년 1월에 처음 무대 공연이 이루어졌다.

† Ludlow Castle: 밀턴의 『코모스』가 1634년에 처음 공연된 장소. 공연 일시는 1월 6일.

있었던 느낌—즉, 살아 있는 예술이라는 느낌—을 밀턴이 갖기에는 아마도 너무 늦은 때였을 것이다. 존슨에게 이는 실제 공연을 위한 예술이었다. 하지만 가면극 작품들은 여전히 독서의 대상이 될 수 있으며, 그것도 즐거움을 주는 독서의 대상이 될 수도 있다. 다만 누군가가 극의 공연이 실제로 이루어지고 있음을, 음악과 의상과 춤 그리고 이니고 존스*가 설계한 무대 배경이 함께 어우러져 극의 공연이 실제로 진행되고 있음을 상상 속에서나마 떠올리는 노고—실제로 존슨의 입장에서 보면, 사실상 고대 문화와 풍습에 대한 공부에 쏟아 부었던 노고—를 아끼지 않는 사람의 존재가 전제되어야 할 것이다. 가면극들은 존슨이 뛰어난 형식 감각을 지니고 있었음을, 하나의 특정 형식이 지향하는 바의 목적이 무엇인가를 감지하는 데 뛰어난 감각을 지니고 있었음을 보여 주는 부가적 증거에 해당한다. 이는 또한 그가 그냥 문필가였다기보다 이에 한층 앞서 탁월한 문학 예술가였음을 보여 주는 증거이기도 하다.

* Inigo Jones (1573-1652): 영국의 저명한 건축가로, 연극 무대 및 의상 디자인에도 엄청나게 중요한 역할을 했다.

필립 매신저

1

매신저는 그보다 더 뛰어난 동시대의 여러 작가들보다 한층 더 다행스럽게 또한 한층 더 공정하게 평가받아 왔다. 세 명의 비평가가 그의 편에서 최선을 다했는데, 코울리지의 비망록은 코울리지 자신의 단편적이지만 탁월한 인식을 예시하고 있으며, 레슬리 스티븐*의 글은 무시무시할 정도로 파괴적인 분석의 한 예이고, 스윈번의 글은 그가 남긴 비평 가운데 최상에 해당하는 것이다. 그렇긴 하나, 아마도 이들 가운데 누구도 매신저의 문학사적 위치와 관련하여 논박의 여지가 없는 결정적인 자리 매김에 이르지는 못한 것 같다.

영국의 비평은 진술하기보다는 논쟁하거나 설득하는 쪽으로 기울어져 있다. 아울러, 모습을 드러내도록 논의 대상에게 압력을 가하는 대신, 영국의 비평가들은 그들의 작업 안에 그들 자신의 세련된 취향을, 아무리 나무랄 데 없는 것이라고 해도 이와 마주한 우리에게 여전히 신뢰감을 요구하는 그들만의 세련된 취향을 융해되지

* Leslie Stephen (1832-1904): 영국의 작가이자 비평가이며, 역사학자. 엘리엇의 논의와 관련해서는 레스리 스티븐의 저서, *Hours in a Library*, 제2권 (London: Smith, Elder, & co., 1892), 141-176쪽에 수록된 "Massinger"를 참조할 것.

않은 앙금과도 같이 남겨 왔다. 이 취향을 자극하는 원리들이 무엇인가는 아직 해명이 되어 있지 않은 상태다. 크룩섕크* 씨의 저서는 훌륭한 학문적인 업적으로, 훌륭한 학문적인 업적의 장점은 독자의 비판 능력이 작동하도록 유도하는 증거 자료를 우리에게 제시한다는 데 있다. 판단을 내리기보다는 판단할 방법을 제공하고 있는 것이다.

사실들을 자극하여 스스로 일반화에 이르도록 유도하는 일, 이는 어려운 작업이다. 어쩌면, 비평 영역에서 최고로 어려운 작업일 것이다. 적어도 크룩섕크 씨는 잠재적으로 일반화가 가능한 사실들을 우리에게 제시한다. 이는 가치 있는 공헌으로 여길 만한 작업이다. 따라서 그가 자신의 저서에 첨가한 부록들이 그의 글 자체만큼이나 값진 것이라고 평가함은 저자에 대한 전적인 찬사의 마음을 드러내기 위한 것이다.

크룩섕크 씨가 자신을 헌신하여 이어간 것과 같은 노역은 비평가임을 공언하는 사람이라면 누구나 한층 더 기꺼운 마음으로 수행해야 할 그런 종류의 값진 것이다. 이는 비평 활동에서 중요한 부분을 차지하는 작업으로, 단순한 의견 표명보다 더 중요한 의미를 갖는 일이다. 엘리자베스 시대의 연극을 이해하기 위해서는 한꺼번에 열 명 이상의 극작가에 대한 공부가 필요하고, 또한 온갖 주의를 기울여 그 시대 연극의 복잡한 성장 과정을 해부해야 하며, 마지막 행에 이르기까지 극작가들의 공동 창작 작업에 대한 저울질도 필요하다. 셰익스피어 및 그와 동시대의 몇몇 극작가들의 작품 읽기는 그

* Alfred Hamilton Cruickshank (1862-1927): 더럼 대학(University of Durham)의 희랍 및 고전 문학 교수. 그의 저서 『필립 매신저』(Philip Massinger)가 1920년에 출간되었는데, 엘리엇이 현재의 글에서 거론하고 있는 것은 바로 이 책.

자체로서 충분히 즐거운 일이며, 아마도 대부분의 사람들에게 무엇보다 즐거운 일일 것이다. 하지만, 작품을 이해함으로써 이러한 즐거움을 만끽하고 또한 세련된 것으로 정제하기를 원한다면, 즐거움을 마지막 한 방울까지 뽑아내고자 한다면, 각 작가의 정수精髓를 짜내고 또 짜내고자 한다면, 정확한 측정값을 우리들 자신의 감각에 적용하고자 한다면, 우리는 비교 작업을 수행해야 한다. 그리고 우리가 제대로 된 비교 작업을 수행할 수 있기 위해서는 원작자와 그의 영향이 어떻게 다른 작가들과 실처럼 연결되어 있는가를 확인하고 이를 가려 분리해야 한다. 아무튼, 우리는 크룩섕크 씨의 판단을 검토하기 위해 크룩섕크 씨의 방법을 동원해야 한다. 그런데, 그가 내린 판단 가운데 가장 중요한 것은 아마도 다음 인용에서 확인될 수 있을 것이다.

> 무대 예술에 대한 파악의 면에서, 유연한 운율 운용의 면에서, 윤리의 영역 안에서 선과 악 양쪽을 다 솜씨 있게 다루려는 욕망의 면에서, 매신저는 그 시대를 대표하는 전형적인 사람이다. 즉, 그는 상당한 문화를 소유하고 있었지만, 엄밀하게 말해 타락했다고 할 수는 없으나 도덕 정신을 결여하고 있던 시대를 대표하는 사람인 것이다.*

사실상, 이것이 우리에게 주어진 기본 텍스트다. 즉, 이 문장의 뜻을 밝히는 일은 곧 매신저에 대한 해명이 될 것이다. 막연하게나마 우리는 세련된 취향에 기대어, 그러니까 매신저는 열등한 작가라는 인식 아래 논의를 시작하기로 한다. 이 같은 그의 열등함을 추적하여 이를 녹여 없애고, 장점이 될 만한 요소가 있다면 그것이 무엇이든 이를 남길 수 있을까?

---

* Cruickshank, *Philip Massinger* (Oxford: Basil Balckwell, 1920), 19쪽.

매신저가 셰익스피어에게 빚을 지고 있음을 증명하기 위해, 우리는 먼저 크룩생크 씨가 정리 및 차례로 배열해 놓은 매신저와 셰익스피어의 글에서 뽑은 인용 구절들에 눈길을 주고자 한다. 가장 확실한 점검 방법 가운데 하나는 한 시인이 어떤 방식으로 다른 시인의 것을 빌려 왔는가를 확인하는 일일 것이다. 미성숙한 시인들은 흉내를 내고, 성숙한 시인들은 훔친다. 형편없는 시인들은 그들이 취해 온 것에 손상을 입히고, 훌륭한 시인들은 그것을 무언가 좀 더 나은 것으로 만들거나 최소한 무언가 다른 것으로 만든다. 훌륭한 시인은 자신이 훔쳐 온 것을 독창적인 하나의 총체적 느낌 안쪽으로 녹여 넣으며, 훔쳐 온 것을 원본에 있던 것과는 완전히 다른 무언가로 바꾼다. 그와는 달리, 형편없는 시인은 훔쳐 온 것을 투입하되, 응집력을 결여하고 있는 무언가의 일부로 남아 있게 한다. 훌륭한 시인이라면 시대적으로 멀리 떨어져 있는 작가들로부터, 또는 언어가 다른 이방인 작가들로부터, 또는 관심사가 다른 작가들로부터 빌려 온다. 채프먼은 세네카에게서 빌려 왔고, 셰익스피어와 웹스터는 몽테뉴에게서 빌려 왔다. 셰익스피어의 두 위대한 후계자인 웹스터와 터너의 경우, 그네들의 성숙한 작품에서는 셰익스피어로부터 빌려 오는 일을 하지 않는다. 이런 방식으로 그들에게 유용한 것이 되기에는 셰익스피어가 시대적으로 너무 가깝기 때문이다. 크룩생크 씨가 보여 주듯, 매신저는 셰익스피어에게서 상당히 많이 빌려오고 있다. 크룩생크 씨가 우리에게 제공한 인용 가운데 몇몇을 취함으로써 그의 덕을 보기로 하자.

매신저: 짐이 어제를 되돌릴 수 있을까, 짐의 권위에 고개를 조아리던
그 모든 조력자들과 함께? 아니면, 그 당시 짐의 마음이 즐기던

평안과 평화를 짐의 마음 안에 회복할 수 있을까?*

셰익스피어: 아편도, 자귀나무 뿌리도
졸음을 몰고 오는 이 세상의 그 어떤 시럽도
그대를 달콤한 잠에 이르게 하는 약이 될 수 없으리,
그대가 어제 누렸던 바로 그 잠에 이르게 하는 약이.†

매신저의 구절은 일반적인 수사 의문문으로 이루어져 있으며, 언어는 적절하고 순수하나 나름의 색깔을 결여하고 있다. 셰익스피어의 구절은 특정한 의미를 함축하고 있으며, "졸음을 몰고 오는"(drowsy)이라는 표현과 "약이 되다"(medicine)라는 표현‡은 분위기에 딱 들어맞는 활기를 불어넣는다. 매신저의 입장에서 보면, 이는 모방이나 표절이라기보다 일종의 반향反響에 해당하는 것이다. 이는 가장 초보적인 형태의 빌려 오기로, 빌려 온다는 사실을 거의 의식하지 않은 채 이루어진 빌려 오기이기 때문이다. "졸음을 몰고 오는 시럽"(drowsy syrop)은 셰익스피어의 작품에서 자주 확인되는 의미의 응축에 해당하는 것이지만, 매신저의 작품에서는 이 같은

---

* 매신저, 『동방의 황제』(*Emperor of the East*, 1632)에서 "동방"은 동로마 제국을 말하며, 제5막 제2장에 나오는 황제 테오도시우스 2세(Theodosius the younger)의 대사. 엘리엇이 인용한 부분의 원문은 다음과 같다. "Can I call back yesterday, with all their aids / That bow unto my sceptre? or restore / My mind to that tranquillity and peace / It then enjoyed?"

† 셰익스피어, 『오셀로』, 제3막 제3장에서 오셀로가 무대에 재등장하는 것을 보고 이아고가 읊조리는 대사. 엘리엇이 인용한 부분의 원문은 다음과 같다. "Not poppy, nor mandragora, / Nor all the drowsy syrops of the world / Shall ever medecine thee to that sweet sleep / Which thou owedst yesterday."

‡ 이 부분에 대한 엘리엇의 원문은 다음과 같다: the adjective "drowsy" and the verb "medicine." 즉, 문법적으로 "drowsy"와 "medicine"이 각각 형용사와 동사임을 밝히고 있다. 하지만 이에 대한 우리말 번역은 원문의 형용사와 동사를 있는 그대로 살리기 어렵다. 따라서 '표현'이라는 다소 포괄적인 표현을 사용하기로 한다.

의미의 응축이 거의 확인되지 않는다.

> 매신저: 그대는 악덕에게서 빌려오지 않았소, 악덕 고유의 우회적인,
> 비뚤어진 동시에 비열한 수단을.*

> 셰익스피어: 아들아, 아무도 모른단다,
> 어떤 샛길을 통해, 그리고 어떤 우회적인, 비뚤어진 길을 통해
> 내가 이 왕관과 만나게 되었는지를.†

여기서 다시 매신저는 일반적인 변론 형태의 진술을 제시하고 있지만, 셰익스피어는 특정한 이미지를 제공하고 있다. "우회적인, 비뚤어진"(indirect, crook'd)은 셰익스피어의 구절에서 강한 힘을 갖지만, 매신저의 구절에서 이는 단순히 불필요한 여분의 말‡일 뿐이다. 셰익스피어의 "비뚤어진 길"(crook'd ways)은 은유이지만, 매신저의 표현은 다만 은유의 유령에 불과한 것일 뿐이다.

> 매신저: 이제 저녁이 되어,
> 그대는 영예를 가득 안고 안식의 자리로 가야 할 때인데,
> 그대는 유성처럼 추락하고자 하는가?§

---

* 매신저, 『밀라노 공작』(*Duke of Milan*, 1623), 제3막 제1장에서 황제를 찾아간 밀라노 공작에게 그가 건네는 대사의 일부. 엘리엇이 인용한 부분의 원문은 다음과 같다. "Thou didst not borrow of Vice her indirect, / Crooked, and abject means."

† 셰익스피어, 『헨리 4세』, 제2부 제4막 제5장에서 왕인 헨리 4세가 헨리 왕자에게 건네는 대사. 엘리엇이 인용한 부분의 원문은 다음과 같다. "God knows, my son, / By what by-paths and indirect crook'd ways / I met this crown."

‡ 용어법冗語法(pleonasm): 여기에 엘리엇은 "pleonasm"이라는 표현을 동원하고 있는데, 이는 '하나의 생각을 표현할 때 불필요한 여분의 말을 사용하는 것'을 뜻하는 문학 또는 비평 용어.

§ 「벤 존슨」에서 언급한 바 있는 토머스 데커와 매신저의 공동 극작품인 『처녀 순교자』(*Virgin Martyr*, 1622), 제5막 제2장에 나오는 황제 디오클레시안(Dioclesian)이 이어가는 대사 가운데 일부. 이 극의 주인공인 도로테아

셰익스피어: 나는 추락할 것이야,
저녁 무렵 내뿜어낸 밝은 숨결처럼,
그리고 아무도 나를 더 이상 보지 못하겠지.*

여기서 매신저의 구절은 그 자체의 독자적인 아름다움을 지니고 있다. 그렇긴 하나, 셰익스피어의 "내뿜어낸 밝은 숨결"은 시각에 호소할 뿐만 아니라, 우리에게 저녁 무렵 우리의 숨결을 포착하게 한다. 매신저의 "유성처럼"은 맥 빠진 직유直喩이자, 진부한 표현이다.

매신저: 당신이 나에게 건네는 말은 자물쇠를 채워 간직할 것이오,
철통같은 상자에 넣어서 말이오, 그리고 그 열쇠는
당신 자신이 보관하시오.†

셰익스피어: 오빠의 말은 자물쇠를 채워 내 기억 안에 간직할 게요,

(Dorothea)는 기독교인 처형에 앞장선 테오필루스(Theophilus)의 회유에도 불구하고 순교를 무릅쓴다. 하지만 그런 그녀를 처형한 후에 기적과도 같은 일이 일어나자 테오필루스는 감화되어 기독교도로 개종한다. 그리고 개종 후에 그는 고문과 처형을 무릅쓰고자 한다. 해당 구절은, 고문과 처형에 앞서, 디오클레시안이 늙어 인생의 황혼기를 맞은 테오필루스를 회유하기 위해 그에게 건네는 말. 엘리엇이 인용한 부분의 원문은 다음과 같다. "And now, in the evening, / When thou shoud'st pass with honour to thy rest, / Wilt thou fall like a meteor?"

* 셰익스피어, 『헨리 8세』(*Henry VIII*, 1613년 초연), 제3막 제2장에서 헨리 8세의 눈에 난 월시 추기경(Cardinal Wolsey)의 대사에 나오는 말. 엘리엇이 인용한 부분의 원문은 다음과 같다. "I shall fall / Like a bright exhalation in the evening, / And no man see me more."

† 매신저, 『피렌체 대공』(*The Great Duke of Florence*, 1636)에서 공작 코지모(Cozimo)는 조카 지오바니(Giovanni)를 자신의 후계자로 지명한 상태이며, 그는 또한 오토만 함대를 무찌른 백작 사나자로(Sanazarro)를 총애한다. 하지만 둘은 여성적 미와 덕의 전범이라고 할 수 있는 처녀 리디아(Lidia)로 인해 공작의 저의를 의심하게 된다. 이로 인해 공작을 경계하여 일종의 술수를 계획하는데, 이를 진행하기에 앞서 어떤 일이든 비밀을 지킬 것을 약속하면서 작품의 제3막 제1장에서 지오바니가 사나자로에게 건네는 말. 엘리엇이 인용한 부분의 원문은 다음과 같다. "What you deliver to me shall be lock'd up / In a strong cabinet, of which you yourself / Shall keep the key."

그리고 열쇠는 오빠 자신이 보관하세요.*

위에 인용한 구절에서 매신저는 자신의 직유를 옭죄어 죽음에 이르게 했다. 여기서 그는 이를 발끝에 매단 채 온 동네를 끌고 다니고 있다. 한편, 셰익스피어의 비유는 얼마나 민첩한가!

우리는 우리의 주해자註解者인 크룩섕크 씨가 제공하지 않은 두 구절을 첨가할 수도 있겠다. 여기서 비교 대상은 웹스터로, 그의 구절과 견줄 수 있는 두 구절이 동일한 지면에, 솔직한 고백이 이루어지는 가운데 등장한다.

그가 이리로 오네요,
코를 들어 올린 채 말입니다. 바람결에 뭔가 냄새를 맡은 거지요.†

이 구절은 웹스터의 "추기경이 제 코를 들어 올리오, 폭풍이 밀어닥치기 전의 흉물스런 돌고래처럼 말이오"‡와 거의 비교되기 어려운

---

* 셰익스피어, 『햄릿』, 제1막 제3장에서 오필리어가 오빠인 레어티스—작품안에 확실하게 밝혀져 있지는 않지만, 여러 정황 증거를 통해 오빠로 추정되는 레어티스—에게 건네는 대사. 엘리엇이 인용한 부분의 원문은 다음과 같다. "'Tis in my memory locked, / And you yourself shall keep the key of it."

† 매신저, 『로마의 배우』(*The Roman Actor*, 1629)는 1세기경 고대 로마의 배우인 파리스(Paris)의 이야기를 극화한 것이다. 황제 도미티아누스(Domitian)의 아내 도미티아(Domitia)가 파리스에게 반하는데, 이 사실을 황제만 빼고 누구나 다 알고 있다. 왕비로 인해 심적 고통을 받던 궁전의 여인들이 황제의 심복이자 해방 노예 신분의 파르테니우스(Parthenius)와 이 사실을 화제로 삼아 이야기를 나누고 이를 황제에게 알릴 방도를 이야기하고 있을 때 마침 황제의 첩자인 아레티누스(Aretinus)가 무대 위에 들어선다. 이에 급한 용무로 떠나기 전에 작품의 제4막 제1장에서 파르테니우스가 하는 말의 일부. 엘리엇이 인용한 부분의 원문은 다음과 같다. "Here he comes, / His nose held up; he hath something in the wind. . . ."

‡ 웹스터, 『말피 공작부인』, 제3막 제3장에서 나오는 실비오 경卿의 대사로, "폭풍이 오기 전에 돌고래가 장난한다"는 엘리자베스 시대에 널리 알려져 있던 속담. 엘리엇의 인용문은 "the Cardinal lifts up his nose like a foul porpoise before a storm"으로 되어 있지만, 원래의 원문은 다음과 같다. "He lifts up 's nose, like / a foul porpoise before a storm."

것이다. 또한 우리가

> 구릿빛 피부의 갤리선 노예들이
> 노를 젓는 일에서 해방되었을 때 그 값을 지불하듯*

과 같은 구절과 마주하게 되었을 때, 우리는 굳이 『말피 공작부인』에 담긴 멋진 구절을 들먹일 필요를 느끼지 않는다.† 매신저는 이 갤리선의 노예를 상상하고 있었으며, 갤리선의 노예는 그 자신의 노와 함께 다시 『노예』에 등장한다.

> 갤리선의 그 어떤 노예도 족쇄에서 떨쳐 벗어난 적은 결코 없을 것이오,
> 또는 노 젓는 일에서 해방되는 것을 지켜본 적도 결코 없을 것이오. . . .‡

이제 우리는 원숙한 극작품들과 마주하게 되었다. 그리고 (우리가

---

* 매신저, 『로마의 배우』, 제4막 제1장에서 파르테니우스가 급한 용무로 떠난 뒤에 아레티누스가 궁전의 여인들에게 건네는 대사 가운데 나오는 말. 엘리엇이 인용한 부분의 원문은 다음과 같다. ". . . . as tann'd galley-slaves / Pay such as do redeem them from the oar."

† 웹스터, 『말피 공작부인』, 제4막 제2장에서 공작부인은 자신의 하녀인 카리올라(Cariola)에게 이렇게 말한다. "구릿빛 피부의 갤리선 노예들이 자신의 노와 친숙한 사이이듯, / 나는 슬픈 고통과 친숙한 사이야"(I am acquainted with sad misery / As the tann'd galley-slave is with his oar). 엘리엇이 밝히고 있지는 않으나 여기서 거론하고자 하는 것은 바로 이 구절일 것이다.

‡ 매신저, 『노예』(*Bondman*, 1624)에는 위기에 처한 시라쿠사(Syracusa)를 위해 전쟁터로 떠나는 젊은이 레오스테네스(Leosthenes)가 등장한다. 그는 자신이 구혼하는 여인 클레오라(Cleora)에 대한 걱정의 마음을 떨치지 않자, 클레오라는 자신의 정숙함에 의심을 갖는 데 분개하여 그가 돌아올 때까지 눈을 가리고 말을 하지 않겠다는 선언을 한다. 인용 부분은 작품의 제4막 제3장에 나오는 것으로, 전쟁터에서 돌아온 레오스테네스가 클레오라의 눈가리개를 풀어 주면서 이어가는 대사에 나오는 말. 엘리엇의 인용 부분에 이어지는 다음 구절을 첨가하여 읽으면 의미가 명확해질 것이다. "With such true feeling of delight, as now I find myself possess'd of"(내가 지금 느끼고 있음을 내 스스로 확인하는 그와 같은 진정한 기쁨을 느끼면서). 엘리엇이 인용한 부분의 원문은 다음과 같다. "Never did galley-slave shake off his chains, / Or looked on his redemption from the oar. . . ."

바로 위의 인용에 앞서 인용한 두 구절을 담고 있는) 『로마의 배우』는 작가 자신이 선호하던 작품이었던 것으로 알려져 있다.*

이상의 인용들에 근거하여 우리는 매신저의 언어 감각이 사물에 향한 인지 감각에 비해 한층 더 뛰어난 것이었다는 결론을 내릴 수도 있겠다. 말하자면, 그의 눈과 그의 어휘는 긴밀하게 협동 작업을 하지 않았다는 결론에 이를 수도 있다. 아무튼, 매신저보다는 나이가 위인 몇몇 동시대 극작가들—거명하자면, 미들턴, 웹스터, 터너와 같은 이들†—이 공유하고 있던 가장 소중하고 탁월한 장점 가운데 하나는 둘 또는 그 이상의 서로 다른 인상들을 결합하는 재능, 이들을 하나의 구절로 융합하는 재능이다. 셰익스피어의 다음 구절은 이 같은 융합의 한 예에 해당한다.

. . . 우아함이라는 그녀의 강력한 올가미에 묶어‡

비유와 비유가 암시하는 것이 하나가 되고 있는 것이다. 그 결과는 단일單一(one)한 것이고 또한 독창적이며 유일唯一(unique)한 것이다.

누에가 *노란 산고産苦의 실타래를 힘겹게 온통 다 뽑아내는 것*이
　　[너를 위해선가?]. . . .
저기 저 친구가 사람들에게 *바른 길들을 그릇된 것으로 속여*,

---

* 참고로 말하자면, 『노예』는 1623년에, 『로마의 배우』는 1626년에 공연 허가를 받은 작품. 앞서 인용한 대목이 나오는 작품인 『동방의 황제』, 『밀라노 공작』, 『처녀 순교자』, 『피렌체 대공』은 각각 1631년, 1621년, 1621년, 1627년에 공연 허가를 받은 작품들이다.

† 매신저는 1583년생이며, 미들턴과 웹스터는 1580년생이고, 터너는 1575년생.

‡ 셰익스피어, 『안토니와 클레오파트라』, 제5막 제2장에서 클레오파트라의 시신을 바라보며 옥테비어스(Octavius)가 하는 말에 나오는 표현. 엘리엇이 인용한 부분의 원문은 다음과 같다. ". . . . in her strong toil of grace."

재판관의 입술 사이에다가 제 목숨을 맡기는 이유는 무엇인가?
황홀한 순간을 *정련精鍊하기* 위해? 말과 부하들을 유지하는 것은
그녀를 위해 *그네들의 기개에 매질을 가하기* 위해서일까?*

저의 피가 공동 하수구에서 오물과 뒤섞이게 해 주세요. . . .†

정욕과 망각은 우리들 사이에 함께하고 있었지. . . .‡

터너와 미들턴의 작품에 등장하는 이 같은 구절들은 미세하지만 언어의 지속적인 변화가 이어지고 있음을, 새롭고 갑작스러운 조합의 형태로 낱말들의 병치竝置가 지속적으로 이루어지고 있음을, 의미가 의미의 안쪽으로 지속적으로 *깃들고* 있음을 예시적으로 보여 준다. 이는 대단히 높은 수준으로 감각이 발달하고 있었음을 보여 주는 증거이자, 어쩌면 그 어떤 시대에서도 찾아볼 수 없을 만큼 엄청난 수준으로 영어가 발달하고 있었음을 보여 주는 증거일 것이다.

---

* 「전통과 개인의 재능」에 첨가한 역주에서 밝혔듯, 이는 토머스 미들턴의 『복수자의 비극』에 나오는 구절로, Emma Smith 편집의 *Five Revenge Tragedie*에 따르면 3막 5장 제73행, 제77-80행이며, 인용 부분은 작품의 주인공 빈디체가 형제인 히폴리토에게 건네는 대사의 일부. 엘리엇이 인용한 부분의 원문은 「전통과 개인의 재능」에서 제시한 것과 약간의 차이(put→lays, thing→one)가 있다. 엘리엇이 인용한 부분의 원문은 다음과 같다. "Does the silkworm expend her yellow labours [/ For thee]? . . . / Why does yon fellow falsify highways, / And lays his life between the judge's lips, / To refine such a one? keeps horse and men / To beat their valours for her?"

† 「벤 존슨」에서 언급한 바 있는 윌리엄 로울리(William Rowley, 1585?-1626)와 토머스 미들턴의 공동 극작품인 『요정이 바꿔친 못난 아이』(*The Changeling*, 1652), 5막 3장에서 베아트리체(Beatrice)가 죽음에 이르러 아버지에게 당부하는 말. 엘리엇이 인용한 부분의 원문은 다음과 같다. "Let the common sewer take it from distinction. . . ."

‡ 미들턴, 『여인들이여, 여인들을 조심하라』(*Women Beware Women*, 1657), 5막 1장에서 죽음에 이른 이폴리토(Hippolito)의 대사 가운데 나오는 말. 엘리엇이 인용한 부분의 원문은 다음과 같다. "Lust and forgetfulness have been amongst us. . . ."

아울러, 사실을 말하자면, 채프먼, 미들턴, 웹스터, 터너, 단의 시대가 끝남에 따라, 지성이 직접적으로 감각의 예리한 정점頂點에 자리하던 시대는 종말을 고하게 되었다. 감각 체험이 곧 말이 되고 말이 곧 감각 체험이던 시대가 지나간 것이다. 그 다음은 밀턴의 시대다. (비록 마블*과 같은 사람이 여전히 있긴 했지만 말이다.) 그리고 밀턴에 앞서 그 시대를 연 사람이 매신저다.

이렇게 말한다고 해서, 말이 덜 엄밀한 것이 되었다는 뜻은 아니다. 전적으로 찬사를 아끼지 않는 입장에서 말하자면, 매신저는 어휘 선택에 신중하고 사용하고 있는 어휘가 정확하다. 아울러, 감각의 타락은 한층 더 교묘한 언어의 정교화와 관계없이 따로 진행되는 것이 아니다. 하지만 결정적이고 중대한 언어의 발달이 이루어질 때마다 느낌의 발달도 함께 이루어진다. 셰익스피어와 셰익스피어 시대의 주요 극작가들의 운문은 이런 종류의 혁신에 해당하는 것이고, 진정한 의미에서의 돌연변이에 해당하는 것이다. 그런데, 매신저가 구사했던 운문은 그보다 앞선 시대의 사람들의 것과 다른 종류의 것이긴 하나, 이는 새로운 느낌의 방식에 근거하여 이루어진 발전에 해당하는 것도 아니고 이의 결과물도 아니다. 반대로, 이는 새로운 느낌으로부터 완전히 멀어져가는 쪽으로 우리를 인도하고 있는 것처럼 보인다.

우리가 의미하고자 하는 바는, 매신저를 한 시대의 끝부분에 위치시켜야 하는 것만큼이나 다른 한 시대의 시작부분에 위치시켜야 한다는 것이다. 보일이라는 이름의 사람은 크룩섕크 씨가 인용한 바 있는 글에서 밀턴의 무운시는 상당 부분 매신저의 무운시를 연

---

* Andrew Marvell (1621-1678): 영국의 형이상학파 시인이자 풍자 작가.

구한 결과에 따른 것이라고 말하고 있다.* 그에 따르면,

> 운문의 음악성을 구성하는 정의 불가능한 필치筆致의 면에서, 휴지休止에 대한 예술적 배려의 면에서, 그리고 완벽하게 조화로운 것으로 귀를 울리는 그런 말들의 실수 없는 선택과 배합의 측면에서, 우리가 만일 시릴 터너의 『무신론자의 비극』†을 논의의 여지가 없는 것으로 보아 제외한다면, 연극 분야에서 다만 두 대가가 남는다. 그들은 바로 후기의 셰익스피어, 그리고 매신저다.‡

터너의 『복수자의 비극』을 제치고 그의 습작에 해당하는 작품을 선호하는 것을 보면, 보일이라는 이 사람은 유별난 귀를 소유하고 있던 사람임에 틀림없어 보인다. 그리고 그가 포드§에는 결코 눈길을 준 적이 없는 사람이었던 것으로 생각하지 않을 수 없다. 하지만, 아무리 평가가 우스꽝스러운 것이라고 해도, 찬사를 받을 만하지 않은 것은 아니다. 크룩섕크 씨는 매신저가 남긴 글의 짜임새가 얼마나 탁월한 것인가의 예를 우리에게 제시하고 있다.

> 어쩌겠습니까, 제 부친이
> 남자이기도 전에 남자임을 선언하고, 이를 증명하고자
> 조국을 위해 봉사하지 않은 날이 하루라도 있으면

---

* 현재 논의의 주인공인 Robert Boyle은 1842년 출생으로 확인될 뿐, 또한 1800년대 후반에 셰익스피어 및 그 시대의 극작가에 관한 글을 활발하게 발표한 사람으로 알려져 있을 뿐, 엘리엇이 동원한 "보일이라는 이름의 사람"(a certain Boyle)이라는 표현이 암시하듯 구체적인 이력이 확인되지 않는다.

† *Atheist's Tragedy*: 시릴 터너의 비극 작품으로, 1611년에 첫 출간.

‡ 이는 Cruickshank, *Philip Massinger*, 55쪽에서 재인용한 것이다. 크룩섕크가 밝힌 바에 따르면, 보일의 진술은 Robert Boyle, "Massinger and The Two Noble Kinsmen," *New Shakespeare Society Transactions*, part ii., 1880-85, 378쪽에 수록되어 있다.

§ John Ford (1586-1639?): 「벤 존슨」에 첨가한 역주에서 밝혔듯, 영국의 극작가이자 시인.

그런 날은 자기 삶의 일부가 아닌 것으로 꼽았다 해서.
그랬기 때문에, 법과 나리들의 법령이 정한 의례적 형식을
깡그리 무시하고 그를 자유롭게 풀어 줘야 하겠습니까?
아니면, 그랑송 전투에서, 모라 전투에서, 낭시 전투에서,
바로 그 잊지 못할 세 번의 패전 현장에서, 그의 주군인
전투적인 샤랄루아가 (그의 불운과 함께 이름마저 소생이
공유하는 그 분이) 재물을, 부하를, 그리고 생명마저 잃은
그 패전 현장에서, 제 부친이 남자답게 행동했다는 이유로,
(자신의 유산을 탕진한 뒤) 조국에 봉사하려는 열정에 이끌려
어쩔 수 없이 떠맡아 짊어지지 않을 수 없었던 빚을,
바로 그 빚을 갚는 일에서 그가 면제될 수야 있겠습니까!*

이 인용문이 대가의 문장답게 구성되어 있음을 부인하기란 불가능

---

* 프랑스의 부르고뉴 지방의 디종을 무대 배경으로 한 연극 작품인 『치명적인 혼수품』(*The Fatal Dowry*, 1632), 제1막 제2장에 나오는 샤랄루아(Charalois)의 대사. 샤랄루아의 부친은 장군으로, 군대 유지를 위한 비용 때문에 빚을 졌다가 그 빚을 갚지 못해 구속된다. 그 후 구속된 상태에서 죽음을 맞지만 빚을 갚기 전에는 시신조차 내줄 수 없다는 빚쟁이들 때문에 당국에 의해 그의 시신이 억류된다. 이에 샤랄루아는 법정에 호소하지만, 타락한 재판관들은 그의 호소에 귀를 기울이지 않는다. 법정에서 타락한 재판관들에게 신랄한 공격을 퍼붓던 샤랄루아의 친구 로몽(Romont)이 법정 관리들에 의해 끌려 나간 뒤, 격렬하고 직설적이었던 로몽과 달리 샤랄루아는 냉소를 담은 절제된 어조로 재판관들에게 비판의 말을 건넨다. 여기에 인용된 것은 그 가운데 일부. 『치명적인 혼수품』은 매신저와 내이선 필드(Nathan Field, 1587-1620)의 공동 창작품으로 알려져 있는데, 적어도 제1막 제2장은 매신저의 것임이 널리 알려져 있다. 엘리엇이 인용한 부분의 원문은 다음과 같다. "What though my father / Writ man before he was so, and confirm'd it, / By numbering that day no part of his life / In which he did not service to his country; / Was he to be free therefore from the laws / And ceremonious form in your decrees? / Or else because he did as much as man / In those three memorable overthrows, / At Granson, Morat, Nancy, where his master, / The warlike Charalois, with whose misfortunes / I bear his name, lost treasure, men, and life, / To be excused from payment of those sums / Which (his own patrimony spent) his zeal / To serve his country forced him to take up!"

하다. 아마도 오늘날 살아 있는 시인들 가운데 누구도 그에 필적할 만한 문장 구성 능력을 갖춘 사람은 없을 것이다. 또한 인용문의 독창성도 부인하기란 불가능하다. 문장을 이루는 언어는 순수하고 정확하며, 여기에는 흐리멍덩하거나 탁한 구석이 없다. 매신저는 비유를 혼란스럽게 뒤섞지도 않고, 하나의 비유에다 다른 비유를 겹쳐 쌓지도 않는다. 그의 글은 쉽지는 않으나 명증하다. 하지만, 만일 매신저의 시대가 "엄밀하게 말해 타락했다고 할 수는 없으나 도덕 정신을 결여하고 있[다]"면, 매신저의 운문은 굳이 타락했다고 할 수 없어도 지적知的인 무력감에 시달리게 마련이다. 이에 연계된 문체는 필연적으로 형편없는 것일 수밖에 없다는 주장은 터무니없는 것일 수 있다. 하지만 그와 같은 문체는 인상들을 인식하고 등록하여 소화하는 방식—즉, 이에 또한 연계된 인상들을 수용하는 방식—에 혼란과 퇴화가 뒤따르지 않을 수 없다. 당연히 매신저의 느낌이 단순하고 소박한 것이 아닌가가, 그리고 그의 느낌이 널리 일반화되어 있는 통념들에 감싸여 있는 것이 아닌가가 우려될 수밖에 없다. 만일 매신저의 신경 조직이 미들턴이나, 터너나, 웹스터나, 포드의 것만큼이나 세련된 것이었다면, 그의 문체는 성공적인 것이 되었을 것이다. 하지만 그와 같은 성향은 그에게 허락되어 있지 않았고, 그의 뒤를 이은 인물은 또 하나의 셰익스피어가 아니라 밀턴이었다.

따지고 보면, 매신저는 밀턴의 출현을 예고한 작가들 가운데 또 한 사람인 존 플레처보다야 덜 심각하게 셰익스피어를 제멋대로 이용한 사람이다. 플레처는 무엇보다 기회주의자였는데, 결코 모방품(pastiche)이라고 할 수 없는 그의 운문, 그가 노린 순간적 효과를 놓고 볼 때 그러하다. 단하나의 장면을 위해 기꺼이 모든 것을 희생하고 있는 그의 작품 구조를 놓고 볼 때도 이는 사실이다. 플레처는 매신저보다 더 지적인 사람이었기 때문에, 그만큼 용서받을 여지도 적다. 플레처는 약삭빠르게 느낌들을 어림짐작으로 짚어 내고 이들을 언뜻 드러냈지만, 매신저는 의식조차 하지 못했고 또한 순진했다. 하지만 무대 예술의 장인匠人으로서의 그는 플레처보다 열등하지 않다. 그리고 그의 작품 가운데 최상의 것들은 플레처의 『본두카』*보다 한층 더 정직한 통일성을 갖추고 있다. 하지만 그의 작품이 갖추고 있는 통일성은 피상적인 것이다. 『로마의 배우』의 경우, 각 부분의 전개 과정을 보면, 부분들은 중심 주제와 전체적인 균형을 이루고 있지 못하다. 『부자연스러운 결투』†의 경우, 긴장감이 솜씨 있게 조성되고 있긴 하지만, 또한 극의 정점에 이르러 새로운 긴장감 조성의 상황으로 전이가 재빠르게 이루어지고 있긴 하지만, 극의 앞부분이 자신의 아들에 대한 말포‡의 증오를 다루고 있다면, 극의 뒷부분은 자신의 딸에 대한 그의 애착을 다루고 있다. 이 두 부분을 하나로 묶어 주는 것이 있다면, 이는 감정을 다루고 조정하는 예술가적 의식이 아니라, 연극 공연상의 수완이다. 『밀라노 공작』의 경우, 스포르자§가 정복자의 진영에 모습을 드러내는 것은 다만 행동을 지연할 뿐이다. 또는, 좀 더 정확하게 말하자면, 감정의 리듬을 깨뜨릴 뿐이다. 여기서 우리는 매신저의 작품 가운데 최상의 것으로 꼽히는 세 편의 작품을 지목하여 논의했다.

자리를 함께해야 할 이유가 없는 부분들을 대단히 솜씨 있게 하나로 융합해 내는 극작가라면, 또한 아주 잘 짜인 것이면서도 통일

* *Bonduca*: 수많은 다른 작품들과 달리 플레처 개인이 창작한 작품으로 알려진 희비극으로, 1613년경 초연, 1647년 출간.

† *The Unnatural Combat*: 매신저의 비극 작품으로, 1639년에 출간.

‡ Malefort: 『부자연스러운 결투』에 등장하는 마르세이유의 해군 제독.

§ Sforza: 매신저의 『밀라노 공작』에 등장하는 밀라노 공작.

성과는 아주 거리가 먼 극작품들을 만들어 내는 극작가라면, 우리는 그가 극중 인물 창조의 면에서도 약삭빠른 재주를 발휘하여 동일한 수준의 교묘한 합성품을 틀림없이 제시할 것으로 기대한다. 그런데, 크룩생크 씨, 코울리지, 그리고 레슬리 스티븐은 매신저가 극중 인물 구성의 면에서 대가는 아니라는 데 상당한 정도로 의견 일치를 보이고 있다. 사실, 이질적인 부분들을 함께 묶음으로써 연극을 살아 있는 것으로 만들 수는 있지만, 극중 인물이 살아 있는 존재가 되기 위해서는 얼마간이라도 감정의 통일성에 바탕을 두어 그 인물이 착상되어야 한다. 즉, 하나의 극중 인물은 인간성에 대한 이런저런 산발적인 관찰을 바탕으로 하여 창조될 수는 없다. 다만 동시에 함께 감지되는 부분들을 바탕으로 하여 창작될 수 있을 뿐이다. 이로 인해, 비록 극중 인물을 살아 움직이는 존재로 형상화하는 데 매신저가 실패한 것은 극을 전체적인 하나로 만드는 데 실패한 것보다 더 중대한 일이 아닐지 몰라도, 그리고 그와 같은 실패가 어쩌면 동일하게 결함이 있는 감성의 예민성에서 비롯된 것이라고 해도, 여전히 인물 묘사 면에서의 실패는 한층 더 눈에 환하게 띄고, 한층 더 끔찍한 것이 아닐 수 없다. "살아 있는" 극중 인물이란 반드시 "있는 그대로 실제의 삶을 충실하게 반영하는" 인물일 필요는 없다. 우리가 알고 있는 바의 인간성에 충실한 존재든 또는 그렇지 않은 허구의 존재든, 극중 인물이란 이와 관계없이 우리가 눈길을 줄 수 있고 그의 말에 귀를 기울일 수 있는 그런 인물이어야 한다. 극중 인물을 창조하는 작가에게 필요한 것은 행위의 동기動機에 대한 지식이 아니라 예민한 감수성이다. 작가라는 존재가 반드시 인간들을 꿰뚫어 이해하고 있는 사람일 필요는 없다. 다만 인간들을 향해 예외적으로 명징하게 의식이 깨어 있는 사람이어야 한다.

바로 이 명징하게 깨어 있는 의식이 매신저에게는 주어져 있지 않았다. 그는 도덕적 처신, 여성의 정숙성, 결혼의 신성성과 관련된 전통을, 그리고 영예로움과 관련된 관습을 유산으로 물려받았지만, 자신의 체험에 근거하여 이를 비판하거나 이에 새로운 생명력을 불어넣지도 못했다. 초창기의 연극에서는 이 같은 전통과 관습이 단순히 일종의 기본 틀에 해당하는 것, 또는 금속 세공 작업에 필요한 합금과도 같은 것이다. 이때의 금속 자체를 구성하는 것은 상황이 필연적으로 유도하여 결과적으로 갖게 된 독특한 감정들, 또는 화학적 합성물의 특성들과 마찬가지로 필연적으로 유도되어 결과적으로 남게 되거나 본래 내재되어 있는 독특한 감정들이다. 예컨대, 미들턴의 『요정이 바꿔친 못난 아이』*에 등장하는 여주인공의 외침이 담긴 저 유명한 대사를 보자.

> 아니, 네가 어찌 그리도 사악할 수 있는가, 절대 있을 수 없어,
> 그처럼 교활한 잔인함을 마음속에 숨겨두고 있다니,
> 그의 죽음을 내 정조의 살해자로 만들려 하다니, 어찌 그럴 수가!†

그와 같은 상황에서 "정조"라는 말은 시의적절한 것이 아니다. 하지만 상황을 고려할 때 그 순간에 베아트리체를 지배하는 감정은 인

---

* *The Changeling*: 앞선 역주에서 밝혔듯, 토머스 미들턴과 윌리엄 로울리의 공동 작품.

† 토머스 미들턴과 윌리엄 로울리의 공동 극작품인 『요정이 바꿔친 못난 아이』에서 베아트리스(Beatrice)는 자신이 사랑하는 사람인 알세메로(Alsemero)를 제쳐두고 알론조(Alonzo)라는 사람과 원치 않는 결혼을 해야 할 상황에 몰리자, 아버지의 하인인 데플로레스(Deflores)에게 알론조 살해를 사주한다. 위의 인용은 데플로레스가 그 대가로 금전이 아니라 그녀의 몸을 요구하자 베아트리스가 그의 앞에서 이어가는 대사의 일부. 엘리엇이 인용한 부분의 원문은 다음과 같다. "Why, 'tis impossible thou canst be so wicked, / To shelter such a cunning cruelty / To make his death the murderer of my honour!"

간 본성에 내재된 것이 무엇이든 그것과 마찬가지로 영구한 것이고 실체적인 것이다. 『오셀로』의 제5막에서 확인되는 오셀로의 감정의 경우, 이는 자기 자신의 영혼 가운데 최악의 부분이 자기 자신보다 더 영리한 자에 의해 부당하게 악용 당했음을 발견하게 된 한 인간의 감정이다. 작가에 의해 극도의 강렬성을 띠는 것이 되도록 휘몰리는 것이 바로 이 같은 감정이다. 포드의 극작과 같이 시기적으로 아주 뒤늦고 또한 아주 쇠락한 작품에서도 당대의 감정과 도덕이라는 틀은 다만 고유하고도 소멸할 수 없는 느낌을, 포드의, 오로지 포드 자신만의 느낌을 진술하기 위한 도구가 되고 있다.

매신저의 도덕률에서 타락하거나 퇴폐한 것으로 간주될 수 있는 측면은 도덕률의 변질이나 축소와 관련된 것이 아니다. 이는 다만 도덕성이 떠받쳐 주던 그 모든 사적私的이고 현실적인 감정들이, 도덕성으로 인해 나름의 질서를 유지하고 있던 그 모든 감정들이 사라졌다는 사실과 관련된 것이다. 이러한 감정들이 사라지자, 이에 질서를 부여하던 도덕성은 형해形骸만 남아 추해진 모습을 드러낸다. 청교도주의 자체가 역겨운 것이 되는 것은 다만 청교도주의가 억제했던 느낌들이 다 사라진 후에도 여전히 청교도주의가 억제력으로 살아남아 있는 것처럼 보일 때이듯 말이다. 매신저의 여인들이 유혹에 저항할 때 그네들은 그 어떤 의미 있는 감정의 변화도 겪고 있지 않는 것처럼 보인다. 그네들은 자신들에게 기대되는 바가 무엇인지를 그냥 알고 있을 뿐이다. 이로써 그네들은 겉으로만 숙녀인 채 새침을 떠는 음란한 여자들로 우리 앞에 제시된다. 어느 시대에든 나름의 인습이 존재한다. 그리고 어느 시대든 그 시대는, 그 시대의 인습이 매신저와 같은 사람—우리가 의미하고자 하는 바를 밝히자면, 매신저와 같이 문학적 재능이 예외적이라고 할 정도로 아주 탁월하지만, 그럼에도 상상력이 지극히 하찮은 사람—의 손에 쥐어지게 되면, 부조리한 것으로 보이게 될 수도 있는 것이다. 엘리자베스 시대의 도덕성은 하나의 중요한 인습이었다. 그것이 중요한 인습이었던 이유를 밝히자면, 그 시대의 도덕성이 어느 한 사회 계층만 의식하는 것이 아니었기 때문인 동시에, 모든 계층의 사람들이 반응할 수 있는 감정의 틀을 제공하는 것이었기 때문이며, 그 어떤 느낌도 억제하는 것이 아니었기 때문이다. 이는 위선적인 것도 아니었고, 그 어떤 것도 억압하지 않았다. 엘리자베스 시대를 지배하던 이 같은 도덕성의 어두운 구석에는 메어리 피턴*의 유령들이, 그리고 어쩌면 그보다 한층 더 기괴한 유령들이 출몰하고 있다. 그 시대의 도덕성은 또한 충분한 탐구가 이루어지지 않은 주제이기도 하다. 플레처와 매신저는 그 시대의 도덕성을 우스꽝스러운 것으로 만든 작가들로, 그들이 이를 신뢰하지 않았기 때문이 아니라, 대단한 재능의 소유자들이었지만 이에 생동감을 불어넣을 능력을 결여했기 때문이다. 다시 말해, 그들은 그 시대의 도덕성에 들어맞으면서도 여전히 열정적인, 전일체적全一體的인 인간상들을 창조할 능력을 갖추고 있지 못했기 때문이다.

주로 앞서 제기한 바의 관점—즉, 메신저는 최상의 수준에 이른 언어와 극도로 미성숙한 감각이 공존할 수 있음을 보여 주고 있다는 관점—에 비춰 검토하는 경우, 매신저의 비극은 흥미로운 논제가 될 수도 있다. 매신저는 비극이 아닌 분야에서 더 큰 성공을 거두고 있는데, 그것은 바로 연애 희극이다. 『진정한 여자』†는 스윈번

---

* 「미완의 비평가들」에 첨가한 역주에서 이미 밝혔듯, 엘리자베스 여왕의 시녀였던 사람으로, 온갖 스캔들의 주인공.

† *A Very Woman*: 매신저와 플레처 공동의 희비극으로, 1655년 출간.

—거의 틀림이 없을 정도로 뛰어난 선별력을 갖춘 스윈번—이 아끼지 않은 그 모든 찬사에 어울리는 작품이다. 플레처와 공동 창작한 것으로 추정되는 이 작품은 공동 작업이 더할 수 없이 행복한 결과를 가져다 준 예일 것이다. 확실히 이 작품 속의 멋진 희극적 인물인 술에 취한 보라키아*는 일반적으로 우리가 매신저에게 기대하는 것보다 한층 더 탁월하게 해학적으로 처리되고 있다. 이는 무대에 올려 즐길 수 있는 극작품인 것이다. 어쨌거나, 연애 희극이라는 형식은 그 자체가 열등하고 퇴폐적인 것이다. 시극詩劇에는 모종의 경직성이 존재하는데, 이는 결코 고전적, 또는 신新고전적, 또는 의擬고전적 법칙과 관계되는 문제가 아니다. 시극은 희랍이나 영국의 극 형식, 또는 인도나 일본의 극 형식과는 아주 다른 형태로 발전할 수도 있긴 하다. 하지만 극도의 자유를 허용한다고 해도, 연애 희극은 여전히 열등한 것으로 남게 될 것이다. 시극의 경우, 당신이 선호하는 감정이 어떤 것이든 이와 관계없이 감정의 통일성을 유지해야 한다. 또한 지배적인 어조를 갖추어야 한다. 아울러, 이 어조가 충분히 강력한 것이면, 극도로 이질적인 감정들을 이 지배적인 어조를 강화하는 역할에 동원될 수도 있다. 연애 희극이란 앞뒤가 맞지 않는 감정을 능란하게 조작하여 짜놓은 것으로, 감정의 *혼성극*(*revue*)에 해당한다. 『진정한 여자』는 놀라울 정도로 잘 짜인 플롯을 갖춘 작품이다. 연애 희극의 허약함은 터무니없이 화려한 무대 배경, 또는 상식을 벗어난 사건들, 또는 가당치 않은 우연의 일치들에서 비롯되는 것이 아니다. 이 모든 것은 여전히 진지한 비극이나 희극에서도 확인될 수 있기 때문이다. 연애 희극의 허약함은 본질적으로 느낌

* 보라키아(Borachia)는 매신저와 플레처의 공동 극작품인 『진정한 여자』에서 시실리 총독의 하급 관리인 쿠쿨로(Cuculo)의 술주정꾼 아내.

들의 내적인 비일관성에, 아무런 의미도 없는 공허한 감정들을 사슬 이어가듯 이어감에 따른 것이다.*

감정의 무질서를 너무도 웅변적으로 드러내 보이는 이런 유형의 연극으로부터 무게 추의 방향은 조금도 바뀌지 않았다. 또한 변화란 결코 생명력이 방금 전에 버리고 떠난 형식 안에 단순히 이를 재투입함으로써 얻어질 수 있는 것이 아니다. 연애 희극은 새로운 형식도 아니었다. 게다가, 매신저는 감정들 그 자체를 다루기보다 사회적으로 추상화된 감정들을 다루었다. 즉, 사랑이든 미움이든 원래의 감정들보다 더 일반화되어 있기 때문에, 단일 행동 영역의 경계 안에서 더욱 빠르고 더욱 쉽게 상호교체가 가능한 그런 종류의 추상화된 감정들을 다루었다. 극중 인물 창작의 과정에 그를 인도한 것은 직접적인 소통—자신의 신경 조직을 동원하여 인물들과 이어가는 직접적인 소통—이 아니었던 것이다. 이런 연유로, 그의 연애 희극은 이른바 "전형적인 것"으로 때로 불리기도 하지만 진정한 의미에서 전형적인 것이라고 할 수 없는 것 쪽으로 기울어지는 경향을 보였다. 이를 진정한 의미에서의 전형적인 것이라 할 수는 없

* 엘리엇은 여기서 "아무것도 의미하지 않는 공허한 감정들"(emotions which signifies nothing)이라는 표현을 동원하고 있는데, 이는 셰익스피어의 『맥베스』에 나오는 맥베스의 독백을 연상케 한다 이와 관련하여, 「햄릿과 그의 문제들」에 첨가한 역주에서 인용한 바 있는 맥베스의 독백(셰익스피어, 『맥베스』, 제5막 제5장)을 다시금 주목할 수 있다. 앞선 역주에서 인용한 구절에 이어 맥베스는 다음과 같이 자신의 독백을 이어간다. "꺼져라, 꺼져, 덧없는 촛불이여! / 인생이란 한낱 움직이는 그림자, 가련한 배우, / 배정된 시간 동안 무대 위에서 활개치고 안달하지만, / 이제 더 이상 그의 말은 들리지 않는도다. 이는 백치의 이야기, 소리와 분노 가득하지만, 아무런 의미도 없는 이야기일 뿐." 이 부분의 원문은 다음과 같다. "Out, out, brief candle! / Life is but a walking shadow, a poor player / Who struts and frets his hour upon his stage, / And then is heard no more. It is a tale / Told by an idiot, full of sound and fury, signifying nothing."

는 이유는, 극에서 *전형적인* 인물이란 항상 개별화된 특정 인간, 하나의 개별적인 인간 존재이기 때문이다. 연애 희극의 경향은 극 자체의 한층 더 확연하게 눈에 띄는 악덕들을 제거함으로써 그 명맥을 이어가는 형식 쪽으로, 한층 더 엄격한 외적 질서 쪽으로 기울었다. 그렇게 해서 정립된 형식이 영웅극(the Heroic Drama)이었다. 드라이든의 『영웅극론』을 살펴보면, 우리는 "연애와 무용武勇이 영웅시의 주제가 되어야 한다"*는 진술을 확인하게 된다. 매신저는 옛 극을 파괴함으로써 드라이든에게 나아갈 길을 마련해 준 셈이었다. 아마도 드라이든과 같은 이들의 지적 성향이 옛 인습들의 기력을 소진케 했을 것이다. 하지만 그것이 느낌의 질적 빈곤화에 대한 보완물이 될 수는 없었다.

매신저의 시대는 "상당한 문화를 소유하고 있었지만, 엄밀하게 말해 타락했다고 할 수는 없으나 도덕 정신을 결여하고 있[었다]"는 크룩생크 씨의 진술에 비춰 매신저의 몇몇 극작품을 검토할 때, 그와 같은 검토 과정이 일깨우는 것은 이상과 같은 생각들이다. 크룩생크 씨의 진술은 지지 가능한 것이다. 하지만, 매신저에 대한 우리의 평가에 그가 남긴 두 편의 뛰어난 희극—『묵은 빚을 갚는 새로운 방법』과 『도시 마님』†—을 적절하게 끼워 넣고자 하는 경우, 우리에게는 우리의 한계 내에서 가능한 것보다 좀 더 폭넓은 탐구가 요구될 것이다.

---

* John Dryden, *Essay on Heroic Plays: The Works of John Dryden*, Walter Scott 편집, 총 18권 가운데 제4권 (London: William Miller, 1801), 19쪽 참조.

† 매신저의 두 희극 작품 『묵은 빚을 갚는 새로운 방법』(*A New Way to Pay Old Debts*)과 『도시 마님』(*The City Madam*) 가운데 전자는 1626년에, 후자는 1632년에 초연이 이루어짐.

2

아마도 마음의 준비가 되어 있지 않은 독자에게 매신저의 비극은 대단히 지루한 것으로 요약될 것이다. 여기서 마음의 준비가 되어 있는 독자란, 매신저의 비극을 구성하는 요소들에서 즐거움을 제공할 수 있는 것이 정확하게 무엇인가를 지치지 않고 포착할 수 있을 만큼, 좀 더 생기 있는 그 시대 작가들에 대해 상당 수준의 광범위한 지식을 쌓은 사람을 말한다. 그러지 않은 이에게 그의 비극은 지루한 것일 수밖에 없다. 또는, 어쩌다 운문화의 과정에 유별난 관심을 갖게 된 사람이라면 모를까, 누구에게라도 그의 비극은 지루할 것이다. 하지만, 희극 분야에 관한 한, 매신저는 언어 구사의 면에서 몇 안 되는 대가 가운데 한 사람이었다. 그는 심각하고 때로 어두운 분위기를 띤 희극의 영역에서조차 대가였다. 그리고 그런 희극의 어느 한 측면을 문제 삼을 때 그의 이름과 함께 이름이 거론될 수 있는 사람은 단지 둘뿐으로, 그는 말로우와 존슨이다. 사실을 말하자면, 희극의 영역에서는 비극의 영역에서보다 한층 더 다양한 방법들이 확인되었고 또한 활용되었다. 셰익스피어에 의해 발전 및 확립된 키드의 비극 구성 방법은 오트웨이*에 이르기까지, 또한 셸리에 이르기까지 영국 비극의 표준이었다. 하지만 개개인의 기질 덕분에, 그리고 시대의 변화 덕분에, 한층 더 많은 희극이 창작되었다. 릴리의 희극이 하나의 유형이라면, 셰익스피어의 희극과 그 뒤를 잇는 보몬트와 플레처의 희극이 또 하나의 유형에 해당한다. 이어서, 미들턴의 희극이 셋째 유형에 해당한다. 그리고 매신저는 자기 자신의 희극 세계를 소유한 사람이긴 하지만, 그의 작품은 누구보다도 말로우와 존슨의 작품에 가깝게 다가가 있다.

* Thomas Otway (1652-1685): 영국의 극작가.

사실, 희극 작가로서의 매신저는 그가 창작을 이어가던 시기를 놓고 볼 때 행운아였다. 그의 희극은 과도기적인 것이었지만, 그 시기는 우연히도 전시대 작가들이 예상하지 못한 모종의 장점 또는 후시대 작가들에게 세련화의 대상이 되었던 장점을 간직하고 있던 과도기 가운데 하나였다. 존슨의 희극은 희화화에 가까운 것이었으며, 미들턴의 희극은 하층민의 생활을 사진처럼 정확하게 묘사하는 쪽이었다. 매신저의 경우, 그가 자신의 희극 작품의 선결 조건으로 모종의 사회 계층을, 계층 간의 차이를 상정하고 있다는 점에서 볼 때, 그는 왕정복고기의 희극에 가까이 다가가 있고, 그와 동시대 작가였던 셜리와 한층 유사한 작가다. 이처럼 매신저의 희극이 후시대 작가들의 희극과 유사성을 지니고 있다는 사실 또한 그의 희극과 그 전시대의 희극 사이에 존재하는 중요한 차이점이다. 하지만 매신저의 희극은 전시대의 희극과 다른 것만큼이나, 진정한 의미에서의 풍습 희극과도 현저하게 다르다. 그럼에도, 그는 『묵은 빚을 갚는 새로운 방법』에서보다 『진정한 여자』와 같은 연애 희극에서 풍습 희극에 더 가까이 다가가 있다. 자신의 희극 작품에서 그의 관심은 사랑놀이의 어리석음이나 사회적 허장성세의 부조리함을 드러내는 데 있는 것이 아니라 악당의 가면을 벗기는 데 있다. 몰리에르의 구식 희극이 원칙적으로 마리보의 신식 희극*과 차이가 있

* "구식 희극"과 "신식 희극" 사이의 구분은 희랍 시대의 희극에 대한 분류에서 연원한 것으로, 공적 인물에 대한 풍자에 해당하는 것이 "구식 희극"이라면, 가상의 평범한 일상인에 대한 풍자에 해당하는 것이 "신식 희극"으로 정의될 수 있다. 이른바 "풍습 희극"은 "신식 희극"의 새로운 형태로 규정될 수 있다. 이에 관한 보충 논의는 Timothy J. Reiss, "Comedy," *The New Princeton Encyclopedia of Poetry & Poetics*, Alex Preminger & T. V. F. Brogan 편집 (Princeton: Princeton 대학 출판부, 1993), 225-226쪽 및 M. H. Abrams & Geoffrey Galt Harpham, "Comedy," *A Glossary of Literary Terms*, 제9판 (Boston: Wadsworth Cengage Learning, 2009), 49-50쪽.

는 것과 마찬가지로, 매신저의 구식 희극은 그와 동시대인인 셜리의 신식 희극과 차이가 있다. 프랑스에서 그러했듯, 영국에서도 희극이 더욱 소극적笑劇的인 것일수록 그만큼 더 진지한 것이었다. 매신저의 희극에 등장하는 엄청난 희극적 악당들—예컨대, 자일즈 오버리치 경卿과 루크 프루걸—은 모두 바라바스와 에피큐어 마몬 경을 포함하는 거대한 영국적 악당 계보의 구성원들, 그리고 턴벨리 클럼지 경이 그 후예인을 주장하는 바로 그 거대한 악당 계보의 구성원들*이다.

매신저가 말로우와 존슨과 차이가 있다면, 이는 그가 대체로 열등한 작가라는 데 있다. 이 두 극작가 말로우와 존슨의 대단히 엄청난 희극적 인물들을 셰익스피어의 작품에 등장하는 최상의 희극적 인물과 비교하는 경우, 두 극작가의 인물들은 왜소해 보인다. 셰익스피어의 폴스타프와 같은 인물은 삼차원성을 지닌 인물이라면 존슨의 에피큐어 마몬 경과 같은 인물은 단지 이차원성만을 지닌 인물이라는 점에서 그러하다. 하지만 이때의 왜소해 보임은 존슨이 실천했던 예술 작업의 본질 가운데 일부에 해당하는 것이다. 즉, 그는 셰익스피어의 것보다 규모 면에서 작은 예술을 실천 대상으로 삼았던 것이다. 매신저의 인물들이 존슨의 인물들에 비해 열등함은 한 유형의 예술을 다른 유형의 예술과 비교한 결과가 아니다. 다만 존슨의 유형에 속하는 인물들 사이의 비교에 따른 결과다. 이는 있는

---

* Sir Giles Overreach, Luke Frugal, Barabas, Sir Epicure Mamon, Sir Tunbelly Clumsy: 첫째와 둘째 인물은 각각 매신저의 『묵은 빚을 갚는 새로운 방법』 및 『도시 마님』에 등장하는 악당. 셋째와 넷째 인물은, 「벤 존슨」에 첨가한 역주에서 밝혔듯, 각각 크리스토퍼 말로우의 『몰타의 유태인』과 벤 존슨의 『연금술사』에 등장하는 악당. 다섯째 인물은 아일랜드의 극작가 셰리단(Richard Sheridan, 1751-1816)의 희극 『스카보로 여행』(*A Trip to Scarborough*, 1777년 초연)에 등장하는 악당.

그대로 단순한 결합일 뿐인 것이다. 말로우의 희극과 존슨의 희극은 삶에 대한 조망이었고, 위대한 문학이 그러하듯 그들의 희극은 나름의 개성을 개인적인 예술 작품 안에 투사하고 변용한 결과물이었다. 그리하여 그들의 희극은 길든 짧든 그들에게 필생畢生의 작품이 되었다. 한편, 매신저는 단순히 왜소한 개성의 소유자가 아니다. 달리 말해, 그에게는 개성이라는 것이 거의 존재하지 않는다. 셰익스피어와 말로우와 존슨이 그러했던 것과 달리, 그는 자신의 개성에 근거하여 예술 세계를 구축한 것이 아니었다.

위대한 비평가 레미 드 구르몽은 자신의 저서 『문체의 문제』에서, 그것도 플로베르의 작품에 바치는 멋진 논의를 이어가는 가운데 해당 지면紙面에서 이렇게 선언한다.

> 삶이란 일종의 탈각화脫却化를 이어가는 과정이다. 인간이 세워야 할 활동 목표로서 바람직한 것이 있다면, 자신의 개성을 닦아 없애는 것, 교육에 의해 축적된 그 모든 불순물을 씻어 없애는 것, 청춘기에 우리가 느꼈던 찬양의 마음으로 인해 뒤에 남겨진 그 모든 흔적을 깨끗이 지워버리는 것이다.*

그리고 이렇게 말한다.

> 플로베르는 그 자신의 모든 감수성을 묶어 자신의 작품 속에 투입했다. . . . 자신의 작품들 안에 그가 자신을 한 방울 한 방울, 마침내 마지막 찌꺼기에 이르기까지 따라 넣었기에, 작품 세계 바깥쪽의 플로베르는 거의 아무런 흥미도 끌지 못한다.†

셰익스피어의 경우에는 주목할 정도로, 존슨의 경우에는 그보다 덜, 말로우와 키츠는 삶이 허용한 기간까지, 그들 모두가 *자신을 한*

---

* Remy de Gourmont, *Le Problème du style*, 제7판 (1902; Paris: Mercure de France, 1916), 104쪽.

† Gourmont, *Le Problème du style*, 107쪽.

방울 한 방울 작품 속에 따라 넣었다고 우리는 말할 수 있을 것이다. 그리고 놀라울 정도로 수많은 천재들을 배출했는데도 비교적 적은 수의 예술 작품이 산출된 영국에서는 이렇게 평가할 대상이 되는 작가란 그리 많지 않다. 어찌 되었든, 확실히 매신저는 그런 차원의 작가라고 말할 수 없다. 기교의 측면에서 뛰어난 대가였지만, 그는 이 같은 심오한 의미에서의 예술가였다고 할 수 없는 것이다. 그리하여, 만일 이것이 사실이라면, 어떻게 하여 그가 두 편의 탁월한 희극을 쓸 수 있었던가에 대한 탐문을 시도하기에 우리가 이른 것이다. 아마도 우리는 두 작품의 탁월성 가운데 상당 부분은, 어떤 방식으로든 명시해야 한다면, 우연에 따른 것이라는 결론에 이르지 않을 수 없을 것이다. 따라서 우리는 그와 같은 그의 두 희극이 아무리 뛰어난 것이라고 해도 완벽한 예술 작품은 아니라는 결론에 이를 수밖에 없다.

악당임을 드러내는 매신저의 방식에 대해 레슬리 스티븐이 제기한 이의異意는 대단한 설득력을 갖는 것이다. 하지만 나는 그와 같은 설득력이 레슬리 스티븐이 부여한 이유와는 어느 정도 다른 측면에서 추적 가능한 이유에 따른 것이라고 믿고 싶다. 스티븐의 진술은 전적으로 신뢰할 만한 것이 되기에는 지나칠 정도로 *순전한 추정에 따른 것*이기 때문이다. 희극이나 비극 속의 악당이 자신이 어떤 사람인가를 선언하지 못할 이유가 따로 있는 것은 아니다. 아울러, 작가의 뜻에 따라 악당은 아주 오랫동안 이러한 자기 선언을 이어갈 수도 있다. 하지만 이런 방식으로 계속 지껄여 댈 수 있는 악당은 단순한 악당—*세상을 지나치게 단순화해서 받아들이는 경향이 있다는 뜻*에서가 아니라 성품이 단순하다는 뜻에서의 단순한 악당—이다. 바라바스와 볼포네와 같은 인물은 자신이 어떤 존재인가를 선언할 수 있는데, 그들에게는 내면이라고 할 만한 것이 따로 있지 않기 때문이다. 현상現象(appearance)과 실체實體(reality)가 부합하는 경우인 셈이고, 그들은 특정한 방향으로 움직이는 활력인 셈이다. 그런데 매신저의 두 악당은 그처럼 단순한 존재가 아니다. 우선 자일즈 오버리치에 대해 말하자면, 그는 본질적으로 사소한 일에 몰두해 있는 대단한 활력의 소유자다. 활력은 대단하지만 정신이 아주 왜소한 사람이다. 그는 세계를 정복하는 대신에 십여 개의 교구敎區에서 공포의 대상으로 군림하고 있을 뿐이다. 천박한 인간성 때문에, 그의 활력은 잘못 사용되고 있고, 약해지다가 끝내 좌절된다. 그는 사채 시장에서는 두려움을 모르는 대단한 존재이지만, 귀족에게는 비굴할 정도로 극도의 경외감을 지니고 있는 존재이기도 하다. 따라서 그는 단순한 존재가 아니라, 특정 문명이 낳은 환경의 산물인 셈이다. 하지만 그는 이 점을 선명하게 의식하고 있지 못하다. 독백과도 같은 자일즈 오버리치의 여러 대사가 의도하는 바는 그 자신이 생각하기에 자신이 어떤 존재인가가 아니라, 그 자신이 실제로 어떤 존재인가를 밝히는 데 있다. 그럼에도 여전히 그의 대사들은 그에 관한 진실을 보여 주는 것이 아니며, 명백히 진실이 무엇인지를 그 자신도 모르고 있다. 따라서 그가 자신에 대해 다음과 같이 선언하기란 불가능하다.

> 아니, 내 귀의 고막이 과부들의 통곡소리에 뚫어지더라도
> 버림받은 고아들이 내 집의 문턱을 눈물로 적시더라도,
> 나는 다만 내 딸아이를 귀하고도 귀하신 몸이 되게 하는 방법이
> 무엇인가만을 궁리할 뿐입니다. 이것이 바로 강력한 주문呪文이지요,
> 후회의 마음이든, 연민의 감정이든, 최소한의 양심의 가책이든,

그 어떤 것에 대해서도 나를 무감각해지게 만드는 주문 말입니다.*

이는 가당치 않은 언사다. 다른 곳에서 제대로 된 것과 마주할 수 있다.

자네는 바보일세,
공직에서 벗어나 있음으로써 나는 위험에서 벗어나 있는 거지.
내가 만일 판사라면, 성가신 일들 곁에 있어야 하는데다가,
의도적으로는 또는 실수로든, 나는 말일세, 나 자신을
멋지게도 탄핵 영장을 받는 지경에 빠져들게 할 수도 있다네.
그렇게 해서, 밀고자의 희생물이 될 수도 있단 말일세.
아니지, 그런 일 어디에도 묶일 순 없지. 충분하다네, 그리디에게
날 위해 헌신케 하는 걸로. 그처럼 내가 목적한 걸 이루는 데 그가
봉사한다면, 그가 교수형을 당하든 저주를 퍼붓든, 나와는 상관없네. . . .†

---

* 매신저, 『묵은 빚을 갚는 새로운 방법』, 제4막 제1장에서 자일즈 오버리치가 자기 딸의 결혼상대로 점찍은 귀족 가문의 로벌 경(Lord Lovell)의 앞에서 이어가는 대사의 일부. 엘리엇이 인용한 부분의 원문은 다음과 같다. "Nay, when my ears are pierced with widows' cries, / And undone orphans wash with tears my threshold, / I only think what 'tis to have my daughter / Right honourable; and 'tis a powerful charm / Makes me insensible of remorse, or pity, / Or the least sting of conscience."

† 매신저, 『묵은 빚을 갚는 새로운 방법』, 제2막 제1장에서 자일즈 오버리치가 심복이나 다름없는 마럴(Marrall)에게 건네는 대사. 여기서 오버리치는 왜 자신이 판사가 되지 않고 그 자리를 그의 또 다른 심복이나 다름없는 그리디(Greedy)의 차지가 되게 했는지의 이유를 설명하고 있다. 이 대사에서 "탄핵 영장"(praemunire)은 영국의 왕과 로마의 교황 사이의 갈등이 낳은 특유의 법적 조처로, 국왕의 말을 무시하고 교황의 말을 따를 때 내려지는 법적 제재 조처를 말한다. 엘리엇이 인용한 부분의 원문은 다음과 같다. "Thou art a fool; / In being out of office, I am out of danger; / Where, if I were a justice, besides the trouble, / I might or out of wilfulness, or error, / Run myself finely into a praemunire, / And so become a prey to the informer, / No, I'll have none of't; 'tis enough I keep / Greedy at my devotion: so he serve / My purposes, let him hang, or damn, I care not. . . ."

여기에서는 구사하는 말이 얼마나 잘 조율되어 있고, 또 얼마나 잘 변조되고 있는가! 인간의 목소리가 들리고 또한 그 인간의 모습이 보인다. 하지만 앞서 제시한 인용문과 관련하여 우리에게 나름의 추론이 허용된다면, 혹시 매신저는 자기 자신도 모르게 무의식적으로나마 말로우나 존슨이 창조했던 그 어떤 인물과도 다른 종류의 인물을 착상해 내고자 했던 것이 아닐지?

『도시 마님』의 루크 프루걸은 자일즈 오버리치 경만큼이나 대단한 극중 인물이 아니다. 하지만 루크 프루걸은 온갖 위선자 가운데 가장 대단한 위선자가 되기에 살짝 못 미치는 존재로서의 의미를 갖는다. 극의 제1막에서 그가 보이는 겸손함은 대단히 현실적이다. 그에 대한 인물 묘사의 면에서 실패는 이른바 가짜 인디언 강령술사의 터무니없는 속임수에 그가 어이없을 정도도 쉽게 넘어간다는 데 있는 것이 아니다. 오류는 자기 형의 두 견습공을 유혹하는 과정에 지나치게 때 이르게 자신의 흑심黑心을 드러낸다는 데 있다. 하지만 이와 관련하여 그는 상황에 따라 대단히 능란하게 변신하는 완벽한 카멜레온과도 같은 존재로 볼 수도 있겠다. 여기서 우리는 다시금 매신저가 옛 소극(farce)의 한층 단순한 유형의 악당을 자신이 창조하고 있다는 점만을 의식하고 있었다고 느낄 수도 있다. 하지만 문제의 극은 『몰타의 유태인』, 『연금술사』, 『바톨로뮤 장터』가 소극이라는 의미에서의 소극이 아니다. 매신저는 위대한 소극을 창조해 낼 정도의 개성을 따로 소유하고 있지도 못했고, 사소한 소극을 창작하기에 그는 지나치게 진지한 사람이었다. 어느 한 편의 연극이든 이야기든 그 안의 세계가 그 자체로서 완결된 것이 될 수 있도록 그 세계 안의 *모든* 요소를 아주 살짝 비트는 작업을 수행할 능력이, 말로우와 존슨에게 (그리고 라블레에게) 주어졌던 그 능력이,

위대한 소극의 창조에 선결 조건이 되는 바로 그 능력이, 매신저에게는 허락되어 있지 않았던 것이다. 한편, 그의 기질은 셸리의 기질이나 왕정복고기의 기지機智보다 말로우와 존슨의 기질과 더 가깝게 연계되어 있었다. 따라서 그의 두 희극은 이 작품들만으로 이루어진 외딴 자리를 차지하게 되었다. 그의 사유 방식과 느낌의 방식은 엘리자베스 시대의 시대정신과 찰스 1세 시대의 시대정신 양쪽 모두로부터 그를 분리하여 고립된 존재로 남아 있게 했다. 그는 어쩌면 엄청난 현실주의 경향의 극작가가 되었을 수도 있었을 것이다. 그는 자기 세대에게 적절한 인습에 의해서가 아니라, 그에 앞선 전 시대 문학 세대에게 적절한 인습에 의해 살해당한 셈이다. 만일 매신저가 한층 더 위대한 사람이었다면, 좀 더 지적인 용기를 지닌 사람이었다면, 그의 뒤로 곧바로 이어진 영문학의 조류는 아마도 다른 경로를 택했을지도 모른다. 여기서 말하는 결함은 엄밀하게 말해 개성의 결함이다. 하지만 새로운 인생관이 요구되는 바로 그 순간에 자신의 눈이 아닌 선임자들의 눈을 통해 인간의 삶을 바라본 문인, 자신의 눈을 통해서는 단지 풍습만을 바라본 문인은 매신저만이 아니다.

시인으로서의 스윈번

어느 한 특정 시인의 시를 얼마만큼 읽어야 할 것인가를 결정하는 일은 상당히 미묘한 문제다. 그리고 이는 단순히 그 시인의 시 세계가 양적인 면에서 얼마나 대단한가와 관련된 문제가 아니다. 행마다 독창적인 가치를 지닌 시를 창작하는 시인들도 있고, 누구나 그 가치에 대해 동의하는 몇 편의 작품에 의해 인정받을 수 있는 시인들도 있다. 그리고 단지 몇몇 작품만을 선정해서 읽을 필요가 있지만, 어떤 작품을 선정해서 읽든 그것이 그리 크게 문제되지 않는 시 세계를 펼쳐 보이는 시인들도 있다. 스윈번의 경우, 우리는 『칼리돈의 아탈란타』* 전체를, 그리고 「문둥이」, 「비너스 찬가」, 「시간의 승리」†가 빠짐없이 수록되어 있는 한 권의 선집을 읽어야 할 목록에 넣고자 한다. 그 외에 한층 더 많은 시가 목록에 포함되어야 하겠지만, 빠뜨린다고 해서 실수를 저지르는 것이 될 만한 작품은 추측건대 한 편도 없을 것이다. 스윈번의 문학을 공부하는 학생이라면, 그는 스튜어트 시대의 극작품 가운데 한 편을 읽고, 『라이오네스의 트리스트람』‡을 여기저기 읽어 보기를 원할 것이다.

---

* 「에우리피데스와 머리 교수」에 첨간한 역주에서 밝혔듯, 스윈번의 비극.

† "The Leper," "Laus Veneris," "The Triumph of Time": 스윈번의 『시와 담시, 제1집』(*Poems and Ballads, First Series*, 1866)에 수록된 시작품들.

‡ *Tristram of Lyonesse*: 스윈번이 1882년에 발표한 서사시로, 12세기 이후 수

하지만 오늘날 거의 누구도 스윈번의 시 전체를 읽고자 하지는 않을 것이다. 이는 스윈번이 남긴 작품의 양이 엄청나기 때문이 아니다. 그와 마찬가지로 엄청난 양의 시를 창작한 시인이라고 해도, 그의 시 전체가 반드시 읽어야 할 대상이 되는 경우도 있다. 여기저기서 선정해야 할 필요가 있고 또 선정하는 일이 어려운 일임은 스윈번의 문학적 기여가 독특한 성격을 띠고 있기 때문이다. 그가 기여한 바는 동일한 명성을 소유한 그 어떤 시인이 기여한 바와 아주 다른 형태의 것이기 때문이라고 말하더라도 지나친 말은 아닐 것이다.

우리는 스윈번이 문학에 기여를 했다는 점 자체야 이론의 여지가 없는 것으로 받아들일 수 있을 것이다. 그가 이제까지 시도되지 않는 무언가를 했다는 점, 그리고 그가 한 일이 사기詐欺로 판명되지는 않을 것이라는 점 또한 이론의 여지가 없는 것으로 받아들일 수 있을 것이다. 이제, 이에 근거하여, 스윈번이 기여한 바는 구체적으로 무엇이며, 그의 작품을 이루는 운문 구조를 와해하기 위해 그 어떤 비평적 용매溶媒를 동원하든 그가 기여한 바가 무너지지 않은 채 남아 있는 이유는 무엇인가를 탐구하는 방향으로 나아갈 수 있을 것이다. 아무튼, 우리가 점검하고자 하는 바는 다음과 같다. 우선, 우리가 오늘날 스윈번의 시를 그다지 열렬하게 즐기지는 않는다는 점에 동의하기로 하자. (내 생각으로는 현세대의 사람들은 그의 시를 즐기지 않는다.) 또한, (좀 더 심각한 비난이 되겠지만,) 우리가 살아오는 동안 한때 그의 시를 즐겼지만 이제는 더 이상 즐기지 않는

많은 문학 작품의 소재가 된 트리스트람(Tristram)과 이술트(Iseult)—다른 이름으로는, 트리스탄(Tristan)과 이졸데(Isolde)—의 전설적인 사랑 이야기를 그 나름대로 새롭게 시화한 작품. '라이오네스'는 영국의 전설 속에 등장하는 왕국으로, 트리스트람은 이 왕국의 왕자였음. 이 왕국은 잉글랜드의 남서부 지방에 위치한 반도 형태의 콘월 지방의 끄트머리에 있었지만, 전설에 따르면 하루아침에 바다에 잠겨 사라졌다고 한다.

다는 점에 동의하기로 하자. 이 같은 전제에도 불구하고, 우리가 싫어하거나 무관심해 하는 근거가 무엇인지를 진술하는 과정에 동원하는 말이 형편없는 시에 대해 논의할 때와 스윈번의 시에 대해 논의할 때는 다른 의미를 띨 수밖에 없다. 즉, 비난의 말이 곧 그의 작품이 지닌 질적 특성을 드러내는 말이 된다. 예컨대, 당신은 "산만하다"라는 표현을 동원할 수 있다. 하지만 산만함은 그의 시 세계에 필수적인 요건이다. 만일 스윈번이 좀 더 강력하게 집중력을 발휘했다면, 그의 운문은 종류가 동일하면서도 질적으로 더 나은 것이 되었다기보다 현재와는 다른 것이 되었을 것이다. 그의 산만함은 곧 그에게 영광인 셈이다. 예컨대, 「시간의 승리」에서 동원된 자료가 그처럼 빈약해 보이는데도 그처럼 놀랄 만큼 많은 말들을 그가 토해 내고 있다는 사실을 주목하기 바란다. 이는 천재성이라는 말 이외에 다른 말로 지칭할 이유가 없는 무언가가 있어야 가능한 것이다. 당신은 「시간의 승리」를 간략하게 압축할 수 없다. 다만 일부를 삭제할 수 있을 뿐이다. 하지만, 그렇게 하는 경우, 그런 시도는 곧 시를 망가뜨리는 작업이 될 것이다. 비록 이 시의 그 어떤 연聯도 꼭 필요한 것처럼 보이지 않음에도 말이다. 유사하게, 선정 과정에 제외해서는 안 될 핵심적인 시가 한 편도 없지만, 상당한 분량의 작품—또는 선시집選詩集—이 스윈번의 시 세계에 나름의 특성을 부여하는 데 필요하다.

따라서, 만일 우리가 "산만하다"와 같이 비난이 담긴 용어를 그의 시 세계에 적용하는 데 대단히 신중해야 한다면, 우리는 찬사를 드러내는 데도 마찬가지로 신중해야 할 것이다. 사람들은 "스윈번의 운문이 갖는 아름다움은 소리에 있다"고 말하면서, "그에게는 시각적 상상력이 거의 존재하지 않는다"는 설명을 덧붙이기도 한다.* 나에게는 "아름다움"이라는 말이 스윈번의 운문과 관련해서는 결코 사용되기 어려운 표현이라는 생각이 든다. 아무튼, 어떤 경우에든 소리의 아름다움이나 효과는 곧 음악의 아름다움이나 효과도 아니고, 음악의 선율에 실을 수 있는 시의 아름다움이나 효과도 아니다. 또한, 곡을 붙여 노래의 일부가 되도록 의도된 운문이 선명한 시각적 이미지를 제시하지 말아야 할 이유도, 중요한 지적知的 의미를 전달하지 말아야 할 이유도 따로 있는 것이 아니다. 왜냐하면, 시각적 이미지나 지적 의미는 느낌에 영향을 미치는 또 하나의 수단이 되어, 음악을 보완하는 역할을 수행하기 때문이다. 스윈번의 운문에서 우리가 얻는 것은 청각적 표현이지만, 이는 어떤 면으로든 음악과 연결될 수 있는 성질의 것이 아니다. 그가 제공하는 것은 이미지들도 아니고 시상詩想들도 아니며 음악도 아니기에, 이는 세 요소 모두에 대한 암시들이 기묘하게 뒤섞여 있는 하나의 혼합물이라고 해야 할 것이다.

> 헤엄칠 수 있다면 헤엄쳐 갈까요? 당신이 보듯, 물결 이는 바다는 넓어요.
> 날 수 있다면 날아갈까요, 소중한 나의 사랑이여, 그대에게로?†

이는 캠피언의 시에 나오는 구절로, 스윈번의 작품에서는 확인이 될 수 없는 종류의 음악을 담고 있는 예다. 이 구절은 음가音價를 지

---

* 이는 로버트 린드(Robert Lynd, 1879-1949)의 저서 『옛날의 대가들과 새로운 대가들』(*Old and New Masters* [T. Fisher Unwin, Ltd, 1919]), 196쪽에 나오는 스윈번에 대한 비판을 자유롭게 변형하여 인용한 것이다. 엘리엇은 1919년 6월 13일에 발행된 『애서니엄』에서 이 책에 대한 서평을 발표한 바 있다.

† Thomas Campion, *The Works of Dr. Thomas Campion*, A. H. Bullen 편 (London: Chiswick Press, 1889), 34쪽. 엘리엇이 인용한 부분의 원문은 다음과 같다. "Shall I come, if I swim? wide are the waves, you see; / Shall I come, if I fly, my dear Love, to thee?"

니고 있을 뿐만 아니라 이와 동시에 일관된 이해가 가능한 의미를 지니고 있는 말들의 배열 및 선택에 해당하는 것이며, 음악적 가치와 의미라는 두 특성은 둘이지, 하나가 아니다. 하지만 스윈번의 시에는 그 어떤 *순정한* 아름다움도 존재하지 않는다. 소리의 순정한 아름다움도, 이미지의 순정한 아름다움도, 시상의 순정한 아름다움도 존재하지 않는 것이다.

부드러운 음성이 사라질 때, 음악은
기억 속에 가늘게 울리나니.
향긋한 제비꽃들이 병들 때, 향기는
꽃들이 일깨운 감각 안에 살아 있나니.

장미가 죽음에 이르면, 장미 꽃잎은
사랑하는 이의 침상을 위해 쌓이나니.
그처럼, 그대 떠나면, 그대 생각 위에,
그 위에 누어 사랑은 잠이 들리라.*

여기에 인용한 것은 셸리의 시로, 이를 인용함은 셸리가 스윈번의 스승으로 여겨지기 때문이다. 아울러, 캠피언의 노래와 마찬가지로 셸리의 노래는 스윈번의 운문이 지니고 있지 않은 것—즉, 음악의 아름다움과 내용의 아름다움—을 지니고 있기 때문이다. 또한, 다만 두 개의 형용사를 동원하여 그의 노래는 명료하게 또한 단순하

---

* 퍼시 비시 셸리의 사후에 그의 부인인 메어리 셸리(Mary Shelley, 1797-1851)가 펴낸 그의 유고 시집에 수록되어 있는 작품 가운데 하나. Shelley, *The Poems of Shelley*, Thomas Hutchinson 편 (London: Oxford UP, 1943), 639쪽 참조. 엘리엇이 인용한 부분의 원문은 다음과 같다. "Music, when soft voices die, / Vibrates in the memory; / Odours, when sweet violets sicken, / Live within the sense they quicken. // Rose leaves, when the rose is dead, / Are heaped for the beloved's bed; / And so thy thoughts, when thou art gone, / Love itself shall slumber on."

게 표현되고 있기 때문이다. 이제 다시 스윈번에게로 돌아가자면, 그의 시에서 의미와 소리는 뭉뚱그려 놓은 하나다. 그는 특이한 방식으로 낱말의 의미에 관심을 보이는데, 그는 낱말의 의미를 활용한다. 아니, 좀 더 적절하게 말하자면, 낱말의 의미를 일깨워 "작동케" 한다. 그리고 이 점은 그가 사용하는 어휘의 면에서 확인되는 흥미로운 사실과 관련이 있는 것이다. 그는 의미가 극도로 막연한 일반적인 낱말을 사용하는데, 그의 감정은 결코 특정하고 구체적인 것이 아니기 때문이며, 마음에 떠오르는 비전과 결코 직접 연결되지 않은 것, 결코 초점이 맞춰진 것이 아니기 때문이다. 감정의 강화는 깊이 강렬하게 함으로써가 아니라 넓게 확장함으로써 이루어진다.

> 그 옛날의 프랑스에 어떤 가수가 살고 있었지
> 　　파도가 치지 않는 슬픈 지중해의 바닷가에.
> 모래와 폐허와 황금으로 이루어진 그 어느 곳에서
> 　　한 여인이, 오직 그녀만이 환히 빛나고 있었지.*

당신도 확인할 수 있듯, 여기서 프로방스는 의미의 산만화가 이루어지는 단순한 지점일 뿐이다. 스윈번은 장소를 규정하되, 가장 일반적인 낱말, 그에게 나름의 가치를 지니는 낱말을 동원한다. "황금"(gold)이나 "폐허"(ruin)나 "슬픈"(dolorous)과 같은 낱말은 그가 원하는 소리를 지니고 있을 뿐만 아니라, 낱말들이 그에게 제공하는 시상을 막연하게 연상케 하는 것들이다. 다음의 예에서 확인할

---

* 스윈번, 『시와 담시, 제1집』에 수록된 작품인 「시간의 승리」, 제41연 제1-4행. 엘리엇이 인용한 부분의 원문은 다음과 같다. "There lived a singer in France of old / By the tideless dolorous midland sea. / In a land of sand and ruin and gold / There shone one woman, and none but she."

수 있는 것과 같은 특정 장소에 대한 감식안을 그는 소유하고 있지 않다.

> 카센티노의 푸르른 언덕에서 발원하여
> 저 아래 아르노 강으로 흐르는 물줄기들이. . . .*

사실상, 그를 전율케 하는 것은 낱말이지 대상이 아니다. 스윈번의 운문 가운데 어떤 것이든 이를 분해할 때 당신은 항상 대상이 그곳에 있음이 아니라 오로지 낱말이 그곳에 있음을 확인하게 될 것이다.

> 눈꽃들, 용서를 호소하고
> 공포에 질려 수척해진 눈꽃들†

과 제비가 감히 모습을 드러내기 전에 그 모습을 드러내는 수선화들‡과 비교해 보기 바란다. 스윈번의 눈꽃은 사라져 없어지지만,§ 셰익스피어의 수선화는 살아남는다. 셰익스피어의 제비는 『맥베스』

---

* 단테, 『신곡』, 지옥 시편 제30번 칸토의 64-65행. 카센티노(Il Casentino)는 아르노 강(L'Arno)의 발원지發源地. 엘리엇이 인용한 부분의 원문은 다음과 같다. "Li ruscelletti che dei verdi colli / Del Casentin discendon giuso in Arno. . . ."

† 스윈번, 『시와 담시, 제1집』에 수록된 작품인 「거울 앞에서」("Before the Mirror"), 제1시편, 제3-4행. 엘리엇이 인용한 부분의 원문은 다음과 같다. "Snowdrops that plead for pardon / And pine for fright."

‡ 이는 셰익스피어의 『겨울 이야기』(*The Winter's Tale*, 1623)에서 양치기의 딸 퍼디타(Perdita)의 대사에 나오는 "제비가 감히 모습을 드러내기 전에 그 모습을 드러내는 수선화들"(daffodils / That come before the swallow dares—제4막 제4장)을 인용 부호 없이 그대로 옮긴 것임.

§ 엘리엇이 서평을 쓴 바 있는 로버트 린드(Robert Lynd)의 『옛날의 대가들과 새로운 대가들』의 196쪽에는 스윈번 시에 대한 다음과 같은 비판이 나온다. "제1시편의 눈꽃 이미지는, 시행들에 담긴 소리가 매력적이기는 하나, 무의미한 허튼소리에 불과하다."

의 운문[*] 안에서 살아남고, 워즈워스의

> 바다의 침묵을 깨는[†]

새는 살아남지만, 「이튜로스」[‡]의 제비는 사라져 없어진다. 그리고 또한 『칼리돈의 아틀란타』의 코러스와 아테네인들의 비극에 담긴 코러스를 비교해 보기 바란다. 스윈번의 코러스는 거의 아테네의 비극에 대한 서투른 모방에 지나지 않는다. 그의 코러스는 경구적인 어투의 말로 이루어져 있으나, 상투적인 경구에 담긴 의미조차 지니고 있지 않다.

> 적어도 우리는 우리가 죽기 전에 그대에게 증언하나니,
> 이것들은 다른 무엇이 아닌, 이것일 수밖에 없으니. . . .[§]

* 셰익스피어의 『맥베스』에는 새와 관련된 언급이 여러 군데 등장하는데, 특히 제1막 제2장에 나오는 부상당한 한 병사의 대사를 주목할 수 있다. 그는 맥베스의 승리를 던컨 왕(King Duncan)에게 보고할 때, 전투 현장에서 보인 맥베스의 활약상을 전하는 도중 "제비들이 독수리를 겁먹게 하고, 토끼가 사자를 겁먹게 하듯"(As sparrows [dismay] eagles, or the hare [dismays] the lion)이라는 표현을 동원한다. 이는 맥베스가 아일랜드의 반란군을 무찌른 뒤에 노르웨이의 왕이 군대를 이끌고 스코틀랜드를 침공하자 그가 어떻게 대처했는가를 알리는 자리에서 동원한 표현임. 또한 제1막 제6장에서 뱅코(Banquo)가 제비를 "여름의 손님, 사원을 출몰하는 제비"(guest of summer, / The temple-haunting martlet)로 묘사한 바 있음에도 유의할 것.

† 윌리엄 워즈워스, 「홀로 추수하는 소녀」("Solitary Reaper"), 제2연 제7행. 출처는 『두 권으로 이루어진 시집』(*Poems, in Two Volumes*, 1807). 엘리엇이 인용한 부분의 원문은 다음과 같다. "Breaking the silence of the seas."

‡ "Itylus": 스윈번의 『시와 담시, 제1집』에 수록된 시. 이튜로스는 희랍 신화에 나오는 인물로, 어머니인 아에돈(Aedon)에 의해 살해됨. 실수로 아들을 죽이고 비탄에 잠긴 아에돈의 슬픔을 덜어주기 위해 제우스는 그녀를 나이팅게일로 변신케 한다. 스윈번의 시는 나이팅게일이 제비에게 말을 건네는 형식으로 이루어져 있음. 이 시는 다음과 같은 구절로 시작된다. "제비, 나의 누이여, 오, 나의 누이인 제비여, / 어찌하여 그대의 가슴은 봄으로 가득 차 있을 수 있는가?"("Swallow, my sister, O sister swallow / How can thine heart be full of the spring?).

§ 스위번의 비극인 『칼리돈의 아틀란타』의 곳곳을 장식하고 있는 코러스에 나오

세월이 시작하기 전에
　　인간의 창조에 뒤이어 출현하였지,
눈물이라는 선물과 함께 시간이,
　　작동하는 모래시계와 함께 슬픔이. . . .*

이는 아무리 좋게 보더라도 "음악"이 아니다. 우리가 꿈속에서 내뱉는 진술처럼 엄청난 진술과도 같아 보이기 때문에, 이는 다만 효과적인 것일 뿐이다. 우리가 잠에서 깨어나면, 우리는 "작동하는 모래시계"가 비애보다는 시간에 더 잘 어울리는 것임을, 눈물이라는 선물은 시간보다는 비애에 의해 더 적절하게 부여되는 것임을 확인하게 될 것이다.

이제까지 이어 온 논의에 기대는 경우, 형편없는 운문이 속임수이듯, 스윈번의 작품은 속임수로 볼 수 있음을 우리가 암시하고 있는 것으로 비칠 수도 있겠다. 당신이 무언가를 생산하거나 제안할 때 그것이 진실인 양 보이지만 실제로는 진실이 아니라면, 그것은 어쨌거나 속임수에 불과한 것이다. 문제는 스윈번의 세계가 무언가 다른 세계—즉, 모방 대상이 되고 있는 무언가 다른 외부의 세계—에 의존하여 구축된 것이 아니라는 데 있다. 이는 정당화와 영속성을 확보하는 데 필요한 나름의 완결성과 자족성을 지닌 세계인 것이다. 이는 몰개성적인 것이고, 또한 다른 누구도 만들어 낼 수 없는 그런 세계다. 추론의 결과가 추론에 앞서 세운 가설에 충실하게 일치하는 사례인 셈이다. 이는 파괴할 수 없는 난공불락의 세계다.

는 구절. 엘리엇이 인용한 부분의 원문은 다음과 같다. "At least we witness of thee ere we die / That these things are not otherwise, but thus. . . ."

* 이 구절 역시 『칼리돈의 아틀란타』의 코러스에 나오는 구절. 엘리엇이 인용한 부분의 원문은 다음과 같다. "Before the beginning of years / There came to the making of man / Time with a gift of tears; / Grief with a glass that ran. . . ."

『시와 담시, 제1집』*에 가해졌거나 가해질 수도 있는 명백한 불평불만 가운데 그 어떤 것도 타당성이나 설득력을 갖지 못한다.† 그의 시는 병적이지도 않고, 관능적이지도 않으며, 파괴적이지도 않다. 여기에 동원된 병적인, 관능적인, 파괴적인과 같은 관형사들은 시의 소재나 인간의 느낌에 적용될 수 있는 것인데, 소재나 인간의 느낌에 해당하는 것이 스윈번의 경우에는 아예 존재하지 않기 때문이다. 병적인 상태란 인간의 느낌과 관련된 것이 아니라 언어와 관련된 것이다. 건강한 상태의 언어는 대상을 드러내 보이고, 그런 언어는 대상과 아주 밀접한 것이어서 언어와 대상은 둘이면서 하나다.

스윈번의 운문에서 둘이 하나임은 오로지 대상이 존재하기를 멈추었기 때문이고, 의미가 단순히 의미의 환영幻影에 지나지 않는 것일 뿐이기 때문이며, 뿌리 뽑힌 언어는 대기로부터 양분을 흡수하는 독립적인 삶에 스스로 적응해 왔기 때문이다. 예컨대, "지친"(weary)이라는 말이 육체나 정신의 특정하고 사실적인 지쳐 있음과는 관계가 없는 방식으로 스윈번의 운문에서 무성하게 활기찬 생명력을 누리고 있음을 우리는 확인할 수 있다. 형편없는 시인이란 부분적으로는 대상 세계에, 부분적으로는 언어 세계에 머무는 존재로, 그에게는 결코 양자를 서로에게 들어맞는 것이 되도록 할 능력이 없다. 단지 스윈번과 같은 천재만이 그처럼 배타적으로 또한

---

* *Poems and Ballads, First Series*: 스윈번이 1866년에 발간한 시집. 그는 뒤이어 1878년에 *Poems and Ballads, Second Series*를, 1889년에 *Poems and Ballads, Third Series*를 출간했다.

† Anthony Cuda & Ronald Schuchard 편집의 *The Complete Prose of T. S. Eliot: The Critical Edition* (Baltimore: Johns Hopkins 대학 출판부, 2014), 제2권, 186쪽의 주에 의하면, 스윈번의 첫 시집은 도덕적 측면에서 사람들의 격분을 사게 되었는데, 형사적 처벌을 받을 수도 있다는 우려에서 출판사는 시집 판매를 취소하기까지 했다고 한다.

지속적으로 언어 한가운데에만 머물 수 있다. 그의 언어는 형편없는 시의 언어가 죽어 있는 것과는 달리 살아 있다. 그의 언어는 이같은 자체의 독특한 생명력을 누린 채, 엄청난 활기에 차 있다. 하지만 우리에게 한층 더 중요한 언어는 새로운 대상들을, 일단一團의 새로운 대상들을, 새로운 느낌들을, 대상의 새로운 양상들을 소화하고 표현하기 위해 고군분투하는 언어다. 예를 들면, 제임스 조이스 씨나 그보다 앞선 시대의 콘래드와 같은 사람*의 산문을 이루고 있는 바로 그런 언어다.

*James Joyce (1882-1941), Joseph Conrad (1857-1924): 전자는 아일랜드의 소설가이며, 후자는 폴란드 태생의 영국 소설가.

블레이크

1

만일 우리가 블레이크*의 몇몇 시적 발전 단계 전반全般에 걸쳐 그의 정신을 추적하는 경우, 우리는 그를 순진한 사람, 거친 성품의 사람, 고도로 세련된 교양인들이 총애하는 야생의 애완동물과도 같은 사람으로 여기기란 불가능할 것이다. 또한, 낯설다는 느낌은 사라질 것이고, 독특하다는 느낌은 모든 위대한 시가 공유하고 있는 그런 독특함으로 간주될 것이다. 이때의 독특함은 (어디에서나 아니라) 호머와 아이스킬로스와 단테와 비용의 작품에서 확인되는 그 무엇, 그리고 셰익스피어의 작품에 담긴 심오하고도 은폐되어 있는 그 무엇, 또한 몽테뉴의 작품에 그리고 스피노자의 작품에 또 다른 형태로 존재하는 그 무엇에 상응하는 특성이다. 이는 단지 독특한 정직성이라는 특성으로, 누군가의 정직함에 지나치게 놀라고 두려워하는 사람들로 채워진 세상이기에 독특하게 공포감을 불러일으키는 그런 종류의 특성인 것이다. 이는 불쾌한 것이기에, 온 세상이 이에 대항하여 꾸미는 음모의 대상이기도 하다. 블레이크의 시에는 위대한 시 특유의 불쾌함이 내재되어 있다. 병적이거나 비정상적인 것 또는 비뚤어진 것으로 규정될 수 있는 것이라면

* William Blake (1757-1827): 영국의 낭만주의 시대를 대표하는 시인 가운데 한 사람.

그 어떤 것도, 한 시대나 한 유행의 병적인 상태를 예시적으로 보여주는 것이라면 그 어떤 것도, 이러한 특성을 내재하고 있지 않다. 다만, 단순화를 향해 엄청난 노고를 기울임으로써 인간 영혼의 본질적인 병약함과 강인함을 명료하게 드러내 보이는 그 무엇만이 이러한 특성을 내재하고 있을 뿐이다. 아울러, 정직성이라는 특성은 위대한 기예技藝적 성취가 없이는 결코 존재할 수 없는 것이기도 하다. 인간으로서의 블레이크에 대한 질문은 이 정직성을 그의 작품 세계에 허용하는 데 협력한 환경은 과연 어떤 것이었는가, 그리고 어떤 환경이 그에게 한계로 작용했는가에 대한 질문이 될 것이다. 아마도 그에게 도움이 된 환경 여건에는 다음의 두 측면이 포함될 것이다. 첫째, 육체노동이 필요한 직종에서 일찌감치 도제 생활을 했기 때문에 그는 자신이 원하는 것 이상의 그 어떤 문학 교육도 억지로 습득할 것을 강요받지 않았다. 또는 그가 문학 교육을 원할 때 마음에 담고 있던 이유와는 다른 이유로 이를 습득할 것을 강요받지 않았다. 둘째, 신분이 낮은 동판공銅版工이었기 때문에 그의 앞에는 신문 일이나 잡지 일과 같은 사회적 활동의 길이 열려 있지 않았다.

말하자면, 자신의 관심사에서 벗어나 다른 일에 한눈을 팔게 하거나 이러한 관심사를 타락케 하는 것이 그에게는 아무 것도 없었다. 부모나 아내의 야망에도, 사회의 규범에도, 성공에 대한 유혹에도 노출되어 있지 않았고, 자신이든 그 외의 누구든 누군가에 대한 흉내 내기에도 그는 노출되어 있지 않았다. 이 같은 환경 요인들—그의 정신에 영감을 일깨웠던 것으로 추정되는 그 특유의 타고난 자발성이 아니라, 이 같은 환경 요인들—로 인해, 그는 인간적으로 순수함을 유지할 수 있었다. 그의 초기 시들을 보면, 천재적인 소년의 시가 당연히 드러내 보여야 할 자질인 엄청난 흡인력을 감지케 한다. 일반적으로 사람들이 생각하듯, 이 같은 그의 초기 시들은 자신의 능력을 뛰어넘어 무언가를 성취하고자 하는 한 소년의 조악한 시도에 해당하는 것들이 아니다. 진정으로 장래가 유망한 소년의 경우라면, 그의 작품들은 무언가 작은 것을 성취하고자 하는 지극히 성숙하고 성공적인 시도에 해당하는 것일 가능성이 한층 더 높다. 블레이크의 경우가 이에 해당하는데, 그의 초기 시들은 기예의 측면에서 찬사를 받을 만한 것이고, 이들 작품의 독창성은 우발적인 리듬에서 확인된다. 「에드워드 왕 3세」*의 운문은 연구할 가치가 있는 것이다. 하지만, 그 자신이 몸담고 있던 시대의 아주 탁월한 작품을 향해 보였던 친화력에 비하면, 엘리자베스 시대의 문인들에 대한 그의 애정은 그다지 놀랄 만한 것이 되지 못한다. 그의 시는 콜린스†의 작품과 아주 닮아 있으며, 대단히 18세기적이다. 「아이다의 그늘진 이마 위에든」‡이라는 시는 시상 전개, 시상 전개의 무게감, 구문, 어휘 선택의 측면에서 18세기적인 작품이다.

> 악기의 *나른한* 현絃들이 거의 움직이지 않는구나!
> 소리가 *억지로 끌려* 나오지만, 울림은 거의 없구나!§

---

* "King Edward the Third": 블레이크가 26세의 나이인 1783년에 출간한 시집인 『시적 소묘』(*Poetical Sketches*)에 수록되어 있는 단편적인 극작품.

† William Collins (1721-1759): 영국의 시인. 뒤에 언급되는 토머스 그레이(Thomas Gray)에 이어 18세기 중엽에 가장 큰 영향력을 행사하던 시인.

‡ "Whether on Ida's shady brow": 여기서 엘리엇은 블레이크의 「뮤즈 여신들에게」("To the Muses")라는 작품의 제목을 대신하여 이 작품의 첫 행을 제목으로 삼고 있다.

§ 블레이크, 「뮤즈 여신들에게」, 제4연 제3-4행. 이 시는 당대 시단에 대한 공격적인 비판을 담고 있는데, 시인은 옛날의 시인들과 함께하던 뮤즈 여신들이 이제 지상의 세계를 등졌음을 노래한다. 엘리엇이 인용한 부분의 원문은 다음과 같다. "The languid strings do scarcely move! / The sound is forc'd, the notes are few!"

이는 그레이*와 콜린스의 작품과 동시대의 작품이고, 산문 훈련의 과정을 거친 언어의 시다. 나이 20세에 이르기까지 블레이크의 시는 단연코 전통적이다.

그렇게 보면, 시인으로서 블레이크의 출발은 셰익스피어의 출발이 그러했듯 널리 일반화된 절차에 따른 것으로, 그가 자신의 성숙한 작품에서 동원한 창작 방법은 다른 시인들의 것과 정확하게 일치하는 것이다. 그는 하나의 시상詩想이나 하나의 느낌 또는 하나의 이미지를 떠올리고, 착상 또는 확장의 과정을 통해 이를 발전시킨다. 이어서, 자신의 운문에 자주 수정을 가하고, 최종적인 어휘 선택을 놓고 자주 망설인다.†‡ 물론 시상은 그냥 우연히 시인에게 찾아오지만, 일단 시인에게 오면 긴 시간에 걸쳐 연마鍊磨의 단계를 거치게 된다. 첫 단계에서 블레이크는 언어적 아름다움에 신경을 쓰고, 둘째 단계에서 겉으로는 순진해 보이나 실제로는 성숙한 지성

---

* Thomas Gray (1716-1771): 영국의 시인이자 고전학자.

† 나는 피에르 베르제 씨(M. Pierre Berger)가 자신의 『윌리엄 블레이크: 신비주의와 시』(*William Blake: mysticism et poésie*)에서 아무런 유보 조항이 없이 다음과 같이 말한 이유가 무엇인지 모르겠다. "그의 내부에서 숨 쉬고 있고 또한 그에게 말을 받아 적게 하는 영혼에 대한 존중의 마음 때문에 그는 결코 말을 수정한 적이 없다." 존 샘프슨 박사는 자신의 옥스퍼드 판 "블레이크의 시집"에서 블레이크는 자신의 글 가운데 상당 부분이 자동적으로 나오는 것으로 믿었음을 우리에게 이해하도록 말하고 있지만, 이와 함께 다음과 같은 진술을 잇는다. "[블레이크가] 창작의 과정에 지나치게 꼼꼼히 신경을 쓴다는 사실은 초고 상태로 보존되어 있는 시 작품들 어디에서나 환히 확인이 되는데 . . . 그가 수정에 이어 수정을, 재배열에 이어 다시 재배열을, 삭제를, 첨가를, 그리고 어순의 변화를 이어가고 있음이 명백하게 드러난다." (엘리엇의 원주)

‡ Pierre Berger (1869-?): 프랑스의 작가이자 번역가. 여기서 엘리엇이 인용한 부분은 그의 *William Blake: mysticism et poésie* (Paris: Societe francaise d'imprimerie et de librairie, 1907), 243쪽 참조.
John Sampson (1862-1931): 아일랜드의 언어학자이자 문예학자. 여기서 인용한 부분은 그의 "Bibliographical Introduction," *The Poetical Works of William Blake* (London: Oxford UP, 1913), xix쪽 참조.

적 존재가 된다. 다만 시상들이 좀 더 자동적인 것으로 바뀔 때, 그러니까 한층 더 자유롭게 다가오고 한층 덜 작위적인 것일 때, 바로 그런 때 우리는 시상들의 근원이 어디인가에 대해 의문을 품게 된다. 혹시 깊이가 없는 피상적인 소재에서 솟아나온 것은 아닌가 하는 의심을 품게 되는 것이다.

『순수의 노래』와 『경험의 노래』,* 그리고 로세티의 필사본†에 수록되어 있는 시들은 인간의 감정에 대해 심오한 관심을 갖고 있고 또한 이에 대해 심오한 지식을 지닌 한 인간의 작품들이다. 이들 시집에서 인간의 감정은 극도로 단순화되고 추상화된 형태로 제시되고 있다. 이 같은 단순화되고 추상화된 형태는 교육에 대항하여 예술이 이어가는 영원한 투쟁을, 언어의 지속적인 타락에 대항하여 문학 예술가들이 이어가는 영원한 투쟁을 환하게 보여 주는 사례에 해당한다.

예술가가 자기 자신의 예술 분야에서 고차원의 교육을 받는 것은 중요한 일이다. 하지만 일반인들을 위한 교육으로 구성되어 있는 사회의 일반적인 교육 과정에 의해서라면 도움을 받기보다는 오히려 방해를 받는 것이 예술가를 위한 교육이다. 왜냐하면, 일반인을 위한 교육 과정은 대체로 몰개성적인 생각을 습득하는 것으로 이루어져 있기 때문이다. 이 같은 교육 과정으로 인해, 우리가 실제로 어

---

* *Songs of Innocence*, *Songs of Experience*: 전자인 『순수의 노래』는 블레이크가 1789년에 출간한 시집이다. 블레이크는 앞서 발간한 『순수의 노래』에다 새로운 시 모음을 더하여 1794년에 『순수와 경험의 노래』(*Songs of Innocence and of Experience*)라는 시집을 출간했는데, 이 시집에 담긴 새로운 시 모음을 지칭하는 것이 후자인 『경험의 노래』다.

† Rossetti Manuscript: 영국의 시인이자 화가인 로세티가 소장하고 있던 블레이크의 비망록을 일컫는 표현. 로세티는 1789년경에서 1811년경에 이르기까지 소묘와 시작품들로 이루어진 블레이크의 시작 노트를 블레이크 사후 20년 뒤에 입수하게 되었다고 한다.

떤 존재이고 실제로 느끼는 것은 무엇인가와, 우리가 진정으로 원하는 것은 무엇인가와, 진정으로 우리의 흥미를 일깨우는 것은 무엇인가에 대한 우리의 의문은 무디어지게 마련이다. 물론 해가 되는 것은 습득된 실제의 정보 자체가 아니라, 지식의 축적이 자칫 강요하기 쉬운 순응의 태도다. 테니슨은 기생적인 견해에 거의 완전히 뒤덮여 있는 시인, 또는 자신의 환경 속으로 거의 완전히 함몰되어 있는 시인을 대표해서 보여 주는 지극히 선명한 예에 해당한다. 그와는 달리, 블레이크는 무엇이 자신의 흥미를 끄는가를 알고 있던 사람으로, 따라서 오로지 본질적인 것만을, 오로지 실제로 제시될 수 있는 것만을, 그리고 설명이 따로 필요하지 않은 것만을 제시한다. 그리고 정신이 산만해져 있거나 두려움에 떨고 있지 않았기 때문에, 또한 정확한 진술 이외에 그 어떤 것에도 사로잡혀 있지 않았기 때문에, 그는 이해할 수 있었다. 그는 있는 그대로 알몸 상태로 솔직했으며, 알몸 상태로 솔직한 인간을, 자신이 소유한 예언자의 수정 구슬 중심부에 비친 있는 그대로 알몸 상태의 솔직한 인간을 보았다. 그에게는 로크*가 부조리한 사람이라고 보아야 할 이유가 따로 없듯 스베덴보리†도 부조리한 사람으로 보아야 할 이유가 따로 있지 않았다. 그는 자기 자신의 논리에 근거하여 스베덴보리를 인정했고, 그런 논리에 근거하여 결국에 가서 그를 거부했다. 그는 세상을 떠도는 견해들에 휩싸여 흐릿해지지 않은 정신, 그런 맑은 정신으로 모든 것에 접근했다. 그에게는 자만심에 차 있는 인간으로서의 면모가 어디에도 없었다. 그를 두려운 존재가 되게 하는 것은 바로 이 점이다.

* John Locke (1632-1704): 영국의 경험주의 철학자.
† Emanuel Swedenborg (1688-1772): 스웨덴의 신비주의 철학자.

2

하지만, 다른 한 편에서 볼 때, 정직하게 본마음을 드러내는 일에 집중할 수 없게 하는 것, 주의를 산만하게 하는 것이 없었다고 해도, 알몸 상태의 그가 무언가의 위험에 노출될 수밖에 없었던 것도 사실이다. 그의 시적 비전과 마찬가지로, 그의 직관적 통찰력과 마찬가지로, 그의 기예와 마찬가지로, 그의 철학도 그 자신의 것이었다. 따라서 그는 한 예술가가 당연히 부여해야 하는 것보다 자기 자신만의 철학에 한층 더 과다하게 중요성을 부여하는 경향을 보였다. 이런 경향이 그를 별난 사람으로 만들었고, 무형식無形式에 경도케 했다.*

> 하지만 무엇보다 한밤의 거리를 가로질러 내 귀를
> 울리는 것은 새파랗게 젊은 매춘부의 저주,
> 갓 태어난 아기의 눈물을 말라붙게 하고,
> 결혼이라는 영구차를 역병으로 망가뜨리는 그녀의 저주.†

이상의 인용이 보여 주는 것은 있는 그대로 알몸을 드러낸 솔직한 시적 비전이다.

> 사랑은 다만 자기 자신을 즐겁게 하길 원하고,
> 다른 이를 자신의 기쁨에 메이게 하길 원하지,
> 다른 이가 평온을 잃은 것에서 즐거움을 찾고,

---

* 블레이크의 예언자적 시와 관련된 '무형식의 형식'에 대한 논의는 Arthur Symons, *William Blake* (New York: E. P. Dutton & Co., 1907)의 제1부 제5장 참조.

† 블레이크, 『경험의 노래』에 수록된 시 「런던」("London")의 제4연이자 마지막 연. 엘리엇이 인용한 부분의 원문은 다음과 같다. "But most through midnight streets I hear / How the youthful harlot's curse / Blasts the new-born infant's tear, / And blights with plagues the marriage hearse."

사랑은 천국을 무시하고 지옥을 하나 건설하지.*

이는 있는 그대로 알몸을 드러낸 솔직한 관찰에 해당하는 것이다. 그리고 『천국과 지옥의 결혼』은 있는 그대로 알몸을 드러낸 솔직한 철학의 제시에 해당한다. 하지만 때때로 블레이크의 시와 철학 사이의 결혼은 그다지 멋진 것이 아니기도 하다.

이웃에게 선을 베풀려는 자는 세세하고 특정한 일에서 이를 행해야
하나니.
일반적인 선이란 악당이, 위선자가, 또한 아첨꾼이 내세우는 핑계이나니,
예술과 학문은 오로지 세세하게 조직된 특정한 것 안에 존재할 수
있기에. . . .†

사람들은 형식이 제대로 선택되지 않았다는 느낌을 가질 것이다. 단테와 루크레티우스가 빌려온 철학은 아마도 그다지 흥미로운 것이 아니겠지만, 그것이 이들 두 시인의 형식에 입히는 피해는 덜하다. 단테가 영혼에 관한 자신의 이론을 빌려올 때 그러했던 것과 달리, 무언가를 빌려올 때 어떤 방법으로 해야 하는가를 알고 있는 지중해 연안 사람들 특유의 타고난 형식 감각을 블레이크는 덜 갖추고 있었다. 그에게는 시를 창조하는 일만큼이나 철학을 창조하는 일을 수행해야 할 필요가 있었던 것이다. 유사한 종류의 무형식성

---

* 블레이크, 『경험의 노래』에 수록된 시 「흙덩이와 조약돌」("The Clod and the Pebble")의 제3연이자 마지막 연. 엘리엇이 인용한 부분의 원문은 다음과 같다. "Love seeketh only self to please, / To bind another to its delight, / Joys in another's loss of ease, / And builds a Hell in Heaven's despite."

† 블레이크의 『예루살렘』(*Jerusalem*, 1803-1820)에 나오는 구절. 엘리엇이 인용한 부분의 원문은 다음과 같다. "He who would do good to another must do it in Minute Particulars. / General Good is the plea of the scoundrel, hypocrite, and flatterer; / For Art and Science cannot exist but in minutely organized particulars. . . ."

이 그의 장인 정신을 공격하기도 한다. 말할 것도 없이, 결함은 장시長詩들—또는, 더 적절하게 말하자면, 구조가 중요한 자리를 차지하는 시들—에서 더할 수 없이 선명하게 짚인다. 길이가 아주 긴 장시를 창작하고자 한다면, 당신은 반드시 좀 더 몰개성적인 관점을 도입하거나, 시를 쪼개어 다양한 인물들의 몫으로 배분해야 한다. 하지만 그가 창작한 장시의 약점은 명백히 그것들이 마음에 떠오른 지나치게 예언적인 비전에 의존하거나 세상과 지나치게 멀리 떨어져 있음에 따른 것이 아니다. 이는 블레이크가 세상을 충분히 눈길을 주지 않았음에, 이념에 지나치게 몰두하게 되었음에 따른 것이다.

우리가 블레이크의 철학(그리고 아마도 새뮤얼 버틀러*의 철학)을 향해 갖는 존중의 마음은 누군가가 집에서 손수 만든 정교한 가구를 향해 갖는 존중의 마음과 동일한 종류의 것이다. 우리는 집 주변의 잡동사니를 짜 맞춰 그런 가구를 만든 사람을 존경한다. 영국은 이처럼 변통에 능한 로빈슨 크루소와 같은 사람들을 상당히 많이 배출했다. 하지만 우리는 유럽 대륙으로부터, 또는 우리 자신의 과거로부터 실제로는 그리 멀리 떨어져 있지 않다. 따라서 우리가 원한다고 해서 우리 마음대로 문화의 혜택들로부터 쉽게 단절될 수는 없다.

우리는 재미 삼아 다음과 같은 생각에 잠길 수도 있겠다. 즉, 좀

---

* 영문학사에서 Samuel Butler라는 이름의 문인 가운데 문명文名을 남긴 사람으로는 (1) 『휴디브라스』(*Hudibras*, 1663-1678)라는 풍자시를 남긴 시인이자 풍자 작가(1612-1680)가 있고, (2) 『에레혼』(*Erewhon*, 1872)이라는 유토피아 소설을 남긴 소설가이자 비평가(1835-1902)가 있다. 엘리엇이 여기에서 거론하는 사람은 뉴턴(Newton, 1642-1727)의 학설에 대항하여 자기 나름의 견해를 펼쳤던 블레이크가 그러했듯, 다윈(Darwin, 1809-1882)의 진화론에 대항하여 역시 자기 나름의 견해를 펼쳤던 후자. 즉, 소설가이자 비평가였던 새뮤얼 버틀러.

더 영속성이 있는 종교사宗教史를 갖게 되었다면, 그것이 넓게는 북유럽에 그리고 좁게는 영국에 이득이 되었을까? 이탈리아의 예를 들면, 각 지방 고유의 신들이 기독교의 유입으로 인해 완전히 일소되지는 않았다. 그리고 그 신들은 이곳 영국의 초자연적 존재인 트롤과 장난을 즐기는 요정인 픽시에게 닥친 것과 같은 운명, 왜소화로 이어지는 그런 운명의 길을 걷지도 않았다. 색슨 족의 중요한 신들과 함께 트롤과 픽시가 그런 길을 걷게 되었다고 해도, 아마도 그 자체로서는 영국인들에게 그다지 큰 손실이 되지 않았을 것이다. 하지만 그럼에도 그들은 빈자리를 남겨 놓았다. 그리고 아마도 영국의 신화는 로마 교황청과 결별하는 바람에 한층 더 빈곤한 것이 되지 않았나 싶다. 밀턴의 천상 세계와 지옥은 거대하지만, 무거운 대화로 채워져 있을 뿐 가구가 빈약하게 갖춰진 아파트들이나 다름없다. 그리고 누군가는 청교도 신화를 들먹이기도 하는데, 이는 역사적으로 일천한 것이다. 그리고 블레이크의 초자연적인 영역들과 관련하여, 그 안에 머물러 있는 이른바 이념적 생각들과 관련해서도 그러하듯, 우리는 여기서 문화적 천박함을 들먹이지 않을 수 없다. 그런 것들은 라틴어 문화 전통 바깥쪽의 작가들에게 종종 영향을 미쳤던 괴팍함과 유별남을, 확신컨대 아놀드와 같은 비평가가 견책했었을 것임에 틀림없는 이 같은 성향을 선명하게 드러내 보인다. 그리고 그런 것들은 블레이크의 시적 영감에 핵심을 이루는 것도 아니다.

블레이크는 인간의 본성에 대해 상당한 이해력을 선천적으로 갖춘 사람이었다. 게다가, 그는 탁월하고 독창적인 언어 감각과 언어의 음악성을 갖춘 사람이었을 뿐만 아니라, 환각적인 비전을 체험하는 능력도 갖춘 사람이었다. 만일 그런 능력들이 초超개성적인 이성에 대한, 상식에 대한, 과학의 객관성에 대한 존중의 마음에 의해 통제될 수 있었다면, 그에게는 한결 더 나은 것이 되었을 것이다. 그의 천재성이 요구하던 것, 하지만 안타깝게도 그의 천재성이 결여하고 있던 것은, 공인된 전통적인 이념들로 이루어진 하나의 사유 체계, 아마도 자기 자신만의 철학에 몰두하는 일을 미연에 방지해 줌으로써 그의 주의력을 시인의 문제에만 집중케 할 수도 있었을 그와 같은 사유 체계다. 생각과 감정과 비전이 혼란스럽게 뒤섞여 있는 상태를 우리는 『자라투스트라는 이렇게 말했다』*와 같은 저작물에서 확인할 수 있다. 이는 또렷하게 라틴어 문화 전통의 미덕이 낳은 것이 아니다. 신화와 신학과 철학이 한데 어우러져 형성한 하나의 틀이 결과적으로 유도한 정신의 집중력, 그것이 바로 단테가 고전적 작가라면 블레이크는 단지 천재적 시인일 뿐임을 설명하는 데 필요한 이유 가운데 하나일 것이다. 과실過失은 아마도 블레이크 자신에게 있는 것이 아니라, 그런 시인에게 요구되는 것을 제공하는 데 실패한 환경에 있는 것인지도 모른다. 어쩌면 상황 요인들이 그에게 철학자이자 신화학자의 상像을 조성하도록 강요했는지도 모르고, 어쩌면 시인 자신이 이를 필요로 했는지도 모른다. 비록 의식이 환한 상태에서조차 블레이크는 그런 동기들을 아예 의식하지 못하고 있었을 수도 있었겠지만.

---

* *Also Sprach Zarathustra*: 독일의 철학자 프리드리히 니체(Friedrich Nietzsche, 1844-1900)가 1883-1885년 사이에 집필한 그의 대표적인 저작물 가운데 하나.

단테

내가 상당히 존경하는 작가인 폴 발레리* 씨의 시에 관한 가장 최근의 진술을 보면, 거기에는 내가 판단하기에 타당성이 매우 의심스러워 보이는 언급이 담겨 있다. 나는 그 글을 아직 전체적으로 읽어 보지 못했으며, 다만 1920년 7월 23일자 『애서니엄』†의 비평 통신란에 실린 인용만을 알고 있다.

> 철학과 심지어 도덕까지도 실제의 작품들에서 벗어나, 작품들에 선행하는 명상들 한가운데에 머무르려는 경향을 보였다. . . . 오늘날 철학적 시에 대해 (심지어 알프레드 드 비니, 르콩트 드 릴,‡ 그 밖의 몇몇 사람들의 혼령을 불러내면서까지) 말하는 것—이는 양립 불가능한 두 명제인 정신이 처한 상황과 정신의 이용 가능성을 순진하게도 혼동함에 따른 것이다. 이는 사유의 목적이 하나의 관념을 확정하거나 창조하는 데 있음을 망각함에 따른 것 아닐까? 말하자면, *권력*과 *권력의 도구*를 혼동함에 따른 것일 수 있다. 이와는 달리, 현대의 시인들은 하나의 *정신 상태*를 우리 내부에 일깨우기 위해, 그리고 완벽하게 즐길 수 있는 차원에 이를 때까지 이 예외적인

---

* Paul Valéry (1871-1945): 현대 프랑스 시단을 대표하는 시인 가운데 한 사람.

† 엘리엇이 여기서 언급하고 있는 『애서니엄』의 1920년도 7월 23일자에는 엘리엇 자신의 글 「완벽한 비평가」의 제2부에 해당하는 부분이 수록되어 있기도 하다. 참고로, 「완벽한 비평가」의 제1부에 해당하는 부분은 『애서니엄』의 1920년도 7월 9일자에 수록되어 있다.

‡ Alfred de Vigny (1797-1863), Leconte de Lisle (1818-1894): 프랑스의 시인들.

정신 상태를 북돋우기 위해 노력을 기울이고 있다.*

어쩌면 내가 발레리 씨를 오해하고 있는지도 모르겠다. 오해하고 있다면, 그의 글 전체를 읽는 즐거움을 누리게 될 때 반드시 이를 바로잡는 일에 진력해야 할 것이다. 아무튼, 위의 문장에는 분석의 측면에서 한 군데 이상의 오류가 있다는 것이 내가 받은 인상이다. 이를 문제 삼자면, 무엇보다 위의 인용은 상황이 바뀌었음—즉, "철학적" 시는 언젠가 한때 허용될 수 있는 것이었지만, (아마도 현대 세계의 전문화가 날로 심화되는 까닭에) 이제는 견디기 어려운 것이 되었음—을 암시하고 있다. 우리는 우리 시대에 우리가 좋아하지 않는 예술은 결코 훌륭한 예술인 적이 없었다는 투의 가정을, 그리고 우리에게 훌륭해 보이는 예술은 항상 훌륭한 예술이었다는 투의 가정을 사실로 받아들이도록 강요당하고 있다. 만일 옛날의 "철학적" 시들 가운데 그것이 어떤 것이든 그 시가 자체의 가치를 여전히 간직하고 있다면, 동일한 유형의 현대 시에서 우리가 확인하는데 실패한 그 무언가의 가치를 그 시가 여전히 간직하고 있다면, 단

---

* 단테에 대해 논의하는 현재의 글에서 엘리엇이 문제 삼고 있는 발레리의 시에 대한 언급은 『애서니엄』의 1920년도 7월 23일자의 126-127쪽에 실린 샤를 뒤 보(Charles du Bos)의 「파리에서 온 서한, 제4신—프랑스 시단의 상징주의 운동에 대하여」("Letters from Paris, IV: On the Symbolist Movement in French Poetry")에 담긴 것이다. 샤를 뒤 보가 인용한 부분은 프랑스의 시인 뤼시앙 파브르(Lucien Fabre, 1889-1952)의 시집 『여신의 의식』(*Connaissance de la déesse* [Paris: Société littéraire de France, 1920])에 수록된 발레리의 서문("Avant-propos")에 나오는 구절이다. 참고로 말하자면, 발레리의 해당 인용은 파브르의 시집 xxvi쪽 및 xxvii-xxviii쪽에 나온다. 역시 참고 삼아 말하자면, 발레리의 이 글에 대한 번역은 1958년에 출간된 영역판 발레리 전집의 제7권인 『시학』(*The Art of Poetry*)에 "A Foreword"라는 제목으로 수록되어 있다. 프랑스의 번역가 드니스 베르나르-폴리오(Denise Bernard-Folliot, 1921-2015)가 번역하고 엘리엇 자신이 서문을 쓴 『시학』의 44쪽에서 문제의 인용에 대한 영역을 확인할 수 있다.

순히 시대의 차이와는 관계없이 존재하는 양자 사이의 차이를 확인할 수 있으리라는 가정에 기대어 우리는 상세한 검토를 시도해야 한다. 만일 옛날의 시는 서로 분리 가능한 "철학적" 요소와 "시적" 요소를 함께 갖추고 있다는 주장이 가능하다면, 우리에게는 두 가지의 과제를 수행할 것이 요구된다. 먼저 우리는 특정한 어느 한 작품—우리가 다루고자 하는 것은 단테의 작품—에서 철학은 작품의 구조에 필수적인 것이고 작품의 구조는 각 부분의 시적 아름다움에 필수적인 것임을 증명해 보여야 한다. 이어서, 문제의 작품에서는 누구에게나 실패한 철학적인 시로 인정되는 작품에서 철학이 취하고 있는 것과는 다른 형태로 철학이 동원되고 있음을 명시적으로 보여 주어야 한다. 만일 귀신을 쫓듯 "철학"을 완전히 퇴치하려는 발레리 씨의 시도에 오류가 있다면, 아마도 그 오류의 근저에 놓이는 것은 현대의 시인—즉, "하나의 *정신 상태*를 우리 내부에 일깨우기 위해" 애쓰는 오늘날의 시인—의 노고에 대한 그의 호의적인 이해의 마음, 명백한 찬사를 보내는 그런 이해의 마음일 것이다.

인류 역사 초창기의 철학적 시인들인 파르메니데스와 엠페도클레스*는 명백히 불순한 철학적 영감의 소유자들이었다. 그들의 선임자들뿐만 아니라 그들의 후임자들 누구도 자기네들 자신을 운문으로 표현하지 않았으며, 파르메니데스와 엠페도클레스는 진정한 철학적 능력에다가 이류급 종교 체제의 창시자들이 지닐 법한 감정을 다량으로 뒤섞어 넣었던 사람들이다. 요컨대, 그들은 철학에만, 또는 종교에만, 또는 시에만 배타적으로 흥미를 갖고 있었던 것이 아

* Parmenides (기원전 515년경-?), Empedocles (기원전 494년-기원전 434년): 전자는 희랍의 식민지였던 이탈리아의 엘레아 태생의 희랍 철학자이며, 후자는 역시 희랍의 식민지였던 시실리 섬 태생의 희랍 철학자.

니다. 그와 달리, 그들은 세 영역의 것 모두의 혼합물에 해당하는 것에 관심을 갖고 있었다. 따라서 그들이 지닌 시인으로서의 명성은 낮으며, 철학자로서의 명성도 헤라클레이토스, 제노, 아낙사고라스, 데모크리토스*보다 상당히 아래쪽에 놓일 수밖에 없다. 한편, 루크레티우스†의 시는 질적으로 상당히 다른 종류의 것이다. 루크레티우스는 의심할 바 전혀 없이 시인이었기 때문이다. 그는 하나의 철학적 체제에 대한 상세한 해석을 시도했으나, 파르메니데스와 엠페도클레스와는 다른 동기에서 이 같은 작업을 시도했다. 그 이유는 문제의 철학적 체제가 이미 확립되어 있는 기존의 것이었기 때문이다.‡ 그는 진정으로 이 체제에 상응하는 구체적인 시적 대응물을 모색하기 위해, 시적 비전의 측면에서 이에 상응하되 그 자체로서 완결된 것을 모색하기 위해 진정으로 온갖 노력을 경주했다. 다만, 그는 이 기예의 방면에서 혁신적인 시도를 하는 사람이기에, 철학적 시와 철학 사이를 갈팡질팡하기도 한다. 그리하여 우리는 다음과 같은 구절들을 확인하게 된다.

> 하지만 번개의 속도는 엄청난 것이며 그것이 가하는 타격은 강력한 것이라네. 그리고 번개는 자체의 경로를 따라 급속하게 강하하는데, 어떤 경우에든 가릴 것 없이 처음에 발생할 때 구름 안에서 그 기운을 모으기 때문이지. . . . 자, 이제 무엇이 별들의 움직임을 유발하는지에 대해 다함께 노래

* Heraclitus (기원전 535년경-475년경), Zeno (기원전 490년경-430년경), Anaxagoras (기원전 500년경-428년경), Democritus (기원전 460년경-370년): 모두 자연철학사적 측면에서 중요한 의미를 갖는 희랍의 철학자들.

† Lucretius (기원전 99년경-55년경): 고대 로마의 시인이자 철학자. 그의 『사물의 본질에 대하여』(*De Rerum Natura*)는 그의 작품 가운데 유일하게 오늘날까지 전해 오는 것으로, "철학적인 시"로 널리 알려져 있다.

‡ 루크레티우스의 『사물의 본질에 대하여』는 희랍의 철학자 에피쿠로스(Epicurus, 기원전 341년경-270년)의 원자 이론과 도덕론을 시적으로 형상화한 작품.

하세. . . . 따라서 코를 자극하는 서로 다른 이들 냄새 가운데 어느 하나는 다른 냄새들보다 한층 더 엄청나게 먼 곳에 이를 수도 있다네. . . .*†

하지만 루크레티우스의 본래 성향은 인간의 삶에 대한 정연한 비전을 표현하는 쪽을, 그것도 엄청나게 활기 넘치는 사실적인 시적 이미지를 통해 그리고 때로 예리한 관찰을 통해 이를 표현하는 쪽을 향하고 있다.

그네들은 욕망의 대상에 꼭 밀착하여 몸에 통증을 일으킨다네.
종종 이빨을 상대의 입술에 박기도 하고 입술에 입술을 부비기도 하지.
그네들의 쾌감이 서로에게 분리되어 있지 않고 뒤섞이기 때문이라네.

---

* 먼로(Munro)의 번역본 이곳저곳에서 인용. (엘리엇의 원주)

† 휴 앤드루 존스턴 먼로(H[ugh] A[ndrew] J[ohnstone] Munro, 1819-1885)는 영국의 고전학자로, 그의 명성은 무엇보다 루크레티우스의 『사물의 본질에 대하여』(*De Rerum Natura*)에 대한 그의 영역본(*On the Nature of Things*, 원문 번역, 1860년; 원문 번역 및 역주, 1864년)에 따른 것이다. 한편, 『사물의 본질에 대하여』는 루크레티우스의 친구 또는 후원자로 알려진 가이우스 메미우스(Gaius Memmius, 기원전 99년경-46년경)에게 말을 건네는 형식으로 창작된 작품이다. 만일 루크레티우스가 메미우스의 후원을 받는 사람이었다면, 고대 로마 사회의 관습에 비춰볼 때 양자 사이에는 신분상의 차이가 있었음을 의미한다. 이 경우, 우리말 번역에서는 말을 건네는 쪽인 루크레티우스가 존칭 어법을 사용하는 것으로 설정해야 할 것이다. 하지만 둘 사이의 관계가 친구였을 수도 있었다는 점과 둘이 모두 기원전 99년경에 태어났다는 점을 감안하여, 우리말 번역에서는 친구에게 말을 건네는 형식을 취하고자 한다. 아무튼, 엘리엇은 이 자리에서 먼로의 번역본에 의거하여 루크레티우스의 글을 인용하고 있다. 구체적으로 살펴보면, Lucretius, *On the Nature of Things*, H. A. J. Munro 역 (London: George Routledge & Sons, 1920), 207, 166, 130쪽에 위의 인용문들이 차례로 수록되어 있다. 엘리엇이 인용한 영어 번역본 텍스트는 다음과 같다. 1) "But the velocity of thunderbolts is great and their stroke powerful, and they run through their course with a rapid descent, because the force when aroused first in all cases collects itself in the clouds and. . . ." 2) "Let us now sing what causes the motion of the stars. . . ." 3) "Of all these different smells then which strike the nostrils one may reach to a much greater distance than another. . . ."

그 광란의 씨앗들이 발아한 곳에 비밀스러운 침들이 감춰져 있어,
그것이 무엇이든 바로 그것에 상처를 입히도록 그네들을 부추기지. . . .

이 환희의 샘 한가운데서
무언가 쓰디쓴 것이 솟아나, 꽃들 사이에서조차 그네들을 고통스럽게
한다네.

신들의 형상 앞 바닥 위로 납작 엎드려 손바닥을 쭉 펴는 것도 아니고,
줄줄 흐르는 짐승의 피를 신전의 제단 위에 흩뿌리는 것도 아니며,
그리고 언약에 언약을 이어 굳게 못질하는 것도 아니라네. 그보다는
평온한 마음으로 모든 사물을 깊이 응시하는 능력을 갖추는 것이지.*

루크레티우스가 도전했던 철학은 총체적으로 성공적인 시 창작에 필요한 자료를 제공하기에는 느낌의 다양성 측면에서 충분히 풍

---

* 앞서 먼로의 번역본을 제시하고 있는 것과 달리, 여기서 엘리엇은 라틴어 원문을 인용하고 있다. 이에 대한 우리말 번역에는 먼로의 번역본 142-143, 144, 188쪽뿐만 아니라 영국의 고전학자 시릴 베일리(Cyril Bailey, 1871-1957)의 영역본 Lucretius, *On the Nature of Things* (Oxford: Clarendon P, 1910), 179, 181, 226쪽, 영국의 고전어 교육자 윌리엄 헨리 데넘 라우스(William Henry Denham Rouse, 1863-1950)의 영역본 Lucretius, *De Rerum Natura* (Cambridge: Harvard UP, 1992), 361, 365, 471-2쪽, 영국의 학자인 마틴 퍼거슨 스미스(Martin Ferguson Smith, 1940-)의 Lucretius, *On the Nature of Things* (Indianapolis/Cambridge: Hackett Publishing Co., 2001), 129, 130, 169-170쪽을 두루 참조했다. 첫째 인용과 둘째 인용은 남녀 간의 사랑에 관한 묘사와 논의를 담고 있으며, 셋째 인용에 대한 이해를 위해서는 인용 앞에 "진정한 신앙심을 지니는 것이란"을 덧붙이기 바란다. 엘리엇이 인용한 라틴어 원문은 각각 다음과 같다. 1) "quod petiere, premunt arte faciuntque dolorem / corporis et dentes inlidunt saepe labellis / osculaque adfligunt, quia non est pura voluptas / et stimuli subsunt qui instigant laedere id ipsum / quodcumque est, rabies unde illaec germina surgunt. . . ."; 2) "medio de fonte leporum / surgit amari aliquid quod in ipsis floribus angat. . . ."; 3) "nec procumbere humi prostratum et pandere palmas / ante deum delubra nec aras sanguine multo / spargere quadrupedum nec votis nectere vota, / sed mage pacata posse omnia mente tueri."

요롭지 않은 것, 인간의 삶에 지나치게 획일적으로 적용되는 것이었다. 즉, 순전한 비전으로 완벽하게 확장될 수 있는 잠재력을 갖춘 것이 아니었다. 하지만 나는 발레리 씨에게 루크레티우스가 창작한 시의 "목적"이 "하나의 관념을 확정하거나 창조하는" 것이었는지를, 또는 "권력의 도구"를 만들기 위한 것이었는지를 묻지 않을 수 없다.

의심할 바 없이, 진정한 의미에서의 철학자—즉, 관념을 관념 그 자체로서 다루고자 하는 사람—의 시도와 시인—즉, 관념에 *실체감을 부여하고자* 할 수도 있는 사람—의 시도는 동시에 한자리에서 진행될 수 없다. 이렇게 말한다고 해서, 시란 어떤 의미에서 보면 철학적일 수 있음을 부정하자는 것이 아니다. 시인은 철학적 관념들을 다루되, 논쟁을 위한 자료로서가 아니라 점검을 위한 자료로서 이를 다룰 수 있다. 물론 철학의 본래 모습 그 자체가 시적일 수는 없다. 하지만 철학적 관념은 시 속으로 파고들 수 있으며, 이 철학적 관념이 즉각적으로 수용될 수 있는 시점에 이르렀을 때, 그 관념의 물리적 변용이 거의 완결 단계에 이르렀을 때, 시는 철학적 관념을 다룰 수 있다. 우리가 만일 시와 철학 양자 사이를 완전 결별을 선언하는 경우, 심각한 탄핵 사태가 뒤따르지 않을 수 없을 것이다. 이 경우, 단순히 단테뿐만 아니라 그의 동료들 대부분을 탄핵 대상 명단에 올려야 할 것이다.

단테는 신화와 신학 양쪽의 도움을 받은 사람으로, 그가 받은 도움은 루크레티우스의 것에 비해 한층 더 완벽하게 삶 속으로 흡수되는 과정을 거친 것이었다. 란도*의 『펜타메론』†에 등장하는 페트

---

* Walter Savage Landor (1775-1864): 영국의 시인이자 작가.

† *Pentameron*: 란도가 1800년에 출간한 산문체 작품으로, 구도상 초기 르네상스 시대 이탈리아의 시인들 페트라르카(Petrarca/Petrarch, 1304-1374)와 보카치오(Boccaccio, 1313-1375)가 대화를 나누는 형식으로 설정되어 있다.

라르카와 같이 단테를 향해 비방을 일삼는 (그처럼 호감이 가는 인물에게 지나치게 강한 어감의 표현을 사용할 수 있다면) 명예훼손꾼들뿐만 아니라 단테의 찬양자 가운데 몇몇 사람조차 단테의 "시"와 단테의 "가르침"을 분리할 것을 고집하는 것은 기묘한 일이 아닐 수 없다. 때때로 철학은 우의寓意(allegory)와 혼동이 되기도 한다. 철학은 하나의 구성 요소에 해당하는 것이다. 즉, 마치 철학이 삶의 일부이듯, 이는 단테의 세계를 구성하는 일부이기도 하다. 한편, 우의는 시가 구축되는 조립식 발판 구조물에 해당하는 것이다. 소책자 형태의 단테 입문서를 출간한 미국인 작가 헨리 드와이트 셋지윅* 씨는 "영적인 지도자"로서의 단테에 대한 우리의 이해를 증진하고자 하는 희망을 가졌던 사람으로, 그는 다음과 같이 말한다.

> 이 축자적逐字的인 의미에서의 지옥은 단테에게 부차적으로 문제되는 것이었고, 따라서 우리에게도 그러하다. 그와 우리의 관심 대상이 되는 것은 우의다. 그 우의는 단순한 것이다. 지옥은 하나님이 부재하는 곳이다. . . . 만일 독자가 영적으로 이해된 죄에 관한 글을 읽고 있다는 또렷한 의식과 함께 이 작품을 읽기 시작한다면, 그는 결코 이해의 끈을 놓치지 않을 것이다. 그는 결코 당황해 하지 않을 것이며, 축자적인 의미 쪽으로 자기도 모르

* 『성스러운 숲』에 수록된 현재의 글인 「단테」는 미국의 법률학자이자 문필가인 헨리 드와이트 셋지윅(Henry Dwight Sedgwick, 1861-1957)이 1920년에 예일 대학 출판부에서 출간한 저서 『단테』에 대한 서평으로 집필된 것으로, 『애서니엄』의 1920년도 4월 2일자 서평 441-442쪽에 「"정신적 지도자로서"의 단테」("Dante as a 'Spiritual Leader'")라는 제목으로 수록되어 있다. 엘리엇은 『단테』의 저자 이름을 지속적으로 '싯지윅'(Sidgwick)으로 부르고 있는데, 이는 엘리엇의 실수로 판단된다. 서평에서뿐만 아니라 『성스러운 숲』에서조차 이 같은 오류는 시정되지 않고 있다. 하지만 본 번역에서는 글에서 되풀이되고 있는 이 같은 오류를 바로 잡아 '셋지윅'으로 표기하기로 한다. 아무튼, 원래의 서평에서 엘리엇은 셋지윅이 단테의 『신곡』을 '우의'로 읽으려 한 것에 대한 비판을 시도하고 있는데, 이 서평의 앞부분에 발레리의 진술에 대한 의견 및 시의 철학적 성격에 대한 논의를 새롭게 첨가한 것이 현재의 글이다.

게 되돌아가지도 않을 것이다.*

축자적인 의미에서의 죄와 영적인 의미에서의 죄 사이에 어떤 차이가 있는가를 셋지윅 씨에게 묻는 것을 포기한 채 논의를 이어가기로 하자. 우선 우리는 그의 언급이 오해를 불러일으키는 것임을 단언할 수도 있을 것이다. 의심할 바 없이, 우의는 심각하게 받아들여야 할 대상이고, 명백히 『신곡』은 어떤 의미에서 보면 "도덕 교육"에 해당하는 것이다. 우리가 수행해야 할 과제는 우의와 도덕 교육 양자 사이의 상응 관계를 밝혀 주는 공식을 찾는 일, 도덕적 가치가 우의와 직접적으로 어떤 상응 관계에 있는가를 결정하는 일이다. 단테가 우의적 방법에 얼마나 큰 중요성을 부여했는가를 확인하기란 어렵지 않다. 『향연』†에서 단테는 우리에게 진지한 어조로 다음 사항을 통고한다.

> [찬가讚歌의] 일차적 의도는 인간들을 지식과 미덕으로 인도하는 데 있거니와, 이는 앞으로 양자를 다루는 과정에 밝혀질 것이다.‡

이어서, 그는 또한 우리에게 한 편의 찬가에 대한 네 가지 친숙한 해석의 관점—즉, 축자적인, 우의적인, 도덕적인, 그리고 신비적 해석

---

* Sedgwick, *Dante: An Elementary Book for Those Who Seek in the Great Poet, the Teacher of Spiritual Life* (Yale UP, 1920), 79, 81쪽.

† *Convivio*: 단테가 1304년에서 1307년 사이에 집필을 시도한 미완성의 작품.

‡ 단테, 『향연』, 제1권 제9장 제7절. 엘리엇은 이 자리에서 인용을 영어 번역으로 제시하고 있는데, 그가 인용한 구절의 출처는 필립 헨리 윅스툴(Philip Henry Wickstool, 1844-?)이 번역한 Dante, *The Convivio of Dante Alighieri* (London: J. M. Dent, 1903), 42쪽. 단, 엘리엇의 인용문인 "the principal design [of the odes] is to lead men to knowledge and virtue, as will be seen in the progress of the truth of them"에서 "truth"는 "treatment"의 잘못된 표기이기에 이를 바로잡아 번역하기로 함. 이탈리아 원문을 참조하는 경우에도 엘리엇이 "truth"로 표기한 것은 "treatment"로 바꾸는 것이 적절해 보임.

—을 제공한다. 한편, 대단히 명성이 높은 학자인 오베트* 씨는 "의도의 교훈성"(didactique d'intention)†이라는 표현을 몇 번이고 되풀이해서 거론한다. 우리는 우의를 받아들인다. 이를 일단 받아들이는 경우, 우리는 이를 다루는 두 가지의 통상적인 방법 가운데 어느 하나를 동원할 수 있다. 우선, 사람들은 셋지윅 씨의 편에 서서 "영혼의 빛"을 찾는 사람에게 우의가 갖는 의미가 무엇인가에 대한 성찰을 이어갈 수 있다. 또는, 이와는 달리, 란도의 편에 서서 단테의 작품이 영적 텍스트로 작동하는 것에 개탄하며, 시인이 시인에게 주어진 신성한 목적이라는 짐에서 벗어나 홀가분한 상태에 있음을 드러내 보이는 대목에서만 시인을 찾을 수 있다. 하지만 이 같은 관점 어느 쪽에도 우리는 동의를 표할 수 없다. 셋지윅 씨는 "설교자이자 예언자"라는 쪽을 과장하여, 단테를 저 높은 곳의 이사야나 칼라일‡로 제시한다. 한편, 란도는 시인으로서의 단테를 따로 떼어 유보해 놓은 채, 시인의 기획을 꾸짖고 정치성을 공공연히 비난한다. 란도의 오류 가운데 몇몇은 셋지윅 씨의 오류보다 한층 더 확연하게 감지될 수 있는 종류의 것이다. 무엇보다 그는 고전적 서사시를 기준으로 삼아 단테의 작품을 판단하는 오류를 범하고 있다. 『신곡』이 다른 무엇일 수 있든 없든 상관없이, 이는 서사시가 아니

---

* Henri Hauvette (1865-1935): 프랑스의 비교문학자.

† Henri Hauvette, *Dante: Introduction à l'étude de la Divine comédie* (Paris: Hachette, 1912), 207쪽.

‡ Thomas Carlyle (1795-1881): 영국의 철학자이자 비평가. 셋지윅은 토머스 칼라일의 대중 강연 원고 모음인 『영웅, 영웅 숭배, 역사 속의 영웅적인 것에 관하여』(*On Heroes, Hero-Worship, and The Heroic in History*, 1841)에 수록된 여섯 편의 강연 가운데 단테와 셰익스피어에 관한 논의로 이루어진 셋째 강연 「시인으로서의 영웅」("The Hero as Poet")에서 단테에 관한 논의를 반드시 찾아 읽어 볼 것을 권하고 있는데, 엘리엇이 이 자리에서 칼라일을 언급한 것은 이에 따른 것으로 추정된다.

다. 오베트 씨는 다음과 같이 말한다.

> 단테의 『신곡』이 서사시라는 고전적 장르에 어느 정도까지 다가가 있는가를 탐구하는 일과 어느 정도 거기에서 멀어져 있는가를 탐구하는 일은 완전히 쓸모없는 수사학 훈련에 불과한 것이다. 왜냐하면, 명백하게 단테에게는 법칙에 맞춰 판에 박힌 관습적인 서사시를 창작하고자 하는 의도가 전혀 없었기 때문이다.*

하지만 우리는 단테의 시가 갖추고 있는 기본 골격을 의도의 측면에서뿐만 아니라 결과의 측면에서도 명확하게 밝혀야 한다. 그의 작품은 기본 골격을 갖추고 있을 뿐만 아니라 형식도 갖추고 있기 때문이다. 아울러, 기본 골격이 우의적인 것이라고 해도 형식은 무언가 다른 것일 수 있다. 『신곡』에 담긴 일화逸話들 가운데 어떤 것을 검토하더라도 모든 일화는 다음 사실을 보여 줄 것이다. 즉, 단순히 우의적 해석이나 교훈적 의도뿐만 아니라 감정적 차원의 의미 그 자체에 이르기까지, 그 어느 것도 시의 나머지 다른 부분들과 분리 불가능하다. 예컨대, 란도는 그처럼 모든 것이 분리 불가능한 관계에 있음을 인식하는 데 실패함으로써 파올로와 프란체스카의 이야기에 나오는 구절을 잘못 이해하고 있다.

> 벌을 받고 있는 중이지만 프란체스카는 자기 이야기 가운데 가장 달콤한 부분에 이르자 도취감과 환희에 휩싸여 이야기를 이어가네.†

이는 명백히 잘못된 단순화다. 회상되는 그 모든 환희를 상실했다는 것은 프란체스카에게 인간성을 상실했음을 의미하거나 저주로

---

* Hauvette, *Dante*, 207-208쪽.

† Landor, *The Pentameron and Other Imaginary Conversations* (London: Walter Scott, 1889), 18쪽. 보카치오가 페트라르카에게 건네는 말의 일부.

부터 풀려났음을 의미하는 것일 수 있다. 옛날의 환희에 대한 기억에 현재 전율하는 가운데 느끼는 황홀감은 그 자체가 고문拷問의 일부다. 프란체스카는 감각이 마비된 상태에 있는 것도 아니고 회개한 상태에 있는 것도 아니다. 그녀는 단순히 저주를 받고 있는 것이고, 더 이상 충족시킬 수 없는 욕망을 체험하는 것 자체가 저주의 일부인 것이다. 단테의 지옥에서 영혼들은 죽어 있는 것이 아니라 대부분이 그러하듯 살아 있다. 그들은 사실상 가자가 느낄 수 있는 최고의 고통 속에 처해 있는 것이다.

> 또한 어떻게 사랑했는가가 아직도 나를 고통스럽게 합니다.*

셋지윅 씨가 인정하는 것과 란도가 인정하는 것은 서로 극과 극의 대척적인 관계에 놓여 있지만, 묘하게도 그들은 유사한 오류에 빠져들고 있다. 셋지윅 씨는 이렇게 말한다.

> 피에르 델라 비냐와 브루네토 라티니를 만날 때 그러하듯, [율리시스를] 만나는 가운데 설교자로서의 단테와 예언자로서의 단테는 시인으로서의 단테 속으로 모습을 감춘다.†

이 또한 잘못된 단순화다. 해당 구절들에는 주제로부터 벗어난 아름다움이 따로 존재하지 않는다. 브루네토의 경우는 프란체스카의 경우에 상응하는 유사한 것으로, 해당 구절에 담긴 감정은 브루네토가 저주를 받고 있지만 탁월한 사람, 지극히 고결한 영혼의 소유자이나 그와 동시에 지극히 비뚤어진 사람이라는 데 존재한다.

그리고 그들 가운데

---

* 단테, 『신곡』, 지옥 시편 제5번 칸토 제102행. 엘리엇이 인용한 부분의 원문은 다음과 같다. “E il modo ancor m'offende.”

† Sedgwick, *Dante* (New Haven: Yale UP, 1920), 77쪽.

그는 경기의 패배자가 아니라 승리자와도 같아 보였나니.*

내 생각으로는, 만일 셋지윅 씨가 율리시스의 낯선 표현—즉,

다른 이를 즐겁게 했듯†

과 같은 표현—을 놓고 제대로 심사숙고했다면, 그는 설교자와 예언자로서의 단테가 "시인으로서의 단테 안에서 모습을 감춘다"고 말할 수 없었을 것이다. "설교자"와 "예언자"는 거슬리는 표현이다. 아무튼, 셋지윅 씨가 이들 표현을 통해 지시하는 바는 명백히 "시인으로서의 단테 안에서 모습을 감[추는]" 그 무엇이 아니라, 있는 그대로 시인으로서의 단테의 일부다.

다양한 구절들이 우리의 다음 주장에 대한 예증이 될 수도 있거니와, 주장컨대 단테는 순전히 감정 그 자체의 차원에서 그리고 그 자체만을 놓고 명상에 잠긴 적이 없다. 인간에 대한 감정은, 또는 우리의 태도가 그 인간에게 적절히 부여하는 감정은 결코 사라지거나 감소되지 않는다. 이는 항상 있는 그대로 온전하게 보존된다. 다만 영원한 구도 속에 그 인간에게 부여된 위치에 따라 수정될 뿐이며, 지옥, 연옥, 천국이라는 세 종류의 세계 어느 곳에 그 인간이 머물고 있는가의 분위기에 따라 색조만 바뀔 뿐이다. 단테의 작중인물 가운데 누구를 살펴보아도 그의 분위기에는 밀턴의 루시퍼가 취하

* 단테, 『신곡』, 지옥 시편 제15번 칸토 제123-124행. 이에 관한 설명은 「전통과 개인적 재능」에 첨가한 역주를 참조할 것. 엘리엇이 인용한 부분의 원문은 다음과 같다. "e parve de costoro / Quegli che vince e non colui che perde."

† 단테, 『신곡』, 지옥 시편 제26번 칸토 제141행. 여기서 "다른 이"는 곧 '신'(또는 '운명')을 지시하는 것으로, 결국에는 '신의 뜻대로'라는 의미를 갖는 표현이다. 엘리엇은 셋지윅이 이 말에 담긴 의미를 제대로 이해하지 못했음을 지적하고 있는 것이다. 엘리엇이 인용한 부분의 원문은 다음과 같다. "com' altrui piacque. . . ."

고 있는 그런 종류의 애매모호함이 존재하지 않는다. 저주받은 자는 그가 누구든 정도의 차이는 있을지언정 그 자신이 항상 적절하게 간직하고 있던 아름다움이나 고상함을 유지하고 있으며, 이것이 바로 그가 저주받았다는 사실을 한층 강화하고 또한 정당화한다. 마치 이아손에 대한 베르길리우스의 다음 진술이 보여 주듯.

> 저기 우리에게 다가오는 장신의 사나이를 보시오!
> 고통에도 불구하고 눈물 흘리는 것 같지 않은 저 모습을,
> 여전히 얼마나 왕다운 면모를 갖추고 있는가를 보시오!*

베르트랑†이 저지른 죄는 한층 더 끔찍한 것이 되며, 집념이 강한 아다모‡는 한층 더 포악성을 띠게 된다. 그리고 아르노§의 실책은 정화 과정을 거친다.

> 이윽고 그는 자신을 정화하는 불길 속으로 뛰어들었나니.¶

『신곡』에 담긴 어떤 일화든 그것을 통해 제시되는 예술가적 감정이 전체적인 구도에 종속된 것이라면, 우리는 전체적인 구도가 무엇

---

* 단테, 『신곡』, 지옥 시편 제18번 칸토 제83-85행. 엘리엇이 인용한 부분의 원문은 다음과 같다. "Guarda quel grande che viene! / E per dolor non par lagrima spanda, / Quanto aspetto reale ancor ritiene!"

† Bertrand: 프랑스의 '베르트랑 드 보른'(Bertran de Born, 1140-1215)을 말하며, 12세기의 음유 시인 가운데 한 사람.

‡ Mastro Adamo (?-1281): 프로렌스의 동전 위조범.

§ Arnaut Daniel (1150-1210): 대략 1180-1200년도에 활발하게 활동했던 남프랑스의 음유 시인.

¶ 단테, 『신곡』, 연옥 시편 제26번 칸토 제148행. 이는 엘리엇의 장시 『황무지』(*The Waste Land*)의 마지막 부분을 장식하는 구절이기도 하다. 한편, 단테는 아르노 다니엘을 "더 나은 장인"(il miglior fabbro)으로 표현한 바 있는데, 이는 바로 『황무지』의 시작 부분을 장식하는 헌사獻辭의 자리에서 엘리엇이 에즈라 파운드를 지칭하는 표현으로 동원한 표현이기도 하다. 아무튼, 엘리엇이 인용한 부분의 원문은 다음과 같다. "Poi s'ascose nel foco che gli affina."

인가를 탐구하는 쪽으로 논의를 진행할 수도 있겠다. 단테에게 우의와 천문학이 유용했다는 점은 명백하다. 한편, 엄청나게 방대한 영역을 다룬 시에서 기계적인 기본 골격은 필수품에 해당한다. 그리고 감정의 무게 중심이 연극이나 서사시에 비해 인간의 개별적 행동으로부터, 또는 순전히 인간적인 행동들로 이루어진 세계로부터 한층 더 먼 곳에 위치하는 경우, 이에 따라 작품의 기본 골격은 한층 더 인위적이고 또한 겉으로 보아 한층 더 기계적인 것이 될 수밖에 없다. 우의나 거의 파악이 어려운 천문학이 반드시 이해의 대상이 되어야 할 필요는 없다. 다만 우의든 천문학이든 이들의 작품 속 존재가 정당화되어야 할 필요가 있을 뿐이다. 하지만 이 기본 골격 안의 감정의 구조—그러니까, 작품의 기본 골격에 의해 가능케 된 감정의 구조—는 이해가 필요한 대상이다. 이 구조는 인간의 감정을 질서 있게 구도화해 놓은 일종의 축도에 해당하는 것이다. 하지만 이것이 반드시 *모든* 인간의 감정을 포괄하는 것일 필요는 없다. 또한, 어떤 경우든, 모든 인간의 감정이란 한계가 있는 것이며, 구도 속의 어떤 위치에 놓이는가에 따라 그 의미가 확장될 수도 있다.

하지만 단테의 구도는 더할 수 없이 포괄적인 것이며, 이제까지 인류가 시도한 것 가운데 가장 *질서 있게* 인간 감정을 제시한 예에 해당하는 것이다. 어떤 감정이든 감정을 다루는 단테의 방법을 다른 시인들의 방법과 비교를 시도하는 경우, 아마도 그 어떤 여타의 "서사적" 시인들의 방법보다 셰익스피어의 방법과 보다 더 적절한 비교가 이루어질 수 있을 것이다. 셰익스피어는 명백히 하나의 단순한 감정에 의해 지배를 받는 극중 인물을 취하고 있으며, 그 인물과 그의 감정 자체에 대한 분석을 시도한다. 감정은 구성 요소들로 조각조각 분해되고 있으며, 그 과정에 어쩌다 파괴되기도 한다. 셰익스피어는 이제까지 이 세상에 존재했던 그 누구보다 더 예리한 *비평 정신*의 소유자였다. 이와는 달리, 단테는 감정에 대한 분석을 시도하기보다 하나의 감정과 다른 감정들 사이의 관계를 선명하게 드러내 보인다. 다시 말해, 당신은 연옥 시편과 천국 시편에 대한 이해를 결여한 상태에서 지옥 시편을 이해할 수 없다. 란도의 페트라르카가 말하듯, "단테는 혐오스러운 것을 다루는 데 엄청난 대가"*다. 비록 소포클레스가 적어도 한때 단테에 접근하긴 했지만, 란도의 작품 속 페트라르카의 판단은 틀림없는 것이다. 하지만 단테의 것과 같은 혐오감은 어느 하나의 일회적 반응을 병적으로 부풀려 놓은 것이 아니다. 이는 오로지 천국 시편의 마지막 칸토에 의해 완결과 해명이 이루어지는 그 무엇이다.

> 만물이 하나의 빛으로 결합해 있는 것에서 보편적 형상을
> 본 것 같이 내게 생각되나니, 이렇게 말하는 바로 그 순간
> 한층 더 풍요롭게 내 마음이 환희에 젖는 것을 느끼기에.†

한 예술가가 불쾌한 것 또는 더러운 것 또는 혐오스러운 것을 놓고 명상에 잠기는 일, 이는 아름다움을 추구하고자 하는 예술가의 충동에 필요한 측면인 동시에 부정적인 측면이기도 하다. 하지만 부정적인 것에서 긍정적인 것에 이르기까지 완벽한 구도로 이를 표현하는 데 단테만큼 성공한 사람은 없다. 부정적인 것은 표현하기에 그만큼 더 성가시고 귀찮은 것이다.

우의를 필요한 조립식 발판으로 삼아 단테가 축조한 감정의 구조

---

* Landor, *The Pentameron and Other Imaginary Conversations*, 49쪽.

† 단테, 『신곡』, 천국 시편 제33번 칸토 제91-93행. 엘리엇이 인용한 부분의 원문은 다음과 같다. "La forma universal di questo nodo / credo ch'io vidi, perchè più di largo / dicendo questo, mi sento ch'io godo."

는 극도로 감각적인 것에서 극도로 지적이고 또한 극도로 영적인 것에 이르기까지 모든 것을 총체적으로 포함하고 있다. 단테는 극도로 포착하기 어려운 감정까지 확실하고 구체적으로 제시하기도 한다.

> 내가 느끼기에 구름 한 장이 우리를 감싸는 것만 같았나니,
> 환하고, 밀도 높고, 단단하고, 또한 매끄러운 구름 한 장이,
> 햇살에 부딪히지만 깨지지 않는 금강석 같은 구름 한 장이.
>
> 영원불멸의 진주가 우리를 자신의 안쪽으로 받아들였나니,
> 마치 물이 빛살 한 자락을 받아들이듯이, 받아들이되
> 받아들였음을 보여 주는 그 어떤 흔적도 남기지 않은 채.*

또는

> 베아트리체를 바라보자 내 안쪽으로 변화가 이어졌나니,
> 마치 글라우코스처럼, 약초를 맛보자 이에 그가 변화하여,
> 바다 저 아래쪽의 다른 여러 해신들과 동료가 되었듯이.†‡

그리고 또한, 예컨대, 연옥 시편의 제16편 칸토 및 제18편 칸토에서 철학에 대한 순수한 논의가, 여러 학파를 거쳐 무리한 해석 대상이

---

* 단테, 『신곡』, 천국 시편 제2번 칸토 제31-36행. 엘리엇이 인용한 부분의 원문은 다음과 같다. "Pareva a me che nube ne coprisse / lucida, spessa, solida e polita, / quasi adamante che lo sol ferisse. // Per entro sè l'eterna margarita / ne recepette, com' acqua recepe / raggio di luce, permanendo unita."

† 단테, 『신곡』, 천국 시편 제1번 칸토 제67-69행. 글라우코스는 어부였다가 마법의 약초를 먹고 바다에 뛰어들어 해신이 된 희랍 신화 속의 인물. 엘리엇이 인용한 부분의 원문은 다음과 같다. "Nel suo aspetto tal dentro mi fei, / qual si fe' Glauco nel gustar dell' erba, / che il fe' consorto in mar degli altri dei."

‡ 에즈라 파운드, 『로만스 문학의 정신』(*The Spirit of Romance*, 1910), 145쪽을 참조할 것. (엘리엇의 원주)

되어 왔던 아리스토텔레스의 철학에 대한 논의가 이루어진다.

> 자연은 언제나 그러하듯 절대로 오류를 범하지 않나니,
> 다른 쪽만이 사악한 목적 때문에 오류를 범할 수 있나니,
> 또는, 생명력이 너무 넘치거나 생명력이 너무 모자라서.*

여기서 우리는 철학을 공부하고 있는 것이 아니다. 우리는 다만 질서가 잡힌 세계의 일부로서 철학을 *목격할* 뿐이다. 시인의 목적은 하나의 비전을 진술하는 데 있다. 그리고 그 어떤 삶에 대한 비전도 인간의 정신이 만들어 내는 삶에 대한 명료한 공식화를 수용하지 않고서는 그 자체로서 완결된 것일 수 없다.

> 그리하여 제어의 수단으로 법칙의 확립이 요구되었나니.†

단테의 시가 지닌 더할 수 없이 위대한 장점 가운데 하나는 시인의 시적 비전이 거의 완벽에 가깝다는 바로 그 점이다. 이 같은 위대함을 확인케 하는 증거를 찾자면, 그 증거는, 우리 스스로 전체를 포착하지 않는 경우, 그 어떤 단일 구절의 의의意義도, "시"로 선정된 그 어떤 구절들의 의의도 모두 불완전한 것이 되리라는 데서 확인할 수 있다.

아울러, 단테는 발레리 씨가 말하는 "현대의 시인"—즉, "하나의 *정신 상태*를 우리 내부에 일깨우[고자]" 하는 시인—을 향해 비판적 견해를 피력하는 데 도움이 되기도 한다. 즉, 정신 상태란 그것이

---

* 단테, 『신곡』, 연옥 시편 제17번 칸토 제94-96행. 베르길리우스가 단테에게 전하는 말 가운데 일부. 엘리엇이 인용한 부분의 원문은 다음과 같다. "Lo natural e sempre senza errore, / ma l'altro puote errar per malo obbietto, / o per poco o per troppo di vigore. . . ."

† 단테, 『신곡』, 연옥 시편 제16번 칸토 제94행. 엘리엇이 인용한 부분의 원문은 다음과 같다. "Onde convenne legge per fren porre. . . ."

무엇이든 그 자체만으로는 아무것도 아니다.

발레리 씨의 견해는 실용주의적 교리와도, 또한 윌리엄 제임스[*]의 『종교적 체험의 다양성』[†]과 같은 저서의 경향과도 상당히 잘 어울리는 것이다. 신비주의적 체험은 그 자체가 특유의 강렬성을 지니는 유쾌한 체험이기 때문에, 가치 있는 것으로 간주된다. 하지만 진정한 신비주의자는 단순히 느낌을 갖는 것만으로 만족하지 않는다. 그는 적어도 자신이 무언가 신비로운 대상을 *보고 있는* 척이라도 해야 한다. 아울러, 신성神性 안으로 빠져드는 것—그것은 역설적이긴 하나 신비주의적 명상이 피할 수 없는 유일한 한계이기도 하다. 시인은 독자를 자극하는 데 그 존재 이유를 갖는 사람이 아니며, 이는 또한 시인이 시인으로서 성공했는가를 가늠하기 위한 척도조차 될 수 없다. 시인이란 다만 무언가를 기록하는 존재다. 아울러, 독자의 정신 상태란 단지 시인이 말로 포착해 놓은 것을 인식하고자 할 때 독자 측에서 동원하는 개별적 인식 양상에 불과한 것일 뿐이다. 단테는 그 어떤 시인보다 더 자신의 철학을 다루는 데 성공한 시인, 하나의 이론—희랍적인 의미에서의 이론이 아니라 현대적 의미에서 이론—으로서가 아니라, 또한 자기 자신의 언급이나 생각으로서가 아니라, 다만 *인식된* 무언가 대상의 관점에서 자신의 철학을 다루는 일에 성공한 시인이다. 오늘날 우리 시대의 시인들이 주의를 그들 자신이 인식한 바에 한정하는 경우, 그들이 우리에게 보여 주는 것이라고는 일반적으로 다만 정물화 속의 잡동사니와 무대소품에 해당하는 것들뿐이다. 하지만 이 같은 경향이 암시하는 바는 단테

* 「에우리피데스와 머리 교수」에 첨가한 역주에서 밝힌 바 있듯, 윌리엄 제임스(William James)는 미국의 철학자이자 심리학자이며 역사학자.

† *Varieties of Religious Experience*: 신비주의 체험에 대한 상세한 논의를 담은 윌리엄 제임스의 저서로, 1890년에 출간됨.

의 방식이 낡아 우리 시대에 어울리지 않는다는 것이 아니다. 그보다는 우리의 시적 비전이 어쩌면 다른 시대의 것에 비해 제한된 것임을 암시하는 것이 이 같은 경향일 수 있다.

논의에 덧붙여: 란도의 작품 속 극중 인물인 페트라르카가 표명한 것에 불과한 의견을 내가 이 글에서 란도의 것으로 간주하고 있음을 간파하고, 이에 대해 나의 친구인 라방 신부(Abbé Laban)*의 질책이 있었다. 란도 자신의 견해라기보다 역사적 인물로서의 페트라르카가 단테에 대해 가지고 있던 견해, 바로 이 같은 견해의 한계를 지적하고자 했던 란도의 비판이 암시적으로 담겨 있는 논조의 글을 내가 잘못 사용하고 있다는 것이다. 그의 지적대로, 독자는 란도라는 영예로운 이름을 내가 이처럼 잘못 동원하고 있음을 감안하여, 이를 바로 잡아야 할 것이다.

* 이 인물의 실존 여부에 대해서는 그 어떤 문헌이나 자료를 통해서도 확인할 길이 없다. 이에 따라 가상의 인물이라는 추측도 가능하다. 이러한 추측을 뒷받침하기라도 하듯, Anthony Cuda & Ronald Schuchard 편집의 *The Complete Prose of T. S. Eliot: The Critical Edition*, 제2권, 236쪽의 주에서 편집자들은 '라방'이 란도를 높이 평가한 바 있는 에즈라 파운드의 가명假名일 것으로 추정한다.

비평가로서의 엘리엇과 그의 문학 비평

1

사적私的인 이야기로 이 자리를 열고자 한다. 먼저 20세기 최고의 시인이자 비평가 가운데 상위의 자리를 차지하고 있는 것으로 누구나 인정하는 토머스 스턴스 엘리엇(T[homas] S[tearns] Eliot, 1888년 9월 26일-1965년 1월 4일)이 1920년 11월에 출간한 비평집 『성스러운 숲』(*The Sacred Wood*)을 번역하게 된 경위를 밝히기로 하자. 지난 2020년 10월경 출판사 화인북스의 직원이 이 비평집을 번역할 의향이 없는가를 물어 왔다. 그처럼 유명한 책은 이미 번역 및 출간이 이루어져 있을 것이라는 생각에, 다시 번역할 뜻이 없다고 했다. 그런데 놀랍게도 우리말 번역본이 아직 없다는 것이었다. 어찌 그럴 수가! 정확하게 100년의 세월이 지났는데도 아직 우리말 번역본이 없다니? 영문학을 공부하거나 영문학 선생 노릇을 하는 사람들에게야 따로 번역본이 필요 없을 수도 있겠지만, 이 비평집에 담긴 쟁점들의 중요도나 이에 대한 우리나라 문인들의 관심도도 만만치 않은데 우리말 번역본이 아직 없다니! 이 사실을 확인하고, 늦었지만 누군가에 의해서든 번역이 이루어져야 한다는 생각에 마음을 바꾸기로 했다.

사실을 말하자면, 역자의 영문학 공부는 엘리엇으로 시작되었다고 해도 틀린 말이 아니다. 고등학생 시절 순전히 호기심에 이끌려 영시를 찾아 읽다가 어찌어찌하여 엘리엇이 만 34세의 나이에 발표한 『황무지』(*The Waste Land*)와 마주하게 되었다. (『황무지』가 세상의 빛을 보게 된 것은 1922년 10월이었다.) 그리고 이 장시長詩에 매료되어 이를 번역하여 교지校紙에 발표하는 등 치기어린 짓거리로 역자의 본격적인 영문학 공부는 시작되었던 셈이다. 겉멋만 잔뜩 든 채 이 장시를 거의 다 외울 정도로 이에 심취했던 어린 시절의 기억을 떠올리면, 그때의 짓거리는 정녕 치기稚氣를 넘어 만용蠻勇에 해당하는 것이었다. 아무튼, 이제 종심從心의 나이에 이르러 엘리엇이 만 32세에 출간한 『성스러운 숲』에 대한 우리말 번역을 완료하게 되었으니, 역자의 영문학 공부는 시작에서 지금에 이르기까지 30대 초반의 엘리엇이 이루어 놓은 문학적 성취에서 벗어나고 있지 못한 셈인지도 모른다. 그런 역자가 한심하다고 생각하는 이도 있을 수 있겠다. 하지만 그렇게 생각해야 할까. 엘리엇의 『황무지』도 그렇지만 『성스러운 숲』은 엘리엇이 이 비평집의 「재판 서문」에서 밝힌 바 있듯 "당대의 기록 자료로서의 가치"를 갖는 것일 수도 있지만, 이와 동시에 어느 한 시대를 뛰어넘어 존재하는 영원한 아포리아—문학과 예술의 정체와 존재 이유를 감싸고 있는 아포리아—에 진지하게 도전하는 일종의 시시포스적 시도라고 할 수도 있다. 이를 공부하는 일은 문학도라면 누구나 나이와 관계없이 해야 할 일이다. 어찌 한심하다는 허튼 생각을 할 수 있겠는가.

번역에 집중하던 1년 6개월의 기간에 실로 많은 공부를 했다. 아니, 공부를 하지 않을 수 없었다. 엘리엇이 언급한 작품들 가운데 그동안 접할 기회가 없었던 작품이, 또는 피상적으로만 알고 있던 작품이 수도 없이 많았기 때문이다. 그처럼 오랜 세월을 영문학과 함께했는데, 역자의 무지無知에 어찌 자괴감을 느끼지 않을 수 있었겠는가. 하지만 모든 작품을 찾아 읽고 예전에 읽은 작품 가운데 기억이 희미한 것까지 되찾아 읽을 수밖에 없었던 것은 단순히 자괴감 때문만이 아니었다. 이는 엘리엇이 어떤 논의의 맥락에서 해당 작품을 문제 삼고 있는가를 파악하기 위해, 그리고 인용문을 제시한 경우 해당 작품의 어떤 맥락에서 인용문이 나오는가를 이해하기 위해 작품을 찾아 읽지 않을 수 없다는 현실적인 이유 때문이기도 했다. 요컨대, 영문학 공부를 새롭게 하겠다는 갸륵한 마음에서 온갖 작품을 읽은 것은 아니었다. 아무튼, 영문학 작품 외에 엘리엇이 언급하거나 인용한 여타 언어권의 문학 작품을 비롯하여 영문학과 관계가 있든 없든 엘리엇이 언급하거나 인용한 문학에 대한 온갖 논의의 글도 어떤 언어로 되어 있든 역자의 능력이 되는 한 일일이 찾아 읽었다. (희랍어와 라틴어 텍스트의 경우, 이는 역자의 능력 바깥이어서 다양한 번역서와 필요한 경우 문법서를 참조했다.)

이번 번역 과정에 엘리엇이 남긴 11개의 주석에 대한 번역 이외에 500개가 넘는 역주를 첨가하게 된 것은 이 같은 때늦은 공부의 결과다. (원고 분량으로 따지면, 역주는 이번 번역서의 대략 1/3을 차지한다.) 첨언하자면, 엘리엇이 언급한 모든 문학 작품과 문학 작품 이외의 모든 텍스트를 빠짐없이 찾아 읽을 수 있었던 것은 인터넷 덕분이었다. 인터넷의 도움을 받을 수 없을 경우에는 서울대학교 도서관의 덕을 보았다.

엘리엇이 갓 서른을 넘긴 나이에 썼던 글들—1919년과 1920년에 다양한 문예지에 발표했던 글들 및 경우에 따라 이에 약간의 수정을 가한 글들—을 모아 마련한 비평집 『성스러운 숲』 덕분에, 역자는 영문학을, 나아가 문학 일반을 새롭게 공부한 셈이 되었다. 단순히 공부만을 한 것이 아니라, 한 언어에서 다른 언어로 글을 옮기는 번역 작업이 얼마나 어려운 일인가도 '새삼스럽게' 배우고 '새삼스럽게' 깨닫게 되었다. 사실 이제까지 수많은 번역을 했지만, 이번처럼 번역 작업이 어려운 일임을 실감했던 적은 그리 많지 않다.

아무튼, 역자 나름대로 성심을 다해 번역 작업을 마쳤지만, 역자의 번역이 미덥지 않아 원문의 구절 하나하나를 다시 짚어가며 제2차 번역 작업을 시도했다. 그런 다음에도 여전히 내키지 않아, 한 번 더 원문과 대조해가며 전체적으로 다시 다듬는 제3차 번역 작업을 완료했다. 이처럼 세 차례에 걸쳐 작업을 이어갔지만, 여전히 미덥지 않는 부분이 남아 있었다. 그런 부분을 따로 표시해 놓고 몇 개월의 교정 작업을 이어가는 동안 다시 다듬었지만, 그렇게 해서 문제가 말끔히 정리된 것은 아니다. 그리하여 독자 여러분께 간곡히 부탁드리건대, 서투른 번역이나 잘못된 번역이 눈에 띄면 서슴없이 이를 지적해 주기 바란다. 언제라도 이를 바로잡아, 미숙한 번역에 대한 죄스러운 마음을 조금이라도 덜어 보고자 한다.

『성스러운 숲』을 우리말로 번역하기 쉽지 않았던 것은 무엇보다 역자의 역량 부족 탓이다. 하지만 엘리엇 자신의 문체에도 문제가 없다고 하지 않을 수 없다. 엘리엇이 앞서 언급한 「재판 서문」에서 밝힌 바 있듯, 그의 문체는 "로마의 교황을 연상시킬 법한 권위주의적 엄숙성을 가장하고" 있다. 그리고 역시 그 자신이 인정했듯 "딱딱"하다. 딱딱할 뿐만 아니라, 논리의 간극—번역 과정에 좁히기 위해 무던히도 애썼던 바로 그 논리의 간극—이 짚일 때도 적지 않다. 아마도 영어가 모국어인 독자 또는 그렇지 않더라도 영어로 글을 읽고 이해하는 데 큰 어려움이 없는 독자라면, 엘리엇이 말했듯 "따분하고 피로"해 하는 선線에서 『성스러운 숲』에 대한 읽기를 끝낼 수도 있을 것이다. 하지만 번역이란 그런 선에서 끝낼 수 있는 성질의 작업이 아니다. 게다가, 『성스러운 숲』에는 엘리엇 특유의 돌올突兀한 표현들이 여기저기서 걸림돌 또는 각성제 역할을 하고 있다. 그리하여 엘리엇의 젊은 시절 특유의 문체로 이루어진 이 비평집의 글들에 대한 번역 작업은 힘들고 고통스러운 일이 아닐 수 없었다.

2

사적인 이야기는 여기서 접기로 하고, 이제 엘리엇의 『성스러운 숲』이라는 비평집 자체에 대한 이해를 간략하게나마 시도하기로 하자. 무엇보다 이 비평집의 제목인 "The Sacred Wood"에 대한 이해를 앞세워야 할 것이다. 우리말로 '성스러운 숲'으로 번역될 수 있는 이 말의 출처는 제임스 프레이저(James Frazer)의 『황금 가지』(*The Golden Bough*, 1890-1915)라는 것이 학계의 중론이다. 『황무지』에 엘리엇 자신이첨가한 주석의 시작 부분에도 등장하는 이 『황금 가지』는 고대의 풍요의식豊饒儀式에 관한 논저로, 이 저서는 성스러운 숲의 사제이자 왕의 자리에 오르고자 하는 자는 '황금 가지'를 꺾는 의식을, 이전의 사제이자 왕을 살해하는 의식을 치름으로써만이 비로소 그 자리를 차지하게 된다는 이야기로 시작된다. 엘리엇에게 문학 비평의 현장—좁게는 영문학의 비평 현장, 넓게는 유럽 문화권이라는 비평 현장—은 상징적인 의미에서의 이 "성스러운 숲"에 해당하는 것이다. 엘리엇은 실제로 『성스러운 숲』에서 바로 전前 세대 또는 선배 문인들인 매슈 아놀드, 앨저넌 찰스 스윈번, 에드먼드 고스, 조지 윈덤, 아서 사이먼스, 찰스 휘블리, 길버트 머리 등의 비평을 '살해'하고 그 자리에 자신의 비평을 '정립'하는 작업을 시도한다. 이처럼 전 세대의 비평을 '살해'하고 자신의 비평을 '정립'하는 데 '칼'과 같은 도구로 동원된 것도 있으니, 이는 아리스토텔레스와 단테와 같은 고전적 문인들 및 레미 드 구르몽, 쥘리앙 벤다와 같은 당대 프랑스 문인들의 비평적 안목이다. 그리고 이 "성스러운 숲"에서의 도전과 자기 정립의 과정에 엘리엇은 로스탕, 크리스토퍼 말로우, 셰익스피어(특히 그의 『햄릿』), 벤 존슨, 필립 매신저, 스윈번, 윌리엄 블레이크의 문학에 대한 그 나름의 새로운 이해와 평가로 우리를 이끈다. 아울러, 그 모든 논의 과정의 끝에 그가 꺾은 '황금 가지'를 드러내 보이듯 단테의 문학적 탁월성에 대한 논의로 『성스러운 숲』을 마감한다.

그렇다면, 엘리엇이 『성스러운 숲』이라는 비평의 현장에서 기존의 비평을 '살해'하고 그 자리에 '정립'한 비평은 구체적으로 어떤 것인가. 지난 100여 년의 세월 동안 이와 관련하여 전개된 논의는 엄청나게 다양할 뿐만 아니라 양적으로도 주체하기 어려울 정도다. 영문학 비평 또는 넓은 의미에서의 문학 비평을 논의하거나 공부하는 사람이라면 누구라도 빠짐없이 『성스러운 숲』에 담긴 비평적 논의에 대해 나름의 견해를 표명했던 것이 사실이라고 해도 지나친 말이 아닐 정도다. 그리고 그런 견해에는 공감과 해명을 시도한 것이 많지만, 나름의 비판과 공격을 담은 것도 있다. 아무튼, 이 자리에서 그런 견해들을 일일이 검토하는 일은 삼가기로 하자. 그렇게 하는 것이야말로 엘리엇의 말대로 "수많은 독자를 따분하고 피로하게" 하는 일이 될 것이기 때문이다. 역자는 다만 엘리엇이 『성스러운 숲』에서 표명한 문제적 발언 가운데 특히 주목할 만한 것을 몇몇 열거함으로써, 그가 왜 당대와 그 이후의 비평적 논의에 하나의 또렷한 구심점을 이루게 되었던가를 독자 여러분께 간접적으로

나마 가늠케 하고자 할 따름이다.

코울리지는 아마도 비평가로서는 영국에서 가장 위대한 인물일 것이다. 그리고 어떤 의미에서 보면 이름에 값하는 마지막 비평가일 것이다. 코울리지 이후에 우리에게는 매슈 아놀드가 있긴 하다. 하지만 내 생각으로 그는 비평가라기보다 비평의 전도사임을 시인해야 할 것이다. 즉, 그는 이념들의 창시자라기보다 이를 대중화하는 역할을 한 사람이다. (「완벽한 비평가」, 27쪽)

지난 19세기까지 축적된 방대한 양의 지식—또는 적어도 정보—의 탓으로 돌려야 할 것이 있다면, 이로 인해 이에 상응하는 방대한 양의 무지無知가 뒤따르게 되었다는 사실일 것이다. 알아야 할 것이 지나치게 많을 때, 지식의 분야가 수도 없이 많아서 같은 낱말이라도 분야에 따라 서로 다른 의미를 갖게 되었을 때, 누구나 엄청나게 많은 것에 대해 약간씩의 지식을 갖추게 되었을 때, 누구에게든 자신이 무슨 말을 하고 있는지를 알고 있는 것인지 또는 모르고 있는 것인지를 아는 것이 점차적으로 어렵게 되었다. 아울러, 우리가 알지 못할 때, 또는 충분히 알지 못할 때, 우리는 항상 사유가 요구될 때 이를 대신하여 감정에 호소하는 경향을 보인다. (「완벽한 비평가」, 39쪽)

예술은 인간에게 자신이 소유하고 있는 모든 것을, 심지어 가계도까지 포기하고 오로지 예술만을 따를 것을 고집한다. 예술은 인간에게 어느 한 가문, 어느 한 신분 계급, 어느 한 정당, 어느 한 동아리의 일원이 되지 말 것을 요구하고, 있는 그대로 다만 자기 자신이기를 요구하기 때문이다. 윈덤과 같은 사람이 문학에 몇 가지 미덕을 소개한 것은 사실이다. 하지만 귀족보다 더 우월하고 더 보기 드문 유일한 사람이 있는데, 그는 바로 개인(the Individual)으로서의 인간이다. (「미완의 비평가들」, 71쪽)

비평가는 엄청난 학식을 쌓을 수 있지만, 학식은 쉽게 도락으로 바뀔 수 있다. 학식이 우리에게 문학을 모든 각도에서 총체적으로 바라보게 할 수 없다면, 문학을 우리들 자신과 분리하게 할 수 없다면, 그리고 순수한 명상의 경지에 이르게 할 수 없다면, 그런 학식은 쓸모없는 것이다. (「미완의 비평가들」, 82쪽)

무엇보다 우선하여 말하자면, 전통에는 역사의식이 포함되는데, 이는 누군가가 스물다섯 살 이후에도 계속 시인이고자 한다면 그에게 거의 필수 불가결한 덕목에 해당하는 것이다. 아울러, 이 역사의식에는 과거의 과거성에 대한 인식뿐만 아니라 과거의 현재성에 대한 인식도 포함된다. 역사의식은 한 인간에게 단순히 그의 뼛속에 스며 있는 자기 자신의 세대 감각만을 간직한 채 글을 쓸 것을 요구하지 않는다. 여기서 한걸음 더 나아가, 호메로스에서 시작되는 유럽의 문학 전체가, 그 안에 포함되는 자기 자신이 속해 있는 나라의 문학 전체가 동시에 존재하고 또한 동시적인 질서를 이루고 있다는 느낌과도 함께한 채 글을 쓸 것을 요구하는 것이 곧 역사의식이다. 이 역사의식은 시간적인 것에 대한 의식인 동시에 초超시간적인 것에 대한 의식이며, 초시간적인 것에 대한 의식과 시간적인 것에 대한 의식을 동시에 아우르는 의식으로, 어느 한 작가를 전통적인 작가로 만드는 것이 이 역사의식이다. 동시에, 어느 한 작가에게 특정한 시간 속 자신의 위치에 대해, 그리고 자신이 처해 있는 시대에 대해 극도로 예민하게 의식케 하는 것이 이 역사의식이기도 하다. (「전통과 개인의 재능」, 94-95쪽)

그 어떤 시인도, 어떤 분야의 예술이든 이에 헌신하는 그 어떤 예술가도, 독자적으로 완결된 의미체로 존재하지 않는다. 그가 지닌 시인이나 예술가로서의 의의意義와 진가眞價는 그가 작고한 과거의 시인들과 예술가들과 어떤 관련을 맺고 있는가의 측면에서 가늠된 의의와 진가다. 당신은 대상 시인이나 예술가를 따로 떼 내어 단독으로 가치를 평가할 수 없다. 다만 그를 작고한 과거의 시인들과 예술가들 사이에 놓고 대비와 비교를 시도해야 한다. 내가 이 말을 통해 의미하고자 하는 바는 이것이 단순히 역사적 비평의 원리일 뿐만 아니라 미학적 비평의 원리라는 점이다. (「전통과 개인의 재능」, 95쪽)

시인은 한 덩어리의 각설탕, 무엇인지 분간할 수 없는 한 덩어리의 환약을 섭취하듯 과거를 섭취할 수도 없을 뿐만 아니라, 한두 명의 개인적 숭배 대상에 전적으로 의지하여 자아를 형성할 수도 없으며, 자신이 선택한 특정 시대에 전적으로 기대어 자아를 형성할 수도 없다. 첫째 방책은 용인될 수 없는 것이며, 둘째 방책은 젊은 시절의 소중한 경험에 해당하는 것이고, 셋째 방책은 유쾌하고도 대단히 바람직한 일종의 보완책에 해당하는 것이다. 시인은 시대의 주류主流가 무엇인지를 깊이 의식해야 하는데, 이때의 주류란 예외 없이 가장 명성이 드높은 평판들 사이를 관통하여 흐르는 것이 결코 아니다. 또한 시인은 예술이란 결코 진보하는 것이 아니라는 명백한 사실을, 그럼에도 예술의 소재는 결코 언제나 같은 것이 아니라는 또 하나의 명백한 사실도 깊이 의식해야 한다. 그리고 그는 유럽의 정신과 그 자신이 속해 있는 나라의 정신—그러니까, 시인이 자기 자신의 사적私的인 정신보다 더 중요한 것임을 때가 되면 배우게 되는 폭넓은 의미에서의 정신—은 곧 변모하는 정신임을, 그리고 이 같은 정신의 변모 과정은 *도중에* 아무 것도 포기하지 않는 채 이어가는 변모 과정, 셰익스피어의 작품도, 호메로스의 작품도, 마들렌에서 발견된 구석기 시대 화가들의 암벽화도 낡은 것이라는 이유로 퇴출하지 않고 보듬어 안은 채 이어가는 변모 과정임도 깊이 의식해야 할 것이다. 이때의 변모 과정은 어쩌면 세련화의 과정일 수도 있고, 확실하게 복잡화의 과정일 수도 있겠지만, 예술가의 관점에서 보면 이는 결코 그 어떤 진보의 과정도 아니다. (「전통과 개인의 재능」, 97-98쪽)

예술가가 완벽하면 완벽할수록 그의 내부에서는 고통을 겪는 인간과 창조하는 인간 사이의 분리가 그만큼 더 완전하게 이루어질 것이다. 더욱 더 완벽하게 정신은 자신이 다루는 소재인 열정을 소화하고, 이를 무언가 완전히 새로운 것으로 변환할 것이다. (「전통과 개인의 재능」, 101쪽)

시 창작에는 의식적이고 고의적이어야 하는 것들이 엄청나게 많다. 사실, 형편없는 시인은 일반적으로 의식의 끈을 놓지 말아야 할 때 의식의 끈을 놓고 의식의 끈을 놓아야 할 때 의식의 끈을 놓지 않는다. 이 같은 양자의 오류는 모두 그에게 "개성적인" 시인이 되도록 한다. 시란 감정을 자유롭게 풀어놓기가 아니라 감정으로부터의 탈출이다. 또한 시란 개성의 표현이 아니라, 개성으로부터의 탈출이다. 하지만 물론 개성과 감정들을 소유한 사람들만이 이런 것들에서 탈출하기를 원하는 것이 무슨 의미를 갖는지를 안다. (「전통과 개인의 재능」, 108쪽)

지난 19세기에는 다른 종류의 정신 활동이 그 모습을 드러내기도 했다. 대단히 탁월하고도 눈부신 시 작품인 괴테의 『파우스트』에서 이를 명확하게 확인할 수 있다. 말로우의 메피스토펠레스는 괴테의 메피스토펠레스에 비해 단순한 존재다. 하지만 적어도 말로우는, 다만 몇 마디의 말을 동원하여, 메피스토펠레스를 하나의 진술 안에 집약한다. 그의 메피스토펠레스는 현장에 오롯이 자리하고 있으며, (어쩌다 보니) 밀턴의 사탄이 필요 이상 부풀린 존재임을 깨닫게 한다. 괴테의 악마는 필연적으로 우리의 시선을 다시 괴테에게 향하게 한다. 그의 악마가 구현具顯하고 있는 것은 하나의 철학, 괴테 자신의 철학이기 때문이다. 예술적 창조물은 그런 일을 해서 안 된다. 괴테의 악마는 철학을 *밀어내고 대신에 그 자리를 차지해야* 한다. 요컨대, 괴테는 극을 만들기 위해 자신의 생각을 희생하거나 헌납하지 않았다. 극은 여전히 하나의 수단이었던 셈이다. (「시극의 가능성」, 118쪽)

우리에게는 과거를 바라보는 안목이 필요하되, 과거란 현재와 명백한 차이가 있는 것임을 잊지 않고 과거를 과거의 위치에 놓고 바라볼 수 있는 안목이, 그럼에도 여전히 과거란 현재와 마찬가지로 우리에게 현재로서 현존하는 것이기에 더할 수 없이 생생하게 살아 숨 쉬는 것으로 바라볼 수 있는 그런 안목이 필요하다. 이것이 바로 창조적 안목이다. (「에우리피데스와 머리 교수」, 137쪽)

우리는 "수사"라는 용어를 내가 예로 들어 제시한 유형의 극적 대사에 적용할 수 있음을 인정하고, 이는 형편없는 것뿐만 아니라 훌륭한 것도 아우르는 용어임을 인정해야 한다. 아니면, 이런 유형의 대사를 수사에서 제외하는 쪽을 선택할 수도 있겠다. 그 경우, 우리는 수사란 장식적인 것이거나 과장된 어법에 불과한 것—즉, *무언가 특정한 효과를 논린 것이 아니라* 다만 일반적으로 인상적인 것을 전달하기 위한 것—이라고 말하지 않을 수 없다. 하지만, 이런 입장을 선택한다고 해서, 우리는 이를 형편없는 모든 글을 포괄하는 용어로 사용되도록 내버려 두어서는 안 된다. (「수사와 "시극"」, 148-149쪽)

셰익스피어는 다른 누구보다도 이러한 특유의 [누구도 흉내 낼 수 없는] 어조들을 한층 더 많이 소유하고 있기 때문에, (당신이 원한다면) 그를 "보편적"인 시인이라고 할 수도 있겠다. 하지만 그런 어조들은 모두 한 사람에게서 나온 것이다. 그런데 한 사람은 한 사람 이상일 수 없다. 어쩌면, 대여섯 명의 셰익스피어가 동시에 존재했었는지도 모른다. 그들 사이에 영유권 확보를 놓고 그 어떤 갈등도 없는 상태에서 말이다. 그리하여, 다른 사람들 누구에게도 거의 아무런 몫도 남겨 놓지 않은 채 셰익스피어가 거의 모든 인간의 감정을 표현했다는 평가도 가능할 수 있겠다. 하지만 이런 주장은 예술과 예술가들에 대한 극단적 오해를 드러내는 것일 뿐이다. 이 같은 오해가 일언지하에 부정되었을 때조차, 이런 오해로 인해 우리는 셰익스피어와 동시대를 산 사람들의 운문이 갖는 고유한 특성을 찾고 확인하는 데 우리가 쏟아야 할 주의력과 정성을 소홀히 하는 쪽으로 이끌릴 수도 있다. (「크리스토퍼 말로우의 무운시에 대한 몇몇 단상」, 152쪽)

추측건대, 『햄릿』이 예술 작품이기 때문에 이를 흥미로운 작품임을 확인하게 되었다기보다, 흥미로운 작품임을 확인했기 때문에 이를 예술 작품이라고 생각해 온 사람들이 더 많을 것이다. 이는 문학 영역의 "모나리자"인 셈이다. (「햄릿과 그의 문제들」, 173쪽)

예술 형식을 통해 감정을 표현하는 유일한 방법은 "객관적 상관물"(objective correlative)을 찾는 것이다. 다시 말해, *특정한* 감정을 일깨우는 데 처방 공식이 될 법한 일단一團의 대상, 하나의 상황, 일련一連의 사건을 찾아야 한다. 그럼으로써, 감각적 체험의 귀착지점이 되어야 할 외적 사실들이 제시되는 순간, 감정은 즉각적으로 일깨워져야 한다. 당신이 셰익스피어의 한층 더 성공적인 비극 작품을 검토하는 경우, 정확하게 이에 상응하는 예를 찾을 수 있을 것이다. 예컨대, 몽유병을 앓고 있는 맥베스 부인의 정신 상태는 작가가 상상 속의 감각적 인상들을 능란하게 축적함에 따라 이에 힘입어 당신에게 효과적으로 전달되고 있음을 확인하게 될 것이다. 또 하나의 예를 들자면, 아내의 죽음을 알리는 소식을 전해 듣고 맥베스가 내뱉는 말은, 일련의 연속적인 사건들을 감안할 때, 마지막을 장식하는 결정적인 사건으로 인해 그의 입에서 자동적으로 흘러나오는 것이라는 인상을 강렬하게 준다. 예술적 "필연성"의 본질은 이처럼 감정에 외적 요인들이 완벽하게 상응 관계를 이루는 데 있다. (「햄릿과 그의 문제들」, 174-175쪽)

적어도, 우리 시대에 우리와 동시대인으로서 셰익스피어와 같은 사람과 존슨과 같은 사람이 존재한다면, 지식인층을 열광케 할 사람은 존슨과 같은 사람일 것이다! 비록 문학에 몰두해 있긴 하지만, 그는 결코 문학을 위해 또는 인물 연구를 위해 공연 예술의 특성, 그것도 더할 수 없이 호의적인 의미에서의 공연 예술 고유의 특성을 희생양으로 삼지 않는다. 존슨의 작업은 타이탄과도 같이 거대한 기획의 공연물이다. 하지만 그의 작업에서 중요한 부분을 차지하고 있는 존슨의 가면극은 무시되고 있다. 우리의 무기력하고 해이한 문화는 공연 예술과 문학을 시들어 죽음에 이르도록 방치하되, 시들어 버린 공연 예술보다는 시들어 버린 문학 쪽을 선호한다. (「벤 존슨」, 205쪽)

미성숙한 시인들은 흉내를 내고, 성숙한 시인들은 훔친다. 형편없는 시인들은 그들이 취해 온 것에 손상을 입히고, 훌륭한 시인들은 그것을 무언가 좀 더 나은 것으로 만들거나 최소한 무언가 다른 것으로 만든다. 훌륭한 시인은 자신이 훔쳐 온 것을 독창적인 하나의 총체적 느낌 안쪽으로 녹여 넣으며, 훔쳐 온 것을 원본에 있던 것과는 완전히 다른 무언가로 바꾼다. 그와는 달리, 형편없는 시인은 훔쳐 온 것을 투입하되, 응집력을 결여하고 있는 무언가의 일부로 남아 있게 한다. 훌륭한 시인이라면 시대적으로 멀리 떨어져 있는 작가들로부터, 또는 언어가 다른 이방인 작가들로부터, 또는 관심사가 다른 작가들로부터 빌려 온다. 채프먼은 세네카에게서 빌려 왔고, 셰익스피어와 웹스터는 몽테뉴에게서 빌려 왔다. 셰익스피어의 두 위대한 후계자인 웹스터와 터너의 경우, 그네들의 성숙한 작품에서는 셰익스피어로부터 빌려 오는 일을 하지 않는다. 이런 방식으로 그들에게 유용한 것이 되기에는 셰익스피어가 시대적으로 너무 가깝기 때문이다. (「필립 매신저」, 210쪽)

채프먼, 미들턴, 웹스터, 터너, 단의 시대가 끝남에 따라, 지성이 직접적으로 감각의 예리한 정점頂點에 자리하던 시대는 종말을 고하게 되었다. 감각 체험이 곧 말이 되고 말이 곧 감각 체험이던 시대가 지나간 것이다. 그 다음은 밀턴의 시대다. (「필립 매신저」, 218쪽)

스윈번의 운문에서 둘[언어와 대상]이 하나임은 오로지 대상이 존재하기를 멈추었기 때문이고, 의미가 단순히 의미의 환영幻影에 지나지 않는 것일 뿐이기 때문이며, 뿌리 뽑힌 언어는 대기로부터 양분을 흡수하는 독립적인 삶에 스스로 적응해 왔기 때문이다. 예컨대, "지친"(weary)이라는 말이 육체나 정신의 특정하고 사실적인 지쳐 있음과는 관계가 없는 방식으로 스윈번의 운문에서 무성하게 활기찬 생명력을 누리고 있음을 우리는 확인할 수 있다. 형편없는 시인이란 부분적으로는 대상 세계에, 부분적으로는 언어 세계에 머무는 존재로, 그에게는 결코 양자를 서로에게 들어맞는 것이 되도록 할 능력이 없다. 단지 스윈번과 같은 천재만이 그처럼 배타적으로 또한 지속적으로 언어 한가운데에만 머물 수 있다. 그의 언어는 형편없는 시의 언어가 죽어 있는 것과는 달리 살아 있다. 그의 언어는 이 같은 자체의 독특한 생명력을 누린 채, 엄청난 활기에 차 있다. 하지만 우리에게 한층 더 중요한 언어는 새로운 대상들을, 일단一團의 새로운 대상들을, 새로운 느낌들을, 대상의 새로운 양상들을 소화하고 표현하기 위해 고군분투하는 언어다. 예를 들면, 제임스 조이스 씨나 그보다 앞선 시대의 콘래드와 같은 사람의 산문을 이루고 있는 바로 그런 언어다. (「시인으로서의 스윈

번」, 248-249쪽)

우리가 블레이크의 철학(그리고 아마도 새뮤얼 버틀러의 철학)을 향해 갖는 존중의 마음은 누군가가 집에서 손수 만든 정교한 가구를 향해 갖는 존중의 마음과 동일한 종류의 것이다. 우리는 집 주변의 잡동사니를 짜 맞춰 그런 가구를 만든 사람을 존경한다. 영국은 이처럼 변통에 능한 로빈슨 크루소와 같은 사람들을 상당히 많이 배출했다. 하지만 우리는 유럽 대륙으로부터, 또는 우리 자신의 과거로부터 실제로는 그리 멀리 떨어져 있지 않다. 따라서 우리가 원한다고 해서 우리 마음대로 문화의 혜택들로부터 쉽게 단절될 수는 없다. (「블레이크」, 258쪽)

단테의 작중인물 가운데 누구를 살펴보아도 그의 분위기에는 밀턴의 루시퍼가 취하고 있는 그런 종류의 애매모호함이 존재하지 않는다. 저주받은 자는 그가 누구든 정도의 차이는 있을지언정 그 자신이 항상 적절하게 간직하고 있던 아름다움이나 고상함을 유지하고 있으며, 이것이 바로 그가 저주받았다는 사실을 한층 강화하고 또한 정당화한다. (「단테」, 273-274쪽)

한 예술가가 불쾌한 것 또는 더러운 것 또는 혐오스러운 것을 놓고 명상에 잠기는 일, 이는 아름다움을 추구하고자 하는 예술가의 충동에 필요한 측면인 동시에 부정적인 측면이기도 하다. 하지만 부정적인 것에서 긍정적인 것에 이르기까지 완벽한 구도로 이를 표현하는 데 단테만큼 성공한 사람은 없다. 부정적인 것은 표현하기에 그만큼 더 성가시고 귀찮은 것이다. (「단테」, 276쪽)

가급적 각각의 글에서 한두 군데씩 인용하는 선에서 멈추려 했지만, 저 유명한 「전통과 개인의 재능」의 경우에는 그렇게 할 수가 없었다. 「전통과 개인의 재능」은 가히 『성스러운 숲』을 이루는 논의 전체를 대표하는 글이라는 일반적 평가에 손색이 없을 만큼 날카롭고 참신한 비평적 안목을 수도 없이 담고 있기 때문이다. 그럼에도, 여타의 글에서 우리가 일별할 수 있듯, 엘리엇의 비평적 안목은 엄청난 과거의 문학 유산—좁게는 영문학, 넓게는 유럽 문학—의 "과거성"과 "현재성"에 대한 깊은 인식에 따른 공부와 이해를 바탕으로 한 것이다. 다시 말해, 『성스러운 숲』 그 자체는 "호메로스에서 시작되는 유럽의 문학 전체가, 그 안에 포함되는 자기 자신이 속해 있는 나라의 문학 전체가 동시에 존재하고 또한 동시적인 질서를 이루고 있다"는 인식 아래 그가 진행해 왔던 문학 공부와 비평의 궤적일 수 있다. 따라서 「전통과 개인의 재능」이라는 글 한 편만을 읽고 이해하는 것만으로 엘리엇의 비평적 안목을 제대로 파악했다는 말은 선불리 할 수 없다. 우리에게 적어도 『성스러운 숲』이라는 엘리엇 자신의 문학 공부와 비평의 궤적 전체를 꼼꼼히 읽고 공부해야 할 필요가 있다면 이 때문이다.

위의 인용들만을 훑어보아도 짐작할 수 있겠지만, 엘리엇이 제기하고 있는 비평적 논점과 문제 제기는 단지 어느 한 시대나 특정 학파에만 적용될 수 있는 성질의 것이 아니다. 즉, 앞서 역자의 사적인 이야기를 하면서 잠깐 언급했지만, 이는 문학을 공부하거나 문학에 몸담고 있는 모든 이에게 시대를 뛰어넘어 항상 현재적인 것일 수 있다. 그렇다고 해서, 엘리엇의 문제 제기나 입장이 문학 비평과 관련하여 보편적 의미 또는 진리치眞理値(truth value)를 지닌 것이라는 뜻은 아니다. 그의 논의는 항상 새로운 각도에서 조명되고 새로운 입장에서 평가될 수 있다. 그렇기에, 궁극적으로 문제가 되는 것은 그의 비평을 바라보는 우리들 자신의 안목일 것이다. 그리고 우리들 자신의 안목을 제대로 확립하기 위해 우리가 우선해서 해야 할 당면 과제가 있다면, 이는 엘리엇이 『성스러운 숲』에서 문학 비평과 관련하여 성실하고 진지하게 문제 제기를 했던 것과 마찬가지로 『성스러운 숲』 전체를 성실하고 진지하게 읽고 평가하는 일일 것이다.

요컨대, 엘리엇이 젊은 날에 남긴 비평적 논의를 우리말로 번역하는 일만을 역자의 몫으로 한정하고자 한다. 이를 넘어서서 엘리엇의 비평적 논의를 읽고 또한 그 의의意義를 가늠하고 평가하는 일은 독자의 몫으로 남기고자 한다.

3

엘리엇의 비평적 논의를 우리말로 번역하는 일만을 역자의 몫으로 한정한다고 해서, 단순히 텍스트 본문 자체에 대한 번역만으로 역자의 역할이 끝나는 것일 수는 없다. 본문에 대한 번역 이외에 본문을 이해하는 데 필요하거나 도움이 되는 온갖 정보를 제공하는 것도 역자가 수행해야 할 역할일 것이다. 이번의 번역 과정에 수많은 역주를 첨가한 것은 이 같은 역자의 역할을 감안한 것이다. 그렇다면, 역주를 첨가하는 일은 어떤 기준에 따른 것인가. 이를 밝히는 일뿐만 아니라, 번역에 사용한 텍스트는 어떤 것인가, 번역 작업은 어떤 기준에 따라 수행했는가, 번역 과정에 고려해야 했던 사항들에는 어떤 것이 있었던가를 밝히는 일에 역자는 주어진 나머지 지면을 할애하고자 한다. 특별한 순서 없이 임의로 열거해 놓은 다음의 사항들이 현재의 번역 텍스트를 읽는 독자에게 일종의 기본적인 길 안내자가 되기를 바란다.

첫째, 우리말 번역에 사용한 원본은 출판 계약에 따라 Faber & Faber Ltd.가 제공한 1997년 판본 *The Sacred Wood: Essays on Poetry and Criticism*을 사용했다. 하지만 참고로 Methuen & Co. Ltd.에서 1920년 11월에 발간된 이 저서의 초판본 및 1928

년에 발간된 재판본과 전체적인 대조 과정을 거쳤다. 대조 결과, 1920년 판본과 1928년 판본에 담긴 명백한 철자상의 오류—예컨대, “without this prejudice”의 오식인 “without his prejudice”(1997년 판본의 40쪽 15행 참조)—조차 1997년 판본에 수정이 되어 있지 않을 정도로 텍스트 자체에 변함이 없음을 확인했다. 그럼에도, 『성스러운 숲』에 수록된 글들의 원본을 해당 문예지에서 찾아보는 경우, 엘리엇 자신이 1920년도 판본을 준비할 때 크고 작은 수정 작업을 했음을 확인할 수 있다. 역자는 이른바 ‘원본’에 해당하는 잡지의 글을 거의 대부분 찾아 번역용 텍스트와 대조해가며 읽고, 글의 내용이나 분위기에 어떤 변화가 있는가를 점검했다.

둘째, 인명이나 지명에 대한 우리말 표기는 대체로 국립국어원의 외래어 표기법을 따랐다. 한편, 고대 희랍과 로마의 인명과 지명의 경우, 영어나 프랑스어 등 언어에 따라 철자와 발음이 바뀌어 있는 사례가 적지 않다. 그렇다 해도, 널리 통용되는 극히 일부를 제외하고, 고대 로마와 희랍 방식의 발음을 따랐다. 유럽 문화권의 인명과 지명의 발음도 가급적 국립국어원의 외래어 표기법 또는 일반 관행을 따르되, 현지에서 널리 통용되는 발음과 현저히 다른 경우에는 현지의 실제 발음과 가까운 쪽으로 표기했다. 예컨대, 프랑스어 인명의 경우, “Benda,” “Stendhal,” “Bergson”은 “방다,” “스탕달,” “베르그송” 대신 “벤다,” “스텐달,” “베르그손”으로 표기했다.

셋째, 500여 개가 넘는 역주는 앞서 말했듯 번역 과정에 역자가 이어간 공부의 흔적이긴 하나, 이는 단순히 공부의 흔적만이 아니라 별도의 참조 자료 없이 『성스러운 숲』을 읽도록 독자 여러분을 돕기 위한 일종의 보조 자료—앞선 표현을 따르자면, ‘온갖 정보’—이기도 하다. 사실, 엘리엇이 『성스러운 숲』에서 언급한 인물이나 문학 작품은 영문학을 전공한 사람들에게조차 생소한 사례가 적지 않다. 하지만 어떤 정보가 우리에게 낯익은 것이고 어떤 정보는 생소한 것인가를 임의로 정할 수는 없다. 그리하여, 인물의 경우, 플라톤이나 아리스토텔레스와 같은 경우를 제외하고 거의 모든 사람의 인명을 역주를 통해 해당 언어로 또는 라틴어화된 철자로 소개하되, 출생 및 사망 연도와 몇몇 예외적인 경우가 있지만 살아생전의 이력을 간략하게 소개하는 선에서 머물기로 했다. 아울러, 문학 작품이나 그 외의 문건에 대해서도 원래의 제목 및 작자 및 창작 또는 발표 연도를 밝히는 선에서 머물기로 했다. 그렇게 하지 않고 각 인물과 작품에 대한 정보를 자세히 밝히는 경우에는 본문이 차지하는 지면보다 역주가 차지하는 지면이 더 커질 가능성이 있고, 그럴 경우에는 엘리엇의 텍스트에 대한 독해 자체에 방해가 될 수도 있기 때문이다. 첨언하자면, 엘리엇 자신의 각주—모두 11개—는 '원주'임을 밝혔다. 역주의 경우에는 '역주'임을 따로 밝히지 않았다.

넷째, 인용문의 경우, 해당 인용문이 나오는 출처가 문학 작품이든, 논문이든, 비평문이든, 또는 기타 어떤 형태의 글이든 원문 텍스트를 찾아 읽고, 해당 인용문의 출처가 어디인지, 그리고 필요에 따라 해당 인용문이 구체적으로 어떤 맥락에 나오는가를 확인하여 이를 역주의 형태로 밝혔다. (영어 이외에 텍스트의 경우, 엘리엇은 운문이든 산문이든 프랑스어, 이태리어, 희랍어, 라틴어 등의 원어로 인용한 경우가 거의 대부분이다. 이 경우, 몇몇 영어 번역본의 도움을 받아야 할 때도 있었지만, 해당 원문 텍스트를 찾아 읽고 출처를 명기했다. 이때 번역자가 찾아 읽은 글의 출처에 해당하는 텍스트의 판본은 엘리엇이 인용한 글의 출처에 해당하는 텍스트의 판본과 반드시 일치하는 것이 아니다.) 연극 작품의 경우, 몇 막 몇 장에 나오는 것인지를 가급적 밝혔으나, 몇 행에 해당하는 것인지는 인용 텍스트에 명료하게 밝혀져 있는 것을 제외하고는 생략했다. 판본 또는 텍스트에 따라 행은 얼마든지 바뀔 수 있기 때문이다.

다섯째, 조선 시대의 가사나 시조에서 우리가 느끼는 바의 어조나 문체는 이에 대한 그 어떤 외국어 번역에서도 감지하기 어렵듯, 엘리엇이 인용하는 영어 및 영어 이외의 언어—즉, 프랑스어, 이태리어, 희랍어, 라틴어—의 운문에 담긴 어조와 문체와 분위기 등등을 우리말에 담기란 불가능하다. 따라서 엘리엇이 인용하고 있는 운문 텍스트가 영어 이외에 어떤 언어로 되어 있든 예외 없이 이를 엘리엇이 인용하고 있는 바의 해당 언어로 역주에서 밝혔다. 한편, 운문이 아닌 산문의 경우에도 필요에 따라 해당 원문을 역시 역주에서 밝혔다.

여섯째, 엘리엇은 글을 쓸 당시에 생존해 있는 사람들에게는 "씨"(영어의 Mr.나 프랑스어의 M.)나 "양"(영어의 Miss)과 같은 칭호를 잊지 않고 있다. (스윈번의 경우, 칭호를 사용할 때도 있고 그러지 않을 때도 있다.) 또는 "교수"(Professor)와 같은 칭호를 사용하기도 하는데, "머리 교수"의 경우는 그에 대한 칭호는 때로 "씨"로 바뀌기도 한다. 이는 다루고자 하는 대상 인물에 대한 엘리엇 자신의 미묘한 감정이나 태도의 변화를 암시하는 것일 수도 있다. 따라서 이 역시 엘리엇이 사용한 호칭에 맞춰 그대로 번역하였다.

일곱째, 우리가 일반적으로 사용하는 외래어조차 이번 번역에서는 가급적 우리말로 표현하고자 힘썼다. 하지만 'image'(이미지), 'vision'(비전), 'humour'(유머), 'plot'(플롯) 등등 딱히 정확하게 대응되는 우리말 표현을, 또는 일관되게 상응하는 우리말 표현을 찾을 수 없거나 찾기 어려울 때는 부득이 외래어 표현을 동원했다.

여덟째, 엘리엇의 비평집에는 엘리엇 자신이 명백하게 잘못 알고 있던 정보나 인쇄 과정의 철자상의 오류가 어쩌다 확인된다. 그럴 경우, 번역에서 바로 잡거나 역주를 통해 이를 바로 잡았다. 어떤 경우든 번역 과정에 임의로 원문 텍스트를 훼손하지 않았다.

아홉째, 어떤 인명이나 작품의 경우, 이에 대한 정보는 앞서 어딘가에서 밝혔지만 여전히 생소하게 느껴질 때도 있다. 이 경우, '앞서 밝힌 바 있듯'과 같은 표현을 동원하여 다시 소개하기도 했다.

※ ※ ※

이제 역자의 말을 마무리할 때가 되었다. 오랜 시간에 걸쳐 엘리엇의 『성스러운 숲』을 번역하고 번역 원고를 교정하는 과정에 누구보다 큰 도움을 주신 분은 번역을 의뢰한 화인북스의 송호성 사장이다. 그는 공학도 출신이면서도 인문학에 조예가 깊은 분으로, 최종 번역 원고 전체를 꼼꼼히 읽고 어쩌다 원고에 아직 남아 있는 철자상 또는 표현상의 오류를 찾아 지적해 주셨다. 깊이 감사의 인사를 드린다. 감사의 인사를 드려야 또 한 분은 황훈성 교수로, 동국대학교 영문과에서 정년퇴임한 황 교수는 역자의 제1차 번역 원고를 검토하고 여러 군데 소중한 지적을 통해 번역의 질을 높이는 데 큰 도움을 주셨다. 그럼에도 불구하고, 앞서 말했듯, 현재의 번역에 미흡한 부분이 여전히 남아 있음을 모르는 바 아니다. 그 어떤 오류도 역자 자신의 역량 부족에 따른 것으로, 잘못된 부분이나 어색한 표현이 확인되면 독자 여러분의 가차 없는 지적과 질책이 있기를 바란다.

2022년 9월 9일
장경렬